KB172687

서유기

일러두기

1. 이 번역은 대만의 이인서국里仁書局에서 나온 이탁오비평본李卓吾批評本 『서유기교주西遊記校注』(2000년 초판 2쇄)를 저본底本으로 삼고, 상해고적출판사上海古籍出版社 및 북경인민출판사北京人民出版社 등에서 나온 세 종류의 다른 판본을 참고로 하되, 이탁오의 이름으로 된 평점評點은 생략하고 이야기 본문만 번역한 것이다.

2. 이 번역에서 혹시 발견될 수도 있는 오류는 역자 모두의 책임이다.

3. 기본적인 줄거리를 이해하는 데 반드시 필요한 사항은 각주 형식의 역주를 두어 설명하였고, 그 외에 불교나 도교와 관련된 개념어 등에 대한 설명은 '●'으로 표시하여 각 권의 맨 뒤에 「부록」('불교·도교 용어 풀이')으로 실었다.

4. 원본의 차례에서 제8회와 제9회 사이에 삽입된 '부록'은 번역본의 「부록」과 혼동되지 않도록 '부록회'로 바꾸어 표기했다.

5. 주석에서 중국 고유명사의 표기는 현행 맞춤법의 규정에 따라 신해혁명(1911)을 분기점으로 하여, 그 이전은 한자 발음대로, 그 이후는 중국어 원음대로 표기하였다. 단, 현행 외래어 표기법이 중국어 원음을 올바로 나타낼 수 없다고 판단되는 경우는 예외로 두었다. 예를 들어, '曲江縣'은 현행 외래어 표기법에 따르면 '취장시앤'이라고 써야 하지만 이 책에서는 '취쟝시앤'으로 표기하였다.

6. 본문 삽화는 청나라 때의 『신설서유기도상新說西遊記圖像』에서 발췌하였다.

7. 책명은 『 』으로, 편명이나 시 등은 「 」으로 표기하였다.

8. 이 책의 「부록」에 포함된 '불교·도교 용어 풀이', '등장인물', '현장법사의 서역 여행도'는 서울대학교 서유기 번역 연구회의 역자들이 직접 작성한 것이다.

9. '불교·도교 용어 풀이'는 가나다순으로 정리했다.

西遊記

서유기

오승은 지음

홍상훈 외 옮김

1

솔

唐僧

삼장법사

손오공

저팔계

沙僧

사오정

석가여래

唐太宗

당 태종

李老君

태상노군

鎮元仙

진원대선

현성이랑신

李天王

탁탑천왕

태백금성

牛魔王

우마왕

나찰녀

紅孩兒

홍해아

黄袍怪

황포 요괴

獅子精

사자 요괴

거미 요괴

狌精

가짜 손오공

차례

제1회   손오공, 돌에서 태어나다 — 25

제2회   보리조사께 술법을 배우다 — 63

제3회   여의봉을 얻고 불사의 몸이 되다 — 92

제4회   하늘에 대항하여 제천대성이 되다 — 119

제5회   천도복숭아를 훔쳐 먹고 하늘에서 난동을 피우다 — 150

제6회   현성이랑신에게 붙잡혀 하늘로 끌려가다 — 176

제7회   석가여래에게 붙잡혀 오행산에 갇히다 — 203

제8회   관음보살이 성승을 찾아가다가 세 제자를 안배하다 — 228

부록회   삼장법사의 출신과 복수 — 260

제9회   경하 용왕, 죽을죄를 짓고 당 태종에게 구원을 청하다 — 284

제10회   당 태종, 저승에 갔다가 환생하다 — 316

옮긴이의 말 — 349

현장법사의 서역 여행도 — 356

『서유기』 1권 등장인물 — 358

불교 · 도교 용어 풀이 — 361

제1회

손오공, 돌에서 태어나다

이런 시가 있지요.

혼돈이 아직 나뉘지 않아 하늘과 땅이 어지러웠고
아득하기 그지없어 보이는 사람도 없었다네.
반고씨가 그 큰 혼돈을 깨뜨려버린 뒤[1]
개벽이 시작되어 맑음과 탁함이 구별되었네.
온갖 생명체를 안아 길러 지극한 어짊을 우러르게 하고
만물을 밝게 피어나게 하여 모두 선함을 이루게 하였네.
조물주가 안배한 '회'와 '원'의 공적을 알려거든

---

1 『태평어람太平御覽』에 인용된 삼국시대 오吳나라의 서정徐整이 지었다는 『삼오력기三五曆
記』에 따르면, 하늘과 땅이 달걀처럼 혼돈의 상태에 있었을 때, 그 속에서 반고가 태어났다. 그
는 1만 8천 살이 되었을 때 하늘과 땅을 나누어, 밝고 맑은 것을 하늘로 삼고 어둡고 탁한 것은
땅으로 삼았다. 반고는 그 속에 살면서 하루에도 아홉 번 변신을 했다. 하늘에서는 신이 되고
땅에서는 성현이 되었다. 하늘은 날마다 한 길씩 높아졌고, 땅은 날마다 한 길씩 두터워졌으
며, 반고의 키도 날마다 한 길씩 커졌다. 이렇게 1만 8천 년이 지나자 하늘은 지극히 높아지고
땅은 지극히 두꺼워졌으며, 반고의 키도 지극히 커졌다. 그래서 하늘과 땅 사이의 거리가 9만
리나 되었다.

모름지기 『서유석액전』[2]을 봐야 한다네.

混沌未分天地亂　茫茫渺渺無人見
自從盤古破鴻濛　開闢從茲淸濁辨
覆載群生仰至仁　發明萬物皆成善
欲知造化會元功　須看西游釋厄傳

듣자 하니, 하늘과 땅의 운수는 십이만구천육백 년을 하나의 '원元'으로 삼는다고 하더군요. 그리고 하나의 '원'은 열두 개의 '회會'로 나뉘는데, 바로 자子, 축丑, 인寅, 묘卯, 진辰, 사巳, 오午, 미未, 신申, 유酉, 술戌, 해亥의 12간지干支가 그것이지요. 매 '회'는 일만 팔백 년에 해당하지요. 이것으로 또 하루를 따져볼 수도 있겠지요. 자시子時에는 양기陽氣가 일어나고, 축시丑時에는 닭이 울지요. 인시寅時에는 아직 빛이 통하지 않지만, 묘시卯時가 되면 해가 뜨지요. 진시辰時에 밥을 먹고 나면, 사시巳時가 순서에 따라 찾아오지요. 해는 오시午時가 되면 하늘 한가운데에 이르고, 미시未時에는 서쪽으로 지나지요. 신시申時에는 해가 뉘엿뉘엿하다가, 해가 떨어지면 유시酉時가 되지요. 술시戌時에는 황혼이 내리고, 사람들이 잠자리에 들 무렵이면 해시亥時가 되지요.

하늘과 땅의 큰 운수에 비유하자면, 술회戌會가 끝날 때에 이르면 하늘과 땅이 어두워지고 만물의 운수가 막혀버리게 되는 것이지요. 그러다가 다시 오천사백 년이 지나 해회亥會의 첫머리로 접어들면, 어둡고 캄캄한 가운데 사람과 사물이 모두 없으니, 그

---

2 『서유기』의 초기 판본 가운데 하나인 것으로 추측된다. 예전에는 『서유석액전』이라는 제목에서 '석釋'은 석가모니를 일컫는 말이기 때문에 당나라의 삼장三藏을 비유한 것이고, '액厄'은 그가 서역으로 경전을 가지러 가는 도중에 겪게 되는 재난을 가리킨다고 설명했다. 그러나 '석액'을 글자 그대로 번역해서, 이 제목은 "재앙을 풀어 없애기 위해 서역으로 간다"는 뜻으로 해석할 수도 있다.

렇기 때문에 이런 상태를 '혼돈'이라 하지요. 다시 오천사백 년이 지나서 해회가 끝날 무렵에는 정貞의 덕이 하강하고 원元의 덕이 일어나면서 자회子會에 가까워지고,* 다시 점차로 밝은 세상이 열리게 되지요.

송나라 때의 소옹邵雍이라는 분은 이렇게 말했지요.

> 동지는 자월子月 중순 무렵
> 하늘의 마음은 변화가 없어.
> 양기가 처음 움직이지만
> 만물은 아직 생겨나지 않을 때라네.
>
> 冬至子之半　天心無改移
> 一陽初動處　萬物未生時

이때 하늘에는 비로소 뿌리가 생기기 시작하지요. 그러다가 다시 오천사백 년이 지나면 바로 자회子會에 해당하는데, 가볍고 맑은 것들은 위로 올라가서 해가 되고, 달이 되고, 별들이 되지요. 그 일월성신日月星辰을 일컬어 '네 가지 징후[四象]'라 하지요. 그러니까 하늘은 자회에서 열린다고 하는 것이지요. 여기서 또 오천사백 년이 흘러 자회가 끝나가고 축회丑會에 가까워지면, 하늘과 땅은 점점 견실해지지요. 『주역周易』에도 이런 말이 있잖아요?

> 위대하구나, 하늘의 으뜸이여!
> 지극하구나, 땅의 으뜸이여!
> 만물이 이를 바탕으로 생겨나니,

이에 순순히 하늘을 따라 받든다.[3]

大哉乾元 　至哉坤元

萬物資生 　乃順承天

이때에 이르면 땅은 비로소 엉겨서 뭉치기 시작하지요. 여기에서 다시 오천사백 년이 지나 축회가 되면 무겁고 탁한 것들은 아래로 내려가 엉겨서 물이 되고, 불이 되고, 산이 되고, 돌이 되고, 흙이 되지요. 이 물과 불, 산, 돌, 흙을 일컬어 '다섯 개의 형상[五形]'이라 하지요. 그렇기 때문에 땅은 축회에서 열렸다고 하는 것이지요. 또 오천사백 년이 흐르면, 축회가 끝나고 인회寅會의 첫머리가 되는데, 이때에 만물이 피어나 자라게 되지요. 역서曆書에 이런 말이 있지요.

하늘의 기운은 아래로 내려오고
땅의 기운은 위로 올라간다.
하늘과 땅의 기운이 합쳐지면
온갖 사물이 생겨난다.

天氣下降 　地氣上升

天地交合 　群物皆生

이때에 이르면 하늘과 땅은 맑고 신령해져서 음양이 서로 합쳐지지요. 여기서 다시 오천사백 년이 흐르면 바로 인회가 되는데, 이때에 사람이 생겨나고, 온갖 들짐승과 날짐승들이 생겨나지요. 이제야말로 하늘[天]과 땅[地]과 사람[人]이라는 '세 가지

---

3 이것은 『주역』의 건괘와 곤괘의 뜻을 풀이한 '단사彖辭' 가운데 들어 있는 구절을 뽑아 엮은 것이다.

요소[三才]'가 자리를 정했다고 할 수 있지요. 그렇기 때문에 사람은 인회에 생겨났다고 하는 것이지요.

이렇게 반고씨가 하늘과 땅을 열고, 삼황三皇이 세상을 올바로 다스리고 오제五帝가 윤리와 기강을 정하자,⁴ 세상은 드디어 네 개의 큰 대륙[洲]으로 나뉘었으니, 바로 동쪽의 동승신주東勝神洲와 서쪽의 서우하주西牛賀洲, 남쪽의 남섬부주南贍部洲, 북쪽의 북구로주北俱蘆洲가 그것이지요.• 하지만 이 책에서는 그저 동승신주에서 생긴 일만을 들려주겠어요.

동승신주의 바다 바깥에 한 나라가 있었으니, 그 이름이 오래국傲來國이었지요. 그 나라 근처에는 큰 바다가 있고, 그 바다 가운데 화과산花果山이라 부르는 산이 있었어요. 이 산은 바로 열 대륙[十洲]⁵의 시조가 되는 산맥이자 삼신산三神山⁶의 뿌리가 되는 곳으로서, 하늘의 맑은 기운과 땅의 탁한 기운이 갈라질 때부터 솟아나기 시작해서 혼돈이 쪼개진 뒤에 완성된, 정말 훌륭한 산이었지요! 그걸 증명하는 노래[詞賦]가 있답니다.

기세는 광대한 바다를 누르고
위세는 아름다운 신선의 바다처럼 신령하다.
기세가 광대한 바다를 누르니
은산 같은 물결 치솟을 때 물고기들은 구멍으로 숨어들고

---

4   한나라 때의 공안국孔安國이 쓴 『상서尙書』 「서序」와 진晉나라 때의 황보밀黃甫謐이 쓴 『제왕세기帝王世紀』에 따르면, '삼황'은 복희伏羲, 신농神農, 황제黃帝를 가리키고, '오제'는 소호少昊, 전욱顓頊, 고신高辛(제곡帝嚳), 당요唐堯, 우순虞舜을 가리킨다고 했다. 이들은 모두 전설상의 훌륭한 제왕이다.

5   옛 전설 속의 10개의 대륙으로, 한나라 때의 인물인 동방삭東方朔의 이름으로 지어진 『해내십주기海內十洲記』에 따르면, 그 명칭은 각각 조주祖洲, 영주瀛洲, 현주玄洲, 염주炎洲, 장주長洲, 원주元洲, 유주流洲, 생주生洲, 봉린주鳳麟洲, 취굴주聚窟洲라고 한다.

6   고대 전설에서 동해東海에 있다는 신선들이 산다는 곳이다. 그 명칭은 봉래산蓬萊山, 방장산方丈山, 영주산瀛洲山이다.

위세가 아름다운 신선의 바다처럼 신령하니

파도가 눈 같은 물결 뒤집을 때 조개는 깊은 못을 떠난다.

목화木火의 방위인 동남쪽에 흙이 높이 쌓이고

동해가 있는 곳에 높은 봉우리 치솟았다.

괴상한 바위 가득한 붉은 바위 벼랑.

기이한 봉우리를 감싼 깎아지른 절벽.

붉은 바위 벼랑 위에는

아름다운 봉황이 쌍쌍이 울고

깎아지른 절벽 앞에는

기린이 홀로 누워 있다.

봉우리 꼭대기에선 이따금 금계의 울음소리 들려오고

바위 동굴에는 항상 용이 드나드는 것을 볼 수 있다.

숲속에는 장수하는 사슴과 선계의 여우가 있고

나무 위에는 신령한 날짐승들과 검은 학[7]이 있다.

신령한 풀과 기이한 꽃들이 시들 때가 없고

푸른 소나무와 잣나무는 영원한 푸르름을 누린다.

선계의 복숭아가 항상 열매를 맺고

기다란 대나무 숲에는 항상 구름이 머문다.

한 줄기 계곡에는 등나무와 담쟁이넝쿨 빽빽하고

사방의 들판과 제방에는 풀빛이 신선하다.

이야말로 온갖 개천 모이는, 하늘 받친 기둥이요

만겁의 세월*에도 끄떡없을 대지의 뿌리로다!

勢鎭汪洋　威靈瑤海

勢鎭汪洋　潮涌銀山魚入穴

7　진晉나라 때 최표崔豹가 쓴 『고금주古今注』「조수鳥獸」에 따르면, 학이 천 년을 살면 털빛이 푸르게[蒼靑] 변하고, 다시 천 년이 지나면 검은색으로 변하니, 그것을 일컬어 '검은 학'이라 한다고 했다.

威靈瑤海　波翻雪浪蜃離淵

木火方隅高積土　東海之處聳崇巔

丹崖怪石　削壁奇峰

丹崖上　彩鳳雙鳴

削壁前　麒麟獨臥

峰頭時聽錦雞鳴　石窟每觀龍出入

林中有壽鹿仙狐　樹上有靈禽玄鶴

瑤草奇花不謝　青松翠柏長春

仙桃常結果　修竹每留雲

一條澗壑藤蘿密　四面原堤草色新

正是百川會處擎天柱　萬劫無移大地根

　그 산꼭대기에는 신령한 돌이 하나 있었는데, 높이는 세 길丈 여섯 자[尺] 다섯 치[寸]이고, 둘레는 두 장 넉 자였어요. 세 길 여섯 자 다섯 치라는 높이는 하늘 둘레를 나누는 삼백육십오 도度의 수를 따른 것이고, 두 길 넉 자의 높이는 역서曆書의 스물네 개 절기의 수를 따른 것이지요. 돌 위에는 아홉 개의 작은 구멍과 여덟 개의 큰 구멍이 있었는데, 이것은 구궁팔괘九宮八卦[8]의 수에 따른 것이지요. 그 주위에는 그늘을 드리워줄 만한 나무는 없었지만, 사방으로 신성한 지초[芝]와 난초가 붙어서 자라고 있었어요.

　이 바위는 하늘과 땅이 열린 이래로 항상 하늘의 참된 기운과 땅의 빼어난 기운, 그리고 해와 달의 정화를 받아들였지요. 그런데 오랫동안 그런 것들에 감응하다 보니 마침내 신령하게 통하

8　『주역』의 기본 괘상卦象인 팔괘는 건乾(☰), 곤坤(☷), 진震(☳), 손巽(☴), 감坎(☵), 이離(☲), 간艮(☶), 태兌(☱)라고 부르는데, 이것들은 각기 하늘과 땅, 우레, 바람, 물, 불, 산, 연못을 상징한다. 『후한서後漢書』「장형전張衡傳」과 그 주석에 따르면, 구궁은 기본적으로 이 여덟 괘가 자리잡은 방향[궁]에다 땅의 신의 자리인 중앙을 합쳐 부르는 것이라고 했다.

손오공, 돌에서 태어나다

는 마음이 생겨나서, 안으로 신선의 태胎를 키우게 되었어요.

그러던 어느 날 돌이 쪼개지면서 돌알 하나를 낳았는데, 크기가 둥근 공만 했어요. 그 돌알은 바람을 쐬자 돌원숭이처럼 변했지요. 보고, 듣고, 맛보고, 냄새와 촉감을 느끼는 오관五官이 다 갖춰지고, 두 팔과 두 다리가 모두 완전해지자, 이 녀석은 기고 달리는 법을 배웠고, 사방을 향해 절을 했지요.

그리고 녀석의 눈에서는 두 줄기 금빛이 발산되어 하늘나라의 관청에까지 뚫고 올라가서 높은 하늘의 위대하고 성스러우며 인자하기 그지없는 옥황대천존玉皇大天尊이자 현궁고상제玄穹高上帝이신 분을 깜짝 놀라게 만들었어요. 그분은 금궐운궁金闕雲宮 영소보전靈霄寶殿에 마련된 자리로 나아가 여러 신선 벼슬아치들을 불러 모으셨지요. 그리고 불꽃처럼 환한 금빛을 보시고, 곧 천 리 밖을 내다보는 시력을 가진 천리안千里眼과 귀가 밝은 순풍이順風耳를 시켜서 남천문南天門을 열고 살펴보라고 하셨어요. 두 장군은 명령을 받들어 남천문 밖으로 나가 있는 그대로 보고 분명하게 듣고서, 곧 돌아와 이렇게 보고했어요.

"저희들이 명령을 받들어 금빛이 나는 곳을 살펴보니, 바로 동승신주 바다 동쪽의 오래국이라는 작은 나라에 화과산이라는 산이 있었습니다. 그 산 위에는 신령한 돌이 하나 있었는데, 그 돌이 알을 하나 낳았고, 그 알이 바람을 쐬고 돌원숭이로 변했습니다. 그 녀석이 그곳에서 사방을 향해 인사를 하는데, 눈에서 금빛이 쏟아져 나와 하늘의 관청까지 뚫고 올라왔습니다. 이제 그 녀석은 음식을 먹고 물을 마시고 있으니, 금빛은 점차 사라지게 될 것입니다."

옥황상제께서는 인자하신 어투로 이렇게 말씀하셨지요.

"아래 세상의 생물은 곧 하늘과 땅의 정화에 의해 생겨나는 것이니, 이상하게 여길 게 없도다."

한편 산속의 그 원숭이는 걷고 뛸 수 있게 되자 풀과 나뭇잎을 먹고, 골짝의 물을 마시고, 산의 꽃을 따고, 나무의 과일을 따 먹기도 했지요. 그놈은 이리 떼를 벗삼고, 호랑이, 표범과 무리를 이루며, 노루나 사슴들과 친구가 되고, 각종 원숭이들과 가까운 사이가 되어서, 밤에는 바위 절벽 아래에서 잠자고, 아침이면 산봉우리나 동굴에서 놀았어요. 그야말로 "산속에는 세월도 없고 추위가 다해도 해 지난 줄 모르는(山中無甲子 寒盡不知年)" 나날이었지요.

　어느 날 아침, 날씨가 찌는 듯이 더워서 그놈은 여러 원숭이들과 더불어 더위를 피해 모두 소나무 그늘 아래서 장난치며 놀고 있었어요.

　　나무에 올라 가지에 매달려
　　꽃을 따고 과일을 찾는다.
　　열매를 던지는 놈
　　돌팔매질하는 놈
　　모래 위를 뛰는 놈
　　보탑을 쌓는 놈
　　잠자리를 쫓는 놈
　　벌레를 때려잡는 놈
　　하늘 보고 절하는 놈
　　보살에게 절하는 놈
　　칡이나 등나무 넝쿨을 잡아당기는 놈
　　풀로 머리띠를 엮는 놈
　　이를 잡거나 깨물고
　　털을 고르거나 손톱을 깎는 놈도 있다.

밀치고

비비고

떠밀고

짓누르고

잡아당기고 야단이다.

푸른 솔밭 아래서 제멋대로 장난치다가

푸른 물 흐르는 계곡 옆에서 내키는 대로 씻고 목욕한다.

跳樹攀枝　採花覓果

抛彈子　邸麼兒

跑沙窩　砌寶塔

赶蜻蜓　撲蚊蜡

参老天　拜菩薩

扯葛藤　編草帓

捉虱子　咬又掐

理毛衣　剔指甲

挨的挨　擦的擦　推的推　壓的壓　扯的扯　拉的拉

青松林下任他頑　綠水澗邊隨洗濯

　원숭이 무리들은 한바탕 놀고 나서 그 산골짝으로 목욕을 하러 갔지요. 콸콸 흐르는 계곡물은 정말 거침없이 샘솟아 흘렀어요. 옛말에 "날짐승에게는 날짐승의 말이 있고 들짐승에겐 들짐승의 말이 있다(禽有禽言 獸有獸語)"고 했지요? 그때 여러 원숭이들은 모두 이렇게 떠들어댔어요.

　"이 물은 어디에서 나오는 건지 모르겠어. 오늘은 우리가 일도 없이 한가하니까, 계곡을 따라 위쪽의 여울로 가서 원류도 찾아볼 겸 놀러나 가보자!"

이놈들은 일제히 소리를 지르며, 수컷을 잡아끌고, 암컷을 거느리고, 형님 동생을 소리쳐 부르며, 우르르 달려 계곡을 따라 산을 올라가기 시작했어요. 물줄기가 시작되는 곳에 이르러 보니, 그곳에는 한 줄기 높다란 폭포가 떨어지고 있었지요. 그 풍경은 이러했답니다.

한 줄기 하얀 무지개가 일어나
천 길 눈 같은 물결이 날아오른다.
바닷바람 끝없이 불어오고
강 위의 달빛은 의연하게 비친다.
싸늘한 공기는 푸른 산봉우리를 가르고
넘실거리는 물줄기는 파란 잎새를 적신다.
콸콸 흘러 폭포라 이름 지었나니
참으로 주렴 장막을 걸어놓은 듯하다.

一派白虹起　千尋雪浪飛
海風吹不斷　江月照還依
冷氣分靑嶂　餘流潤翠薇
潺湲名瀑布　眞似掛簾帷

여러 원숭이들은 박수를 치며 좋아라 했어요.

"멋진 물이구나, 멋진 물이야! 원래 여기에서 나와 멀리 산발치로 통하고, 곧장 큰 바다의 파도와 이어지는 것이로구나."

그리고 이렇게 말했어요.

"누구든 수완이 있어서 저 물속을 뚫고 들어가 몸을 다치지 않고 물의 근원을 찾아내는 이가 있다면, 우리 왕으로 모시자!"

여러 원숭이들이 연달아 세 번이나 이렇게 소리치자, 문득 잡다한 무리 가운데 돌원숭이 한 마리가 뛰어나오더니 큰 소리로 대답했어요.

"내가 들어갈게! 내가 들어간다고!"

정말 대단한 원숭이지요? 아마 이 녀석은 이런 놈이었을 겁니다.

오늘에야 비로소 이름을 드러내니
운수 대통할 때가 왔구나.
인연이 있어 이곳에 살고
하늘의 뜻에 따라 선궁으로 들어가네.

今日方名顯　時來大運通

有緣居此地　天遣入仙宮

이놈을 좀 보라지요. 눈을 감고 몸을 움츠리더니 단번에 뛰어 내려 곧장 폭포 속으로 들어가는 거예요. 눈을 크게 뜨고 고개를 들어 살펴보니, 그 안에는 물도 파도도 없는데, 다리 하나가 환히 보이는 것이었어요. 멈춰 서서 정신을 가다듬고 자세히 살펴보니, 원래 그것은 납작한 철판을 엮어 만든 다리였어요. 다리 아래의 물이 돌구멍 틈으로 뚫고 올라왔다가 거꾸로 쏟아져 내리면서 다리의 입구를 가로막고 있었던 것이지요. 조심스럽게 몸을 구부려 다리 위로 올라가 거닐면서 보니, 그곳은 마치 사람이 사는 집처럼 아주 훌륭했어요.

파릇한 이끼 짙푸르게 쌓였고
흰 구름은 옥처럼 떠 있는데
반짝반짝 일렁이는 안개와 노을
빈 창 안 조용한 방 안에는

매끄러운 걸상에 꽃무늬 생생하다.
동굴에는 용의 여의주 같은 종유석이 나 있고
땅에는 기이한 꽃들이 엉켜 있다.
솥이 걸린 부엌 옆 벽에는 불을 땐 흔적 있고
책상 옆 술 단지에는 뒤섞인 술지게미 보인다.
돌의자며 돌침대 정말 훌륭하고
돌그릇과 돌 접시는 더 자랑할 만하다.
거기에 긴 대나무 한두 그루며
매화도 서너 송이 피어 있다.
몇 그루 푸른 소나무에 늘 빗방울 맺혀 있으니
그야말로 사람이 사는 집과 꼭 닮았다.

翠蘚堆藍　白雲浮玉　光搖片片煙霞
虛窓靜室　滑凳板生花
乳窟龍珠倚掛　縈迴滿地奇葩
鍋竈傍崖有火跡　樽罍靠案見殽渣
石座石牀眞可愛　石盆石碗更堪誇
又見那一竿兩竿修竹　三點五點梅花
幾樹靑松常帶雨　渾然相簡人家

　　한참을 구경하다 다리 중간으로 뛰어가 좌우를 살펴보니, 한가
운데에 비석 하나가 있었어요. 그 위에는 해서체楷書體로 커다랗
게 '화과산의 축복받은 땅, 수렴동 보금자리(花果山福地 水簾洞洞
天)'라는 말이 새겨져 있었어요.
　　돌원숭이는 기뻐서 어쩔 줄 몰라 급히 밖으로 달려 나와 다시
눈을 감고서 몸을 움츠렸다가 물밖으로 뛰어나왔어요. 그러고는
큰 소리로 하하 웃더니 이렇게 소리쳤지요.

"운수 대통이다, 운수 대통이야!"

여러 원숭이들이 그놈을 둘러싸고 물었어요.

"안쪽은 어떻디? 물은 얼마나 깊어?"

"물은 없어! 없다니까! 철판으로 엮은 다리가 하나 있는데, 그 다리 건너편은 하늘과 땅이 조화를 부려 만든 집이더란 말이야!"

"그 집은 어떻게 생겼던?"

돌원숭이는 으스대고 웃으며 대답했지요.

"이 물은 다리 아래의 구멍에서 나와 거꾸로 쏟아져 흐르면서 입구를 가리고 있는 거야. 다리 옆에는 꽃과 나무에 둘러싸인, 돌로 지은 집이 있더라니까? 집 안에는 돌솥도 있고, 돌로 된 부엌이며, 돌 접시, 돌그릇, 돌침대, 돌걸상 따위가 갖춰져 있어. 다리 중간에 비석이 하나 있는데, 거기에는 '화과산의 축복받은 땅, 수렴동 보금자리'라고 새겨져 있더라고. 이야말로 우리가 편히 살수 있는 곳이야. 또 그 안은 엄청 넓어서 남녀노소 할 것 없이 무지 많은 식구들이 들어갈 수 있어. 우리 모두 그곳에 들어가 살면, 하늘의 기운도 피할 수 있지. 그 안은 그야말로,

바람이 불어도 몸을 피할 곳이 있고
비가 내려도 몸을 두기에 좋아.
서리도 눈도 전혀 무서워할 게 없고
우레 소리도 영원히 들리지 않지.
안개와 놀이 항상 밝게 비추고
상서로운 기운이 언제나 훈훈하게 피어오르지.
소나무와 대나무는 해마다 아름다워지고
기이한 꽃들은 날마다 새롭게 피어나지.

刮風有處躲　下雨好存身

霜雪全無懼　雷聲永不聞
煙霞常照耀　祥瑞每蒸薰
松竹年年秀　奇花日日新

라는 시처럼 기막힌 곳이라니까!"

여러 원숭이들은 그 말을 듣고 모두들 기뻐하며 보챘어요.

"이번에는 우리를 데리고 들어가 줘!"

돌원숭이는 다시 눈을 감고 몸을 움츠렸다가 물속으로 뛰어들며 소리쳤어요.

"모두 나를 따라 들어와! 어서 들어와!"

원숭이들 가운데 대담한 녀석들은 모두 물속으로 뛰어들었고, 소심한 녀석들은 머리만 내민 채 구경하거나, 목을 움츠리거나, 귀를 잡고 볼을 긁적이며 소리를 꽥꽥 지르더니, 잠시 후에는 모두 따라 들어갔지요. 그놈들은 다리를 뛰어 건너더니 제각기 그릇이며 접시를 빼앗으려 들고, 부엌이며 침상을 서로 차지하려고 다투고, 물건들을 이리 옮겨왔다가 저리 옮겨가곤 했어요. 원숭이들은 생각 없이 까불기만 하는 성격인지라 한시도 조용히 있을 때가 없다가, 힘이 다하고 피로해진 뒤에야 잠잠해졌지요.

돌원숭이는 윗자리에 단정히 앉아 이 꼴을 보다가 이렇게 말했어요.

"원숭이들아! '사람이 신의가 없으면 안 된다(人而無信 不知其可)'⁹라는 말이 있다. 너희는 조금 전에, 수완이 있어서 몸을 다치지 않고 저 물속에 들어갔다 나오는 자가 있으면 왕으로 섬기겠

---

9 『논어論語』「위정爲政」에 들어 있는 말이다. 원문은 다음과 같다.
"공자께서 말씀하셨다. '사람으로서 믿음이 없으면, 그것이 괜찮은 것인지 모르겠다. 큰 수레에 끌채 마구리가 없고, 작은 수레에 멍에막이가 없으면, 어떻게 길을 갈 수 있겠는가(子曰: 人而無信 不知其可也 大車無輗 小車無軏 其何以行之哉)?'"

다고 했다. 내가 이제 들어왔다 나가고, 나갔다가 또 들어와서 이 보금자리를 찾아 너희가 편안히 잠자고 각자 가정을 이루는 복을 누리게 해주었는데, 왜 나를 왕으로 섬기지 않느냐?"

이 말을 들은 원숭이들은 한 놈도 빠짐없이 즉시 엎드려 복종했지요. 하나하나 나이에 따라 서열을 정해 늘어서서 윗자리를 향해 예를 갖추어 절을 하며 "대왕님, 천세의 수명을 누리소서!" 하고 칭송했어요. 이때부터 돌원숭이는 높은 왕위에 올라 '돌원숭이' 대신 '멋진 원숭이 왕[美猴王]'이라 자칭했지요. 이를 보여주는 다음과 같은 시가 있어요.

> 천지가 편안하게 교합하여 뭇 생명을 낳고[10]
> 신령한 돌은 해와 달의 정기를 태보에 품었네.
> 알의 모습을 빌려 원숭이가 되어 위대한 도리를 완성하니
> 다른 이름 빌려 수양의 법[丹]을 이루도록 안배한 것일세.
> 안으로 살펴서 인식하지 못하는 것은 무상無相의 경지에 이르렀기 때문이요
> 밖으로 표상表象된 것을 분명히 알아 형체를 이루었구나.
> 역대의 모든 사람들이 다 이런 부류에 속했거늘
> 제멋대로 왕이니 성현이니 하고 칭송했구나!

> 三陽交泰產群生　仙石胞含日月精
> 借卵化猴完大道　假他名姓配丹成
> 內觀不識因無相　外合明知作有形
> 歷代人人皆屬此　稱王稱聖任縱橫

---

10 『주역』의 태괘泰卦는 위에 세 개의 음효陰爻로 이루어져 땅을 나타내는 곤괘(☷)가 있고 아래에는 세 개의 양효陽爻로 이루어져 하늘을 나타내는 건괘(☰)가 배열된 모양이다. 당나라 때 공영달孔穎達이 쓴 『주역정의周易正義』에서는 이것을 "하늘과 땅의 기운이 교합하여 만물을 낳아 기르면 만물이 크게 형통해지기 때문에 '편안하다[泰]'고 하는 것이다"라고 설명했다.

멋진 원숭이 왕은 원후猿猴, 미후獼猴, 마후馬猴 등의 원숭이 떼를 지휘하여 각종 벼슬자리를 나누어주었어요. 그렇게 해서 아침이면 화과산에서 노닐다가 저녁이면 수렴동에서 잠을 자며, 다른 원숭이들과 서로 한마음으로 잘 지냈어요. 날아다니는 새 떼 틈으로 들어가지도 않고, 달리는 짐승의 무리를 따라다니지도 않고, 혼자 왕 노릇을 하며 더할 나위 없는 즐거움을 누렸어요. 그야말로 이런 모습이었지요.

봄이면 온갖 꽃을 따서 음식으로 삼고
여름이면 갖가지 과일을 찾아 끼니를 잇는다.
가을이면 토란과 밤을 거둬 한 시절을 즐기고
겨울이면 황정[11]을 찾아다니며 멋진 세월을 보낸다.

春採百花爲飲食　夏尋諸果作生涯
秋收芋栗延時節　冬覓黃精度歲華

멋진 원숭이 왕이 이렇듯 천진한 자연의 생활을 즐긴 것이 어느새 사오백 년이 넘었지요. 하루는 원숭이들과 더불어 즐거운 잔치를 벌이던 원숭이 왕이 갑자기 근심스러운 표정을 지으며 눈물을 흘리는 것이었어요. 당황한 원숭이들이 절을 올리며 여쭈었지요.

"대왕께선 어째서 근심스러워하시는 겁니까?"

그러자 원숭이 왕은 이렇게 대답했어요.

"내 비록 즐거운 시절을 누리고 있지만, 먼 앞날이 조금 염려스

11　황지黃芝, 토죽菟竹, 녹죽鹿竹, 구궁초救窮草, 야생강野生薑이라고도 부르는 다년생의 풀이름이다. 잎사귀는 작은 대나무 잎처럼 생겼으며, 뿌리는 무른 생강처럼 생겼고, 약초로 사용된다. 도가에서는 그것이 땅의 정수를 받아 자란다고 여겨서 '황정'이라고 불렀다.

러워서 이처럼 근심스러운 것이다."

여러 원숭이들은 웃으며 말했지요.

"대왕께선 정말 만족을 모르시는군요! 저희는 날마다 신령한 산의 안락한 보금자리, 신령한 대륙의 오래된 동굴에서 즐겁게 모여 살면서 기린에게 통제받지도 않고 봉황에게 간섭받지도 않으며, 또 인간 세상의 왕위에 있는 사람에게도 구속되지 않은 채 한없는 복을 누리고 있는데, 무엇 때문에 먼 앞날을 근심하시는 것입니까?"

"지금은 비록 인간 세상의 왕이 정한 법률에 얽매이지 않고, 짐 승들의 위세도 무섭지 않으나, 장래에 나이가 들고 혈기가 쇠약해지면, 자신도 모르는 사이에 염라대왕 늙은이의 통제 안으로 들어가버릴 것이다. 일단 몸이 죽어버리면, 그릇된 모습으로 세상에 윤생輪生하면서 하늘나라나 인간세계에 오래 머물 수 없게 될 수도 있지 않겠느냐?"

여러 원숭이들은 이 말을 듣고 제각기 얼굴을 가리고 슬피 울면서, 모두들 삶의 무상無常함을 염려했지요. 그때 갑자기 원숭이 무리 가운데서 등짝이 넓은 원숭이 한 마리가 뛰어나와 큰 소리로 외쳤어요.

"대왕께서 이처럼 먼 앞날을 염려하신다면, 진정 '도를 향한 마음'이라는 것이 피어나기 시작한 것입니다. 지금 모든 동물들[12] 가운데 오직 세 종류만은 염라대왕 늙은이의 통제를 받지 않습니다."

"너는 그 세 종류를 아느냐?"

---

12 원서에서는 이를 '오충五蟲'이라고 표현했다. 『대대례기大戴禮記』 「역본명易本命」에 따르면, 그것은 본래 나충倮蟲(인류), 모충毛蟲(들짐승류), 우충羽蟲(날짐승류), 인충鱗蟲(물고기류), 갑충甲蟲(곤충류)을 가리키는 말이라고 한다.

"그것은 바로 부처와 신선, 그리고 신성神聖입니다. 이들 셋은 윤회輪廻에서 벗어나 태어나지도 사라지지도 않으면서 하늘과 땅 그리고 산천과 수명을 같이합니다."

"그 셋은 어디에 살고 있느냐?"

"그들은 오직 염부세계閻浮世界, 즉 인류가 사는 남섬부주에 있는 오래된 동굴과 신령한 산에만 살고 있습니다."

원숭이 왕은 그 말을 듣고 무척 기뻐했지요.

"나는 내일 당장 너희들을 떠나 산을 내려가서, 먼 바다의 구석까지 구름처럼 돌아다니고, 멀리 하늘 가장자리까지 찾아가겠다. 반드시 그 셋을 만나 불로장생의 비법을 배우리라. 그리고 영원히 염라대왕이 몰고 올 재난을 피하리라!"

아! 이 한마디 말이 그로 하여금 어느 날 갑자기 윤회의 그물에서 뛰쳐나와 하늘과 위세와 수명을 나란히 하는 위대한 성자인 제천대성齊天大聖이 되도록 만들었던 것이지요!

여러 원숭이들은 박수를 치며 칭송해 마지않았어요.

"훌륭하십니다, 훌륭하십니다! 저희들은 내일 고개 넘고 산을 올라 온갖 과일을 따 와서 크게 잔치를 열어 대왕을 전송하겠습니다."

이튿날 원숭이들은 과연 신선의 복숭아를 비롯한 온갖 훌륭한 과일을 따고, 참마를 캐고, 황정을 자르며 부산을 떨면서 온갖 향기로운 난초들과 기화이초奇花異草를 두루두루 가지런히 준비했어요. 돌걸상을 펴고, 돌 탁자를 배치하고, 신선들이나 마실 만한 훌륭한 술과 안주를 죽 늘어놓으니 그 모양이 이러했지요.

금빛 구슬 탄환
붉은 껍질 터져 비치는 노란 속살

금빛 구슬 탄환 같은 겨울 앵두는
색깔만으로도 참 달고 맛있어 보이네.
붉은 껍질 터져 노란 속살 보이는 잘 익은 매실은
맛이 정말 향기롭고 새콤하겠네.
신선한 용안은
과육이 달고 껍질은 얇네.
불같이 빨간 여지는
씨도 작고 껍질은 빨갛게 익었네.
숲속 능금 푸른 열매는 가지째 바치고
연한 노란색 비파는 잎사귀까지 매달아 들고 왔네.
토끼의 머리 같은 배와 닭의 심장처럼 붉은 대추는
갈증과 두통을 없애줄 뿐만 아니라 숙취도 풀어주네.
향긋한 복숭아와 잘 익은 살구는
다디달아 마치 신선이 마시는 술인 듯하고
아삭아삭한 자두와 양매의 살은
시큼한 맛이 발효시킨 연유인 듯 기름진 유즙乳汁인 듯.
붉은 주머니에 씨가 까만 수박
네 개의 받침에 노란 껍질 감싼 큰 감
석류는 껍질이 터져
단사 알맹이 같은 속 열매 화정주[13]처럼 나타나네.
토란과 밤을 쪼개놓으니
단단한 과육이 금빛 마노처럼 아름답네.
호두와 은행은 차 안주로 삼을 만하고
야자와 포도는 술 담글 만하네.
개암나무 열매며 잣, 비자, 능금이 쟁반에 가득하고

---

13 남만南蠻 땅에서 출토되는 귀한 수정으로, 화주火珠 또는 화취옥火取玉이라고도 부른다.

연뿌리며 사탕수수, 감자와 등자가 탁자 가득 놓여 있네.
잘 구운 참마
푹 삶은 황정
잘게 빻은 복령과 율무
돌솥에선 약한 불에 천천히 국이 끓고 있네.
인간 세상에 진수성찬의 맛이 있다 한들
산속 원숭이들의 안락함에야 비하겠는가?

金丸珠彈　紅綻黃肥

金丸珠彈臘櫻桃　色眞甘美

紅綻黃肥熟梅子　味果香酸

鮮龍眼　肉甜皮薄　火荔枝　核小囊紅

林檎碧實連枝獻　枇杷緗苞帶葉擎

兔頭梨子雞心棗　消渴除煩更解醒

香桃爛杏　美甘甘似玉液瓊漿

脆李楊梅　酸蔭蔭如脂酥膏酪

紅囊黑子熟西瓜　四瓣黃皮大柿子

石榴裂破　丹砂粒現火晶珠

芋栗剖開　堅硬肉圍金瑪瑙

胡桃銀杏可傳茶　椰子葡萄能做酒

榛松榧柰滿盤盛　藕蔗柑橙盈案擺

熟煨山藥　爛煮黃精

搗碎茯苓兼薏苡　石鍋微火漫炊羹

人間縱有珍羞味　怎比山猿樂更寧

　여러 원숭이들은 멋진 원숭이 왕을 윗자리에 모시고, 아래쪽에 나이 순으로 늘어서서, 한 놈씩 차례로 앞으로 나아가 술을 바치고, 꽃을 바치고, 과일을 바치며, 하루 종일 마음껏 술을 마셨지요.

이튿날 멋진 원숭이 왕은 일찍 잠자리에서 일어나 이렇게 지시했어요.

"애들아! 마른 소나무를 베어 뗏목을 만들고, 대나무를 구해 상앗대를 만들어라. 그리고 가져갈 수 있게 과일 따위도 조금 챙겨오거라!"

홀로 뗏목에 오른 그는 힘껏 노를 저어 두둥실 광대한 바다의 파도 속으로 들어가버렸지요. 그리고 바람을 따라 남섬부주의 경계로 건너갔어요. 이 여행이야말로,

하늘이 낳은 신령한 원숭이 도를 구하는 성대한 여행 떠나는데
산을 떠나 뗏목 저어 바람을 따라가네.
대양을 떠돌다 바다를 건너 신선의 도를 찾으려 하나니
뜻 세우고 몰래 수행하여 큰 공을 이룩하고자 하네.
연분과 인연이 있나니 속된 바람일랑 그만두어라!
근심도 걱정도 없이 원양元陽[14]을 만나 도를 이루리라.
반드시 자신을 알아주는 이를 만나
도의 근원을 밝혀내고 만물의 법칙에 통달할 수 있으리라.

天產仙猴道行隆　離山駕筏趁天風
飄洋過海尋仙道　立志潛修建大功
有分有緣休俗願　無憂無慮會元龍
料應必遇知音者　說破源流萬法通

14　원문의 '원룡元龍'은 운韻을 맞추기 위한 표현으로서 '원양'을 의미한다. 도가에서는 내단內丹, 즉 원양진기元陽眞氣를 수련하여 도를 이룬다고 여겼다.

라는 시의 묘사와 같았어요.

또한 운 좋게도 뗏목에 오른 뒤에 연일 동남풍이 세게 불어서 그를 남섬부주의 서북쪽 대륙의 해안으로 데려다주었어요. 상앗대를 잡고 물의 깊이를 재보다가 우연히 얕은 곳을 발견하고, 그는 곧 뗏목을 버리고 해안으로 뛰어올랐어요.

해변에는 고기 잡는 어부며, 기러기를 잡는 사람, 대합을 캐는 사람, 소금을 말리는 사람 등이 있었지요. 그가 그 사람들에게 다가가서 일부러 괴상한 짓을 했더니, 아니나 다를까 그들은 광주리며 그물이며 다 내팽개치고 사방으로 도망쳤지요. 그는 미처 도망치지 못한 사람들 가운데 하나를 붙잡아 옷을 벗겨 입고는 건들건들 크고 작은 마을을 지나갔어요. 그리고 그곳 장터에서 사람들의 예법과 말을 배우고, 아침밥을 먹을 때부터 저녁에 잠들 때까지 오로지 한마음으로 부처와 신선과 신성의 도를 알고 있는 사람을 찾아다니며 불로장생의 비방을 배우려 했지요.

하지만 세상 사람들은 모두 명예와 이익만을 추구할 뿐, 인생과 생명에 대해 생각하는 사람은 하나도 없었어요. 마치 다음 시에서 묘사하는 것처럼 말이지요.

명예를 다투고 이익을 빼앗는 일 언제나 그만두려나?
일찍 일어나고 늦게 잠들면서 자유롭지 못하구나!
당나귀나 노새를 타면 준마를 생각하고
재상의 벼슬을 지내면 왕후王侯가 되길 바라지.
그저 입고 먹을 걱정에 고생하며 애쓸 뿐
염라대왕이 잡아갈 것은 언제 걱정하랴?
아들 손자 이어가며 부귀영화 누리려 할 뿐
마음 되돌려 생각해보려는 이 아무도 없구나!

爭名奪利幾時休　早起遲眠不自由
騎著驢騾思駿馬　官居宰相望王侯
只愁衣食耽勞碌　何怕閻君就取勾
繼子蔭孫圖富貴　更無一個肯回頭

　원숭이 왕은 이처럼 신선의 도를 찾아다녔지만 그런 이를 만날 인연이 없었어요. 남섬부주에서 큰 도시와 작은 마을까지 두루 찾아다니느라 자기도 모르는 새 팔구 년 남짓한 세월이 흘러버렸지요.

　그러던 어느 날, 서쪽의 큰 바다에 이른 그는 바다 건너에 분명 신선이 있을지 모른다고 생각했어요. 그래서 그는 혼자서 전처럼 뗏목을 만들어서 다시 바다 위에 띄웠지요. 그리고 바람 따라 떠돌다가 마침내 서우하주의 경계에 도착했어요. 해안에 올라 한참 동안 여기저기 두루 찾아다니다가 우연히 산 하나를 발견했는데, 그 산은 높고 수려한데다가 숲도 우거져 있었어요. 그는 이리며 호랑이, 표범 등의 사나운 짐승도 두려워하지 않고 산꼭대기에 올라 사방을 둘러보았는데, 과연 훌륭하기 그지없는 산이었어요.

　천 개의 봉우리 창처럼 늘어섰고
　만 길 절벽 병풍처럼 펼쳐졌다.
　햇빛과 산바람이 가볍게 녹음을 감싸고
　비 갠 후 짙푸른 산색, 서늘하게 녹음을 품었다.
　마른 등나무 넝쿨 늙은 나무를 휘감았고
　오래된 물길은 그늘진 산길을 갈라놓았다.
　기이한 꽃과 상서로운 풀들
　곧게 자란 대나무와 아름드리 소나무들

곧게 자란 대나무와 아름드리 소나무들은
만년 동안 늘 푸르러 신선들의 보금자리를 숨기고
기이한 꽃과 상서로운 풀들은
사시사철 지지 않아 신선 세계에 못지않다.
숲 그늘의 새 울음소리 가까이서 들리고
샘물 졸졸 흐르는 소리 맑게 들린다.
겹겹 골짝마다 온갖 난초들이 얽혀 있고
곳곳 벼랑마다 이끼가 자란다.
울퉁불퉁 산맥은 꿈틀거리는 용처럼 훌륭하니
틀림없이 고상한 선비가 이름 숨긴 채 살고 있으리라.

千峰列戟　萬仞開屏
日映嵐光輕鎖翠　雨收黛色冷含青
枯藤纏老樹　古渡界幽程
奇花瑞草　修竹喬松
修竹喬松　萬載常青欺福地
奇花瑞草　四時不謝賽蓬瀛
幽鳥啼聲近　源泉響溜清
重重谷壑芝蘭繞　處處巉崖苔蘚生
起伏巒頭龍脈好　必有高人隱姓名

　이렇게 한참 산의 경치를 감상하고 있는데, 갑자기 숲속 깊은
곳에서 사람의 말소리가 들려왔어요. 잰걸음으로 급히 숲으로 들
어가 귀 기울여 들어보니, 누군가 노래 부르는 소리였어요.

　바둑 구경에 도낏자루 썩었구나!
　나무하는 소리 쩡쩡!

구름가 골짝 입구를 느릿느릿 걸어가네.

나무 팔아 술을 사고

호탕하게 웃으면 절로 기분 좋아지네.

녹음 우거진 오솔길에 가을 하늘은 높고

달빛 마주보며 소나무 뿌리 베개 삼아 누웠는데

문득 깨어보니 날이 밝았네.

옛 숲을 알아보고

벼랑 오르고 고개 넘으며

도끼 들고 마른 등나무 넝쿨 자르네.

모아서 한 짐 되면

노래 부르며 시장에 가서

쌀 석 되와 바꾸지.

옥신각신 따지지 않고

때마다 부르는 값도 그만그만

기발한 꾀도 절묘한 셈도 모르고

영화도 굴욕도 없이

편안하고 담박하게 인생을 살아가네.

만나는 곳마다 신선 아니면 도인이 있으니

그곳에 조용히 앉아 『황정경黃庭經』˙을 얘기하노라!

觀棋柯爛　伐木丁丁　雲邊谷口徐行

賣薪沽酒　狂笑自陶情

蒼逕秋高　對月枕松根　一覺天明

認舊林　登崖過嶺　持斧斷枯藤

收來成一擔　行歌市上　易米三升

更無些子爭競　時價平平

不會機謀巧算　沒榮辱　恬淡延生

　　멋진 원숭이 왕은 이 노래를 듣고 무척 기뻐하며 이렇게 중얼거렸지요.

"알고 보니 신선은 여기에 숨어 있었구나!"

　　그는 황급히 숲속으로 뛰어들어 가 자세히 살펴보았지요. 나무꾼 하나가 거기에서 도끼로 나무를 하고 있었는데, 보아하니 그 나무꾼의 차림새가 예사롭지 않았어요.

　　머리에 쓴 삿갓은
　　죽순에서 막 벗겨낸 대 꺼풀로 만들었고
　　몸에 걸친 옷은
　　면화를 꼰 무명실로 만들었다.
　　허리에 묶은 둥근 띠는
　　누에가 토해낸 실로 만들었으며
　　발에 신은 짚신은
　　마른 향부자 꼬아 만든 끈으로 엮었다.
　　손에는 강철 도끼를 들었고
　　지게에는 삼줄로 꼰 새끼줄을 걸어놓았다.
　　소나무 기어오르고 마른 나무 쪼개는 일을
　　어찌 이 나무꾼처럼 잘 할 수 있으랴!

　　　　　　　頭上戴箬笠　乃是新筍初脱之籜
　　　　　　　身上穿布衣　乃是木綿撚就之紗
　　　　　　　腰間繫環縧　乃是老蠶口呑之絲
　　　　　　　足下踏草履　乃是枯莎槎就之爽
　　　　　　　　手執衝鋼斧　擔挽火麻繩

원숭이 왕은 그 앞으로 다가가서 큰 소리로 말했어요.

"신선님! 제자가 인사드립니다."

그 나무꾼은 깜짝 놀라 도끼를 떨어뜨렸지만, 곧 몸을 돌려 답례를 했지요.

"아이고, 사람을 잘못 보셨습니다. 잘못 보셨어요! 이 못난 놈은 먹고 입는 것조차 제대로 못하고 사는데, 어떻게 '신선'이라는 호칭을 감당할 수 있겠습니까?"

"댁이 신선이 아니시라면, 어떻게 신선의 말씀을 하셨습니까?"

"제가 무슨 신선의 말을 했다는 것입니까?"

"제가 조금 전에 숲에 이르렀을 때, 댁이 '만나는 곳마다 신선 아니면 도인이 있으니, 그곳에 조용히 앉아『황정경』을 얘기하노라!' 하고 노래하시는 것을 들었습니다. 『황정경』은 바로 도道와 덕德을 담은 진리의 말씀인데, 신선이 아니라면 어찌 그걸 가르칠 수 있단 말씀입니까?"

그러자 나무꾼이 웃으며 대답했지요.

"사실 솔직히 말씀드리자면, 이 노래는 '마당 가득 핀 꽃'이라는 뜻의「만정방滿庭芳」이라는 것으로, 어느 신선께서 제게 가르쳐주셨지요. 그 신선은 제 이웃에 살고 계셨는데, 살림에 쪼들린 제가 날마다 근심 걱정으로 지내는 걸 보시고, 절더러 근심 걱정이 있을 때마다 이 노래를 부르라고 하셨습지요. 그러면 우선 마음이 풀어지고, 또 곤란에서 벗어난다고 하시면서요. 하여 방금 뭔가 좀 염려스러운 일이 있었기 때문에 이 노래를 불렀던 것입지요. 설마 당신이 그걸 듣게 될 줄은 몰랐습니다."

"당신은 그 신선과 이웃에 살고 있다면서, 왜 그를 따라 수행하지 않는 거요? 불로장생의 비방을 배운다면 좋은 거 아니요?"

"저는 팔자가 사납거든요. 어려서는 양친이 길러주시어 여덟 아홉에 겨우 철이 들었지요. 그런데, 불행히도 부친을 여의고 어머니께서 과부가 되셨습니다. 또 형제자매도 없이 저 혼자라서 어쩔 수 없이 아침저녁으로 어머니를 모셔야 합지요. 지금은 어머니가 늙으셔서 내버려두고 떠날 수도 없어요. 게다가 논밭이 황무지라 먹고사는 것도 부족해서, 그저 나무나 두어 짐 해서 시장에 지고 나가 몇 푼이라도 받고 팔면 쌀 몇 되를 사다가 제 손으로 밥을 짓고 간단한 반찬과 차를 갖춰서 늙은 어머니를 봉양하고 있습지요. 그러니 수행을 할 수가 없지요."

"당신 말대로라면 당신은 효도를 행하는 군자니까 앞으로 틀림없이 좋은 일이 있을 게요. 어쨌거나 내게 그 신선께서 사시는 곳을 좀 가르쳐주시구려. 제가 좀 찾아가볼까 하거든요."

"여기서 그리 멀지 않습지요. 멀지 않아요! 이 산은 영대방촌 산靈臺方寸山°이라고 하는데, 산속에 '기울어가는 달빛 속에 세 개의 별빛이 반짝인다'는 뜻의 사월삼성동斜月三星洞[15]이라는 마을이 하나 있습지요. 그 마을에 수보리조사須菩提祖師°라고 하는 신선이 한 분 계십니다요. 그 조사께서 배출하신 제자는 아마 수를 헤아릴 수 없을 정도로 많고, 지금도 삼사십 명이 그분을 따라 수행하고 있습지요. 저 작은 길을 따라 남쪽으로 칠팔 리 정도 가시면 바로 그분의 집이 있을 겁니다요."

원숭이 왕은 나무꾼의 손을 붙잡고 이렇게 말했어요.

"형씨도 나와 함께 갑시다. 앞으로 좋은 일이 있으면, 이끌어준

---

15 '사월斜月'은 갈고리 모양인데, 이것은 '심心'이라는 글자의 구부러진 부분을 상징한다. 또한 '삼성三星'은 '삼점三點'을 가리키니, 둘이 합쳐지면 '심' 즉 마음을 의미한다. 이 역시 신선의 길은 멀리 있는 것이 아니라 각자의 마음속에 있음을 암시한다.

은혜를 결코 잊지 않으리다."

"이 친구 참 벽창호일세! 내 방금 그렇게 얘기했는데도 아직 모르겠소? 만약 내가 당신과 가버린다면, 내 생계를 그르칠 게 아니요? 나이 드신 어머님은 또 누가 봉양하란 말이오? 난 나무나 해야겠으니, 당신이나 알아서 가시오, 알아서 가란 말이오!"

원숭이 왕은 그냥 작별 인사를 하는 수밖에 없었지요. 그는 깊은 숲을 나와서 산길을 찾았어요. 산비탈을 지나 칠팔 리쯤 가니 과연 멀리 신선의 땅이 보였지요. 몸을 곧추세우고 자세히 살펴보니, 정말 훌륭한 곳이었어요. 딱 이런 풍경이었지요.

안개와 노을 아름다운 빛을 뿌리고
해와 달은 하늘거리는 빛을 비추네.
늙은 잣나무 우거지고
긴 대나무 빽빽하네.
우거진 늙은 잣나무는
빗줄기 같은 푸른 잎 허공에 치렁치렁 늘어뜨렸고
빽빽한 대나무는
골짜기 가득한 안개 품고 색깔도 짙푸르네.
문밖엔 기이한 꽃들 비단처럼 펼쳐져 있고
다리 옆엔 신선계의 풀들이 향기를 내뿜네.
우뚝 솟은 돌벼랑엔 푸른 이끼 반짝이고
까마득히 높은 절벽엔 초록 이끼 길게 자라네.
이따금 선학의 울음소리 들려오고
언제나 날갯짓하는 봉황의 모습 보이네.
선학이 울 때면
그 소리 온 산을 울리다 먼 하늘까지 퍼지고

봉황이 날갯짓하면

오색 깃털 아름다운 구름처럼 빛나네.

검은 원숭이 흰 사슴 수시로 숨었다 나타나고

황금빛 사자 옥 같은 코끼리 멋대로 나다니다 숨곤 하네.

신령한 신선의 보금자리 자세히 살펴보니

참으로 천당에 비할 만하네!

煙霞散彩　日月搖光

千株老柏　萬節修篁

千株老柏　帶雨半空青冉冉

萬節修篁　含煙一壑色蒼蒼

門外奇花布錦　橋邊瑤草噴香

石崖突兀青苔潤　懸壁高張翠蘚長

時聞仙鶴唳　每見鳳凰翔

仙鶴唳時　聲振九皐霄漢遠

鳳凰翔起　翎毛五色彩雲光

玄猿白鹿隨隱見　金獅玉象任行藏

細觀靈福地　眞個賽天堂

동부洞府의 대문은 굳게 닫혀서 인적 하나 없이 고요했어요.

문득 고개를 돌리니 절벽 꼭대기에 서 있는 비석이 보였는데, 높이는 세 길 남짓, 너비는 여덟 자 남짓했어요. 그 위에는 '영대방촌산, 사월삼성동'이라고 씌어 있었지요. 멋진 원숭이 왕은 매우 기뻐하며 이렇게 중얼거렸지요.

"이 동네 사람들은 과연 소박하고 솔직하구나. 정말 이런 산에 이런 동부洞府가 있었어!"

그는 한참 동안 살펴보았지만, 감히 문을 두드리지 못했지요.

그래서 잠시 잣나무 가지 끝에 올라가 잣을 따 먹으며 놀았어요. 그렇게 잠시 놀고 있노라니, 끼익 하는 소리와 함께 동부洞府의 대문이 열리더니 안에서 한 선동仙童이 달려 나왔어요. 그런데 그 모습이 정말 예쁘고 씩씩한데다 얼굴 표정도 무척 맑아서, 속세의 보통 아이들과는 달랐어요. 그 모습은 마치 이 노래와 같았지요.

봉긋한 두 개의 상투 나란히 비단실로 묶었고
널따란 도포 두 소매가 바람에 펄럭이네.
용모와 신체는 자연히 특별한 분위기를 풍기고
마음과 관상에는 모두 '공'의 깨달음이 깃들어 있네.
세상 밖의 불로장생하는 나그네와
산중의 늙지 않는 아이
티끌 하나도 전혀 물들지 않았기에
세월도 마음대로 뛰어넘었네.

鬔鬐雙絲綰　寬袍兩袖風
貌和身自別　心與相俱空
物外長年客　山中永壽童
一塵全不染　甲子任翻騰

대문 밖으로 나온 동자가 고함을 질렀어요.
"누가 여기서 소란을 피우는 거예요?"
원숭이 왕은 나무에서 훌쩍 뛰어내려 동자 앞으로 다가가서 허리를 굽혀 인사했지요.
"여보게, 선동! 나는 신선의 도를 배우러 찾아온 제자라네. 그러니 어찌 감히 여기서 소란을 피우겠나?"

선동은 피식 웃었어요.

"도를 배우러 찾아왔다고요?"

"응."

"우리 사부님께선 방금 막 평상에서 내려와 도를 가르치려고 단상에 오르셨어요. 그런데 까닭 없이 저에게 '밖에 누가 수행하러 왔으니 가서 맞아 오거라'라고 말씀하셨어요. 아마 그게 당신인가 보군요?"

원숭이 왕은 웃으며 대답했어요.

"그래, 나야. 내가 맞아!"

"절 따라오세요."

원숭이 왕은 옷차림을 단정히 하고 동자를 따라 동부洞府의 깊숙한 곳으로 들어갔어요. 가면서 보니 곳곳에 층층이 높고 화려한 누각이 세워져 있고, 들어갈수록 훌륭한 보석으로 치장된 건물들이 나타났지요. 조용한 방과 그윽한 거처들은 말로 다 할 수 없을 정도로 많았어요.

요대瑤臺 아래에 이르니, 보리 조사께서는 그 위에 단정히 앉아 계셨고, 누대 아래에는 서른 명의 제자들이 양옆으로 늘어서 있었어요.

> 대각금선[16]의 티끌 없는 자태,
> 서방의 묘상[17]을 가진 보리조사로다.
> 윤회도 사멸死滅도 모두 벗어난 온전한 행보
> 기와 신을 모두 온전히 하는 더없이 큰 자비

---

16 송宋나라 휘종徽宗은 선화宣和 1년(1119)에 조서를 내려서 석가모니 부처의 명호名號를 도교식으로 고쳐서 '대각금선'으로 바꾸도록 했다.

17 보살의 장엄한 기색과 자태를 묘사하는 말이다.

모든 것을 비운 자연스러움으로 변화를 따르고

진여*의 본성을 마음대로 나타내 보이도다.

하늘과 수명을 함께하는 장엄한 몸

억겁의 시간을 겪으며 마음을 밝힌 위대한 법사로다.

大覺金仙沒垢姿　西方妙相祖菩提

不生不滅三三行　全氣全神萬萬慈

空寂自然隨變化　眞如本性任爲之

與天同壽莊嚴體　歷劫明心大法師

멋진 원숭이 왕은 그를 보자마자 털썩 엎어져서 절을 올리며 몇 번이나 머리를 땅에 조아렸는지 몰라요. 그리고 입으로는 그저 "사부님, 사부님! 이 제자가 정성을 다해 인사 올립니다." 하는 말만 되풀이했어요.

이런 그를 보고 조사께서 물었지요.

"너는 어디서 왔느냐? 어쨌든 본관과 성명을 자세히 밝히고 다시 인사를 하거라!"

"저는 동승신주 오래국의 화과산에 있는 수렴동에서 왔습니다."

그러자 조사께서는 대뜸 이렇게 호통을 치는 것이었어요.

"당장 나가거라! 저놈은 본래 거짓말이나 지어내는 족속이니 무슨 도를 어떻게 수련하겠다는 것이냐?"

원숭이 왕은 무척 당황하고 다급해져서 연신 땅바닥에 머리를 찧으며 말했지요.

"제자는 정말 사실대로 말씀드렸습니다. 결코 허튼 거짓말이 아닙니다!"

"네 말이 사실이라면 어떻게 동승신주라는 말을 했겠느냐? 그곳에서 여기에 오려면 큰 바다 둘과 남섬부주라는 큰 대륙을 지나 와야 하는데, 네가 어떻게 여기까지 왔단 말이냐?"

원숭이 왕은 다시 머리를 땅에 박으며 대답했지요.

"제자는 대양을 떠돌고 바다를 건너, 대륙의 경계를 넘나들며 여러 지방을 돌아다니다가, 십여 년 만에 간신히 이곳에 도착했습니다."

"그렇게 차근차근 왔다면 그럴 수도 있겠지. 그런데 네 성[姓]은 무엇이냐?"

"저는 성깔[性]이 없습니다. 남들이 욕해도 화내지 않고, 때려도 성내지 않고, 그저 예의를 지켜 대할 뿐입니다. 평생 성깔을 부려본 적이 없습니다."

"그 성깔이 아니라, 네 부모의 원래 성이 무엇이냐는 말이다!"

"전 부모도 없습니다."

"그럼 나무에서 생겨났더란 말이냐?"

"나무에서 생겨난 것은 아니지만, 돌 속에서 자랐습니다. 그저 제가 기억하는 것이라곤, 화과산에 신령한 돌이 하나 있었는데, 어느 날 돌이 깨지면서 제가 태어났다는 사실뿐입니다."

조사께서는 그 말을 듣고 속으로 기뻐하며 물으셨지요.

"말하자면, 하늘과 땅이 만들어낸 놈이라는 말이로구나. 일어나 이리 좀 와서 한번 걸어보아라."

원숭이 왕은 벌떡 일어나서 구부정한 자세로 뒤뚱거리며 두 바퀴를 걸었어요. 그러자 조사께서 웃으며 이렇게 말씀하셨지요.

"네 몸이 비록 비루하긴 해도, 솔씨를 먹고 사는 원숭이[猢猻]를 닮았구나. 내 너의 모습을 따라 성씨를 붙여주마. 무슨 뜻이냐 하면, 이렇다. 네 성을 '호猢'라 하면, 그 글자에서 짐승을 뜻하는 개 견犭 변을 빼버렸을 때 '고월古月'이 된다. '고'라는 것은 늙었다는 뜻이요 '월', 즉 달은 음陰에 속하는 것이다. 그런데 늙고 음에 속한 것은 가르쳐 변화시킬 수 없으니, 네 성을 '손猻'으로 하는 것이 좋겠다. 이 글자에서 짐승을 뜻하는 개 견犭 변을 빼버리면 '자계子系'가 되는데, '자'는 아들이라는 뜻이요 '계'라는 것은 '영세嬰細',[18] 즉 어리고 작다는 뜻이다. 이것은 어린애[嬰兒]와 딱 들어맞으니, 네 성을 '손'이라고 하자."

원숭이 왕은 그 말을 듣고 무척 기뻐서 연방 머리를 조아렸지요.

"좋습니다! 정말 좋습니다! 오늘에야 비로소 제 성을 알게 되었군요. 바라옵건대, 한 번만 더 자비를 베풀어주십시오. 기왕에 성이 생겼으니 이름까지 지어주시면 부르기가 좋지 않겠습니까?"

"내 문중에는 열두 개의 글자로 문파를 나눠서 이름을 짓는데, 너는 바로 열 번째 무리에 속한 제자가 될 것이다."

"그 열두 글자란 무엇인가요?"

"그것은 바로 광廣, 대大, 지智, 혜慧, 진眞, 여如, 성性, 해海, 영穎, 오悟, 원圓, 각覺의 열두 글자이니라. 너라는 열 번째 무리에 속하게 되니 '오' 자를 주겠노라. 그래서 네게 '손오공孫悟空'이라는 법명法名을 줄까 하는데, 어떠냐?"

원숭이 왕은 싱글벙글 웃으며 대답했지요.

"좋습니다! 정말 좋아요! 지금부터 제 이름을 손오공이라 하겠습니다!"

자, 이야말로,

혼돈에서 처음 개벽이 되었을 때는 본래 성이 없었는데

---

18 '계系'와 '세細'는 중국어로 읽으면 모두 '시[xì]'가 되어서 발음이 서로 통한다.

완공[19]한 본성을 깨치고 나면 틀림없이 '공'을 깨닫게 되
리라.

> 鴻蒙初闢原無姓　　打破頑空須悟空

라는 것이 아니겠어요?

어쨌거나 여기서는 그가 이후로 무슨 도를 닦게 되었는지는
알 수 없는데, 그것은 다음 회를 들어보시라.

---

19 송나라 때 나대경羅大經이 편찬한 『학림옥로鶴林玉露』「을편乙編」의 6권에 수록된 「무사무위
無思無爲」라는 글에 따르면, "참다운 '공'을 귀중하게 여기되 '완공'함을 귀중하게 여기지 않는
다. 완공하다는 것은 미련하게 아무것도 모르는 공허한 상태이니, 나무나 돌이 바로 그런 것이
다(貴眞空 不貴頑空 蓋頑空 則頑然無知之空 木石是也)"라고 했다.

제2회
보리조사께 술법을 배우다

　멋진 원숭이 왕은 성과 이름을 얻자 펄쩍펄쩍 뛸 듯이 기뻐하며 보리조사 앞으로 나아가 예를 갖춰 감사를 드렸어요. 그러자 조사가 제자들에게 일러 손오공을 이문二門 밖으로 데려가 청소하고 손님 맞는 예법을 가르치라고 했지요. 신선들은 조사의 명을 받들어 밖으로 나갔어요.

　손오공은 문밖에 나와 여러 사형들에게 또 한 번 절하고 행랑채에다 잠자리를 마련했답니다. 다음 날 아침 사형들과 함께 언어 예절을 배우고 경서를 강론하고 도를 논하고 글자를 익히고 향을 살랐으니, 이후로 매일 이런 일들을 했지요. 한가한 땐 마당 쓸고 밭 매고, 꽃과 나무를 가꾸고, 땔감 해다 불 지피고, 물을 길어다 날랐어요. 일상에 필요한 물건도 빠짐없이 다 갖추어두었지요.

　이렇게 마을에서 생활하길 어느덧 육칠 년, 하루는 조사가 단상에 올라 높이 좌정하고 제자들을 불러 모아 위대한 도를 설파하는 설법을 베풀었어요. 그 모습은 이러했어요.

하늘에서 천화*가 어지러이 떨어지고

땅에선 금련*이 용솟음쳐 오르네.

오묘하게 삼승*의 가르침을 풀어내니

우주의 모든 법도가 낱낱이 갖추어졌네.

장막 안에서 불진拂塵[1]을 흔들며 주옥 같은 말씀을 토해내니

천둥처럼 울려 구천[2]을 뒤흔드네.

도를 얘기했다가

선을 얘기하며

삼가[3]가 배합되니 그 근본은 같도다.

한 글자를 밝혀주어 진리에 귀의하게 하고

삶의 무상함을 비유로 들어 본성의 현묘함을 깨우치네.

天花亂墜　地湧金蓮

妙演三乘敎　精微萬法全

慢搖塵尾噴珠玉　響振雷霆動九天

說一會道　講一會禪　三家配合本如然

開明一字皈誠理　指引無生了性玄

　손오공은 옆에서 듣고 있다가 너무 기쁜 나머지 귀를 잡아당기고 볼을 긁적긁적하다가 싱글벙글 웃더니, 도저히 참을 수 없다는 듯 팔로 덩실덩실 다리로 껑충껑충 뛰면서 춤까지 추었어요. 그 모습을 본 조사는 오공을 불러 이렇게 말했답니다.

　"너는 왜 거기서 미친놈처럼 춤만 추고 내 말은 듣지 않는 게냐?"

　"열심히 듣다보니, 스승님 말씀의 오묘한 경지까지 들리더이

1　먼지를 털거나 파리, 모기를 쫓는 데 쓰는 도구로서, 주로 사슴 꼬리로 만든다.
2　하늘의 중앙과 팔방八方을 가리키는 것으로 '구야九野'라고도 한다.
3　유가, 불가, 도가를 가리킨다.

다. 그래서 너무 기쁜 나머지 저도 모르게 이렇게 펄쩍펄쩍 뛰고 말았습니다. 제발 용서해주십시오."

"네가 그 오묘한 경지까지 알아들었다고 하니, 내 하나 묻겠다. 이 동부洞府에 온 지 얼마나 되었지?"

"저는 본래 어리석은 놈이라 시간이 얼마나 되었는지는 잘 모르겠습니다. 기억나는 거라곤 부엌에 땔감이 없을 때면 늘 산에 가서 나무를 했는데, 온 산 가득한 멋진 복숭아나무에서 일곱 번 정도 복숭아를 실컷 먹었다는 겁니다."

"그 산은 난도산爛桃山이라고 하지. 일곱 번 먹었다고 하는 걸 보니 칠 년 정도 된 모양이구나. 헌데 너는 지금 내게서 무슨 도를 배우겠다는 게냐?"

"그저 스승님의 가르침을 따를 뿐이지요. 조금이라도 도와 관련된 거라면 뭐든 배울 겁니다."

"'도道'의 공부에는 삼백육십 가지의 방문傍門[4]이 있고 그 방문마다 모두 정과正果가 있는데, 너는 어느 방문을 배우고 싶으냐?"

"스승님 뜻대로 하시지요. 저는 그저 열심히 듣고 따를 것입니다."

"'술術' 분야의 공부를 가르쳐주고 싶은데, 어떠냐?"

"술 분야의 공부란 어떤 건데요?"

"술 분야라는 것은 신선을 청해 부란扶鸞[5] 점을 치거나 시초로

---

4 도교 용어. 도교에서는 "금단법金丹法 외에는 신선이 되는 길이 없다"고 여긴다. 수행에는 하나의 정로正路만이 있을 뿐이고, 그 나머지는 모두 좌도左道, 즉 방문이므로 득도하여 신선이 될 수 없다.

5 '정丁' 자 모양의 나무 걸대에 목필木筆을 매달고 그 아래에 모래 쟁반을 놓은 뒤, 두 사람이 가로 막대의 양쪽을 잡고 신을 모시는 법술을 행하면서 길흉을 물으면, 목필이 모래 쟁반에 글자를 써 대답하는 점법이다.

엽시揲蓍[6] 점을 쳐서 길한 일은 취하고 흉한 일은 피할 수 있는 법이지."

"그렇게 하면 장생불사할 수 있습니까?"

"그건 안 되지, 안 돼."

"그럼 전 안 배웁니다! 안 배워요!"

"허면 '유流'의 분야의 공부는 어떻겠느냐?"

"유 분야의 공부에는 어떤 이치가 있나요?"

"유 분야는 바로 유가儒家, 석가釋家, 도가道家, 음양가陰陽家, 묵가墨家, 의가醫家로서, 이들은 경서를 보거나 염불을 외고, 진인을 만나 성인의 강림을 청하지."

"그렇게 하면 장생불사할 수 있습니까?"

"그걸로 장생불사한다는 건 '벽 안에 기둥을 세우는[壁裡安柱]' 격이지."

"스승님, 제가 워낙 고지식한 사람인지라 그런 은어는 잘 모르는데요. 벽 안에 기둥을 세운다는 게 무슨 말씀이세요?"

"사람들이 집을 지을 때 견고하게 하려고 벽 사이에 기둥을 하나 더 세우는데, 큰 집이라도 무너질 때가 되면 그 기둥도 반드시 썩게 되어 있다는 게야."

"그렇다면 그것 역시 영원히 가지는 않는단 말씀이군요. 그럼 전 안 배우겠어요, 안 배워요!"

"그러면 '정靜' 분야의 공부를 가르쳐주면 어떻겠냐?"

"정 분야에는 어떤 정과가 있습니까?"

"곡기를 끊고[7] 깨끗하고 고요하게 자연 그대로 지내며 가부좌

---

6 시초는 다년생 풀로서 그 줄기를 가지고 점을 친다. 정해진 규칙에 따라 시초를 여러 조로 나누고 그 숫자를 세어 길흉을 점친다.

7 도교의 수련법 가운데 '복기벽곡服氣辟穀'이란 것이 있는데, 이것은 일정한 절차를 거쳐 음식물 섭취를 줄이다가 오곡五穀을 완전히 끊고, 하루 세 차례씩 조용히 누워 수련하는 방법이다.

를 틀어 참선하고 말을 삼가고 재를 올리는 것으로, 누워서 수행하는 수공睡功을 쓰거나 서서 하는 입공立功을 하기도 하고 또 입정入定˙ 좌관坐觀˙을 하는 것이지."

"그렇게 해서 장생불사할 수 있나요?"

"그 또한 '가마 밖의 흙벽돌[窯頭土坯]' 같다고 봐야지."

"스승님, 정말 답답하시네요. 그런 은어 같은 건 모른다고 내내 말씀드렸잖아요! 가마 밖의 흙벽돌은 또 뭡니까?"

"바로 가마 위에서 만들긴 했지만 굽지는 않은 벽돌이나 기왓장 같다는 게야. 모양은 만들어졌지만 물과 불의 단련을 받지 않아, 큰비가 한번 세차게 내리면 틀림없이 망가지고 말지."

"그럼 역시 오래가지 못하겠군요. 안 배우렵니다. 안 배워요!"

"'동動' 분야의 공부를 가르쳐주면 어떻겠냐?"

"그건 대체 또 어떤 건데요?"

"여러 가지 일을 하는 것이다. 음을 취해 양을 보충하고[採陰補陽], 활을 당기고 쇠뇌를 쏘며, 배꼽을 문질러 기를 통하게 하고, 비방을 써 약을 만들고, 불을 때서 단약을 만들 솥을 달구고, 여자의 생리혈을 넣거나 남자의 오줌을 달여 약을 정련하고,[8] 여인의 젖을 먹는 것 등이 그것이야."

"그런 것으로 장생불사할 수 있습니까?"

"그런 걸로 장생불사하려는 건 마치 '물속에서 달을 건지는[水中撈月]' 꼴이지."

"또 그러시네요! 물속에서 달을 건진다는 게 뭔데요?"

"달이 허공에 떠 있으면 물속에 그림자가 생기는데, 달그림자는 눈에 보이긴 해도 잡을 수는 없는 법이니 결국 헛수고가 될 뿐

---

8 처녀의 생리혈로 조제하는 약을 '홍연紅鉛'이라 하고, 남자아이의 오줌을 졸여 만든 약을 '추석秋石'이라 한다.

悟菩真理魔本元
撤提妙斷歸合神

손오공이 수보리조사를 스승으로 모시다

이야."

"그럼 그것도 안 배울래요. 안 배워요!"

조사는 이 말을 듣자 쯧쯧 혀를 차며 높다란 단 아래로 뛰어내려, 쥐고 있던 계척戒尺[9]으로 손오공을 가리키며 꾸짖었어요.

"이 원숭이 녀석! 이래도 안 배운다, 저래도 안 배운다 하니, 대관절 어쩌자는 게냐?"

그러면서 조사는 앞으로 다가서서 손오공의 머리를 세 번 때리고 뒷짐을 진 채 안으로 들어가더니, 제자들은 내팽개쳐둔 채 중문中門을 잠가버렸어요. 사람들은 깜짝 놀라 다들 겁을 집어먹고 손오공을 원망했지요.

"이런 막돼먹은 원숭이 자식, 무례하기 짝이 없구나! 스승님께서 도법道法을 전해 주신다는데 어째서 배우진 않고 말대꾸만 하는 게냐? 이제 스승님 비위를 건드려놨으니 언제 다시 나오실지 모른단 말이야!"

이렇게 모두가 그를 심하게 책망하고 경멸하고 미워했지만, 손오공은 전혀 걱정도 않고 그저 만면에 싱글싱글 웃음을 띠고 있었어요.

사실 원숭이 왕은 조사가 보여준 수수께끼를 풀어 혼자 맘에 새겨두고 있었기 때문에, 다른 사람들과 다투지 않고 말없이 꾹 참고만 있었던 것이지요. 조사가 그를 세 번 때린 것은 삼경三更(밤 12시 무렵)이란 시간을 명심하란 것이고, 뒷짐을 지고 안으로 들어가 중문을 잠근 것은 후문으로 들어오면 은밀한 곳에서 도를 전해주겠노라는 얘기였던 것이지요.

---

9 불교에서 입문 의식을 치를 때 쓰는 법기法器. 길쭉하게 생긴 작은 나무 막대기 두 쪽으로 부딪쳐 소리를 낸다. 또 옛날 서당의 선생이 학생을 훈계할 때 쓰는 대나무 회초리를 계척이라 부르기도 한다.

그날 손오공은 사람들과 함께 지내면서도 희희낙락 기쁨에 겨워, 삼성선동三星仙洞 앞에서 하늘빛을 살피며 빨리 날이 저물기를 초조하게 기다렸어요. 그리고 황혼 무렵이 되자 손오공은 사람들과 같이 잠자리에 들어 자는 척 눈을 감고서 호흡을 고르며 원기를 축적하고 있었지요. 산속에선 딱딱이를 치며 야경을 돌거나 물시계로 시간을 알려주거나 하지 않아 정확한 시각을 알 수 없었으므로, 그저 혼자서 콧구멍으로 숨을 고르면서 어림짐작할 수밖에 없었어요. 그렇게 열두 시 무렵이 되었다 싶자, 살며시 자리에서 일어나 옷을 입은 뒤 몰래 앞문을 열고 사람들을 피해 밖으로 나왔어요. 주위를 둘러보니까 그야말로 이런 정경이 펼쳐졌답니다.

달빛 아래 맑은 이슬 차갑고
광활한 천지에 티끌 하나 없네.
깊은 숲에는 조용히 새들이 깃들고
샘의 발원지에서 물이 세차게 흐르네.
반딧불이 날아 그림자 흩어지고
사람 인 자로 열 지어 지나는 기러기 떼 구름을 밀치네.
시간은 바로 삼경
득도한 진인眞人을 뵐 때라네.

月明清露冷　八極迥無塵
深樹幽禽宿　源頭水溜汾
飛螢光散影　過鴈字排雲
正直三更候　應該訪道眞

익숙한 옛길을 따라 곧장 뒷문으로 가 보니, 글쎄 문이 반쯤 열려 있는 것이었어요. 손오공은 기뻐하며 중얼거렸지요.

'스승님께서 정말 내게 도를 전해주려고 작정하셨구나. 이렇게 문을 열어두셨네.'

그리고 살금살금 다가가 몸을 옆으로 비껴 문틈으로 들어가 곧장 조사의 침상으로 걸어가 보니, 조사는 벽 쪽을 향해 몸을 웅크린 채 자고 있는 것이었어요. 손오공은 감히 깨울 수도 없고 해서 침상 앞에 무릎을 꿇고 앉아 있으려니, 얼마 안 있어 조사가 깨어나 두 다리를 쭉 펴면서 이렇게 중얼거렸어요.

어렵고도 어렵도다! 어려워!
도가 가장 오묘한 것이니
불로불사의 약 금단을 등한시하지 마라.
지인至人을 만나 비결을 전하는 게 아니라면
괜히 입 아프고 혀에 침만 마를 뿐이지.

難 難 難
道最玄 莫把金丹作等閒
不遇至人傳妙訣 空言口困舌頭乾

손오공은 그 말을 듣자마자 대답했어요.

"스승님, 제가 진작부터 여기에 꿇어앉아 기다리고 있었는데요"

조사는 그 목소리가 손오공이란 걸 알자 곧 일어나 옷을 걸치고 가부좌를 틀고 앉아 호통을 쳤어요.

"이 원숭이 녀석! 앞채에 가서 자지는 않고 여기 뒤채엔 무엇하러 온 게냐?"

"어제 스승님께서 강단 앞 사람들이 보는 데서 승낙하시길, 삼경에 뒷문으로 들어오면 제게 도를 전수해주겠다고 하시지 않았습니까? 그래서 겁도 없이 침상 아래까지 와 있었던 겁니다."

조사는 이 말을 듣고 너무나 기뻐, 속으로 곰곰이 생각했어요.

'이 녀석, 하늘과 땅이 낳은 놈이라 다르긴 다르군! 안 그랬으면 내가 낸 수수께끼를 어떻게 금방 풀 수 있었겠어?'

"이곳에는 다른 사람은 아무도 없고 저 혼자뿐입니다. 제발 큰 자비를 베풀어 제게 장생불사하는 도를 알려주십시오. 그 은혜는 영원히 잊지 않겠나이다."

"네게 그런 인연이 있으니 나 역시 기쁘구나. 이미 내 수수께끼를 풀었으니, 가까이 와서 잘 듣거라. 네게 장생불사의 오묘한 도를 전해주마."

그러자 손오공이 머리를 조아리며 감사드리고, 자세를 가다듬고 침상 아래 꿇어앉았어요. 조사는 이렇게 읊조렸어요.

현밀[10]에 두루 통달함이 참된 비결이니
생명을 아끼고 수련하는 데 다른 비법은 없도다.
모든 것이 결국은 정과 기와 신이니*
이것을 삼가 마음속에 굳게 간직하여 누설하지 말라.
누설치 말고 몸 안에 지니면
내가 전한 도를 받아 스스로 창성하리라.
구결[11]을 기억해두면 여러 가지로 유익하니
삿된 욕망을 제거하고 청량함을 얻으리.
청량함을 얻으면
그 광채 환하고 깨끗하여

---

10 불교의 두 종파로서 현교顯敎와 밀교密敎를 가리킨다. 현교는 천태天台, 화엄華嚴, 선禪, 정토淨土 등의 여러 종파를 포괄하고, 진언종眞言宗만이 밀교에 속한다.

11 불교, 도교에서 도법道法이나 비술秘術을 전수하는 요어要語이다.

단대[12]에서 밝은 달 감상하기에 좋아라.

달은 옥토끼를 감추었고 해는 까마귀를 감추었으며

절로 거북과 뱀이 얽히게 되리라.•

서로 얽혀 있으면 성명이 강해지니

타오르는 불 속에서도 금련화金蓮花를 심을 수 있도다.

오행을 모아 뒤바꿔 쓰고

공이 완성되면 부처도 신선도 될 수 있도다.

顯密圓通眞妙訣　惜修性命無他說

都來總是精炁神　謹固牢藏休漏泄

休漏泄　體中藏　汝受吾傳道自昌

口訣記來多有益　屛除邪欲得清涼

得清涼　光皎潔　好向丹臺賞明月

月藏玉兔日藏烏　自有龜蛇相盤結

相盤結　性命堅　却能火裡種金蓮

攢簇五行顚倒用　功完隨作佛和仙

　이렇게 도의 근원을 설파하니, 손오공은 청명하고 민첩하게, 그 구결을 정확히 외우고 조사께 절하여 은혜에 감사드렸지요. 그리고 즉시 뒷문을 빠져나와 주위를 둘러보니, 동녘 하늘이 조금씩 밝아오면서 서쪽 길엔 금빛 햇살이 찬란하게 뿌려지고 있었어요. 아까 왔던 길을 따라 앞문으로 돌아가 가만히 문을 밀고 들어가 원래의 자기 잠자리로 가서 앉아, 일부러 침상을 흔들면서 이렇게 외쳤지요.

　"날이 밝았어요! 날이 밝았다니까요! 일어나세요!"

　하지만 그때까지도 한창 잠에 빠져 있던 사람들이 손오공에게 아주 좋은 일이 생겼다는 걸 알 리가 없었지요. 그날 손오공은 사람들과 어울리면서도 남몰래 조사의 가르침을 지키며, 밤 11시 이전과 오후 1시 이후에는 혼자 호흡을 고르며 수련을 했어요.

어느덧 삼 년이란 시간이 흘러, 조사가 다시 보좌에 앉아 사람들에게 설법하게 되었어요. 조사가 얘기한 것은 옛 조사들의 언행이나 선禪의 이치에 대한 비유요, 강론한 것은 인간들의 언행이나 인간 세상에 나타난 각종 현상에 관한 것이었어요. 그러다 조사는 갑자기 이렇게 물었어요.

"손오공은 어디에 있는고?"

손오공이 앞으로 나와 무릎을 꿇고 "예!" 하고 대답했지요.

"요즘은 주로 어떤 수행을 하고 있느냐?"

"요즘에는 법성法性에도 꽤 통하고 근원도 나날이 견실해지고 있습지요."

"네가 이미 법성에 통하고 근원을 알게 되었다면 그건 네 정신과 몸에 새겨진 게다. 그럼 이제 '삼재三災의 재앙'*을 방비해야겠구나."

손오공은 이 말을 듣고 한참 생각하더니 이렇게 말했어요.

"스승님 말씀은 틀린 것 같습니다. 도가 높고 덕이 크면 수명이 하늘과 같게 되고, 물과 불을 건넜으면 어떤 병에도 걸리지 않는다고 들었는데, 무슨 삼재의 재앙이 있단 말입니까?"

"그게 바로 비상지도非常之道니라. 하늘과 땅의 조화를 빼앗고 해와 달의 현기玄機[13]를 침범하니, 단이 완성되면 귀신이 용납하지 않는 게지. 주름 하나 늘지 않고 장수한다 해도 오백 년이 지나면 하늘이 네게 우레의 재앙을 내려칠 것이니, 네 자신의 불성佛性을 깨우쳐 미리 그 재앙을 피해야만 한다. 피할 수만 있다면 하늘

13 도교 용어로서 심오하고 오묘한 이치를 가리킨다.

과 수명을 같이하겠지만, 피하지 못하면 곧 명이 다하는 거지.

그리고 다시 오백 년 후 하늘이 불의 재앙을 내려 널 태워버릴 것이다. 이 불은 하늘의 불[天火]도 아니고 평범한 불도 아니고 이른바 '음화陰火'라고 하는 것이다. 발바닥의 중심 용천혈湧泉穴에서 불붙기 시작하여 곧장 정수리 한가운데의 이원궁泥垣宮으로 뻗쳐가니, 오장이 재가 되고 사지가 모두 썩어 문드러져 천 년의 고행이 전부 수포로 돌아가고 말아.

다시 오백 년이 지나면, 이번엔 바람의 재앙이 불어닥치게 될 것이다. 이 바람은 무슨 동풍, 서풍, 남풍, 북풍도 아니고, 화풍和風이니 훈풍薰風이니 금풍金風이니 삭풍朔風[14]이니 하는 것도 아니며, 그렇다고 화풍花風, 유풍柳風, 송풍松風, 죽풍竹風이니 하는 것도 아닌, 이름하여 '비풍贔風'[15]이라 하는 것이다.

이 바람이 육부六府[16]로 들어가 단전丹田을 거쳐 구규九竅[17]를 꿰뚫고 지나면 뼈와 살이 녹아 없어지니, 그 육신은 저절로 분해되어 없어져 버리지. 그러므로 이 모두를 반드시 피해야만 하는 게야."

손오공은 이 얘기를 듣자 모골이 송연하여 머리를 조아리며 절하고 이렇게 말했지요.

"어르신, 이 몸을 가엾게 여기사 그 삼재를 피할 수 있는 법을 가르쳐주십시오. 죽어도 그 은혜 잊지 않겠나이다."

"그거 역시 어려울 것 없다. 다만 네가 사람과 다르기 때문에 전해줄 수가 없을 뿐이야."

---

14 화풍은 동풍, 춘풍을 가리키고, 훈풍은 남풍, 하풍夏風을, 금풍은 서풍, 추풍秋風을 의미하고 삭풍은 북풍, 동풍冬風을 의미한다.

15 태풍颱風을 가리킨다.

16 인체 내의 담膽, 위胃, 소장小腸, 대장大腸, 삼초三焦, 방광膀胱 여섯 개 기관의 총칭이다.

17 귀, 입, 눈, 코와 생식기, 항문을 가리킨다.

"저 또한 둥근 머리로 하늘을 이고, 모난 발로 땅을 딛고, 사지 구규에 오장육부를 똑같이 다 갖고 있는데 어째서 사람과 다르다 하십니까?"

"네가 사람과 닮긴 했어도 사람에 비해 뺨이 작지 않느냐?"

사실 이 원숭이는 광대뼈는 툭 튀어나오고 뺨은 쏙 들어가 움푹 파인 얼굴에다 입이 뾰족 튀어나와 있었거든요. 이 말을 들은 손오공은 손으로 얼굴을 한 번 쓱 문지르더니 웃으면서 말했어요.

"스승님도 참 계산이 짧으시네요! 제가 뺨이 작긴 하지만 그 대신 사람보다 이 모이주머니 하나가 더 있지 않습니까? 그러니 똑같은 셈이지요."

"그도 그렇구나. 헌데 어떤 것을 배우겠느냐? 서른여섯 종의 변화를 하는 천강수天罡數와 일흔두 종의 변화를 하는 지살수地煞數가 있는데."

"이왕이면 더 많은 쪽인 지살수의 변화를 배우고 싶습니다."

"그렇다면 이리 앞으로 오거라. 구결을 일러주마."

그리고 곧 조사는 손오공의 귀에 대고 뭔가 묘법을 나지막이 일러주었어요. 이 원숭이 왕은 하나를 깨우치면 백 가지에 통달하는 영리함을 지닌지라, 그 자리에서 구결을 익힌 뒤 혼자 수련하여 일흔두 가지의 변화를 전부 터득하게 되었지요.

그러던 어느 날, 조사가 문하생들과 함께 삼성동 앞에서 저녁 경치를 구경하다가 이렇게 말했어요.

"오공아, 그래 뜻한 바를 이루었느냐?"

"스승님의 하해와 같은 은혜를 입어 전해주신 공功을 완전히 연마하였기에, 이젠 구름을 타고 하늘을 날 수 있게 되었습니다."

"어디 한번 보여다오."

손오공은 재간을 다해 몸을 솟구쳐 공중제비를 몇 번 넘고는 땅에서 대여섯 길 높이에 있는 구름에 올라타 밥 한 끼 먹을 사이에 삼 리가 채 안 되는 거리를 왕복하더니, 조사 앞에 내려와 두 손을 모아 예를 갖추며 이렇게 말했어요.

"스승님, 이게 바로 구름을 타고 나는 술법이옵니다."

그러자 조사가 웃으며 말했어요.

"그래가지고 어디 구름을 탄다고 할 수 있겠느냐, 겨우 기어올랐다고 할 정도이지. 옛말에 '신선은 아침에 북해北海에서 노닐다 저녁에 창오蒼梧[18]로 돌아온다'고 했는데, 네 녀석은 반나절 내내 삼 리도 제대로 못 갔으니, 차마 구름에 기어올랐다고도 못하겠구나!"

"아침에 북해에서 노닐다 저녁에 창오로 돌아온다는 건 무슨 말입니까?"

"무릇 구름을 타는 사람이라면 아침에 북해에서 출발하여 동해, 서해, 남해를 유람하고 다시 창오로 돌아오는 법이다. 창오란 것은 다름 아닌 북해 영릉零陵을 말하는 게야. 그러니까 사해四海 밖을 하루에 두루두루 다닐 수 있어야 비로소 구름을 탄다고 할 수 있지."

"그건 너무 어렵습니다! 너무 어려워요!"

"세상에 어려운 일은 없는 법! 하려는 마음이 있느냐가 문제일 뿐이다."

손오공이 이 말을 듣고 머리를 조아려 절한 뒤 입을 열었어요.

"스승님, 이왕 선심을 베풀려면 철저히 해주라고 했습지요. 제발 큰 자비를 베푸셔서 아예 구름 타는 법까지 다 가르쳐주십시

---

18 산 이름으로 구의산九疑山 또는 구억산九嶷山이라고도 한다. 중국 후난성 닝위안시앤에 있다.

오. 그 은혜 절대 잊지 않겠습니다."

"본래 신선들이 구름을 탈 때는 모두 발을 굴러 올라타는데, 넌 그렇질 못하고 공중제비를 해서야 겨우 올라타더구나. 그럼 오늘은 네 그 자세로 할 수 있는 근두운觔斗雲을 가르쳐주마."

손오공이 다시 절하며 간절히 청하니, 조사가 또 구결을 알려주며 말했어요.

"이 구름은 손가락을 구부려 결訣을 맺고 진언眞言*을 암송하며, 주먹을 꽉 쥐고 몸을 한 번 떨면서 뛰어올라 타면 되는데, 재주 한 번 넘을 때마다 십만팔천 리를 날아갈 수 있지."

사람들이 그 말을 듣고 모두 깔깔 웃으며 말했지요.

"손오공은 운수 대통일세 그려! 이 법술을 익혀서 파발꾼이 되어 문서나 통지문을 배달한다면, 어디 가든 밥은 굶지 않겠는걸?"

제자들은 날이 어두워지자 각자 집으로 돌아갔어요. 손오공은 이날 밤 즉시 심혈을 기울여 연습해서 근두운법을 다 익혔답니다. 그리고 날마다 아무런 거리낌 없이 자유자재로 돌아다니게 되었으니, 이것이 바로 불로장생의 즐거움 가운데 하나였지요.

봄이 가고 어느 여름날, 사람들이 모두 소나무 아래 모여서 한참 공부를 하다가 손오공에게 말했어요.

"오공아, 넌 언제 그런 인연을 닦았더냐? 지난번 스승님께서 네 귀에 대고 소곤소곤 삼재를 피할 변화의 술법을 전수해주셨는데, 그건 다 익혔냐?"

그러자 손오공이 웃으며 말했어요.

"사형들, 솔직히 말씀드리면, 우선 스승님께서 전수해주셨고 또 내가 밤낮으로 정성껏 연습한 덕으로 이제 어지간한 건 다 할 수 있어요."

"그럼 이번 기회에 우리에게 한번 보여다오."

손오공은 이 말을 듣자 신바람이 나서 재주를 자랑하고 싶은 마음에 이렇게 말했어요.

"원하는 걸 말씀해보시구려, 내가 무엇으로 변했으면 좋겠소?"

"그럼 소나무로 변해보거라."

손오공이 손가락을 구부려 결을 맺고 주문을 중얼중얼 외며 몸을 한 번 흔들자, 순식간에 한 그루 소나무로 둔갑했어요. 그야말로 이런 모습이었지요.

울창하게 연기를 머금은 채 사시사철 보내는
구름에 닿을 듯 꼿꼿하게 솟은 단정하고 빼어난 자태
요사스런 원숭이 모습은 어디에도 없고
보이는 건 눈서리 이겨온 소나무 가지뿐.

鬱鬱含烟貫四時　凌雲直上秀貞姿
全無一點妖猴像　盡見經霜耐雪枝

사람들이 그 모습을 보고 깔깔깔 박장대소하며 입을 모아 말했어요.

"굉장한 원숭인걸! 굉장한 원숭이야!"

이렇게 갑자기 야단법석이 나자 조사가 깜짝 놀라 지팡이를 끌고 나와 물었어요.

"누가 여기서 시끄럽게 떠들어대는 게냐?"

이 말에 모두들 당황하여 얼른 몸가짐을 바로 하고 옷매무새도 가다듬고 앞을 바라보았어요. 손오공도 원래 모습으로 돌아와 사람들 틈에 쏙 끼어들더니 이렇게 말했어요.

"스승님, 저희들은 여기 모여 수행을 하고 있었고, 다른 사람이 와서 시끄럽게 군 적도 없습니다."

이 말에 조사가 노하여 소리를 버럭 질렀어요.

"그렇게 소리를 지르며 떠들어대다니, 이건 전혀 수행하는 사람의 자세가 아니구나! 수행하는 사람이 입을 열면 신기神氣가 흩어지고 혀가 움직이면 시비 가릴 일이 생기기 마련이거늘, 왜 여기서 웃고 떠들었느냐?"

사람들이 말했어요.

"사실대로 말씀드리면, 방금 손오공이 둔갑술로 장난을 좀 쳤습니다. 소나무로 변해보라고 했더니, 정말 소나무가 되는 거예요. 그래서 저희들이 모두 갈채를 보냈던 건데, 그때문에 시끄러운 소리가 나 스승님께서 놀라신 모양입니다. 용서해주십시오."

"너희들은 저리 가 있고, 손오공 네 이놈, 이리 오너라! 네가 지금 무슨 생각으로 소나무 같은 걸로 둔갑한 것이냐? 이런 재간이 사람들 앞에서 보여줄 만한 것이더냐? 너는 다른 사람이 재주를 가진 걸 보더라도 가르쳐달라고 하지 않을지 모르지만, 남들은 네가 가진 걸 보면 틀림없이 가르쳐달라고 할 것이다. 재앙을 입을까 두려우면 가르쳐줘야 할 것이니, 가르쳐주지 않으면 해를 입고 네 목숨도 보전할 수 없게 될 거야!"

손오공이 머리를 조아리며 말했어요.

"스승님, 용서해주십시오!"

"널 벌줄 생각은 없다. 하지만 당장 이곳을 떠나거라."

이 말을 들은 손오공이 두 눈 가득 눈물을 흘리며 말했어요.

"저더러 어디로 가라는 겁니까, 스승님?"

"네가 어디서 왔더냐? 그곳으로 되돌아가면 될 게 아니냐?"

그 순간 뭔가를 퍼뜩 깨달은 손오공이 말했어요.

"전 동승신주 오래국의 화과산 수렴동에서 왔지요."

"얼른 돌아가 목숨을 보전해라. 절대로 여기 있어선 안 된다."

그러자 손오공도 자기 죄를 인정하며 스승에게 이렇게 아뢰었어요.

"저도 집 떠난 지 이십 년이라 옛 식구들이 그립긴 하지만, 스승님의 하늘 같은 은혜를 아직 갚지 못한 터라 감히 떠날 수가 없습니다."

"어디 무슨 은혜 말이냐? 그저 화를 자초하지 말고, 또 나까지 끌고 들어가지만 않으면 된다."

손오공은 하는 수 없이 조사에게 하직 인사를 올리고 다른 제자들과도 작별 인사를 했답니다. 그러자 조사가 말했어요.

"네가 이 길로 떠나면 반드시 좋지 못한 짓을 할 게다. 네가 어떤 화를 초래하고 못된 짓을 하든 간에 내 제자였단 말을 절대 해선 안 된다. 일언반구라도 벙긋했다간 내 당장 알아차리고, 네 이 원숭이의 가죽을 벗겨 뼈를 발라버리고, 혼은 땅속 가장 깊은 곳에 유폐시켜, 만겁이 지나도 다시 태어나지 못하게 만들 테다."

"스승님 얘기는 절대 입도 벙긋하지 않겠습니다. 제가 혼자 터득한 거라고 하면 되는 거지요."

손오공은 인사를 하고 곧 그 자리를 떠나 손가락을 구부려 결을 맺고 연달아 재주를 넘어 근두운을 일으켜 타고는 곧장 동해로 돌아갔어요. 두 시간 정도 지나자 벌써 화과산 수렴동이 보이기 시작했지요. 멋진 원숭이 왕은 절로 즐거워져 혼자 이렇게 읊조렸어요.

떠날 때는 평범했던 몸뚱이 무겁기만 하더니
도를 얻은 지금 가볍고도 가벼워졌네.
온 세상에 뜻을 세우려는 자 없구나

뜻을 세워 도를 닦으면 그 신비함이 절로 드러나거늘
떠나던 그날은 파도 헤치고 나가기 어렵더니
오늘 돌아오는 길은 너무나도 쉽구나.
작별 인사 아직 귓가에 쟁쟁한데
이리도 순식간에 동해를 볼 줄이야!

去時凡骨凡胎重　得道身輕體亦輕
擧世無人肯立志　立志修玄玄自明
當時過海波難進　今日回來甚易行
別語叮嚀還在耳　何期頃刻見東溟

　손오공은 구름에서 내려 곧 화과산에 도착했어요. 그리고 길을
잡아 가는데, 별안간 학 울음소리 원숭이 울부짖는 소리가 들리
는 게 아니겠어요? 학 울음소리는 하늘 밖까지 뻗치고 원숭이 울
음은 처량하고 애절해서 마음이 아플 지경이었지요. 손오공이 곧
소리 높여 외쳤어요.

　"애들아, 내가 왔다!"

　그러자 벼랑 아래 돌 틈에서, 꽃과 덤불, 나무에서, 크고 작은
원숭이 수천 마리가 튀어나와 멋진 원숭이 왕을 빙 둘러싸고 모
두 머리를 조아리며 말했어요.

　"대왕님! 참 마음도 편하십니다! 어떻게 한 번 가서 그렇게
오래 계실 수가 있습니까? 저희를 모두 여기다 버려두시고 말입
니다. 저희는 눈이 빠져라 대왕님 오시기만 기다렸는데요. 요새
저희는 어느 요마妖魔 녀석에게 시달리고 있습니다. 그놈이 저희
수렴동 집을 차지하려 드는 거예요. 저희가 목숨을 걸고 싸웠습
니다만, 며칠 전 그 자식에게 가재도구를 빼앗기고 어린것들이
붙잡혀 가, 지금 밤낮으로 잠도 안 자고 파수를 서고 있던 중이었

어요. 마침 정말 잘 오셨습니다, 대왕님! 몇 년만 더 늦게 오셨으면 저희는 물론 수렴동 집까지 전부 그놈에게 먹혀버릴 판이었어요."

손오공은 이 얘길 듣자 벌컥 화를 내며 말했지요.

"아니 어떤 요괴이기에 그따위 버르장머리 없는 짓을 한단 말이냐? 자세히 얘기해봐라, 내 당장 그놈을 찾아 원수를 갚아줄 테니."

"대왕님께 아뢰오, 그놈은 자칭 혼세마왕混世魔王이라고 하는데, 여기서 바로 북쪽에 살고 있습니다."

"여기서 그놈 있는 데까지 얼마나 걸리더냐?"

"그놈은 올 때는 구름과 함께였다가 안개에 휩싸여 사라지고, 움직일 때마다 바람이 불거나 비가 오거나 천둥 번개가 쳤기 때문에, 저희로선 거리를 짐작할 수 없습니다."

"그렇군. 오냐, 이젠 무서워 말고 놀고 있어라. 내가 찾아볼 테니."

대단한 원숭이 왕! 그는 몸을 솟구쳐 공중으로 뛰어올라 근두운을 타고 곧장 북쪽으로 갔어요. 거기서 이리저리 둘러보니까 아주 험한 산이 하나 보이는 것이었어요.

　　뾰족한 산봉우리 우뚝우뚝 솟아 있고
　　굽이진 계곡물은 깊디깊게 흐른다.
　　뾰족한 산봉우리 우뚝 솟아 하늘을 찌르고
　　굽이진 계곡물은 깊디깊게 흘러 지옥문까지 통한다.
　　절벽 양쪽으로 꽃과 나무들 기이함을 다투고
　　곳곳에서 소나무 대나무가 푸른빛을 다툰다.
　　왼쪽에선 용이 순하게 놀고 있고
　　오른편에선 호랑이가 편안히 엎드려 있네.

매일 검은 소가 밭을 갈고

금전표¹⁹는 늘 씨앗을 뿌린다네.

깊은 숲에 사는 새가 길게 우짖고

붉은 봉황이 해를 향해 서 있네.

돌은 반짝반짝 깨끗하고 물결은 일렁일렁 맑은데

그 모습 특이하고 괴상하고 정말 사납게도 생겼네.

세상엔 명산도 무수히 많고

피고 지는 꽃들 많기도 많아라.

어찌 이런 경치 영원히 존재하며

사시사철 조금도 변함이 없는가?

진실로 삼계*의 감원산이요

오행을 길러내는 수장동일세.

筆峰挺立　曲澗深沈

筆峰挺立透空霄　曲澗深沈通地户

兩崖花木爭奇　幾處松篁鬪翠

左邊龍　熟熟馴馴

右邊虎　平平伏伏

每見鐵牛耕　常有金錢種

幽禽睍睆聲　丹鳳朝陽立

石磷磷　波淨淨　古怪蹺蹊眞惡獰

世上名山無數多　花開花謝繁還衆

爭如此景永長存　八節四時渾不動

誠爲三界坎源山　滋養五行水臟洞

　멋진 원숭이 왕이 한창 경치를 둘러보고 있는데, 어디선가 사

람 말소리가 들려와 그 길로 산을 내려가 찾아보았지요. 알고 보니 가파른 절벽 앞이 바로 수장동이었어요. 동굴 문 밖에서 졸개 요괴 몇이 춤을 추고 있다가 손오공을 보고 달아나려 했어요. 그러자 손오공이 말했지요.

"게 섰거라! 가서 내 말씀을 전해라. 나는 여기서 바로 남쪽에 있는 화과산 수렴동의 주인이다. 너희의 그 혼세조왕混世鳥王인지 뭔지 하는 놈이 매번 우리 애들을 괴롭힌다기에 내 그놈과 겨뤄 보고자 찾아왔다."

이 말을 들은 졸개가 나는 듯이 동굴로 달려 들어가 알렸지요.

"대왕님, 큰일 났어요!"

"큰일은 무슨 큰일?"

"동굴 밖에 웬 원숭이가 와 있는데 자칭 화과산 수렴동 주인이라고 합니다. 대왕님이 매번 자기 애들을 괴롭혀서 겨루려고 찾아왔다는데요."

그러자 마왕이 웃으면서 말했어요.

"그 원숭이 녀석들이 노상 자기들한테 출가하여 수행하고 있는 왕이 있다고 하더니 이번에 돌아온 모양이구나. 어떤 꼬락서니에 무슨 무기를 갖고 있더냐?"

"뭐 별 무기도 없던데요? 그저 맨머리에 붉은 옷을 입고 허리에는 누런 띠를 매고 검은 장화를 신었는데, 중 같지도 않고 속인 같지도 않고, 그렇다고 도사나 신선 같지도 않습디다. 빈주먹 맨손으로 문밖에서 호통만 치고 있는뎁쇼."

이 말을 들은 마왕이 "내 갑옷과 무기를 가져오너라!" 하고 명령하니, 그 졸개 요괴가 즉시 가지고 나왔지요. 마왕은 갑옷을 입고 칼을 빼들고 요괴 무리를 데리고 문을 나와 버럭 고함을 질렀어요.

"어떤 놈이 수렴동 주인이란 게냐?"

손오공이 눈을 부릅뜨고 살펴보니 그 마왕의 모습은 이러했어요.

머리엔 먹빛 투구
햇빛에 반짝이고
몸엔 검은 비단 도포
바람에 나부끼네.
아랫도리엔 검은 철갑을 입고
가죽 끈으로 질끈 동여매고
발엔 긴 꽃무늬 가죽 장화[花褶靴]를 신었으니
당당하기가 상장군上將軍 같네.
허리가 열 아름
키는 세 길이나 되네.
손에 쥔 칼 한 자루
날카로운 칼날에선 시퍼런 광채가 번쩍번쩍
이름하여 혼세마
무지막지 흉포한 모습

頭戴烏金盔　映日光明
身掛皂羅袍　迎風飄蕩
下穿着黑鐵甲　緊勒皮條
足踏着花褶靴　雄如上將
腰廣十圍　身高三丈
手執一口刀　鋒刃多明亮
稱爲混世魔　磊落兇模樣

원숭이 왕도 목청을 높였어요.

"이 못된 요괴놈아, 그렇게 큰 눈을 해가지고 이 손 어르신도 못 알아본단 말이냐?"

마왕이 그런 손오공을 보더니 웃으며 말했어요.

"넉 자도 못 되는 키에 나이는 서른도 안 된 놈이 손에 무기도 하나 없이, 간이 부었거나 아니면 미쳤나보구나. 날 찾아와 무슨 실력을 겨뤄보겠다니."

그러자 손오공이 욕을 퍼부었지요.

"이런 못된 요괴놈! 눈이 없어도 유분수지! 날 작다고 생각하는 모양인데, 키 늘리기야 식은 죽 먹기다. 무기가 없다고 생각하나본데, 내 이 두 손은 저 하늘의 달도 잡을 수 있다! 무서워 말고 이 어르신의 주먹이나 한 방 먹어라!"

그러면서 몸을 솟구쳐 펄쩍 뛰어올라 마왕의 얼굴을 내려치니, 마왕이 손을 뻗어 막으면서 말했어요.

"네놈은 요렇게 조그맣고 난 이렇게 큰데다, 넌 주먹을 쓰고 난 칼을 쓴단 말이야. 그러니 칼로 널 죽여본들 사람들이 비웃을 게 아니냐? 칼은 놔두고 네게 주먹맛을 보여주지."

"말은 잘한다, 그래도 사내대장부라고. 어디 덤벼봐라."

저쪽 마왕이 방어 자세를 풀면서 곧장 내려치자, 이쪽 손오공도 날쌔게 들어가 맞받아 치고받았어요. 둘은 주먹을 휘두르고 발로 차며 이리 번쩍 저리 번쩍 공격했어요. 알고 보니 긴 팔 큰 주먹은 헛치기만 하고 짧은 팔 작은 주먹은 맵기 이를 데 없었어요.

마왕은 손오공에게 옆구리를 맞고 사타구니를 걷어차이고 몇 번이나 호되게 급소를 얻어맞았어요. 안 되겠다 싶었던지 몸을 피해, 던져두었던 커다란 강철 칼을 집어 들고 손오공의 정수리를 겨냥해 내리쳤어요. 하지만 손오공이 얼른 몸을 피하자 허공을 갈랐을 뿐이었지요. 손오공은 마왕이 포악하고 사나운 걸 보고 곧 '신외신身外身' 술법을 썼어요. 털을 한 주먹 뽑아 입안에 털어넣고 잘게 씹어 훅 내뱉으면서 "변해라!" 하고 외치니, 곧 이삼백 마리의 꼬마 원숭이로 변해 마왕을 겹겹이 에워쌌어요.

원래 사람이 신선의 몸을 얻으면 신기한 능력이 생겨 변화가 무궁무진한 법이거든요. 이 원숭이 왕도 도를 깨달은 후로는, 몸에 붙은 팔만사천 가닥의 털 하나하나가 뭐든 변하고 싶은 대로 다 변할 수 있게 되었지요. 꼬마 원숭이들은 약삭빠른데다 잘 뛰었기 때문에 칼로 베려 해도 벨 수 없고 창으로도 상처 하나 낼 수 없었어요. 자, 이것 좀 보세요.

이놈들은 폴짝폴짝 뛰어올라 마왕에게 쏜살같이 덤벼들어 마왕을 꽁꽁 에워쌌어요. 껴안는 놈, 끌어당기는 놈, 사타구니로 파고드는 놈, 다리를 잡아당기는 놈에, 차고 때리고 털을 뽑고 눈을 후벼 파고 코를 비틀고 엉덩이를 밀어 올리고 하면서 마구 덤벼들어 마왕을 아주 곤죽으로 만들었어요.

이때 손오공이 마왕의 칼을 빼앗아 들고, 꼬마 원숭이들을 비키게 한 뒤, 정수리를 향해 내리쳐 두 동강을 내버렸어요. 그리고 원숭이들을 데리고 동굴로 들어가 크고 작은 요괴들을 남김없이 죽여버리고 나서, 뽑았던 털을 거두어 다시 몸에 붙였어요. 다시 털로 변해 몸에 붙지 않는 것들은 바로 마왕이 수렴동에서 잡아온 원숭이들이었지요. 손오공이 말했어요.

"너희들은 어째서 여기에 와 있느냐?"

삼십에서 오십 마리쯤 되는 원숭이들이 눈물을 머금고 대답했지요.

"저희는 대왕께서 신선 되는 도를 닦으러 떠나시는 바람에, 요두 해 동안 마왕과 싸우다가 붙잡혀 왔습니다. 여기 있는 어느 것 하나 우리 수렴동 물건 아닌 게 없습니다. 돌 쟁반, 돌그릇 모두 저놈에게 빼앗긴 것들이에요."

"우리 물건이라면 모두 밖으로 옮겨라."

손오공은 동굴을 빠져나오자마자 불을 놓아 무엇 하나 남기지 않고 아주 깨끗이 수장동을 태워버렸어요. 그리고 여러 원숭이들에게 말했어요.

"자, 너희도 나를 따라 돌아가자."

"대왕님, 저희가 여기 올 때는 바람 소리밖에 못 들었는데, 몸이 둥둥 뜨더니 어느새 여기 와 있었습니다. 그래서 길도 전혀 모르는데 어떻게 고향으로 돌아갈 수 있나요?"

"그건 그놈이 법술을 쓴 거야. 뭐 어려울 게 있다고! 지금의 난 하나를 깨치면 백 가지에 통달하는 몸이니 그것쯤은 나도 할 수 있어. 너희 모두 눈을 감아. 떨지 말고!"

과연 훌륭한 원숭이 왕이지요! 그는 중얼중얼 주문을 외더니 광풍을 타고 달렸어요. 그리고 구름에서 내리면서 이렇게 외쳤어요.

"애들아, 눈을 떠봐라!"

원숭이들은 발을 땅에 딛고서야 고향이란 걸 알고, 좋아 어쩔 줄 몰라서 동굴로 가는 낯익은 길을 우루루 달려갔어요. 그리고 동굴에 남아 있던 원숭이들을 만나 함께 얼싸안고 동굴로 들어가, 나이 순서로 대열을 짓고 원숭이 왕에게 절을 올렸지요. 원숭이들은 술과 안주를 마련해서 돌아온 왕을 환영하고 전승을 축하하는 잔치를 열었어요. 마왕을 무찔러 아이들을 데려온 일에 대해 묻자 손오공이 아주 자세히 얘기를 들려주었어요. 원숭이들은 입에 침이 마르도록 칭송해 마지않았지요.

"대왕께선 어디에 갔다 오신 겁니까? 그런 솜씨를 터득하시다니 정말 놀랍습니다!"

"내가 그때 너희들과 헤어져 물결 따라 바람 타고 동쪽 큰 바다를 건너 남섬부주에 닿았느니라. 거기서 사람 행색을 배워 이 옷을 입고 이 신을 신고 여유작작 팔구 년이 넘게 떠돌아다녔건만 그 도를 배우지 못했지. 그래 다시 서쪽 큰 바다를 건너 서우하주 쪽으로 가서 오랫동안 찾아다니다 운 좋게 늙은 조사 한 분을 만났는데, 그분이 내게 하늘과 수명을 같이할 수 있는 진정한 공덕과 불로불사의 대법문大法門을 전수해주셨단 말씀이야."

원숭이들은 환호성을 지르고 축하 인사를 하며 이구동성으로 말했어요.

"만겁이 걸려도 좀처럼 만나기 어려운 분이실 텐데!"

손오공이 웃으며 다시 말했어요.

"애들아, 축하할 일이 또 하나 있다. 우리 원숭이들이 성씨를 갖게 되었구나."

"대왕님, 무슨 성인데요?"

"이제 내 성은 손이다. 법명은 오공이고."

원숭이들이 듣더니 박수를 치고 기뻐하며 말했어요.

"대왕께서 손씨 집안의 시조이시니, 저희는 모두 손씨 집안의 이 대 손, 삼 대 손, 그리고 그 아래 항렬의 손씨가 되겠군요. 온 가문이 손씨요, 온 나라가 손씨이며, 이 수렴동도 모두 손씨가 되겠군요!"

이렇게 모두가 손 어르신의 비위를 맞추며, 크고 작은 그릇과 접시에 야자술, 포도주, 선계의 꽃, 신선의 과일을 담아 올렸어요. 아, 그야말로 온 집안에 즐거움이 넘쳤던 거지요.

하나의 성으로 관통하여 육신이 근본으로 돌아가니

이젠 다만 그 이름 영예롭게 신선의 명부에 오를 날만 기다리네.

貫通一姓身歸本　只待榮遷仙錄名

그래서 마침내 어떤 결과가 생길는지? 손오공의 수렴동 생활의 시작과 끝이 어떻게 되는지는 아직 알 수 없는데, 그것은 다음 회를 들어보시라.

제3회
여의봉을 얻고 불사의 몸이 되다

어쨌거나 멋진 원숭이 왕은 금의환향하여 혼세마왕을 소탕하고 큰 칼을 빼앗았지요. 그리고 날마다 무예를 익히며, 졸개 원숭이들에게는 대나무를 잘라 창을 만들고 나무를 베어 칼을 만들게 한 후, 깃발에 따라 대오를 정돈하고 호각에 따라 일진일퇴하는 훈련을 시키고, 진지를 구축했지요. 이렇게 한참 놀며 지내던 어느 날, 그는 조용히 앉아 생각하다 이렇게 말했어요.

"우리가 여기서 장난삼아 훈련하는 게 진짜처럼 되어 인간의 왕이나 날짐승 또는 들짐승의 왕이 놀라며 도발이라 여길지 모르겠다. 그들은 우리가 군대를 길러 전쟁을 일으키려 한다면서 군대를 일으켜 싸우러 올지도 몰라. 그런데 너희들은 모두 죽창과 목도 따위로만 무장하고 있으니 어떻게 대적한단 말이냐? 아무래도 예리하고 튼튼한 무기가 있어야 되겠는데, 어쩌지?"

다른 원숭이들이 듣고 두려움에 떨었지요.

"대왕님의 생각은 훌륭하십니다만, 무기를 구할 곳이 없군요."

바로 이때 원숭이 네 마리가 나섰는데, 두 마리는 엉덩이가 빨간 마후馬猴고, 두 마리는 등이 넓은 원후猿猴였어요. 그들은 앞으로 걸어 나와 말했지요.

"대왕님, 좋은 무기를 구하실 요량이면 아주 쉬운 일입니다."

"어찌 쉽단 말인가?"

"우리가 있는 이 산에서 동쪽으로 가면 이백 리쯤 되는 물이 펼쳐져 있는데, 그 너머에 오래국이 있습니다. 그 나라에는 왕이 있고 성안에는 군사와 백성이 무수히 많으니, 그 중에는 틀림없이 쇠붙이를 다루는 대장장이가 있을 겁니다. 대왕께서 거기 가서 병기를 사거나 만들어 오셔서 우리들을 훈련시켜 산채를 지키게 하시면, 이야말로 오래도록 태평을 보전하는 계기가 될 것입니다."

손오공은 그 말을 듣고 흡족해하면서 말했지요.

"너희들은 여기서 놀며 기다리고 있어라. 내가 다녀오마."

대단한 원숭이의 왕! 그는 급히 근두운을 타고 삽시간에 이백 리 물을 건너갔어요. 과연 그곳에는 해자垓字에 둘러싸인 성이 있었는데, 그 안은 거리가 반듯하고 인가가 즐비하며 오가는 사람들이 환한 대낮 거리에 가득했어요. 손오공은 속으로 생각했어요.

'이곳에는 틀림없이 만들어 놓은 무기가 있을 거야. 내려가서 사 오느니 신통술을 부려 훔쳐 오는 게 낫겠어.'

그가 곧 손가락을 구부려 결을 맺고 주문을 외며, 동남쪽[1]을 향해 숨을 들이마셨다가 훅 내뿜었지요. 그랬더니 순식간에 한바탕 바람이 일며 모래가 날리고 돌이 굴러다니니, 사람들이 놀랄 만했지요.

---

1 원문에서는 이것을 '손지巽地'라고 표현했는데, 『주역』「설괘說卦」에 따르면 '손'은 바람이 일어나는 곳에 해당한다.

큰 구름 일어나는 곳 하늘과 땅이 뒤흔들려
검은 안개 음습하고 대지는 어둑하다.
강과 바다에 파도가 뒤집혀 물고기와 게가 놀라고
산과 숲에 나무 부러져 호랑이와 이리도 도망친다.
모든 시장에는 장사꾼 사라지고
일터마다 보이는 이 하나 없다.
궁궐 안 군왕은 내원으로 돌아가고
계단 앞 문무 관리들도 관사로 돌아갔다.
길이 빛날 보배로운 옥좌는 모두 바람에 날려 넘어지고
높다란 오봉루[2]가 뿌리째 흔들린다.

砲雲起處蕩乾坤　黑霧陰霾大地昏
江海波翻魚蟹怕　山林樹折虎狼奔
諸般買賣無商旅　各樣生涯不見人
殿上君王歸內院　增前文武轉衙門
千秋寶座都吹倒　五鳳高樓幌動根

　바람이 일기 시작하니 오래국 왕은 놀라 달아나고, 번화한 거
리의 즐비한 인가도 황급히 문을 걸어 잠가, 바깥에는 감히 다니
는 자가 없었어요. 그제야 손오공은 근두운을 멈추고 곧장 왕궁
의 문으로 들어가 무기고를 찾아냈지요. 문을 열고 들여다보니
거기에는 칼[刀]이며 창[鎗], 허리에 차는 긴 칼[劍], 끝이 좌우로
갈라진 미늘창[戟], 도끼[斧], 네모난 큰 도끼[鉞], 모[矛], 낫[鎌],
채찍[鞭], 쇠스랑[鈀], 북채[撾], 막대[簡], 활[弓], 쇠뇌[弩], 끝이 갈
라진 창[叉], 자루가 긴 창[矛] 등등 수많은 무기가 골고루 갖추어

2　당나라 때 궁전에 있던 누각 이름인데, 나중에는 제왕의 궁전을 가리키는 일반적인 의미로 자
　　주 사용되었다. 여기서는 오래국의 궁전을 암시한다.

94　서유기

져 있었어요.

손오공은 그것을 보고 기뻐하면서 중얼거렸어요.

"나 혼자 몇 개나 옮기겠나? 아무래도 분신법分身法을 써서 옮겨야겠어."

대단한 원숭이의 왕! 그가 곧 털을 한 줌 뽑아 입에 넣고 잘근잘근 씹다가 뱉어내면서 "변해랏!" 하고 주문을 외니, 수많은 분신 원숭이로 변해 닥치는 대로 무기들을 날랐어요. 힘센 놈은 오십 개를 들고 힘이 없는 놈들은 두세 개를 들어서, 무기고를 깨끗이 비워버렸지요. 손오공은 재빨리 근두운을 타고 술법[攝法]을 써서 광풍을 불러들여, 분신 원숭이를 거느리고 본거지로 돌아왔지요.

한편, 화과산의 크고 작은 원숭이들은 동굴 밖에서 놀고 있었어요. 갑자기 바람이 휘몰아치는 소리가 들리면서 공중에서 들쭉날쭉 끝없이 원숭이 요괴들이 몰려오자 모두들 정신없이 비명을 지르며 도망쳐 숨었지요. 잠시 후 멋진 원숭이 왕은 근두운에서 내려 안개를 거둬들인 다음, 몸을 한 번 흔들어 터럭들을 거둬들이고 가져온 무기들을 산 앞에 어지럽게 쌓아놓았어요. 그리고 이렇게 말했어요.

"애들아! 모두들 와서 무기를 가져가거라!"

원숭이들은 쳐다보고 있다가 손오공이 널찍한 평지에 홀로 서 있는 것을 보고, 모두 달려와 머리를 조아리며 어찌된 일인지 물었어요. 그러자 손오공은 광풍을 일으키고 무기들을 운반한 일에 대해 한바탕 설명을 늘어놓았어요. 원숭이들은 감사 인사를 하고 모두들 달려가 칼이며 검, 도끼와 창, 활이며 쇠뇌 등을 다투어 챙겨 옮기면서 시끌벅적한 하루를 보냈어요.

이튿날 손오공은 예전처럼 진영을 배치하고 원숭이들을 모았는데, 그 수가 사만칠천 마리 남짓했어요. 이 일은 온 산의 괴수怪獸들을 놀라게 해서, 이리며 파충류, 호랑이, 표범, 큰 사슴[麤], 큰 노루[麂], 노루[獐], 암퇘지[豝], 여우, 살쾡이, 오소리, 사자, 코끼리, 성성이, 곰, 사슴, 멧돼지, 들소, 영양, 물소, 신령한 개[狨兒],[3] 사나운 개[神獒][4] 따위의 짐승들과 각종 요괴들의 왕 등등 일흔두 곳의 동굴에 있는 놈들이 모두 와서 원숭이 왕을 배알하고 우두머리로 모셨어요. 그들은 매년 공물貢物을 바치고, 사계절의 때에 맞춰 점호[5]를 받았지요.

그들 가운데는 나누어진 대열을 따라 무술을 훈련하는 놈들도 있었고, 절기에 따라 식량을 징발하는 놈들도 있었어요. 이들은 모두 질서 정연하게 움직여서 화과산 전체를 튼튼한 철옹성으로 만들었어요. 각 부대를 지휘하는 요괴 왕들은 징과 북이며, 화려한 깃발, 투구와 갑옷 따위를 계속해서 바쳐왔고, 날마다 무예를 익히고 군사 훈련을 했어요.

멋진 원숭이 왕은 한참 즐겁게 지내다가 어느 날 갑자기 무리에게 물었어요.

"너희들은 활쏘기에도 익숙해지고 여러 가지 병기에도 정통해졌는데, 나의 이 칼은 쓸데없이 크고 무겁기만 해서 영 마음에 들지 않으니, 어쩌면 좋겠냐?"

그러자 늙은 원숭이 네 마리가 앞으로 나와 아뢰었어요.

3 『산해경』「서산경西山經」에는 서왕모西王母가 살고 있는 옥산玉山에 생김새는 개를 닮았고 몸에 표범 같은 무늬가 있으며 머리에는 소처럼 두 개의 뿔이 난 짐승이 있는데, 그 이름을 '교효'라고 한다 했다. 이 짐승의 소리는 개가 짖는 듯한데, 이놈이 나타나면 그 나라에 큰 풍년이 든다고 했다.

4 『상서尙書』에는 "서쪽 이민족들이 그 지방에서 자라는 '오효'를 바쳤다(西旅底貢厥獒)"는 구절이 있는데, 그에 대한 공안국孔安國의 주석에 따르면, '오'는 키가 네 자나 되는 큰 개라고 했다.

5 이 부분의 원문은 '점묘點卯'로 되어 있는데, 이것은 옛날 관료들이 매일 묘시(卯時, 오전 5~7시)에 관아官衙에 출근하여 출석 점검을 받았던 것을 가리킨다. 이때 사용하는 관료들의 명단을 적은 책을 '묘책卯冊'이라 했다.

"대왕께서는 선성仙聖이시니 평범한 무기는 쓸모가 없습니다. 그런데 대왕께서 물속에 잘 들어가실 수 있는지 모르겠군요?"

"내가 도를 깨우친 뒤로 일흔두 가지 변화의 능력을 갖게 되었고, 근두운도 막대한 신통력을 갖고 있으며, 몸을 숨기고[隱遁], 일으키고[起], 거두는[攝] 술법에 능통하게 되었다. 하늘로 오르려면 길이 열리고, 땅에 들어가려면 문이 열리지. 해와 달의 빛에도 그림자가 생기지 않고, 쇠와 돌을 뚫고 들어가는 데도 아무 장애가 없다. 물에 빠지지도, 불에 타지도 않는다. 그러니 어딘들 가지 못하겠느냐!"

"대왕께서 이런 신통력을 지니고 계시다면, 우리가 있는 이곳의 철판교 밑으로 흐르는 물이 동해의 용궁과 통하니, 대왕께서 가고 싶으시다면 용왕을 찾아가 뭔가 무기가 될 만한 걸 달라고 하십시오. 그러면 좀 대왕님 마음에 흡족하지 않겠습니까?"

손오공은 그 말을 듣고 매우 기뻐했어요.

"그럼, 내 다녀오마."

과연 대단한 원숭이 왕이지요! 그는 다리로 펄쩍 뛰어내려 물길을 여는 술법[閉水法]을 써서 손가락을 구부려 결을 맺고 훌쩍 파도 속으로 뛰어들어 가, 물길을 가르고 곧장 동해바다 밑으로 들어갔어요. 한참 가다가 문득 바다를 순찰하던 야차夜叉[6]를 하나 발견했는데, 그놈이 손오공을 막아서며 물었어요.

"물살을 가르며 오시는 분은 어떤 신성神聖이시오? 신분을 밝히시면 안에 통보하여 영접하도록 하겠습니다."

"이 몸은 바로 화과산의 하늘이 낳은 성인聖人, 손오공으로 너희 용왕과는 가까운 친척이신데, 어찌 못 알아보느냐?"

---

6 범어의 음역으로 '약차藥叉', '열차閱叉', '야걸차夜乞叉'라고도 쓴다. 불교에서는 대개 병마를 일으키는 악귀를 가리킨다.

야차는 그 말을 듣고 급히 수정궁水晶宮에 알렸어요.

"대왕님, 밖에 화과산의 하늘이 낳은 성인 손오공이라는 이가 대왕의 가까운 친척이라 말하며 궁전 안으로 들어오고자 합니다."

동해 용왕 오광敖廣은 급히 자리에서 일어나 여러 아들 손자 용들과 새우 병사, 게 장군 등을 거느리고 궁전 밖으로 나와 영접했어요.

"높으신 신선이시여, 들어가시지요. 들어가시지요."

그들은 바로 궁전 안으로 들어가 상견례를 마친 후, 손오공을 윗자리에 앉히고 차를 바쳤어요. 그런 뒤에 동해 용왕이 물었어요.

"높으신 신선께서는 언제 도를 얻으셨는지요? 어떤 신선술을 전수받으셨는지요?"

"나는 태어난 후에 출가수행하여, 윤회전생輪廻轉生을 거치지도 않고 사멸하지도 않는 몸이 되었소. 근래에 자손들을 가르쳐 산과 동굴을 지키려 하는데, 마땅한 병기가 없소이다. 오래전부터 듣자 하니 현명하신 이웃께서 훌륭한 궁궐에 살고 계신데 이곳엔 분명 신령한 병기들이 많이 남을 것이라 하기에 하나 얻어 가고자 이렇게 특별히 찾아온 것이오."

용왕은 그 말을 듣고 거절하기가 마땅치 않았는지라, 곧 방어[鰳] 도사都司[7]를 불러 큰 칼[大桿刀] 한 자루를 꺼내와 바치게 했어요. 그러자 손오공이 이렇게 말했어요.

"나는 칼을 쓸 줄 모르니, 다른 걸로 주시지요."

용왕은 다시 강준치[鮊] 태위太尉더러 드렁허리[鱔] 역사力士

---

7 지방의 군정軍政을 담당하는 중요한 관리, 즉 명나라 때의 도지휘사사都指揮使司를 가리킨다.

를 데리고 가서 아홉 갈래 창날이 달린 구고차九股叉라는 창을 가져오게 했어요. 그러자 손오공이 자리에서 풀쩍 뛰어 내려가서 그 창을 손에 받아 들고 한번 휘둘러보더니, 곧 내려놓으며 말했어요.

"가벼워! 가벼워! 너무 가벼워! 그리고 손에도 잘 맞지 않아! 다른 걸로 주시지요."

그러자 용왕이 웃으며 말했어요.

"높으신 신선께서는 이 창을 보신 적이 없는 모양인데, 그건 무게가 삼천육백 근이나 나가는 것입니다!"

"손에 잘 맞지 않아요! 잘 맞지 않아!"

용왕은 속으로 겁이 나서 다시 방어 제독提督과 잉어 총병總兵더러 자루에 화려한 무늬가 새겨지고 창날이 갈라진 방천극方天戟을 가져오게 했어요. 그 창은 무게가 칠천이백 근이나 되었지요. 손오공은 그걸 보고 앞으로 달려가 손에 넘겨받아 이리저리 몇 번 자세를 잡아보고 두 차례 기술을 펼쳐 보더니, 중간에 꽂아 놓고 말했어요.

"그래도 가벼워! 가볍다니까!"

용왕은 더욱 겁을 집어먹고 말했어요.

"높으신 신선님, 우리 궁궐에서는 이게 제일 무거운 창입니다. 그 외에는 이렇다 할 병기가 없습니다."

그러자 손오공이 웃으며 말했어요.

"옛사람 말씀에 '바다 용왕에게 보물이 없을까 걱정하랴(愁海龍王沒寶哩)!'라는 말이 있지 않소이까? 다시 한 번 찾아보시구려. 마음에 드는 것이 있으면 전부 값을 쳐드리리다."

"정말 더 이상 없습니다."

막 이렇게 말하고 있을 때, 뒤쪽에서 용왕의 왕비와 공주가 나타나서 이렇게 말했어요.

"대왕님, 보아하니 이 성인은 절대 만만히 보실 분이 아닙니다. 우리의 바다 창고에는 은하수의 바닥을 다지던 신령하고 진귀한 쇠[神珍鐵]가 있는데, 요 며칠새 고운 노을빛이 나고 상서로운 기운이 강하게 오르고 있으니, 어쩌면 모습을 드러내 이 성인을 만나려고 하는 것이 아니겠습니까?"

그러자 용왕이 말했어요.

"그건 위대하신 우禹임금께서 황하黃河의 물길을 다스리실 때 강과 바다의 깊고 얕은 곳을 다지던 것인데, 그게 신기한 쇳덩어리이긴 하지만 무슨 쓸모가 있겠소?"

이에 왕비가 대답했어요.

"저분이 쓰건 말건 상관 말고 줘버리세요. 어떻게 고쳐 쓰든 그거야 저분 마음대로 하라고 하시고, 궁궐 밖으로 내보내시면 그만이지요."

용왕은 그 말을 따라 손오공에게 그 쇳덩어리에 대해 전부 얘기해주었어요. 그러자 손오공이 말했어요.

"한번 가져와서 보여주시오."

용왕은 손을 내저으며 말했지요.

"그건 메어 옮길 수도, 들어 옮길 수도 없습니다! 높으신 신선께서 직접 가보시는 수밖에 없습니다."

"어디 있소? 당신이 좀 안내해주시구려."

이에 용왕이 손오공을 인도하여 바다의 보물 창고 안으로 들어갔는데, 갑자기 금빛 광채가 사방으로 찬란히 빛났어요. 용왕은 그 빛을 손가락으로 가리키며 말했지요.

"저기 빛을 발하는 것이 바로 그것입니다."

손오공이 옷깃을 걷어 올리고 앞으로 나아가 손으로 만져보니,

그것은 대략 굵기가 한 말[斗] 정도요, 길이는 두 길이 넘는 쇠기둥이었어요. 그는 두 손으로 힘껏 그러쥐며 중얼거렸어요.

"너무 굵고 긴 것 같은데, 조금만 짧고 가늘다면 쓸 만하겠어."

그런데 그 말이 끝나자 그 보물이 곧 몇 자 정도로 짧아지고 굵기도 한 아름 정도로 가늘어졌어요. 손오공은 그걸 위아래로 흔들어보더니, 다시 중얼거렸어요.

"조금만 더 가늘면 좋겠어!"

그러자 그 보물은 정말 다시 조금 더 가늘어지는 것이었어요. 손오공이 매우 기뻐하며 보물 창고에서 들고 나와 살펴보니, 양쪽 끝에는 금테가 둘러지고 중간은 오철烏鐵로 만들어져 있었는데, 금테 부근에는 이런 글이 한 줄 새겨져 있었어요.

여의금고봉如意金箍棒 무게 일만삼천오백 근

손오공은 속으로 기뻐하며 중얼거렸어요.

'틀림없이 이 보물은 사람 마음대로 변하는 게로구나.'

그는 걸으면서 생각에 잠겨 입으로 중얼중얼, 손으로 여의봉을 흔들며 이렇게 말했어요.

"조금만 짧아지면 더 좋겠는데!"

밖으로 나와 보니 여의봉은 어느새 길이는 두 길 남짓 굵기는 사발만 하게 가늘어져 있었어요.

자, 보세요. 손오공은 신통력을 부려서 이런저런 무예 기술을 펼치며 수정궁 안을 휘젓고 다녔어요. 그의 기합 소리에 용왕은 담이 오그라들고 가슴이 벌렁벌렁, 용왕의 아들은 혼비백산했어요. 거북이며 자라, 악어들은 모두 목을 움츠렸고, 물고기며 새우, 조개, 게들은 모두 머리를 숨겼어요. 손오공은 보물을 손에 잡고 수정궁에 앉아 용왕을 보고 웃으며 말했어요.

"현명하신 이웃의 후의에 무척 감사하오."

"고맙다니요, 당치도 않습니다!"

"이 쇳덩어리가 쓸 만하긴 하지만, 한 가지 청이 더 있습니다."

"높으신 신선께서 하실 말씀이 더 있으십니까?"

"애초에 이 쇳덩어리가 없었다면 그만이었겠지만, 지금 손에 이걸 들게 되니까 몸에 이와 어울리는 옷을 걸치지 못한 점이 아쉽군요. 이곳에 혹시 갑옷과 투구가 있다면 한 벌 찾아주시지요. 한꺼번에 사례하겠습니다."

"그런 것은 없습니다."

"속담에 '한 손님은 두 주인을 괴롭히지 않는다(一客不犯二主)' 라는 말이 있지요. 없다고 하신다면 저도 절대 이 문을 나가지 않을 겁니다."

"번거롭겠지만, 다른 바다를 둘러보시면 찾을 수 있을지 모릅니다."

"옛말에 '여러 집을 돌아다니느니 한 집에 눌러앉아 있는 것이 더 낫다(走三家 不如坐一家)'라고 하지 않았소? 제발 하나만 구해주시구려."

"정말 없습니다. 만약 있다면 당장 바쳤겠지요."

"정말 없으시다면, 당신에게 이 쇠몽둥이를 한번 시험해보겠소이다!"

그러자 다급해진 용왕은 얼른 이렇게 말했어요.

"높으신 신선님, 제발 참으세요! 동생 집에 있나 알아보고 있으면 드리겠습니다."

"동생께선 어디 계시오?"

"제 동생은 바로 남해 용왕 오흠敖欽과 북해 용왕 오순敖順, 서해 용왕 오윤敖閏입니다."

"이 손 어르신은 안 갈 거요. 안 가요! 속담에 '외상 석 냥보다 현찰 두 냥이 낫다(賒三不敵見二)'고 했소이다. 당신이 적당히 한 벌 주시면 되지 않겠소?"

"높으신 신선님께서 직접 가실 필요는 없습니다. 여기 쇠북과 금종이 있는데, 긴급한 일이 있을 때 북을 울리고 종을 치면 동생들이 금방 달려올 겁니다."

"그렇다면 얼른 북을 울리고 종을 치시오!"

이렇게 해서 정말 악어 장군이 가서 종을 치고, 자라 원수元帥가 와서 북을 울렸지요.

잠시 후 종소리와 북소리가 울리자, 과연 놀란 세 바다 용왕들이 순식간에 달려와 일제히 궁궐 밖에 모였어요. 그리고 오흠이 대표로 말했지요.

"큰형님, 무슨 긴급한 일로 북을 울리고 종을 쳤습니까?"

"아우, 말하기 민망한 일일세. 화과산의 무슨 하늘이 낳은 성인이라는 놈이 새벽같이 찾아와 이웃이라고 아는 체하더니, 나중에는 병기를 하나 달라고 하지 않겠나? 그런데 강철로 된 창을 줘도 작다고 하고, 방천화극方天畫戟을 줘도 가볍다고 투덜거리더니, 은하수를 다지던 신령하고 귀한 쇠를 제 손으로 들고 나와 재주를 부리더군. 지금은 궁중에 버티고 앉아 또 무슨 갑옷과 투구를 내놓으라고 난릴세. 이곳에는 그런 게 없어서 북을 울리고 종을 쳐서 동생들을 부른 것일세. 자네들에게 갑옷과 투구 같은 게 있으면 그놈에게 한 벌 줘서 내보내버리세."

오흠이 그 말을 듣고 크게 화를 내며 말했어요.

"우리 형제가 군대를 일으켜서 그 못된 놈을 잡아버립시다!"

"아서게! 그런 소리 말게! 그 쇠몽둥이는 살짝 당기기만 해도

손오공, 용궁을 찾아가 여의봉과 옷을 얻다

죽음이요, 살짝 부딪치기만 해도 끝장일세. 건드리기만 해도 살 갗이 벗겨지고, 스치기만 해도 힘줄이 끊어진단 말일세."

이에 서해 용왕 오윤이 말했어요.

"둘째 형님, 그놈에게 손대면 안 됩니다. 되는대로 갑옷과 투구를 주고 여기서 내보낸 다음 하늘나라에 상소문을 올리면, 하늘에서 직접 처벌할 것입니다."

그러자 북해 용왕 오순이 이렇게 말했어요.

"맞는 말이오. 제게 우사藕絲로 짠 보운리步雲履[8]가 있어요."

그러자 서해 용왕 오윤이 말했어요.

"저는 사슬로 엮은 황금 갑옷을 한 벌 가져왔습니다."

남해 용왕 오흠이 말했어요.

"제겐 봉황 날개 장식이 달린 자금관紫金冠이 하나 있습니다."

동해 용왕은 매우 기뻐하여 그들을 이끌고 수정궁으로 가서 손오공과 인사하게 하고 이 물건들을 바쳤어요. 손오공은 금관과 황금 갑옷, 보운리를 모두 입고 쓰고 신더니, 여의봉을 들고 곧장 밖으로 나가면서 용왕들에게 말했어요.

"폐를 끼쳤소이다! 폐를 끼쳤소이다!"

네 바다 용왕들이 무척 불평하면서 하늘에 상소문 올리는 일에 대해 의논한 것은 말할 것도 없지요.

자, 보세요. 이 원숭이 왕은 물길을 가르고 곧장 철판교 위로 솟구쳐 올라갔어요. 다리 옆에는 늙은 네 원숭이가 원숭이 무리를 거느리고 기다리고 있었지요. 그때 갑자기 손오공이 파도를 뚫고 밖으로 뛰어나오는데, 몸이 젖지 않은 채 금빛 찬란한 모습으로 다리로 걸어왔어요. 깜짝 놀란 원숭이들은 일제히 무릎 꿇으며

---

8 '우사'는 가는 명주실을 일컫는 말이고 '보운리'는 옛날 제왕들이 신던 가벼운 가죽신을 가리킨다.

말했어요.

"대왕님, 멋지십니다! 정말 멋지십니다!"

손오공은 얼굴 가득 봄바람 같은 미소를 지으며 옥좌에 높이 올라 쇠몽둥이를 마당 한복판에 세워놓았어요. 원숭이들은 좋은 지 나쁜지도 모르고 모두 와서 그 보물을 들어보려 했지만, 잠자리가 쇠기둥을 흔들듯 터럭만큼도 움직일 수 없었지요. 원숭이들은 저마다 손톱을 깨물고 혀를 빼물며 말했어요.

"나리! 이렇게 무거운 것을 어떻게 가져오셨습니까!"

손오공이 앞으로 나아가 손을 펴 잡아들더니, 원숭이들을 향해 웃으며 말했지요.

"모름지기 '물건마다 주인이 있다(物各有主)'더니, 이 보물이 바다 보물 창고에 잠들어 있은 지 몇천 년인지 모르는데 마침 올해부터 빛을 내기 시작했다더군. 용왕은 시커먼 쇳덩어리인 줄로만 알고, 무슨 '은하수 바닥을 다지던 신령하고 진귀한 쇳덩이'라고 부르더구나. 그놈들이 모두 메거나 들어 옮기려 했지만 꿈쩍도 하지 않는다며, 날더러 직접 가서 가져오라 하더라. 그때 이 보물은 길이가 두 길 남짓, 굵기는 한 말 정도 되었지.

그런데 내가 쥐어보고 너무 크다 여겼더니 그걸 알았는지 금세 쑥 줄어들더구나. 다시 조금 더 작아지라고 했더니 또 한참 작아졌지. 그래도 더 작아지라고 했더니, 또 한참 작아졌어. 얼른 밝은 곳에 들고 나와 살펴보니, 그 위에 '여의금고봉 무게 일만삼천오백 근'이라고 글자가 새겨져 있더구나. 너희들 모두 비켜보거라. 내 다시 그걸 변하게 해보마."

그는 그 보배를 손으로 흔들며 소리쳤어요.

"작아져라! 작아져라! 작아져!"

그러자 여의봉은 즉시 수놓는 바늘처럼 작아져서 귀 안에 넣어 감출 수 있게 되었어요. 여러 원숭이들은 깜짝 놀라며 소리쳤어요.

"대왕님! 다시 꺼내서 한번 해보세요!"

원숭이 왕은 귀 안에서 그걸 꺼내 손바닥에 올려놓고 소리쳤어요.

"커져라! 커져라! 커져!"

그러자 여의봉은 즉시 굵기가 한 말은 되고, 길이는 두 길 남짓하게 커졌어요. 그는 신명이 나서 다리로 뛰어올라 동굴 밖으로 나가더니, 보물을 손에 잡고 하늘과 땅의 형상을 흉내 내는[法天像地] 신통력을 부렸어요. 그리고 허리를 굽히더니 "늘어나라!" 하고 소리쳤어요. 그의 몸은 즉시 만 길 높이로 늘어났는데, 머리는 태산泰山 같고, 허리는 험한 고개 같고, 눈은 번쩍이는 번개 같고, 입은 시뻘건 피를 담은 대야 같고, 이빨은 날카로운 창날 같았어요.

손에 든 여의봉은 위로 서른세 곳의 하늘*에 닿고, 아래로는 십팔 층 지옥*에 이르러, 호랑이와 표범, 이리, 파충류를 비롯해서 온 산의 괴물들과 일흔두 곳 동굴의 요괴 왕들이 모두 놀라 머리를 땅에 박고 절하며 전전긍긍 혼비백산했지요. 손오공은 잠시 후 법상法像을 거두고 보물을 다시 수놓는 바늘처럼 줄여서 귀 안에 숨기고, 동굴 마을로 돌아왔어요. 깜짝 놀란 각 동굴의 요괴 왕들은 모두 찾아와 축하 인사를 했지요.

이날 수렴동에선 깃발을 성대히 펼치고 북과 징을 울렸어요. 그리고 온갖 맛있는 음식을 차려놓고 야자수 즙과 포도주를 가득 따라 무리들과 어울려 한참 동안 마시고 잔치를 벌였지요. 하지만 예전처럼 훈련은 또 계속했어요. 원숭이 왕은 예의 늙은 네 원숭이들을 건장健將 자리에 봉해서, 엉덩이가 빨간 두 마후를 각기 마馬 원수와 유流 원수라 부르고, 등이 널찍한 두 원후猿猴를 각기 붕崩 장군과 파吧 장군이라 불렀지요. 그리고 영채를 세우고 상벌을 내리는 여러 일들을 모두 네 건장이 처리하도록 맡겼어요.

그는 마음 놓고 매일 구름을 타고 멀리 네 바다와 여러 산으로 놀러 다녔어요. 무예를 펼치며 영웅호걸들을 두루 찾아다니고, 신통력을 부려 현명한 벗들을 널리 사귀었어요. 이 무렵 또 일곱 형제들을 모았으니, 바로 우마왕牛魔王과 교마왕蛟魔王, 붕마왕鵬魔王, 사타왕獅犯王, 미후왕獼猴王, 우융왕猰狨王, 그리고 멋진 원숭이 왕 자신까지 포함해서 일곱이었지요. 그들은 날마다 문무에 대해 강론하고, 잔치를 벌여 술잔을 돌리고, 음악에 맞춰 춤을 추면서, 아침에 갔다가 날이 저물어서야 돌아오곤 했어요. 즐겁기 그지없는 나날이었지요. 만 리 먼 길도 마당에서 내 집 안마당에 난 길처럼 여겼지요. 이른바 머리 한 번 끄덕이면 삼천 리를 지나고, 허리한 번 흔들면 팔백 리를 가는 식이었지요.

하루는 손오공이 수렴동에서 네 건장에게 분부하여 잔치 자리를 마련하게 하고, 여섯 마왕을 청해 술을 마셨어요. 소와 말을 잡아 요괴들로 하여금 춤추고 노래하게 하면서 모두들 거나하게 취했지요. 여섯 마왕을 전송한 후에는 크고 작은 두목들에게 상을 내리고 위로했어요. 그런 뒤에 손오공은 철판교 근처 소나무 그늘 아래에 비스듬히 기대어 쉬다가 어느 결에 잠이 들어버렸어요. 네 건장들은 무리를 이끌고 주위에서 호위하면서 감히 큰소리를 내지 못했어요.

한편 멋진 원숭이 왕은 꿈속에서 두 사람을 만났어요. 그들은 손에 '손오공'이라고 적힌 공문서를 한 장 들고 가까이 다가오더니, 다짜고짜 밧줄을 씌워 멋진 원숭이 왕의 혼령을 잡아갔어요.

손오공의 혼령은 그들에게 끌려 이리 비틀 저리 비틀 어느 성 근처에 이르렀어요. 원숭이 왕은 점차 술이 깨어 문득 고개를 들어 쳐다보니, 그 성 위에 쇠로 만든 간판이 붙었는데, 거기에는 커다랗게 '유명계幽冥界'라고 적혀 있었어요. 멋진 원숭이 왕은 정신이 번쩍 들어 말했어요.

"유명계는 염라대왕이 사는 곳인데, 여긴 무엇 때문에 온 거지?"

그러자 그 두 사람이 대답했어요.

"이제 이승의 네 수명이 다해서 우리 둘이 공문에 따라 너를 잡아 온 것이다."

"이 손 어르신은 과거와 현재, 미래의 삼계를 벗어나고 오행 속에도 갇혀 있지 않은지라 이미 염라대왕의 관할이 아닌데, 어째서 어찌 그리 분별이 없느냐? 그러고도 감히 날 잡으러 와?"

두 저승사자는 그래도 아랑곳하지 않고 억지로 그를 끌고 안으로 들어가려 했어요. 원숭이 왕은 화가 나서 귓속에서 보물을 꺼내들고 한 번 흔들어 사발만 하게 만들더니, 살짝 손을 들어 두 저승사자를 피떡으로 만들어버렸어요. 그리고 스스로 밧줄을 풀어 손을 마음대로 쓸 수 있게 되자 여의봉을 휘두르며 성안으로 쳐들어갔어요. 깜짝 놀란 쇠머리 귀신[牛頭鬼]은 동으로 서로 피해 숨고, 말대가리 귀신[馬面鬼]은 남으로 북으로 도망쳤어요. 여러 귀신 졸개들은 염라대왕이 살고 있는 궁전인 삼라전森羅殿으로 달려 올라가 보고했어요.

"대왕님, 난리 났습니다! 난리 났어요! 얼굴에 털이 수북한 벼락신[雷公]이 쳐들어왔습니다!"

깜짝 놀란 십대명왕十代冥王들이 급히 옷을 챙겨 입고 와서 생김새가 흉악한 손오공을 보더니, 즉시 대열을 갖추며 큰 소리로 물었어요.

"높으신 신선께서는 성함을 말씀하시오, 성함을!"

그러자 원숭이 왕이 대답했어요.

"나를 알지도 못하는 놈들이 어째서 잡아 오라고 시켰느냐?"

"천만에요, 천만에! 저승사자가 실수한 모양입니다."

"나는 본래 화과산 수렴동의 하늘이 낳으신 성인 손오공이시다. 너희들은 벼슬이 무엇이냐?"

십대명왕은 허리 숙여 절하며 대답했어요.

"우리들은 저승세계의 천자인 십대명왕이오."

"빨리 이름이나 말해, 맞기 전에!"

"저희들은 진광왕秦廣王, 초강왕楚江王, 송제왕宋帝王, 오관왕忤官王, 염라왕閻羅王, 평등왕平等王, 태산왕泰山王, 도시왕都市王, 변성왕卞城王, 전륜왕轉輪王입니다."

"너희들이 이미 왕위에 올랐다면 신령한 감응력을 지닌 자들일 텐데, 어째서 잘잘못을 가릴 줄 모른단 말이냐? 이 손 어르신은 신선의 도를 수련하여 하늘과 수명을 나란히 하고, 삼계를 초월했으며, 오행의 굴레를 벗어났는데, 어째서 저승사자를 보내 잡아 오게 한 것이냐?"

"높으신 신선께서는 노여움을 거두십시오. 세상에는 성과 이름이 같은 사람이 하도 많은지라, 아마 무엄하게도 저 저승사자가 실수한 모양입니다."

"헛소리! 헛소리! '잘못은 관리들에게 있지 수하들에겐 없다(官差吏差 來人不差)'는 말이 있지 않느냐? 잔말 말고 생사부生死簿나 가져와라!"

십대명왕은 그 말을 듣고 즉시 궁전으로 올라가 조사해보시라고 청했어요.

손오공은 여의봉을 들고 삼라전에 올라가 남쪽을 바라보고 한

가운데에 앉았어요. 십대명왕은 즉시 장부를 관리하는 판관判官에게 명하여 장부를 가져오게 했어요. 그 판관은 조금도 지체 없이 바로 문서고로 들어가 대여섯 권의 문서와 열 가지 장부를 받들고 나와서 하나하나 조사했어요. 나충贏蟲 즉 인류와 들짐승 종류인 모충毛蟲, 날짐승 종류인 우충羽蟲, 곤충, 물고기류인 인개鱗介 따위에는 모두 손오공의 이름이 들어 있지 않았어요.

또 원숭이 종류의 이름을 살펴보았어요. 원래 이 원숭이들이란 사람과 생김새가 비슷하지만 사람들 이름에는 끼지 못하고, 인류와 비슷하지만 인류 사회에서는 살지 못하고, 들짐승 무리와도 비슷하지만 기린의 관할에 들지 않고, 날짐승 무리와도 비슷하지만 봉황의 통제를 받지 않는지라, 따로 장부를 두고 관리했던 것이지요.

손오공이 직접 검사해보니 일천삼백오십 번째 '혼魂' 자 자리에 손오공의 이름이 적혀 있었는데, 바로 하늘이 낳은 돌원숭이로서 수명은 삼백마흔두 해를 천수를 다하는 것으로 되어 있었어요.

"나도 내 나이가 얼마인지 모르겠으니, 이름만 지워버리면 그만 아니냐! 붓 좀 가져와봐라."

그 판관은 허둥지둥 붓을 가져와서 진한 먹을 가득 적셨어요. 손오공은 장부를 들고 원숭이 무리 가운데 이름이 있는 것들은 모두 지워버렸어요. 그리고 장부를 내동댕이치면서 말했어요.

"됐다, 됐어! 이제 너희들의 간섭을 받지 않게 되었다!"

그는 여의봉을 휘두르며 그대로 유명계를 뛰쳐나와 버렸어요. 십대명왕이 감히 가까이 가지 못하고 모두 취운궁翠雲宮으로 가서 지장왕보살地藏王菩薩*을 배알해 하늘나라에 상소문 올릴 일을 상의하고, 결국 하늘나라에 상소문을 전했음은 말할 것도 없지요.

원숭이 왕은 성안에서 뛰쳐나오다가 갑자기 풀매듭에 발이 감겨 넘어질 듯 비틀거리다 화들짝 깨어났는데, 알고 보니 남가일몽南柯一夢[9]이었어요. 그가 잠에서 깨어 허리를 펴자 네 건장들과 여러 원숭이들이 큰 소리로 물었어요.

"대왕님, 술을 얼마나 드셨기에 하룻밤을 주무시고도 아직 깨어나지 못하십니까?"

"잠든 것쯤이야 별일 아니다. 꿈에서 두 놈이 나를 붙잡아 유명계의 성문 앞으로 데려갔는데, 그때서야 술이 깼다. 그래서 내가 신통력을 펼쳐 삼라전에 뛰어들어 가 십대명왕과 시비를 다툰 끝에 우리 생사부를 보았고, 우리 이름이 적힌 건 모조리 지워버렸지. 앞으로는 모두 저들의 간섭을 받지 않아도 된다 이 말씀이지."

여러 원숭이들은 머리가 땅에 닿게 절하며 감사 인사를 올렸어요. 이때부터 산중 원숭이들 가운데 불로장생하는 놈들이 많아졌으니, 저승의 장부에서 이름이 없어졌기 때문이지요.

멋진 원숭이 왕이 지난 일을 모두 말하자 네 건장들이 각 동굴의 요괴 왕들에게 그 일을 알렸고, 요괴 왕들은 모두 와서 축하 인사를 하며 기뻐했어요. 며칠 지나지 않아서 여섯 의형제들이 또 와서 축하 인사를 했어요. 이름을 지워버린 얘기를 듣고 또 저마다 기뻐하면서 매일 모여 즐겁게 놀았음은 말할 것도 없지요.

한편, 저 높은 하늘나라의 성스럽고 위대하시며 자비롭고 인자하신 옥황대천존 현궁고상제께 상소문을 올린 이야기를 해보지

---

9   당나라 때 이공좌李公佐가 쓴 「남가태수전南柯太守傳」에 나오는 이야기이다. 순우분淳于棼이 술에 취해 잠들었다가 꿈속에서 괴안국槐安國의 사위가 되어 20년 동안 부귀영화를 누리다가, 나중에 전쟁에서 패하고 공주도 병으로 죽어서 자신은 귀양을 가게 되었다. 꿈에서 깨어보니, 화나무 남쪽 가지 아래 개미굴이 있었는데, 그 안에서 일어난 일이 바로 자신이 꿈에서 겪은 일이었음을 깨닫게 되었다는 것이다.

요. 하루는 그분께서 금궐운궁의 영소보전에 나가 앉아 문무 신선 재상들을 모아놓고 아침 조회를 하려던 차에, 갑자기 구홍제丘弘濟 진인眞人이 이렇게 아뢰었어요.

"폐하, 통명전通明殿 밖에 동해 용왕 오광이 상소문을 들고 와서 폐하의 하명을 기다리고 있습니다."

옥황상제께서 명을 내려 들어오게 하니, 오광이 영소전 아래 이르러 알현 예식에 따라 절을 올렸어요. 절을 마치자 옆에 있던 선동이 상소문을 받아 옥황상제께 바쳤어요. 옥황상제께서 처음부터 읽어보니, 그 내용은 이러했어요.

아래 세상 물 세계 동승신주 동해의 작은 용신 오광이 위대하신 하늘의 성왕 현궁고상제께 삼가 아룁니다. 근래에 화과산에서 태어나 수렴동에 살고 있는 요망한 신선 손오공이라는 자가 저를 능멸하고 억지로 용궁에 침범하여 병기를 찾는다면서 술법을 부려 위협하고, 몸에 걸칠 갑옷을 요구하며 흉악한 위세를 부렸습니다. 이 때문에 물속에 사는 무리들이 놀라거나 다치고, 거북과 자라들이 놀라 도망쳤습니다.

남해 용왕도 전전긍긍하고, 서해 용왕도 처참하기 그지없는 지경이 되었으며, 북해 용왕은 머리를 움츠리고 항복했습니다. 저는 다소곳이 절을 올리고 신령하고 진귀한 철봉과 봉황 날개가 장식된 금관, 그리고 쇠사슬로 엮은 갑옷과 보운리를 바치며, 예의를 갖춰 내보냈습니다. 그자는 무예를 뽐내고 신통력을 내보이면서, 단지 "폐를 끼쳤소이다! 폐를 끼쳤소이다!" 하면서 떠났는데, 과연 적수가 없을 정도라서 제압하기가 무척 어려웠습니다.

제가 이제 상소를 올리오니, 성왕께서 처분해주시기를 엎드려 바라옵나이다. 바라옵건대 하늘의 군대로 이 요망한 놈을 잡아들여 바다와 산악을 맑고 평안하게 해주시옵고, 수중세계[下元]*를 안락하고 태평하게 만들어주소서.

삼가 아뢰옵나이다.

성스러운 옥황상제께서는 상소문을 다 읽으시고 이렇게 명을 내렸어요.

"용신은 바다로 돌아가라. 짐이 즉시 장수를 파견하여 잡아들이겠노라."

늙은 용왕은 머리 숙여 절하고 물러갔어요. 그런데 아래에서 또 갈선옹葛仙翁이라는 천사天師[10]가 이렇게 아뢰었어요.

"폐하, 저승의 관리 진광왕이 유명계의 교주 지장왕보살의 상소문을 바치러 왔습니다."

말 심부름을 하는 옥녀玉女가 곁에 있다가 상소문을 받아 바치자, 옥황상제께서는 또 처음부터 읽어보셨지요. 그 내용은 이러했어요.

유명계는 곧 땅속 저승의 관청입니다. 하늘에는 신선이 있고 땅에는 귀신이 있어서 음양이 교대로 바뀌고, 날짐승과 들짐승은 태어나고 죽으면서 암수가 반복됩니다. 태어나 변화하여 여자로 나거나 남자가 되는 것이 자연의 운수로서, 이것은 바꿀 수가 없는 것입니다.

지금 화과산 수렴동에 하늘이 낳았다는 요망한 원숭이 손오공이 악행을 일삼고 저승의 부름에 승복하지 않고 있습니다. 그자는 신통력을 부려서 땅속 깊은 곳[九幽]의 저승사자를 때

10 도교에서 도술道術을 부릴 줄 아는 사람을 일컫는 말이다.

려죽이고, 힘을 믿고 십대명왕을 놀라 다치게 만들었습니다. 삼라전에서 크게 소란을 피우고, 억지로 생사부에서 이름을 지워버려서 원숭이 족속들이 아무런 구속 없이 장수하게 만들어 버렸고, 윤회를 없애 각기 태어나고 죽는 일이 없게 만들었습니다.

이에 제가 자세한 내용을 아뢰니 하늘의 위엄을 보여주기를 청하옵니다. 엎드려 바라옵건대, 신병神兵을 파견하여 이 요괴를 잡아들이시어 음양을 바로잡고 지부地府를 영원히 평안하게 해주시옵소서.

삼가 아뢰옵니다.

옥황상제께서는 다 읽으시고 이렇게 명을 내리셨어요.

"저승의 군왕은 저승 관청으로 돌아가라. 짐이 즉시 장수를 파견하여 잡아들이겠노라."

그러자 진광왕은 머리를 조아리며 물러갔어요.

위대하신 천존께서는 여러 문무 신선 재상들에게 물으셨어요.

"이 요망한 원숭이는 언제 태어나 자랐으며, 어느 시대 태생이기에 이런 도를 지니게 되었는고?"

그 말이 채 끝나기도 전에 대열 가운데서 천리안과 순풍이가 불쑥 앞으로 나오며 아뢰었어요.

"이 원숭이는 바로 삼백 년 전에 하늘이 낳은 돌원숭이입니다. 당시에는 대수롭지 않게 생각했사온데, 뜻밖에도 요 몇 년 사이에 어디선가 신선이 되는 술법을 익혀 와서 용과 호랑이를 항복시키고, 생사부에 적힌 이름을 억지로 지워버렸습니다."

"어느 신장神將이 아래 세상에 내려가서 항복을 받아 오겠는가?"

옥황상제의 말씀이 채 끝나기도 전에 대열 가운데서 태백장경

성太白長庚星이 뛰어나와 엎드려 아뢰었어요.

"폐하, 삼계의 생물 가운데 아홉 구멍[九竅]을 가진 것들은 모두 신선의 도를 수련할 수 있사옵니다. 하물며 이 원숭이는 해와 달이 잉태하여 하늘과 땅이 키워낸 몸으로서, 하늘을 이고 땅을 밟은 채 이슬과 노을을 먹고 자랐습니다. 이제 신선의 도를 수련하여 용과 호랑이를 항복시키는 능력을 갖추게 되었사오니, 사람과 무엇이 다르겠습니까?

아뢰옵건대 폐하께서는 화생化生˚의 자비로운 은혜를 염두에 두시고 성지聖旨를 내리셔서 그를 하늘나라로 불러 올려 적당한 벼슬을 내려주시고, 그의 이름을 선록仙籙에 기록하여 이곳에 묶어두시옵소서. 그가 하늘의 명을 받아들이면 관직을 내려 상을 주시고, 하늘의 명을 거역하면 그때 잡아들이시옵소서. 그렇게 되면 우선 군사를 동원하지 않아도 되고, 또한 도를 얻은 신선을 거두는 효과가 있을 것이옵니다."

옥황상제께서는 그 말을 들으시고 무척 기뻐하셨어요.

"짐은 그대의 진언을 따르겠노라."

그리고 즉시 문곡성관文曲星官으로 하여금 조서를 작성하게 하시고, 태백금성太白金星을 시켜 손오공을 불러들이게 하셨어요.

태백금성은 명령을 받고 남천문을 나와 상서로운 구름을 타고 곧장 화과산 수렴동에 도착해서 졸개 원숭이들에게 말했어요.

"나는 하늘에서 파견한 사신으로 옥황상제의 명을 받아 너희 대왕을 하늘나라로 초청하기 위해 왔으니, 빨리 알리도록 해라."

동굴 밖의 졸개 원숭이는 곧장 정해진 순서에 따라 동굴 안으로 이 소식을 전했어요.

"대왕님, 밖에 어떤 노인이 등에 문서를 지고 와서, 자기는 하늘에서 파견한 사신인데 옥황상제의 명에 따라 대왕님을 초청한다고 합니다요."

멋진 원숭이 왕은 그 말을 듣고 무척 기뻐했어요.

"내 요즘 하늘나라를 돌아다녀 보고 싶다는 생각을 하고 있던 참인데, 마침 하늘의 사자가 부르러 왔구나."

이렇게 중얼거리고는 큰 소리로 지시했어요.

"얼른 안으로 모셔 오너라!"

원숭이 왕은 급히 옷차림을 단정히 하고 동굴 밖으로 나가 영접했어요. 태백금성은 곧장 동굴 안으로 들어와, 남쪽을 향해 서서 이렇게 말했어요.

"나는 서방의 태백금성으로, 옥황상제의 명을 받고 지상에 내려왔으니, 그대는 하늘나라로 올라가 신선의 벼슬을 제수받으시오."

손오공이 웃으며 말했어요.

"태백금성께서 이렇게 강림해주시니 무척 감사합니다."

그리고 부하들을 향해 이렇게 지시했어요.

"애들아! 연회를 준비하도록 해라!"

그러자 태백금성이 말했어요.

"성지를 받들고 온 몸인지라 오래 머물 수 없소이다. 그러니 대왕께서도 저와 함께 가셨다가 영예로운 관직을 받으신 뒤에 다시 마음껏 회포를 풀도록 하시지요."

"모처럼 왕림해주셨는데 아무 대접도 못 받고 그냥 가시다니, 그래서야 되겠습니까!"

그는 즉시 네 건장을 불러 이렇게 분부했어요.

"애들을 잘 훈련시키고 있어라. 내 하늘나라에 올라가 길을 찾아보고, 괜찮으면 너희들을 데리고 올라가서 함께 살도록 할 테니까."

네 건장들은 잘 알아 모시겠다고 대답했지요.

이렇게 해서 원숭이 왕과 태백금성은 구름을 타고 하늘나라로 올라가게 되었지요.

하늘나라 신선 자리에 높이 천거되어

이름이 신선 명부에 들어가게 되었구나.

高遷上品天仙位　名列雲班寶籙中

그러나 결국 손오공이 어떤 벼슬을 받게 되었는지는 아직 알 수 없는데, 이에 대해서는 다음 회를 들어보시라.

제4회
하늘에 대항하여 제천대성이 되다

태백금성과 멋진 원숭이 왕은 동굴 속 깊은 곳에서 나와 함께 구름을 타고 날아올랐지요. 사실 손오공의 근두운은 보통 구름과 달리 무척이나 빨라서, 태백금성을 멀찌감치 따돌리고 먼저 남천문 밖에 다다랐지요. 그가 막 근두운을 거두고 문안으로 들어가려고 하니, 증장천왕增長天王이 거느린 방龐, 유劉, 구苟, 필畢, 등鄧, 신辛, 장張, 도陶[1] 등 대력천정大力天丁[2]이 길 가득 늘어서 창, 검, 도, 양날 창[戟]을 들고 하늘 문을 굳게 지키고 있어서 마음대로 들어갈 수가 없었지요. 원숭이 왕이 말했어요.

"그 금성 늙은이가 나한테 사기를 친 게로구나. 날 초청해놓고서 어째서 창칼로 문을 막고 못 들어가게 하는 거지?"

이렇게 큰 소리로 소란을 피우던 차에 태백금성이 도착했어요. 손오공은 태백금성을 보고 성을 내면서 말했어요.

---

1 각각 방홍龐弘, 유보劉甫, 구장苟章, 필환畢環, 등충鄧忠, 신환辛環, 장절張節, 도영陶榮을 가리킨다. 이들은 모두 이룡산二龍山과 황화산黃花山 숲속에 살던 영웅들이었는데, 나중에 제각기 주나라 무왕武王이 은나라 주왕紂王을 무너뜨리는 것을 도왔다. 태사太師가 서쪽 기岐를 정벌했다는 말을 듣고서 차례차례 죽었는데, 모두 '천군정신天君正神'에 봉해졌다. 이상, 명나라 중엽 허중림許仲琳의 장편소설 『봉신연의封神演義』(솔출판사, 2016) 참조.
2 힘이 장사인 하늘의 장정을 가리킨다.

"이 늙은이야, 지금 이 손 어르신을 가지고 노는 거야? 나를 초대한다는 옥황상제의 교지를 받들어 찾아왔다고 해놓고서, 어째서 사람들을 시켜 문을 막고 못 들어가게 하는 거야?"

태백금성이 웃으면서 말했어요.

"대왕, 고정하시구려. 당신은 이곳 천당에 한 번도 와본 적이 없고 유명하지도 않은지라 하늘의 병사들 역시 당신을 전혀 모르고 있으니, 어찌 마음대로 들어가도록 내버려두겠소? 지금 옥황상제를 알현하고 선록仙籙을 받아 벼슬 이름을 올리면, 이후로는 마음대로 드나들어도 아무도 가로막지 않을 것이오."

"그런 말일랑 그만두쇼. 나는 안 들어갈 거요."

태백금성은 손으로 그를 붙들며 말했어요.

"그러지 말고 나랑 같이 들어갑시다."

태백금성은 문 앞으로 다가가서 큰 소리로 외쳤지요.

"거기 하늘 문을 지키는 장군, 관리들과 장병들은 문을 열어라. 이분은 아래 세계의 신선으로, 내가 옥황상제의 성스러운 교지를 받아 모셔 온 분이다."

증장천왕과 천정들은 모두 그때서야 무기를 거두고 물러섰지요. 원숭이 왕은 그제야 금성태백의 말을 믿었어요. 그가 태백금성과 같이 천천히 걸어 들어가면서 둘러보니, 그 광경은 정말로 이러했어요.

처음으로 하늘나라에 올라
바로 하늘궁전으로 들어가니
만 갈래 금빛 속에 붉은 무지개가 구르고
천 줄기 상서로운 기운 보랏빛 안개 뿜네.
저 남천문은

깊고 푸르게 빛나는

유리로 만들어졌고

휘황히 밝은

보옥으로 장식되었네.

양쪽으로 하늘 지키는 장군 수십 명 늘어서 있는데

저마다 투구 쓰고 갑옷 입은 채

활을 쥐고 깃발 세우고 있네.

네 줄로 늘어선 십여 명의 금 갑옷을 입은 신인들은

각기 양날 창 쥐고 채찍 늘어뜨린 채

칼과 검을 차고 있네.

외관도 훌륭하지만

안으로 들어가니 더 놀랍구나.

통로 안쪽에는 큰 기둥들이 서 있고

기둥 위에는 금 비늘 해처럼 반짝이며 붉은 수염의 용이 휘

감고 있네.

또 다리도 몇 개 있는데

위에는 울긋불긋 깃털을 펄럭이는 정수리 붉은 봉황이 맴돌

고 있네.

밝은 노을 휘황하게 하늘 비추고

푸른 안개 자욱하게 북두칠성[3]을 가리고 있네.

이 하늘에는 서른세 개의 궁전이 있는데

견운궁, 비사궁, 오명궁, 태양궁, 화락궁 등등……

---

3 원문의 두구斗口는 두병斗柄과 같은 말로, 북두칠성의 자루 쪽에 있는 별 3개를 일컫는다.

지붕마다 금으로 만든 은수[4]가 놓여 있네.

또한 일혼두 개의 보배로운 전각이 있는데

조회전, 능허전, 보광전, 천왕전, 영관전 등등……

기둥마다 옥으로 조각한 기린이 장식되어 있네.

수성대 위에는

천 년 동안 지지 않는 멋진 꽃들이 만발하였고

단약 굽는 화로[煉藥爐] 옆에는

만 년 동안 푸른 상서로운 풀이 자라네.

조성루 앞에는

붉은 비단옷 입은

별의 신들이 찬란하게 반짝이는데

부용관에

황금과 벽옥 장식 휘황하게 빛나네.

옥비녀에 진주 신

자줏빛 띠 차고 금장을 둘렀네.

금종이 울리자

삼조[5]의 신들이 궁전 앞 붉은 계단으로 나아가 아뢰고

하늘의 북이 울리자

역대의 훌륭한 왕들이 옥황상제 알현하네.

또 영소보전에 이르니

옥으로 만든 문에 금 못을 박았고

울긋불긋 봉황이 붉은 문 앞에서 춤추네.

---

4 '수두獸頭' 즉, 옛날 건축물 지붕의 모서리에 세워둔 괴수 조각상이다. '이물螭吻'이라고도 한
   다. 속설에는 용이 자식을 아홉 낳았는데, 그 중 하나가 이물이라고 한다. 명나라 양신楊慎의
   『승암전집升庵全集』 81권에 따르면, 이물은 생김새는 동물이고, 위를 바라보는 성격이 있다고
   했다.
5 옛날 중국 조정의 형부刑部, 도찰원都察院, 대리시大理寺를 함께 일컬어 '삼부三府'라 한다.

구름다리와 회랑은

곳곳에 고운 보석 깎아 장식했고

세 겹으로 된 처마 네 귀퉁이에는

층층이 용과 봉황이 날고 있네.

위쪽에는 보랏빛의

밝고 둥글게 빛나는 대금호로정大金葫蘆頂이 있고,

아래쪽에는 하늘나라 왕비의 손부채가 걸려 있으며

옥녀가 신선의 수건을 받들고 있네.

무시무시한 모습으로

조정을 지키는 하늘의 장군들과

기개도 드높게

가마를 호위하는 신선 벼슬아치들

한가운데

유리 쟁반에는

태을단太乙丹이 수북이 쌓여 있고

마노 병에는

구불구불한 산호 가지 꽂혀 있네.

하늘나라에는 온갖 기이한 것들 모두 있지만

인간 세상에는 그런 것이 하나도 없다네.

금으로 된 궁궐과 은으로 된 수레, 그리고 자줏빛 건물들.

기화요초 만발하고 옥으로 된 꽃[瓊葩] 피었네.

천왕을 조회하는 옥토끼는 천단天壇 옆을 지나고

성인을 참배하는 금빛 까마귀[金烏]는 나지막하게 날고 있네.

원숭이 왕이 연분 있어 하늘나라에 올라왔으니

인간 세상에 떨어져 더러운 티끌 묻히지 않네.

初登上界　乍入天堂

金光萬道滾紅霓　瑞氣千條噴紫霧

只見那南天門　碧沉沉

琉璃造就　明幌幌　寶玉粧成

兩邊擺數十員鎮天元帥

一員員頂盔貫甲　持銊擁旄

四下列十數箇金甲神人

一個個執戟懸鞭　持刀仗劍

外厢猶可　入內驚人

裡壁厢有幾根大柱　柱上纏繞着金鱗耀日赤鬚龍

又有幾座長橋　橋上盤旋着綵羽凌空丹頂鳳

明霞幌幌映天光　碧霧濛濛遮斗口

這天上有三十三座天宮

乃遣雲宮　毘沙宮　五明宮　太陽宮　化樂宮……

一宮宮脊吞金穩獸

又有七十二重寶殿

乃朝會殿　凌虛殿　寶光殿　天王殿　靈官殿……

一殿殿柱列玉麒麟

壽星臺上　有千千年不卸的名花

煉藥爐邊　百萬萬載常青的瑞草

又至那朝聖樓前　絳紗衣　星辰燦爛

芙蓉冠　金璧輝煌

玉簪珠履　紫綬金章

金鐘撞動　三曹神表進丹墀

天鼓鳴時　萬聖朝王參玉帝

又至那靈霄寶殿　金釘攢玉戶　彩鳳舞朱門

複道廻廊　處處玲瓏剔透

三簷四簇　層層龍鳳翱翔

上面有箇紫巍巍　明幌幌　圓丟丟　亮灼灼大金葫蘆頂

下面有天妃懸掌扇　玉女捧仙巾

惡狠狠　掌朝的天將　氣昂昂　護駕的仙卿

正中間　琉璃盤内　放許多重重疊疊太乙丹

瑪瑙瓶中　插幾枝灣灣曲曲珊瑚樹

正是天宮異物般般有　世上如他件件無

金闕銀鑾并紫府　琪花瑤草暨瓊葩

朝王玉兔壇邊過　參聖金烏着底飛

猴王有分來天境　不墮人間點污泥

　태백금성은 멋진 원숭이 왕을 이끌고 영소전 앞까지 가서는, 들어오라는 어명을 기다리지도 않고 바로 어전으로 나아가 절을 올렸어요. 손오공은 옆에 꼿꼿이 서서 절도 올리지 않고 태백금성이 아리는 말만 귀를 기울여 듣고 있었어요.

　"신이 성지를 받들어, 요망한 신선을 불러왔습니다."

　주렴이 내려진 건너편에서 옥황상제께서 물었지요.

　"어떤 자가 요망한 신선인가?"

　손오공이 그때서야 몸을 굽혀 대답했지요.

　"바로 손 어르신이오."

　신선 벼슬아치들은 모두 깜짝 놀라 하얗게 질린 얼굴로 말했지요.

　"이런 무식한 원숭이가 어찌 옥황상제께 큰절을 올려 인사드리지 않고, 감히 그따위 대답을 하느냐? '바로 손 어르신이오'라니! 죽어 마땅하구나! 죽어 마땅해!"

그러자 옥황상제께서 교지를 내렸어요.

"저 손오공은 아래 세상의 요망한 신선으로 처음 사람의 몸을 얻었는지라 조회의 예절을 모를 테니, 그 죄를 용서하노라."

여러 신선 벼슬아치들이 소리 높여 말했어요.

"성은이 망극하옵니다."

원숭이 왕은 그때서야 비로소 허리를 크게 굽히고 두 손을 모아 공손히 읍하며 목청 높여 감사 인사를 올렸어요.[6] 옥황상제께서는 신선 세계의 문무 대신들에게 작은 관직이 있으면 그 자리에 손오공을 임명하라고 명령했지요. 옆에서 무곡성군武曲星君이 몸을 돌리며 이렇게 아뢰었어요.

"하늘나라 궁전들과 곳곳마다 모두 관직이 꽉 차 있고, 어마감御馬監[7]에만 자리가 하나 비어 있사옵니다."

"그렇다면 그자를 필마온弼馬溫[8]으로 삼도록 하라."

여러 신하들이 큰 소리로 말했지요.

"성은이 망극하옵니다."

손오공도 옥황상제를 향해 공손히 읍하며 목청 높여 인사를 올렸어요. 옥황상제는 목덕성관木德星官으로 하여금 손오공을 어마감에 데리고 가 일을 맡기게 했어요.

멋진 원숭이 왕은 무척 기뻐하면서 목덕성관을 따라가 일을 맡았어요. 자신의 일을 마친 후 목덕성관은 궁전으로 돌아갔지

---

6 옛날 중국에서 남자들이 만났을 때는 두 손을 가지런히 모으고 고개를 숙이며 상대에 대한 공경의 의미를 담은 말을 하는 것이 인사법이었다.

7 옥황상제가 타는 말을 관리하는 부서.

8 '필마온'은 중국어로 '피마온避馬瘟'과 음이 비슷한데, '피마온'이란 "말이 걸리는 병을 막는다"는 뜻이다. 옛날 민간에서는 말이 병에 걸리는 것을 원숭이가 막아준다는 전설이 있었다. 한편 도교 수행에서 흔히 마음은 원숭이에, 뜻(생각)은 말에 비유하여 '심원의마心猿意馬'라고 하는데, 손오공이 말을 돌보는 일을 하게 된 것은 마음과 뜻이 야생적으로 날뛰지 못하게 다스리는 과정을 상징한다고 할 수 있다.

요. 손오공이 어마감에서 감승監丞, 감부監副, 전부典簿, 역사 등 여러 관원들을 모아놓고 어마감의 현황을 파악하니, 천마가 일천 마리나 되었지요. 바로 다음과 같았어요.

화류[9]와 기기,[10] 녹이[11]와 섬리

용매와 자연, 협익과 숙상

결제와 은갈,[12] 요뇨[13]와 비황[14]

구도[15]와 번우,[16] 적토마[17]와 초광[18]

유휘와 미경,[19] 등무와 승황[20]

추풍과 절지, 비핵과 분소

일표와 적전, 동작과 부운

총롱과 호랄, 절진과 자린

사극과 대완, 팔준마와 구일마

천리마와 절군마[21]

이러한 훌륭한 말들 하나하나

바람 소리를 내며 번개를 쫓는 강인한 정신

9 화는 준마의 일종이다. 유는 월다말이라고도 하는데, 털빛이 붉고 갈기가 검은 말이다.
10 기는 말총이 푸르고 검은 무늬가 장기판처럼 줄진 말로서 '천리마'라고 알려져 있다. 기도 천리마의 일종이다.
11 녹과 이 모두 주나라 목왕의 수레를 끌었던 8필의 준마 가운데 하나이다.
12 섬리부터 은갈까지 모두 옛날의 준마이다.
13 준마의 일종으로 하루에 1만 8천 리를 달린다고 한다.
14 신마神馬의 일종으로 등에 뿔이 있으며 천 년을 산다고 한다.
15 북쪽에서 나는 준마의 일종이다.
16 날개로 하늘을 난다는 뜻으로 준마의 일종이다.
17 관우가 탔다는 옛날의 준마 이름이다.
18 빛보다 빠르다는 뜻의 준마 이름이다.
19 유휘와 미경, 모두 준마의 이름으로 햇살을 뛰어넘는다는 뜻이다.
20 모두 준마의 이름이다.
21 일표 이하 절군까지 모두 준마의 이름이다.

안개를 뛰어넘고 구름에 오르는 힘찬 기력

騂騮騏驥　　騄駬纖離

龍媒紫燕　　挾翼驌驦

駃騠銀騔　　騕褭飛黃

駒騟翻羽　　赤兔超光

踰輝彌景　　騰霧勝黃

追風絕地　　飛翩奔霄

逸飄赤電　　銅爵浮雲

驄瓏虎駒　　絕塵紫鱗

四極大宛　八駿九逸　千里絕群

此等良馬　一箇箇嘶風逐電精神壯　踏霧登雲氣力長

원숭이 왕은 문서와 장부를 자세히 살피고 말의 수를 하나하
나 확인하였지요. 어마감에서는 전부가 말이 먹을 풀을 관리했
고, 역사는 말을 목욕시키고 풀을 베고 물을 먹이고 풀죽을 쑤는
일을 담당했으며, 감승과 감부는 업무를 독려하는 일을 보좌했어
요. 필마온은 밤낮으로 잠도 못 자면서 정성스럽게 말을 기르고
보살폈어요. 낮에는 뛰어놀게 하고 밤에는 살뜰히 챙겨주었으니,
드러누운 말은 일으켜 세워서 풀을 먹이고, 달아나는 말은 붙잡
아 구유 곁에 두었어요. 천마들은 손오공만 보면 귀를 내리고 발
을 모은 채 순종했고 토실토실 살이 쪄갔지요.
　어느새 시간이 흘러 보름 남짓 지난 어느 날 아침이었어요. 한
가로운 틈을 타서 어마감 사람들이 술자리를 마련했는데 첫째는
멀리서 온 손오공을 접대하기 위해서였고, 둘째는 어마감에 부임
한 것을 축하하기 위해서였지요. 즐겁게 술을 마시고 있던 차에,
갑자기 원숭이 왕이 술잔을 멈추고 물었어요.

손오공, 하늘 관청의 필마온으로 임명되다

"이 필마온이라는 게 무슨 벼슬이냐?"

모두들 대답했어요.

"벼슬 이름 그대로지요."

"이 자리는 몇 번째 품계에 속하냐?"

"품계 따윈 없어요."

"품계가 없다니! 너무 자리가 커서 그런가 보구나?"

"아니에요, 크지 않아요. 그저 '쳐주지도 않는 자리'라고 부를 뿐이지요."

"어째서 쳐주지도 않는다고 하는 게냐?"

"말단직이니까요. 그 자리는 제일 낮고 조그만 자리여서, 그냥 말이나 돌보게 하는 것이지요. 나리께서 오신 뒤로 이렇게 살뜰히 보살피셔서 말들이 토실토실 살이 올랐지만 기껏해야 '잘 키웠군'이란 한마디 듣는 게 고작이지요. 하지만 어느 순간 말들이 야위기라도 하면 곧바로 질책을 받고, 만약 다치기라도 할라치면 큰 벌을 받게 될걸요?"

원숭이 왕이 이 말을 듣고 자기도 모르게 속에서 화가 치밀어, 이를 갈며 불같이 성을 내면서 말했어요.

"손 어르신을 이렇게 무시하다니! 이 손 어르신이 화과산에서는 왕이고 어른이었는데, 귀찮게 불러들이더니 말이나 기르게 만들어? 말 돌보는 게 아랫것들이나 하는 하찮은 일이라니, 정말 나한테 이런 대접을 할 수 있는 거야? 안 해, 안 한다고! 난 갈 거야!"

그는 에잇! 하고 매섭게 소리치고는 탁자를 뒤집어버리고, 귀 안에서 여의봉을 꺼내들고 한 번 휘둘러 사발만 한 굵기로 만들더니, 그대로 휘두르며 어마감을 나와 남천문에 이르렀어요. 하늘 병사들은 모두 손오공이 선록仙籙을 받은 필마온이란 것을 알고 있어서, 감히 막지 못하고 남천문을 나가게 해주었지요.

순식간에 손오공은 구름을 내려 화과산 위에 이르렀어요. 그리고 졸병들에게 군사훈련을 시키고 있는 네 건장들과 각 동굴의 요괴 왕들을 발견하고 우렁찬 소리로 외쳤어요.

"애들아! 손 어르신께서 돌아오셨다!"

원숭이 무리는 모두 나와 머리를 조아리고 원숭이 왕을 동굴 깊숙한 곳으로 맞아들여 높다란 보위로 모시는 한편, 술자리를 마련해 환영식을 열었지요. 그리고 이렇게 말했어요.

"대왕님, 축하드립니다. 하늘나라에 가신 지 십 년이 넘었으니, 틀림없이 뜻을 이루고 영광스럽게 돌아오신 것이겠지요?"

"겨우 보름 남짓 있었는데, 십 몇 년이라니?"

"대왕님께서 하늘나라에 계시느라 시간 가는 걸 모르신 것입니다. 하늘나라의 하루는 아래 세상의 일 년에 해당합니다. 그런데 대왕님께선 무슨 벼슬을 지내셨습니까?"

원숭이 왕이 손을 내저으며 말했지요.

"말도 마라, 말도 마! 부끄러워죽겠다! 저 옥황상제가 사람을 쓸 줄 몰라서 나의 이런 모양새만 보고 무슨 필마온인가 하는 자리에 임명하는 거야. 알고 보니 옥황상제를 위해 말이나 기르는, 처주지도 않는 자리라는 거야. 처음 부임했을 때는 그것도 모르고 어마감에서 놀았는데, 오늘 동료들에게 물어보고서야 그게 얼마나 하찮은 자리인지 알았다. 이 어르신은 엄청 화가 나서 술상을 엎어버리고 벼슬도 내팽개친 채 내려와버린 거야."

"잘 오셨습니다, 잘 오셨어요! 대왕님께서 이 복된 보금자리에서 왕 노릇을 하시면 얼마나 존경받고 즐거우시겠습니까? 뭐하러 옥황상제의 마부 노릇이나 하려 하십니까?"

그리고 이렇게 명했어요.

"애들아, 얼른 술을 준비해서 대왕님 마음을 풀어드리자."

그렇게 즐겁게 술을 마실 때 누군가 와서 이렇게 보고했어요.

"대왕님, 문밖에 외뿔 달린 귀신인 독각귀왕獨角鬼王 둘이 찾아와서 대왕님을 뵙게 해달라고 합니다."

"들라 하라."

독각귀왕들이 옷차림을 단정히 하고 동굴로 달려 들어와 엎드려 절을 올리자, 멋진 원숭이 왕이 물었지요.

"무슨 일로 날 찾아온 것이냐?"

"오래전에 대왕님께서 현자를 초빙한다는 말을 들었지만, 그동안은 만나뵈올 인연이 없었습니다. 지금 대왕님께서 하늘의 벼슬을 받으시고 뜻을 이뤄 영광스럽게 돌아오신 것을 보고, 특별히 자황포緖黃袍 한 벌을 올려 축하드리고자 합니다. 보잘것없는 소인을 버리지 않으시고 받아주신다면, 견마지로犬馬之勞를 다 바치겠습니다."

원숭이 왕이 매우 기뻐하며 자황포를 입으니, 모든 신하들도 기뻐하며 줄지어 절을 올렸지요. 손오공은 그들을 전부총독선봉前部總督先鋒으로 임명했지요. 독각귀왕들이 손오공에게 감사의 예를 올린 후에 말했어요.

"대왕님께서는 하늘에서 오랫동안 계셨는데, 무슨 직책을 맡으셨습니까?"

"옥황상제가 현자를 가벼이 대해, 나를 무슨 필마온이라는 자리에 앉혔지!"

"대왕님께서 이처럼 신통력이 대단하신데, 어찌 옥황상제의 말이나 기르시겠습니까? 제천대성齊天大聖이 되신다 한들 안 될 게 뭐 있겠습니까?"

원숭이 왕이 그 말을 듣고서 너무나 기쁜 나머지 연달아 "좋아! 좋아!"를 몇 번이나 외치고는 네 건장에게 명령을 내렸어요.

"곧장 깃발을 마련하고 거기에 '제천대성' 네 글자를 써서 높은 장대에 걸어라. 지금부터 나를 제천대성이라고만 부르고, 다시는 '대왕'이라고 하지 마라! 또 각 동굴의 요괴 왕들에게도 이 사실을 분명히 알려라."

이 이야기는 더 이상 하지 않겠어요.

한편, 옥황상제께서 다음 날 조회를 진행하는데, 장 천사張天師가 어마감의 감승과 감부를 데리고 와 붉은 계단 아래서 절을 올리고 이렇게 아뢰는 것이었어요.

"폐하, 신임 필마온인 손오공이 벼슬이 작은 데 불만을 품고 어제 하늘궁전을 떠나 아래 세상으로 내려가버렸습니다."

바로 그때 남천문을 지키는 증장천왕이 하늘 병사들을 이끌고 와서 역시 이렇게 아뢰었어요.

"필마온이 어찌된 영문인지, 남천문 밖으로 나갔습니다."

옥황상제는 이 말을 듣고 바로 교지를 내렸지요.

"두 신들은 각기 일하는 곳으로 돌아가라. 짐이 하늘나라 군사를 파견해서 그 괴물을 잡아 오겠노라."

그때 대열 가운데 있던 탁탑이천왕托塔李天王과 그의 셋째 아들인 나타태자哪吒太子가 앞으로 나와 이렇게 아뢰었어요.

"폐하, 소인이 비록 재주는 없지만, 그 요괴를 잡아 올 수 있도록 교지를 내려주시옵소서."

옥황상제께서는 매우 기뻐하며, 탁탑천왕 이정李靖을 항마대원수降魔大元帥[22]에 임명하고 나타태자를 삼단해회대신三壇海會大神*에 임명하며, 즉각 군사를 일으켜 하계로 내려가라는 교지를 내렸지요.

22 요괴를 잡아 오는 군대의 대원수라는 뜻이다.

탁탑천왕과 나타태자는 머리를 조아리고 성은에 감사하는 예를 행한 후, 본궁本宮에 가서 삼군三軍[23]을 일으켜 여러 장수들을 이끌고 출정했지요. 거령신巨靈神을 선봉장으로 삼고, 어두장魚肚將에게 후방을 경계하게 하고, 약차장藥叉將에게는 군사를 독려하는 일을 맡겼지요. 그리고 곧장 남천문을 나와 화과산으로 내려와서, 평지를 골라 병영을 정비하고 거령신에게 공격 명령을 내렸어요.

거령신은 명령을 받자, 단단히 채비하고 꽃무늬가 장식된 도끼인 선화부宣花斧를 빙빙 돌리며 수렴동으로 갔어요. 동굴 문 밖에 있는 수많은 요괴들은 모두 이리, 파충류, 호랑이, 표범 따위였는데, 삐죽삐죽 창을 돌리고 칼을 휘두르며 꽥꽥 소리를 지르며 날뛰었어요. 거령신이 크게 소리쳤지요.

"이 못된 짐승들아! 어서 가서 필마온에게 알려라. 나는 하늘나라 대장군으로 옥황상제의 교지를 받들어 너희를 정벌하러 왔노라. 그놈더러 빨리 나와 항복하라고 해라. 그러면 너희들 목숨만은 살려주겠다."

요괴들은 급히 동굴 안에 이 사실을 전했어요.

"큰일 났습니다! 큰일 났어요!"

원숭이 왕이 물었지요.

"무슨 큰일이라는 게냐?"

"문밖에 어떤 하늘나라 장군이 와서 제천대성님의 벼슬 이름을 부르면서 이렇게 말했습니다. 옥황상제의 교지를 받들어 정벌하러 왔으니, 빨리 나와 항복하면 저희들 목숨만은 살려준다고요."

원숭이 왕이 이 말을 듣고 명령을 내렸지요.

---

23 원래는 주나라 때 대제후大諸侯가 소유한 상군上軍, 중군中軍, 하군下軍을 일컫는 말로서 각 군은 1만 2천5백 명이다. 여기서는 대군大軍이라는 뜻이다.

"내 갑옷을 가져오너라."

손오공은 자금관紫金冠을 쓰고, 황금 갑옷을 입고, 보운리[步雲鞋]를 신고, 손에는 여의봉을 들고서, 무리를 이끌고 밖으로 나와 진영을 펼쳤지요. 거령신이 눈을 크게 뜨고 보니 손오공의 모습은 정말 멋졌어요.

몸에 걸친 금 갑옷 번쩍번쩍
머리에 쓴 금관 눈부시구나.
손에 든 여의봉과
발에 신은 보운리가 썩 어울리네.
한 쌍의 괴상한 눈은 밝은 별과 같고
눈썹보다 높이 솟은 두 귀는 넓고 단단하네.
허리 곧게 세운 몸엔 변화의 술법 다양하고
목소리는 종이나 경쇠처럼 울리네.
뾰족한 입술 들쑥날쑥 이빨의 필마온이지만
마음은 고상하여 제천대성이 되고자 하네.

身穿金甲亮堂堂　頭戴金冠光映映
手擧金箍棒一根　足踏雲鞋皆相稱
一雙怪眼似明星　兩耳過眉查又硬
挺挺身才變化多　聲音響亮如鐘磬
尖嘴咨牙弼馬溫　心高要做齊天聖

거령신은 사나운 소리로 외쳤어요.
"못된 원숭이야! 내가 누군지 아느냐?"
"너는 어떤 하찮은 신이냐? 손 어르신께서는 널 본 적도 없으니 얼른 이름을 고해라."

"내 이런 건방진 원숭이놈을! 내가 누군지 모르는 모양인데, 나는 바로 높고 높은 하늘나라의 탁탑천왕 휘하의 선봉장인 거령천장巨靈天將이다! 지금 옥황상제의 성지를 받들어 너한테 항복을 받으러 왔으니, 이 산의 모든 축생들이 죽임을 당하기 전에서 군장을 풀고 하늘의 은혜에 순순히 따라라. 만약 네 입에서 '싫다'라는 말의 '싫' 자만 나오더라도, 그 즉시 너를 가루로 만들어주마."

원숭이 왕이 그 말을 듣고 크게 화가 나서 말했지요.

"이 시시껄렁한 신놈아! 허풍 떨지 말고 주둥이 닥쳐라! 내 본래 몽둥이질 한 번으로 그냥 너를 때려죽이려 했으나, 너를 죽이면 내 말을 전할 놈이 없어서 잠시 살려두는 것이다. 빨리 하늘로 돌아가서 옥황상제에게 이렇게 일러라. 현자를 제대로 쓰는 법을 너무 모르고, 끝없는 능력을 지닌 이 손 어르신에게 어찌 말이나 기르게 했느냐고 말이다. 여기 내 깃발에 적힌 호칭을 보거라. 여기 적힌 대로 관직을 올려주면 나도 일으키지 않을 테니, 자연히 세상도 조용해질 것이다. 만약 그렇게 못하겠다면, 바로 영소보전을 때려 부숴 옥황이 용상에 편히 앉지 못하게 해줄 테다!"

거령신이 이 말을 듣고 급히 눈을 크게 뜨고 바람이 불어오는 쪽을 바라보니, 동굴 밖에 세워진 높은 장대에 '제천대성'이라고 적힌 깃발이 하나 걸려 있었지요. 거령신이 콧방귀를 뀌면서 말했어요.

"이 못된 원숭이놈아! 너 같이 세상 물정 모르는 놈이 버르장머리 없이 제천대성이 되려 하다니! 내 도끼 맛이나 한번 봐라!"

그러면서 거령신이 도끼로 머리를 내리쳐오자, 원숭이 왕은 능력 있는 자는 서두르지 않는다는 격으로 느긋하게 여의봉을 들어 맞섰어요. 이 싸움은 정말 대단했지요.

몽둥이는 이름이 '마음대로[如意]'이고
도끼는 '꽃 뿌리기[宣花]'라고 부르는데
그 둘이 이제 만났으니
길고 짧은 건 아직 모르겠네.
도끼와 몽둥이가 좌우로 부딪히네.
하나는 신묘한 힘을 숨기고 있고
하나는 허풍 떨며 큰소리 떵떵 치네.
술법을 부려
구름을 뿜고 안개를 내뱉고
손을 놀려
흙을 뿌리고 모래를 날리네.
하늘나라 장군의 신통함엔 법도가 있고
원숭이 왕의 변화무쌍함은 도무지 끝이 없구나.
여의봉 들면 마치 용이 물을 희롱하듯 하고
도끼 휘두르면 봉황이 꽃을 뿌리는 듯하네.
거령신의 명성이 천하에 퍼졌다지만
알고 보니 재간은 거기에 못 미치네.
제천대성이 가볍게 여의봉 휘두르니
머리에 한 방 맞고 온몸이 굳어져버렸네.

棒名如意　斧號宣花

他兩箇乍相逢　不知深淺

斧和棒　左右交加

一箇暗藏神妙　一箇大口稱誇

使動法　噴雲嗳霧

展開手　播土揚沙

天將神通就有道　猴王變化實無涯

棒擧卻如龍戲水　斧來猶似鳳穿花

巨靈名望傳天下　原來本事不如他

大聖輕輕輪鐵棒　着頭一下満身麻

거령신은 결국 손오공에 대적하지 못했어요. 손오공이 머리를 한 대 내리치자 황급히 도끼로 막았지만, 쩍! 하는 소리와 함께 도낏자루가 두 동강이 나버려서, 거령신은 급히 몸을 빼 자기 진영으로 도망갔지요. 원숭이 왕이 비웃으면서 말했어요.

"어이, 똥자루 같은 놈아! 살려줄 테니까, 얼른 가서 소식을 전해라. 빨리!"

거령신은 진영으로 돌아와 곧장 탁탑천왕을 보고는, 숨을 헐떡거리며 무릎을 꿇고 말했어요.

"필마온은 과연 신통력이 굉장했습니다! 소인은 도저히 상대가 되지 않아 이렇게 도망쳐 왔으니, 벌을 내려주십시오."

탁탑천왕이 화를 내며 말했어요.

"이놈이 우리 군의 사기를 꺾어버렸으니, 끌고 나가 목을 베어버려라!"

그러자 옆에서 나타태자가 재빨리 나와서 절을 올리고 말했어요.

"아버님, 고정하시고 거령신의 죄를 용서하소서. 제가 한번 나가서 그놈의 능력을 알아보겠습니다."

탁탑천왕은 그 의견을 받아들여 거령신에게 진영으로 돌아가 처분을 기다리게 했지요.

나타태자는 갑옷과 투구를 단단히 갖춰 입고 진영을 뛰쳐나와 수렴동으로 내달렸어요. 손오공은 막 병사를 거둬들이다가 맹렬히 달려오는 나타태자를 보았는데, 그 모습이 아주 멋졌어요.

총각 머리로 겨우 머리 구멍을 막았고
산발한 털은 아직 어깨도 덮지 못했지만
정신은 기특하게도 무척 영민하고
빼어난 골격은 더욱 맑고 멋지네.
정말 하늘나라 기린의 자식이고
과연 노을에 감싸인 오색 봉황 같은 신선이로다.
용의 자손이라 자연히 세속의 모습이 아니고
젊은 나이지만 단연코 속세의 범인들과 다르구나.
몸에는 여섯 가지 신묘한 무기 지녔고
날아올라 변신하면 변화가 끝이 없네.
이제 옥황상제께 친히 명령을 받아
삼단해회대신에 임명되었구나.

總角纔遮顧　披毛未蓋肩

神奇多敏悟　骨秀更淸姸

誠爲天上麒麟子　果是煙霞彩鳳仙

龍種自然非俗相　妙齡端不類塵凡

身帶六般神器械　飛騰變化廣無邊

今受玉皇金口詔　勅封海會號三壇

손오공은 앞으로 나서며 물었지요.

"너는 뉘 집 꼬맹이냐? 내 집에는 무슨 일로 왔느냐?"

나타태자가 큰 소리를 내질렀어요.

"이 발칙하고 요망한 원숭이야! 어찌 나를 모르느냐! 나는 바로 탁탑천왕의 셋째 아들 나타태자로, 옥황상제의 명을 받들어 널 잡으러 왔느니라."

손오공이 웃으며 말했지요.

"어린 태자야, 아직 젖니도 빠지지 않았고 솜털도 마르지 않은 녀석이 어찌 감히 그렇게 큰소리를 치느냐? 내 잠시 네 목숨을 살려두고 때리지 않으마. 너는 그냥 내 깃발에 적힌 칭호를 보고 옥황상제한테 아뢰어라. 이 벼슬만 내려주면 여럿이 움직일 필요 없이 내 스스로 귀순하겠지만, 만약 내 뜻대로 안 되면 반드시 영소대전을 뒤집어엎어 버릴 거라고 말이야!"

나타태자는 고개를 들어 '제천대성'이라는 네 글자를 보더니, 이렇게 말했어요.

"이 요망한 원숭이야! 얼마나 큰 재주가 있기에 감히 이런 호칭을 쓰느냐? 겁내지 말고 내 칼 맛이나 한번 봐라!"

"나는 꼼짝 않고 있을 테니, 마음대로 휘둘러보거라."

나타태자가 화가 치밀어 큰 소리로 "변해라!" 하고 외치니, 곧장 머리 셋에 팔이 여섯 달린 무시무시한 모습으로 변하는 것이었어요. 손에는 요괴의 머리를 베는 참요검斬妖劍과 요괴를 베는 감요도砍妖刀, 요괴를 묶는 박요삭縛妖索, 요괴를 항복시키는 방망이인 항요저降妖杵, 둥근 철퇴 같은 수구아繡毬兒, 불꽃 같은 날이 달린 수레바퀴처럼 둥근 무기인 화륜아火輪兒, 이 여섯 가지 무기를 들고 이리저리 휘두르며 정면으로 달려들었지요. 손오공도 그걸 보고 속으로 놀라며 말했어요.

"이 꼬맹이가 그래도 상당한 재주를 부리는구나! 버릇없이 굴지 말고 내 신통력이나 구경해라!"

대단한 제천대성! 그도 큰 소리로 "변해라!" 하고 외치니 머리 셋에 팔이 여섯 달린 모습으로 변했고, 여의봉을 한 번 흔드니 그 또한 세 개로 변했어요. 그는 여섯 팔로 여의봉 세 개를 들고 공격을 막아냈어요. 이 싸움은 정말로 땅이 울리고 산이 흔들리는 엄청난 것이었지요.

팔 여섯의 나타태자와

하늘이 낳은 멋진 돌원숭이 왕

진짜 적수를 만나니

본래 물줄기를 만난 듯

저쪽은 명령을 받아 아래 세상에 내려왔고

이쪽은 거만하게 하늘을 어지럽히네.

참요검의 끝이 빠르게 움직이고

감요도 휘두르는 소리는 귀신도 무서워하네.

박요삭은 나는 구렁이 같고

항마저는 늑대의 머리 같네.

화륜아가 뿜는 번개 번쩍번쩍 빛나고

그 사이에 수구아가 왔다 갔다 하네.

제천대성의 세 여의봉은

앞을 막고 뒤를 쳐내며 재빠르게 움직이네.

힘든 싸움 몇 합이나 겨뤄도 결판이 나지 않았는데

나타태자는 도무지 그만둘 생각 하지 않네.

여섯 무기를 쥐고 수없이 "변해라!"고 외치며

갖가지로 손오공의 머리 공격하네.

원숭이 왕은 무서워하지 않고 하하 웃으며

여의봉 이리저리 부리면서 계책을 세우네.

하나에서 천으로 천에서 만으로

하늘 가득 춤추며 나는 용을 무색케 하네.

동굴 속 요괴 왕들 모두 놀라 문을 걸어 닫았고

온 산의 귀신과 요괴들 모두 머리를 숨기네.

신묘한 무기들 성난 기운에 구름도 어두워지고

금테 두른 여의봉 소리 쩌렁쩌렁 울리네.

저쪽 하늘 병사 함성에 모든 사람 무서워하고
이쪽 원숭이 요괴들이 깃발을 흔드니 모두들 두려워하네.
독기 뿜는 양편 모두 용맹하게 싸우니
어느 쪽이 강하고 어느 쪽이 약한지 도무지 모르겠네.

六臂哪吒太子　天生美石猴王

相逢眞對手　正遇本源流

那一箇　蒙羞來下界　這一箇　欺心鬧斗牛

斬妖寶劍鋒芒快　砍妖刀狠鬼神愁

縛妖索子如飛蟒　降妖大杵似狼頭

火輪掣電烘烘艷　往往來來滾繡毬

大聖三條如意棒　前遮後攩運機謀

苦爭數合無高下　太子心中不肯休

把那六件兵器多敎變　百千萬億照頭丟

猴王不懼呵呵笑　鐵棒翻騰自運籌

以一化千千化萬　滿空亂舞賽飛虹

諕得各洞妖王都閉戶　徧山鬼怪盡藏頭

神兵怒氣雲慘慘　金箍鐵棒響颼颼

那壁廂　天丁吶喊人人怕

這壁廂　猴怪搖旗箇箇憂

發狠兩家齊鬪勇　不知那箇剛强那箇柔

　　손오공과 나타태자는 각기 신묘한 능력으로 삼십 합을 겨루었
지요. 나타태자의 여섯 무기는 천변만화했고, 손오공의 여의봉도
천변만화했지요. 공중에는 빗방울처럼 유성처럼 무기의 불꽃이
튀었지만 승부는 쉽게 나지 않았어요. 원래 손오공은 손놀림이
빠르고 눈썰미가 있어서, 그렇게 어지럽게 싸우는 도중에도 터럭

한 올을 뽑아서 "변해라!" 하고 외치니, 그게 손오공 모습으로 변해서 여의봉을 들고 나타태자와 어울려 싸웠어요. 그리고 진짜 몸은 재빨리 나타태자의 뒤쪽으로 다가가서 왼쪽 어깨를 한 방 내리쳤어요.

나타태자는 막 법술을 부리려다가 봉이 바람을 가르는 소리를 듣고서 급히 몸을 피하려 했지만, 손쓸 틈도 없이 한 대 맞고 말아서 고통을 참으며 도망갈 수밖에 없었지요. 그는 법술을 거두고 여섯 무기도 예전처럼 몸에 거둬들이고 자신의 진영으로 도망쳤어요.

그쪽 진영에서는 탁탑천왕이 벌써 그 모습을 보고 급히 병사를 이끌고 도우려 했는데, 어느새 나타태자가 앞에 나타나 덜덜 떨며 보고했어요.

"아바마마, 필마온은 정말 대단합니다! 저의 법력으로도 그자의 상대가 되지 못해서, 그만 팔을 다치고 말았습니다."

탁탑천왕은 깜짝 놀라 얼굴이 하얗게 변하면서 말했지요.

"그놈이 이렇게 신통하단 말이냐! 어떻게 해야 이길 수 있을까?"

나타태자가 말했어요.

"그놈의 동굴 밖에는 깃발이 하나 세워져 있는데, 거기에 '제천대성'이라고 적혀 있습니다. 그놈이 제 입으로 떠들어대길, 옥황상제께서 자기를 제천대성에 임명해주면 모든 일을 그만두겠지만, 그렇지 않으면 반드시 영소보전을 뒤집어버리겠다고 했습니다!"

"그렇다면 그놈과 싸울 필요 없다. 하늘나라로 올라가서 이 말을 보고하고, 다시 더 많은 병사를 파견해서 저놈을 포위해 잡아도 늦지 않을 게다."

나타태자도 부상을 당해서 다시 싸울 수 없었기 때문에 탁탑천왕과 함께 하늘로 돌아가 옥황상제께 이 일을 아뢴 것에 대해서는 더 이상 얘기하지 않겠어요.

자, 보세요. 그 원숭이 왕이 싸움에 이겨 산으로 돌아오자 일흔두 개 동굴의 요괴 왕들과 여섯 형제도 모두 와서 축하해주었으니, 복된 동굴 보금자리의 술잔치는 더할 나위 없이 즐거웠지요. 손오공이 여섯 형제들에게 말했어요.

"제가 제천대성이라 칭했으니, 여러분도 '대성'이라는 칭호를 붙여 부르면 좋을 것 같습니다."

거기에 있던 우마왕이 갑자기 외쳤어요.

"착한 동생, 일리 있는 말이네. 나는 평천대성平天大聖이라 하겠네."

그러자 교마왕이 말했지요.

"나는 복해대성覆海大聖이라고 하겠소."

붕마왕이 말했어요.

"나는 혼천대성混天大聖."

사타왕이 말했어요.

"난 이산대성移山大聖."

미후왕이 말했어요.

"나는 통풍대성通風大聖."

우융왕도 말했지요.

"그럼, 난 구신대성驅神大聖이라 하지요."

이날 일곱 대성들은 자기들 멋대로 칭호를 지어 붙이며 즐겁게 하루를 보내고 각기 헤어졌어요.

한편, 탁탑천왕과 나타태자는 장수들을 이끌고 곧장 영소대전으로 들어가 이렇게 아뢰었지요.

"저희들이 성지를 받들어 요망한 신선인 손오공을 토벌하러 아래 세상으로 군사를 이끌고 내려갔으나, 뜻밖에도 그자의 신통력이 너무 커서 이기지 못했습니다. 바라옵건대 병력을 늘려 토벌토록 하시옵소서."

옥황상제께서 말했지요.

"요망한 원숭이 하나가 얼마나 재주가 뛰어나기에 병력을 더 달라는 것인가?"

나타태자가 또 나아가 아뢰었지요.

"부디 제 죽을죄를 용서해주시옵소서! 그 요망한 원숭이는 철봉을 휘두르면서 먼저 거령신을 패퇴시켰고 제 팔에도 부상을 입혔습니다. 동굴 밖에 세워진 깃발에는 '제천대성'이라고 적혀 있었는데, 자신에게 그 관직을 내려준다면 군사를 거두고 와서 받겠지만, 그 관직이 아니면 영소보전을 치러 오겠다고 했습니다."

옥황상제께서 그 말을 듣고 놀라서 말했어요.

"그 요사한 원숭이가 어찌 이리 망령스럽단 말인가! 여러 장수들을 이끌고 가서 즉각 처단하라!"

바로 그때 대열 가운데 있던 태백금성이 나와 아뢰었어요.

"그 요사한 원숭이는 말만 할 줄 알지, 크고 작은 것을 가리지 못합니다. 병력을 늘려 그자와 다시 싸우더라도 짧은 시간 안에 징벌할 수 없고, 공연히 군사들만 피곤하게 할 터입니다. 차라리 폐하께서 자비와 은혜를 베푸시어 그자를 불러들이는 성지를 내리시고, 제천대성으로 삼는 편이 나을 것 같습니다. 그자에게 이름뿐인 벼슬을 내리시어, 벼슬은 있으되 봉록은 주지 않으면 그만인 것입니다."

"'벼슬은 있으되 봉록은 없는 것'이 무엇이오?"

"이름은 제천대성이지만 일도 주지 않고 봉록도 주지 않는 것입니다. 잠시 하늘과 땅 사이에서 잘 기르면서 그자의 악한 마음을 거둬들여 망령된 짓을 못 하게 한다면, 천지가 안정될 것이고 우주가 조용해질 것입니다."

옥황상제가 그 말을 듣고 말했지요.

"그대의 의견을 따르겠노라."

그리고 옥황상제는 즉시 조서를 내려 태백금성으로 하여금 가져가게 했어요.

태백금성이 다시 남천문을 나와 곧장 화과산 수렴동에 이르러 살펴보니, 이번엔 전과 달리 위풍당당하고 살기등등한 분위기 속에 온갖 요괴들이 다 모여 있었어요. 요괴들은 하나같이 창검을 쥐고 칼과 몽둥이 따위를 들고 소리를 지르며 날뛰다가, 태백금성을 보고는 모두 달려들어 손을 쓰려 하는 것이었지요. 태백금성이 말했어요.

"너희 중 두목은 이리 와서 내 말을 듣고 너희 제천대성께 전하라. 나는 옥황상제께서 파견한 하늘의 사신으로서 성지를 받들어 그분을 모셔가려고 왔다."

여러 요괴들이 즉시 달려 들어가 보고했어요.

"밖에 어떤 늙은이가 와서는, 자기가 하늘나라 사신인데 명령을 받고 제천대성님을 모셔가려 한답니다."

"잘 왔다! 잘 왔어! 아마 저번에 왔던 태백금성일 게다. 저번에 날 하늘나라로 초청했을 때는 비록 벼슬은 하찮았지만, 덕분에 하늘나라도 한 번 가보았고, 저 남천문 안팎의 길도 알게 되었다. 이번에도 틀림없이 좋은 뜻을 갖고 왔을 게야."

손오공은 대장들에게 깃발을 올리고 북을 두드려 군대를 정렬

시켜 태백금성을 맞이하게 했지요. 제천대성은 즉시 원숭이들을 이끌고 높은 관을 쓰고, 갑옷을 입고, 또 갑옷 위에는 자황포를 걸치고, 보운리를 신고 급히 동굴 밖으로 나와, 허리 숙여 예를 표하며 큰 소리로 말했지요.

"금성 어르신, 어서 오십시오. 미리 마중 나오지 못해 죄송합니다."

태백금성은 발걸음을 옮겨 곧장 동굴로 들어가 남쪽을 향해 서서 말했어요.

"이제 제천대성에게 고하오. 저번에는 관직이 작은 것이 마음에 들지 않아 어마감을 뛰쳐나왔는데, 어마감의 관리들이 옥상상제께 그 사실을 아뢰었소. 옥황상제께서는 다음과 같은 교지를 내리셨소. '무릇 관직을 제수할 때는 낮은 관직에서 높은 관직으로 점차 올려주는 법이거늘, 어찌 관직이 낮다고 불만을 품는가?' 그 말씀을 듣자마자 탁탑천왕이 나타태자를 이끌고 아래 세상으로 내려와 싸움을 걸었소. 그들은 제천대성의 신통력을 모르고 덤볐다가 패배를 당하자, 돌아와서 옥황상제께 아뢰기를, 대성께서 깃발을 세우고 '제천대성'이 되고자 한다고 했소. 여러 장수들은 당찮은 소리라며 반대했지만, 이 늙은이만은 벌 받을 것을 무릅쓰고, 군사를 일으키지 말고 대왕을 모셔 와서 벼슬을 내려주십사고 아뢰었소. 옥황상제께서 내 의견을 받아들이셨기에 이렇게 모시러 온 것이오."

손오공이 웃으면서 말했지요.

"저번에도 수고하셨는데, 이번에도 제가 이렇게 은혜를 입는군요. 정말 고맙습니다, 고마워요! 하지만 하늘나라에 이 '제천대성'이라는 벼슬이 있는지 모르겠습니다."

"이 늙은이가 그 관직을 내려주시라고 아뢰어 허락을 받고, 교지를 받들어 내려왔소이다. 그렇지 않다면 이 늙은이에게 죄를 물으시구려."

손오공이 매우 좋아하며 잔치를 벌여 대접하고자 청했지만, 태백금성은 사양했지요. 손오공은 태백금성과 함께 바로 구름을 타고 날아가 남천문에 도착했어요. 거기에 있던 하늘 병사들과 장수들은 모두 손을 모아 절하며 맞이했어요. 둘이 곧장 영소전 아래 이르자, 태백금성이 절을 올리고 옥황상제께 아뢰었어요.

"조서를 받들어 필마온 손오공을 데리고 왔습니다."

옥황상제께서 말했지요.

"손오공은 이리 오라. 지금부터 너를 제천대성에 임명하니, 그 관직의 품계는 헤아릴 수 없을 정도로 높도다. 앞으로는 절대 함부로 행동하지 말라!"

이 원숭이 역시 옥황상제께 예를 차리면서 말했어요.

"성은이 망극하옵니다!"

옥황상제께서는 즉시 공간관工幹官인 장씨張氏와 노씨魯氏에게 명하여 반도원蟠桃園 오른쪽에 제천대성부齊天大聖府를 짓고 그 안에 두 부서를 만들게 하셨으니, 하나는 안정사安靜司요, 다른 하나는 영신사寧神司라고 했어요. 사당마다 신선 벼슬아치들을 두어 손오공을 곁에서 보좌하게 했고, 또 오두성군五斗星君을 보내 손오공을 제천대성부에 모셔가게 했지요. 그 밖에도 어사주御賜酒 두 병에 금꽃 열 송이를 내려 그의 마음을 진정시키며, 다시는 함부로 날뛰지 못하게 했어요.

원숭이 왕은 성실히 명을 받들어서 그날로 오두성군과 함께 제천대성부로 갔어요. 그리고 술병을 따서 여럿이 함께 다 마신 후 본궁으로 돌아가는 오두성군을 배웅했어요. 그는 비로소 마음이 흡족해져서 하늘만큼 땅만큼 기뻐하고 천궁에서 지내며 꺼릴 것이 없었어요.

신선의 이름 길이 장생록에 오르니

윤회의 쳇바퀴에서 벗어나 영원히 전해지게 되었네.

仙名永注長生籙　不墮輪廻萬古傳

그 다음이 어떻게 되었는지 알 수 없는데, 이에 대해서는 다음
회를 들어보시라.

제5회

천도복숭아를 훔쳐 먹고
하늘에서 난동을 피우다

한편 제천대성은 결국 요망한 원숭이었어요. 관직의 품계도 모르고 봉록의 높고 낮음도 모른 채 단지 이름만 올려놓으면 그만이었지요. 제천부齊天府 아래 두 부서의 신선 벼슬아치들이 아침저녁으로 받들어 모시니 하루에 밥 세끼 먹고 밤이 되면 잠잘 줄만 알 뿐, 신경 쓰는 일 없이 자유로웠어요. 한가할 때면 친구를 만나 궁궐에서 놀기도 하고 의형제를 맺기도 했지요.

도교 최고의 신인 삼청三清*을 만나면 '영감[老]'이라 부르고, 네 천제[四帝]*를 만나면 '폐하'라고 불렀어요. 구요성관九曜星官,[1] 오장방五方將, 이십팔수二十八宿,[2] 사대천왕四大天王,* 십이원신十二元辰,[3] 오방오로五方五老,* 그 밖에 하늘의 별의 신과 은하수의 여러

---

1 불교에서 말하는 9개의 별로 구성九星이라고도 한다. 일요日曜, 월요月曜, 화요火曜, 수요水曜, 목요木曜, 금요金曜, 토요土曜, 계도計都, 나후羅睺를 가리킨다.

2 고대 중국의 천문학에서는 천체의 별을 28개의 성좌로 나누어 이십팔수라고 하였다. 사방에 각각 7개의 별이 있었는데, 동방에는 각角, 항亢, 저氐, 방房, 심心, 미尾, 기箕가 있고, 북방에는 두斗, 우牛, 여女, 허虛, 위危, 실室, 벽壁이 있으며, 서방에는 규奎, 루婁, 위胃, 묘昴, 필畢, 자觜, 삼參이 있고, 남방에는 정井, 귀鬼, 류柳, 성星, 장張, 익翼, 진軫이 있었다. 도교에서는 이를 빌려서 28명의 신장神將을 두었다.

3 자, 축, 인, 묘, 진, 사, 오, 미, 신, 유, 술, 해 십이지지十二地支를 지키고 있는 열두 신장을 말한다.

신들은 모두 형님 동생으로 지내며 허물없이 터놓고 불렀어요. 오늘은 동쪽에서 놀고 내일은 서쪽에서 놀며, 구름이 오가듯 정한 곳 없이 여기저기 돌아다녔어요.

어느 날 옥황상제가 조회를 하는데 문득 대열 가운데서 허정양許旌陽 진인眞人이 나와 머리를 조아리며 이렇게 아뢰었어요.

"지금 제천대성이라는 자는 날마다 하는 일 없이 한가롭게 노닐며 하늘의 여러 별의 신들과 친교를 맺고, 신분의 높고 낮음을 따지지 않고 모두 친구로 사귀고 있습니다. 너무 한가로워도 나중에 일이 생길지 모르니, 차라리 일을 하나 맡겨 사고가 생기지 않게 미리 방비하는 것이 좋을 듯합니다."

옥황상제가 이 말을 듣더니 즉시 조서를 내렸어요. 원숭이 왕은 기뻐하며 달려와 말했어요.

"폐하, 무슨 상을 내리시려 저를 부르셨습니까?"

"짐은 그대가 한가로이 일이 없는 것 같아 일을 하나 맡기려 하오. 그대는 당분간 반도원蟠桃園을 맡아 아침저녁으로 신경써주길 바라오."

제천대성은 기뻐하며 은혜에 감사하고 상제를 향해 예! 하고 응답하고 물러났어요. 그는 마음이 바빠 더 기다릴 것 없이 당장 반도원에 들어가 살펴보려 했어요. 그런데 그 정원에 있던 토지신이 가로막으며 묻는 거였어요.

"제천대성, 어디 가십니까?"

"옥황상제께서 반도원을 관리하라고 하명하시기에 직접 조사해보려고 왔다."

토지신은 급히 절을 하더니 즉시 나무를 심고, 물을 주고, 복숭아나무를 가꾸고, 청소하는 역사들을 모두 불렀어요. 그들은 제천대성을 보고 머리를 조아리며 절하고 그를 정원으로 데리고 들어갔어요. 반도원은 이런 모습이었지요.

싱싱하고 윤기 있는 복숭아가

나무마다 알알이 달려 있구나.

싱싱하고 윤기 있는 복숭아가 나무에 가득하고

가지마다 알알이 맺힌 열매가 가지를 내리누르네.

열매가 가지를 내리누르며 눈부시게 둥글게 드리워져 있고

꽃이 나무에 가득하니 연지를 모아놓은 것 같네.

때맞춰 꽃이 피고 열매를 맺으니 천 년이 지나야 무르익고

여름 겨울에 상관없이 만 년이 지나야 열매가 익는다네.

먼저 익은 것은 술에 취한 얼굴같이 빨갛고

늦게 맺힌 것은 꼭지도 안 떨어진 채 껍질 푸르구나.

안개 자욱할 때면 껍질이 녹색을 띠다가도

태양이 비치면 붉은 자태를 드러낸다네.

나무 아래의 기이한 꽃과 풀은

사시사철 시들지 않아 색깔이 청초하네.

좌우의 누대와 관사에는

언제나 하늘 가득히 구름과 무지개가 뒤덮여 있네.

당나라 장안長安의 현도관玄都觀에 심었다던 평범한 복숭아

가 아니라

요지의 서왕모西王母[4]가 직접 재배하는 것이라네.

> 夭夭灼灼　　顆顆株株
>
> 夭夭灼灼桃盈樹　　顆顆枝枝果壓枝

4　중국 신화에서 요지瑤池는 곤륜산 위의 선지仙池로 서왕모가 거주하는 곳이다. 서왕모는 신
　화 속의 인물로 여선女仙이다. 『한무제내전漢武帝內傳』에는 서왕모가 반도蟠桃를 한 무제에
　게 하사했다는 이야기가 기록되어 있는데, 이에 근거하여 서왕모가 반도대회를 개최했다는
　이야기가 파생되었다.

果壓枝頭垂錦彈　花盈枝上簇胭脂
時開時結千年熟　無夏無冬萬歲遲
先熟的　酡顔醉臉
晚結的　帶蒂青皮
凝烟肌帶綠　映日顯丹姿
樹下奇葩竝異卉　四時不謝色齊齊
左右樓臺竝館舍　盈空常見罩雲霓
不是玄都凡俗種　瑤池王母自栽培

　제천대성은 한참 동안 구경하다가 토지신에게 물었어요.

"이 나무들이 몇 그루나 되는가?"

"삼천육백 그루입니다. 앞에 있는 일천이백 그루는 꽃과 열매가 모두 작은데, 삼천 년에 한 번 익는 것이지요. 사람이 먹으면 신선이 되고 도를 깨닫게 되며 육신은 튼튼하고 가벼워집니다. 중간에 있는 일천이백 그루는 꽃이 겹으로 피어 있고 열매도 단데, 육천 년에 한 번 익는 것이지요. 사람이 먹으면 노을을 타고 하늘에 오를 수 있고 늙지 않고 오래 살 수 있습니다. 뒤쪽의 일천이백 그루는 자줏빛 무늬에 담황색 씨를 가지고 있는데, 구천 년에 한 번 익습니다. 사람이 먹으면 하늘과 땅, 해, 달과 수명을 같이할 수 있습니다."

　제천대성은 그 말을 듣고 기쁨을 이기지 못했어요.

　그날은 나무를 조사하고 정자와 누각을 점검하고 제천부로 돌아왔어요. 그로부터 사흘이나 닷새에 한 번씩 복숭아를 구경했으며, 친구도 사귀지 않고 다른 곳으로 놀러가지도 않았지요. 어느 날 오래된 나뭇가지를 보니 복숭아가 태반은 익어 있었어요. 그는 맛을 보고 싶은 생각이 들었지만, 정원의 토지신과 역사, 제천부의 신선 벼슬아치들이 바짝 뒤따르고 있어서 그럴 수가 없었어요. 문득 한 가지 꾀가 생각나 그들에게 말했어요.

"그대들은 잠시 문밖에 나가서 기다리라. 나는 잠시 이 정자에서 쉴 테니."

그러자 신선들은 정말 물러갔어요. 원숭이 왕은 관복을 벗고 큰 나무에 기어올랐지요. 그리고 잘 익은 큰 복숭아만을 골라 따서 나뭇가지 위에서 실컷 먹었지요. 배부르게 먹고 나서 나무에서 뛰어 내려와 관복을 입고 무리들을 불러 거느리고 제천부로 돌아왔어요. 그리고 이삼 일 후 다시 계책을 써서 복숭아를 훔쳐 마음껏 먹었어요.

어느 날 아침 서왕모는 보각寶閣을 개방하고 요지에서 반도대회를 열려고 했어요. 그래서 붉은색, 청색, 흰색, 검은색, 자주색, 황색, 녹색 옷을 입은 선녀들더러 저마다 꽃 광주리를 머리에 이고, 반도원에 가서 연회에 쓸 복숭아를 따 오게 했어요. 일곱 색깔 옷을 입은 선녀들이 정원 입구에 도착하니 반도원의 토지신과 역사, 제천부 두 부서의 신선 벼슬아치들이 문을 지키고 있었어요. 선녀들이 가까이 다가가 말했어요.

"서왕모의 명을 받들어 연회에 쓸 복숭아를 따러 왔습니다."

그러자 토지신이 말했어요.

"선녀님들, 잠시 기다리세요. 금년은 예년과 달리 옥황상제께서 제천대성에게 이곳을 관리 감독하도록 맡기셨습니다. 허니 제천대성께 허락을 얻어야만 반도원을 열 수 있습니다."

선녀들이 물었지요.

"제천대성께서는 어디 계신데요?"

"정원에 계세요. 피곤해서 혼자 정자에서 낮잠을 주무시고 계셔요."

"그렇다면 그분을 찾아가볼게요. 지체할 수 없으니까요."

토지신은 선녀들과 함께 정원에 들어와 정자[花亭]까지 찾아왔는데, 제천대성이 보이지 않는 것이었어요. 의복과 관모만 그 정자 위에 놓여 있을 뿐, 어디로 갔는지는 알 수 없었지요. 사방어디에도 보이지 않았죠. 알고 보니 제천대성은 실컷 장난을 치다가 복숭아 몇 개를 먹고 두 치 정도의 어린애로 변해, 그 큰 나무 꼭대기 무성한 잎 아래서 낮잠을 자고 있었던 거였어요. 일곱 선녀들이 얘기했어요.

"서왕모님 명을 받잡아 왔는데, 제천대성을 못 뵈었다고 어떻게 그냥 빈손으로 갈 수 있겠어요?"

그러자 옆에 있던 신선 벼슬아치가 말했어요.

"선녀님들, 서왕모님 명을 받자와 오신 건데 망설일 필요 없습니다. 저희 제천대성께서는 늘 한가로이 놀러 다니시는 분이라, 아마 친구를 만나러 나가셨을 겁니다. 여러분은 일단 가셔서 복숭아를 따세요. 저희들이 대신 보고하면 되니까요."

선녀들은 그 말에 따라 복숭아를 따러 정원 안으로 들어갔어요. 먼저 앞에 있는 나무에서 세 광주리를 따고, 다시 중간에 있는 나무에서 세 광주리를 땄어요. 그런데 맨 뒤에 있는 나무로 가서 따려고 보니까 나무 위에 꽃과 열매가 거의 없고, 꼭지가 붙어 있는 푸릇한 풋 복숭아 몇 개만 있을 뿐이었어요. 익은 것은 모두 원숭이 왕이 먹어버린 것이지요. 일곱 선녀들이 이러저리 둘러보니, 남쪽으로 뻗은 가지 위에 반쯤 익은 복숭아 하나가 보였어요. 푸른 옷의 선녀가 손으로 가지를 아래로 끌어당겼고, 붉은 옷의 선녀가 복숭아를 따자, 당겼던 가지를 도로 놓았어요.

그런데 그 바람에 그만 그 가지에서 어린애로 변해 자고 있던 제천대성이 놀라 깨고 말았어요. 제천대성은 순식간에 본래 모습으로 돌아와 귀에서 여의봉을 꺼내 흔들어 사발만 한 굵기로 만든 다음, 버럭 호통을 쳤어요.

"너희들은 어디서 온 괴물이기에 대담하게도 내 복숭아를 훔치려 하느냐?"

깜짝 놀란 일곱 선녀는 일제히 무릎을 꿇고 이렇게 말했지요.

"제천대성님, 노여움을 푸세요. 저희들은 요괴가 아니고 서왕모께서 보내신 일곱 선녀입니다. 선도仙桃를 따서 보각을 열고 반도대회를 열려고 하거든요. 이곳에 도착해서 먼저 정원의 토지신은 뵈었는데, 제천대성님은 아무리 찾아도 안 보이셨어요. 그래서 왕모님의 명을 태만히 할까 봐 제천대성님을 기다리지 못하고 그만 복숭아부터 따고 말았어요. 부디 용서해주세요"

제천대성은 그 말을 듣고서 노여움이 기쁨으로 변했어요.

"선녀들은 일어나라. 서왕모가 보각을 열고 잔치를 베푼다 했는데, 초청하는 분이 누구누구더냐?"

"이 모임에는 예부터 내려오는 관례가 있어요. 초청하는 분은 서천西天의 석가여래, 보살, 성승성僧, 나한羅漢, 남방의 남극관음南極觀音, 동방의 숭은성제崇恩聖帝, 십주十洲와 삼도三島의 선옹仙翁, 북방의 북극현령北極玄靈, 중앙의 황극황각대선黃極黃角大仙으로 이분들이 오방五方의 다섯 어른들이세요. 그 밖에 오두성관五斗星官과 상팔동上八洞의 삼청三清, 네 천제天帝, 태을천선太乙天仙, 중팔동中八洞의 옥황玉皇, 구루九壘, 해악海嶽의 신선, 하팔동下八洞의 유명교주幽冥教主,[5] 주세지선注世地仙 등이 있어요. 각 궁전의 크고 작은 신들도 모두 반도대회에 오시지요"

제천대성이 웃으며 말했어요.

"나도 초청했느냐?"

5 지장왕보살地藏王菩薩을 가리킨다.

亂蟠桃大聖偸丹反天宮諸神恢

손오공이 반도를 훔쳐 먹고 서왕모가 보낸 미녀들을 술법으로 붙들어두다

"그런 말은 듣지 못했는데요."

"나는 제천대성이니, 이 손 어르신을 귀빈으로 초청하지 못할 까닭이 있겠냐?"

"이것은 지난번 모임 때의 관례이니, 이번 모임에는 어떨지 모르지요."

"그도 그렇군. 너희를 나무랄 일은 아니지. 너희들은 잠시 서 있어라. 이 손 어르신이 먼저 가서 이 몸을 초청했는지 안 했는지 알아보고 올 테니."

대단한 제천대성! 그는 손가락을 구부려 결을 맺고 주문을 외더니 선녀들을 보고 "움직이지 마라! 움직이지 마라! 움직이지 마라!" 하고 말했어요. 이것이 바로 정신법定身法이란 것이었어요. 일곱 선녀들은 모두 두 눈을 멀뚱히 뜬 채 복숭아나무 아래에 서 있었어요. 제천대성은 상서로운 구름을 타고 정원을 뛰쳐나가더니 곧장 요지로 가는 길로 내달았지요. 한참 가고 있는데, 다음과 같은 모습의 신선이 하나 보였어요.

상서로운 안개 가득한 하늘에는 빛이 하늘거리고
오색의 상서로운 구름 끊임없이 날리네.
백학의 울음소리 깊은 연못 속까지 진동하고
자줏빛 영지의 수려한 빛깔 천 개 이파리로 피어나네.
그 속에서 존귀한 한 신선이 나타나는데
풍채가 당당하고 특별하구나.
밟고 오는 신령한 무지개 하늘에 휘장처럼 걸렸고
허리에는 도교의 비문秘文을 차고 있어 불생불멸한다네.
그는 적각대라선이라 하는데
반도를 먹고 수명 늘리는 축제에 오는 참이라네.

一天瑞靄光搖曳　五色祥雲飛不絕
白鶴聲鳴振九皐　紫芝色秀分千葉
中間現出一尊仙　相貌昂然豊采別
神舞虹霓幌漢霄　腰懸寶籙無生滅
名稱赤脚大羅仙　特赴蟠桃添壽節

그 적각대선은 제천대성과 맞닥뜨렸어요. 제천대성은 고개를 숙이더니 한 가지 꾀를 내어, 그 신선을 속이고 자신이 몰래 모임에 갈 생각을 했어요.

"도사님, 어디 가시오?"

"서왕모님의 부름을 받아 반도대회에 갑니다."

"도사께서 모르시나 본데, 옥황상제께서 내 근두운이 빠르다고 이 몸을 오방五方의 길에 파견해 여러분들을 청해 오라 하셨소. 먼저 통명전에 가서 의례를 연습한 후 연회에 가시게 하라고 말입니다."

적각대선은 공명정대한 사람이라 그의 거짓말을 진짜로 믿고 이렇게 중얼거렸어요.

"지난해에는 요지에서 의례를 연습하고 은혜에 감사했는데, 어째서 통명전에 먼저 가서 의례를 연습하고 요지의 모임에 가라고 하는 걸까?"

적각대선은 어쩔 수 없이 구름의 방향을 바꾸어 곧장 통명전으로 갔어요. 제천대성은 구름을 몰면서 주문을 외어 몸을 흔들더니, 적각대선의 모습으로 변해서 요지로 달려갔어요. 얼마 후 보각에 도착하여 구름을 멈추고 가벼운 발걸음으로 안으로 들어갔지요. 그곳의 광경을 볼까요.

좋은 향기 주위를 에워싸고
상서로운 구름 가득하구나.
요대에는 마름모꼴 비단이 깔려 있고
보각에는 안개가 흩어져 있네.
봉황과 난새가 나는 모습 어렴풋이 보이고
옥 꽃받침 위 금꽃의 그림자는 오르락내리락
위쪽에는 붉은 노을 배경에 아홉 마리 봉황을 그린 병풍이
둘러쳐져 있고
갖가지 보석으로 장식한 자주색 무지개 무늬의 돈대도 있
구나.
알록달록 금박 무늬 탁자
갖가지 꽃이 그려진 푸른 옥 접시
탁자 위에는 용의 간, 봉황의 골수
곰 발바닥, 원숭이 입술이 차려져 있다네.
각기 다른 맛의 진귀한 음식은 모두가 훌륭하고
희귀한 과일과 좋은 안주는 색색이 신선하구나.

瓊香繚繞　瑞靄繽紛

瑤臺鋪彩結　寶閣散氤氳

鳳翥鸞騰形縹緲　金花玉萼影浮沉

上排着九鳳丹霞展　八寶紫霓墩

粧彩描金桌　千花碧玉盆

桌上有龍肝和鳳髓　熊掌與猩唇

珍羞百味般般美　異果嘉殽色色新

연회석은 단정히 잘 차려져 있었지만, 아직 아무도 오진 않았
어요. 제천대성이 미처 다 살펴보지도 않았는데 문득 술의 향기

가 코를 찔렀어요. 고개를 돌려보니 오른쪽 긴 복도 아래 술을 빚는 신선 벼슬아치들과 술독을 운반하는 역사들이 있어, 물을 운반하는 도인과 불을 때는 동자들을 데리고 그곳에서 항아리를 씻고 옹기를 닦고 있었어요. 향기롭게 잘 익은 갖가지 선주仙酒들이 이미 만들어져 있었지요.

제천대성은 입가에 절로 군침이 흐르며 당장 가서 마시고 싶은 마음뿐이었지만, 사람들이 모두 거기 있으니 어찌 해볼 도리가 없었어요. 그는 신통력을 부려 털을 몇 가닥 뽑아 입속에 넣고 잘게 씹어 뿜어내더니 주문을 외며 "변해라!" 하고 외쳤어요. 그러자 털들은 바로 몇 마리의 잠벌레로 변해 사람들의 얼굴 위로 달려갔어요.

여러분, 이들의 꼴 좀 보세요. 손은 흐느적거리고, 머리는 숙여지고, 눈은 감겨서, 모두 하던 일을 버려둔 채 잠들고 마는 거였어요. 그러자 제천대성은 온갖 진귀한 음식과 좋은 안주, 희귀한 과일들을 긴 복도로 들고 오더니, 술 항아리에 착 달라붙어 양껏 마셨지요. 한참 배불리 먹고 나니 술에 만취하게 됐어요. 그는 가만히 혼자 생각해봤어요.

"안 되겠는데, 안 되겠어! 조금 있으면 초청한 손님들이 올 텐데, 그러면 나를 이상하게 생각하지 않을까? 지금 붙잡히면 어떻게 한담? 차라리 일찍 제천부로 돌아가 잠이나 자는 게 낫겠어."

대단한 제천대성! 그는 술기운에 이리 비틀 저리 비틀 내키는 대로 가다가 그만 길을 잘못 들고 말았어요. 제천부가 아닌 도솔천궁兜率天宮*으로 와버린 것이지요. 도솔천궁을 보자 그제야 퍼뜩 정신이 들었어요.

"도솔궁은 서른세 개 하늘 꼭대기. 이한천離恨天에 있는 태상노군太上老君[6]의 거처인데, 어떻게 이곳까지 잘못 오게 된 걸까? 그 래 좋다! 좋아! 전부터 늘 이 영감을 만나보고 싶었는데 여태 못 와봤지. 이제 여기 온 김에 한번 만나보는 것도 좋겠지."

그는 옷매무새를 가지런히 하고 안으로 들어갔어요. 그런데 어디에도 태상노군은 보이지 않고 사방에 인기척이라곤 전혀 없었어요. 알고 보니 태상노군은 연등고불燃燈古佛과 삼 층 고각의 붉은 능대陵臺 위에서 도를 강론하고 있었어요. 여러 선동과 선장, 선관, 선리들도 모두 좌우에 서서 강론을 듣고 있었지요. 제천대성은 금단金丹을 만드는 건물 안까지 들어가 찾아보았으나 아무도 없었어요.

그런데 마침 금단을 만드는 부엌 옆 화로에 불이 타고 있는 게 보였어요. 화로 좌우에는 다섯 개의 호로병이 놓여 있었는데, 호로병에는 제련하여 얻은 금단이 가득했어요. 제천대성은 기뻐하며 말했어요.

"이 물건은 신선들의 지극한 보물이다. 이 어르신이 도를 깨달은 후 안팎이 하나라는 이치를 깨우친 터라 나도 금단을 제련해 사람들을 구제하고 싶었는데, 전혀 틈이 없었지. 그런데 오늘 인연이 있어 이런 물건을 보게 됐으니, 영감이 없는 틈에 몇 알 맛봐야겠군."

그는 호로병들을 기울여 볶은 콩을 먹듯 모두 먹어버렸어요. 순식간에 금단으로 배를 채우니 술이 깨었어요. 그리고 혼자 곰곰이 생각했지요.

"안 되겠는데, 안 되겠어! 이 죄는 하늘보다도 크거든. 옥황상제를 화나게 하면 목숨을 보존키 어렵겠지? 도망가자! 도망가! 아

6 이한천은 33개 하늘 가운데 가장 높은 하늘이다. 도교에서는 노자를 숭상하여 태상노군이라 한다.

래 세상에서 왕 노릇이나 하는 편이 낫겠어."

그는 도솔궁을 뛰어나와 왔던 길로 가지 않고 서천문西天門을 통해 은신법隱身法을 써서 도망쳐버렸어요. 곧장 구름을 타고 화과산으로 돌아오니, 깃발이 반짝이고 갖가지 창이 번쩍이는 게 보였어요. 알고 보니 네 건장과 일흔두 개 동굴의 요괴 왕들이 그곳에서 무예를 연습하고 있었어요. 제천대성이 큰 소리로 외쳤어요.

"애들아, 내가 왔다!"

요괴들은 무기를 팽개치고 무릎을 꿇으며 말했어요.

"제천대성께서는 참 태평도 하십니다! 저희들을 오랫동안 버려두고 찾아와보지도 않으시다니요."

"시간이 얼마 되지도 않았는데, 뭘 그래?"

그들은 이야기를 나누면서 곧장 동굴 깊은 곳으로 들어갔어요. 네 건장들은 자리를 청소하고 머리를 숙여 절하더니, 이렇게 말했어요.

"제천대성께서 하늘에 계셨던 백십 년 동안 무슨 관직을 제수 받으셨습니까?"

제천대성이 웃으면서 말했어요.

"나는 겨우 반년의 세월로 기억하는데 어째서 백십 년이라고 하는 거냐?"

"하늘의 하루는 지상에서 일 년입지요."

"기쁘게도 이번에 옥황상제께서는 나를 사랑하시어 정말로 제천대성으로 봉하셨다. 제천부를 세우고, 안정사와 영신사라는 두 부서를 설치하고, 각 부서에 신선 벼슬아치들을 두어 보위토록 했지. 그후 내가 일이 없는 것을 보시고 날더러 반도원을 관리하게 하셨다. 최근에 서왕모가 반도대회를 개최했는데 나를 초청하지 않았더군. 그래서 나는 그 초대를 기다리지 않고 먼저 요지에 가서 신선의 음식과 술을 모두 훔쳐 먹어버렸어. 요지를 나간 후 비틀비틀 태상노군의 궁궐로 잘못 들어가 또 호로병의 금단을 훔쳐 먹었지. 그래서 옥황상제께 벌 받을까 두려워 하늘에서 도 망쳐 온 거야."

요괴들이 그 얘기를 듣고 매우 기뻐했어요. 그리고 곧 술과 과 일을 차려 환영회를 열고 야자주를 돌 사발에 가득 부어 바쳤어 요. 제천대성이 한 모금 마시더니, 이를 드러내고 입을 삐죽이며 불만스럽게 말했어요.

"맛이 없구나. 형편없어!"

붕 장군과 파 장군이 말했어요.

"제천대성께서는 천궁에서 신선의 술과 음식을 잡쉈기 때문에 야자주가 그다지 맛있지 않은 겁니다. 그러나 '멋이 있니 없니 해 도 고향의 산천 풍경이다(美不美 鄕中水)'라는 속담이 있지 않습 니까?"

"그렇지! 너희야말로 '친하니 마니 해도 고향사람(親不親 故鄕 人)'인 게야. 내 오늘 아침 요지에서 음식을 먹을 때 그 긴 복도 아 래에 좋은 술이 담긴 수많은 병과 항아리가 있는 걸 보았는데, 너 희는 맛을 본 적이 없을 거야. 내 다시 가서 몇 병을 훔쳐 올 테니, 반 잔씩만 마셔도 모두 늙지 않고 오래 살 수 있을 게다."

원숭이들은 기쁨을 이기지 못했어요. 제천대성은 곧장 수렴동 문을 나와 재주를 한 번 넘더니 은신법을 써서 반도 연회장에 도 착했어요. 요지의 궁궐로 들어가니 술을 빚고 술독을 운반하고 물을 나르고 불을 때는 이들은 아직도 코를 골며 잠자고 있었어 요. 그는 큰 병 두 개를 좌우 옆구리에 끼고, 양 손에도 하나씩 든 채, 구름의 방향을 돌려 돌아왔어요. 그리고 수렴동에 여러 원숭이를 모아 선주회仙酒會를 열고 각자 몇 잔씩 마시고 즐겼음은 말할 것도 없겠지요.

한편, 그 일곱 선녀는 제천대성의 정신법에 걸린 뒤 꼬박 하루가 지나서야 풀려날 수 있었어요. 그들은 각자 꽃 광주리를 들고 서왕모에게 돌아와 보고했어요.

"제천대성이 술법으로 저희들을 묶어놓아 늦게 돌아왔습니다."

그러자 서왕모가 물었어요.

"반도는 몇 개나 땄느냐?"

"제일 작은 복숭아 두 광주리, 중간 크기 복숭아 세 광주리뿐입니다. 뒤쪽에 가 보니 큰 복숭아는 반 개도 남아 있지 않았어요. 모두 제천대성이 훔쳐 먹은 것 같아요. 한참 찾고 있는데 갑자기 제천대성이 걸어 나와 저희들에게 행패를 부리며 연회에 초청된 이들이 누구냐고 묻더군요. 저희들은 지난번 모임 때의 일을 모두 얘기해줬어요. 그는 곧 저희들을 움직이지 못하게 하더니 어디론가 가버렸어요. 그러다가 지금에서야 풀려나 돌아온 거예요."

서왕모는 그 말을 듣더니 곧장 옥황상제를 알현하고 지금까지의 일을 자세히 아뢰었어요. 말이 다 끝나지도 않았는데, 술을 빚는 이들이 신선 벼슬아치들과 함께 와서 아뢰는 것이 보였어요.

"누군지 모르지만 반도대회를 방해하여 좋은 술을 훔쳐 먹고, 온갖 진귀한 음식도 모두 훔쳐 먹어버렸습니다."

네 천사가 또 아뢰어요.

"태상노군께서 오셨습니다."

옥황상제는 서왕모와 함께 영접했어요. 태상노군은 옥황상제를 알현하고 예를 올리더니 이렇게 말했어요.

"제가 거주하는 궁전에 구전금단九轉金丹 몇 개를 제련했기에 폐하를 모시고 단원대회丹元大會를 열려고 했는데, 뜻하지 않게 도둑이 훔쳐 가버려서 특별히 폐하께 알려드립니다."

옥황상제는 아뢰는 말을 듣고 넋이 나간 듯 했어요. 그런데 잠시 후 또 제천부의 신선 벼슬아치가 머리를 조아리며 말하는 것이었어요.

"제천대성이 맡은 일은 하지 않고 어제부터 나가 놀면서 지금까지 돌아오지 않았는데, 어디로 갔는지 모르겠습니다."

옥황상제는 부쩍 의심이 들었어요. 그런데 다시 적각대선이 머리를 조아리며 이렇게 아뢰었어요.

"제가 서왕모의 명을 받고 어제 모임에 가다가 우연히 제천대성을 만났습니다. 그는 절더러 옥황상제께서 조서를 내려 자신을 보내 저희들을 맞이하여 먼저 통명전에 가 의례를 연습하고 나서 모임에 가도록 하게 하셨다고 말했습니다. 제가 그 말대로 방향을 돌려 통명전 바깥에 도착해보니, 옥황상제님의 용과 봉황이 그려진 수레가 보이질 않았습니다. 그래서 황급히 이곳에 와 명을 기다립니다."

옥황상제는 더욱 크게 놀라 명령을 내렸어요.

"이놈이 거짓으로 짐의 뜻을 전달하여 그대를 속였으니, 속히 감찰관을 파견해 이놈의 행적을 수사해볼지어다."

감찰관이 명을 받고 곧장 궁전을 나가 두루 조사하여 상세한 사정을 모두 알게 되었어요. 그리고 돌아와서 "하늘궁전을 어지럽힌 자는 제천대성입니다" 하고 보고하면서, 지금까지의 일들을 모두 고발했어요. 옥황상제는 매우 화가 났어요. 즉시 네 천왕天王을 파견하여 탁탑천왕, 나타태자와 협력하고 이십팔수, 구요성관, 십이원신, 오방게체五方揭諦,[7] 사치공조四値功曹,* 동서의 성

7 불교에서 다섯 방위를 관장하는 신을 가리킨다.

두료斗, 남북의 두 신, 오악五岳과 사독四瀆,[8] 하늘의 여러 별의 신을 포함하여 모두 십만의 하늘 병사를 소집하여, 열여덟 겹의 천라지망天羅地網을 쳐서 아래 세계의 화과산을 포위하고, 반드시 그 놈을 붙잡아 처벌토록 했어요. 여러 신들은 즉시 군사를 일으켜 하늘궁전을 떠났지요.

> 모래바람 밀어닥쳐 하늘을 어둡게 가리고
> 자줏빛 안개 솟아올라 땅을 어둡게 뒤덮고 있네.
> 요망한 원숭이가 옥황상제를 속였기 때문에
> 여러 신성들이 속세에 내려오게 되었다네.
> 사대천왕과 오방게체로구나.
> 사대천왕은 총사령관이 되고
> 오방게체는 무수한 하늘 병사를 지휘하네.
> 이천왕은 중군에서 소집나팔을 불고
> 무시무시한 나타태자는 앞에서 선봉을 맡았네.
> 나후성은 선두에 서서 점검을 하고
> 계도성은 뒤를 따르며 위세를 드러내네.
> 태음성은 원기를 북돋고
> 태양성은 분명하게 빛을 비추네.
> 오행성은 능히 호걸이 될 수 있고
> 구요성은 싸우는 것을 가장 좋아한다네.
> 원신성, 자, 오, 묘, 유는
> 모두가 굉장한 힘을 가진 하늘 병사들

---

8 오악은 중악숭산中岳嵩山, 동악태산東岳泰山, 남악형산南岳衡山, 북악항산北岳恒山을 가리키고, 사독은 고대 중국에서 동해로 흘러 들던 장강長江, 황하黃河, 회하淮河, 제수淸水를 일컫는다.

오온과 오악은 동서에 배치되고

육정과 육갑*은 좌우에서 행군하네.

사독과 용신은 위아래로 나뉘어 있고

이십팔수는 겹겹으로 빽빽하구나.

각, 항, 저, 방성은 총수가 되고

규, 루, 위, 묘성은 미친 듯 날뛰는 것이 버릇이라네.

우, 두, 여, 허, 위, 실, 벽, 심, 미, 기성은 모두 능력이 있고

정, 귀, 류, 성, 장, 익, 진성이 창을 돌리고 검을 휘둘러 신령한
위엄 드러내네.

구름을 세우고 안개를 내려 속세에 내려와

화과산 앞에 자리를 잡고 군영을 치네.

黃風滾滾遮天暗　紫霧騰騰罩地昏

只爲妖猴欺上帝　致令眾聖降凡塵

四大天王　五方揭諦

四大天王權總制　五方大聖調多兵

李托塔中軍掌號　惡哪吒前部先鋒

羅睺星爲頭檢點　計都星隨後崢嶸

太陰星精神抖擻　太陽星照耀分明

五行星偏能豪傑　九曜星最喜相爭

元辰星子午卯酉　一箇箇都是大力天丁

五瘟五岳東西擺　六丁六甲左右行

四瀆龍神分上下　二十八宿密層層

角亢氐房爲總領　奎婁胃昴慣翻騰

牛斗女虛危室壁　心尾箕星箇箇能

井鬼柳星張翼軫　輪鎗舞劍顯威靈

停雲降霧臨凡世　花果山前扎下營

이런 시가 있지요.

하늘이 낳은 원숭이 왕 변화무쌍하게
금단과 술 훔쳐 먹고 산속 소굴에서 즐거워하는구나.
단지 반도대회 어지럽힌 것 때문에
십만 하늘 병사가 포위망을 펼쳤구나.

天産猴王變化多　偷丹偷酒樂山窩
只因攪亂蟠桃會　十萬天兵佈網羅

　　그때 탁탑천왕이 명을 내려 여러 하늘 병사로 하여금 군영을
세우고 화과산을 물샐틈없이 포위하게 했어요. 위아래로 열여덟
겹의 천라지망을 펼치고 먼저 구요성을 파견하여 출전케 했지요.
구요성은 즉각 하늘 병사를 이끌고 수렴동에 도착했어요. 수렴동
에는 크고 작은 원숭이들이 뛰어놀고 있었어요. 구요성관은 사나
운 목소리로 외쳤어요.

　　"거기 쪼그만 요괴들아! 너희 제천대성은 어디 있느냐? 우리
는 하늘나라에서 파견된 신들인데, 반란을 일으킨 너희 제천대성
을 항복시키러 이곳에 왔다. 그자더러 빨리 와서 항복하라고 해
라. 만약 '싫다'의 '싫' 자만 나와도 너희들은 모두 죽임을 당하게
될 것이다."

　　쪼그만 요괴들은 황급히 들어가 보고했어요.

　　"제천대성님, 큰일 났어요. 큰일! 밖에 아홉 명의 흉악한 신들
이 찾아와서 하늘나라에서 파견된 신들이라며 제천대성께 항복
을 받으려 한답니다."

　　제천대성은 일흔두 개 동굴의 요괴 왕, 네 건장들과 함께 한참
선주를 나누어 마시고 있었어요. 그런데 이 보고를 듣고도 전혀

아랑곳하지 않은 채, 이렇게 말하는 거였어요.

"'오늘 아침은 술 있으니 취하도록 마시고(今朝有酒今朝醉)', 문 밖의 시시비비는 상관하지 말자."

말이 끝나지도 않아 다시 졸개들이 뛰어와서 보고했어요.

"아홉 명의 흉악한 신들이 욕설을 퍼부으며 문 앞에서 싸움을 걸고 있습니다."

제천대성이 웃으면서 말했어요.

"그냥 놔둬라! '시와 술로 잠시나마 오늘의 즐거움을 꾀하려니, 공명을 언제 이룰 거냐고 묻지 마라(詩酒且圖今日樂 功名休問幾時成).'"

그 말이 채 끝나지 않아 또 졸개들이 와서 보고했어요.

"나리! 아홉 명의 흉악한 신들이 벌써 문을 부수고 쳐들어왔어요!"

그러자 제천대성은 격노했어요.

"이 무지막지한 애송이 신선놈들! 이다지도 무례하다니! 내 저들과 싸우지 않으려 했거늘 어째서 남의 집까지 찾아와 욕보이는 거냐?"

그리고 외뿔 달린 귀신, 즉 독각귀왕에게 명하여 일흔두 개 동굴의 요괴 왕들을 거느려 출전케 하고, 자신은 네 건장들을 이끌고 뒤따랐어요. 독각귀왕은 재빨리 요괴 병사들을 통솔하고 문을 나가 적들을 맞았으나, 구요성에게 일제히 습격을 당해 철판교에서 가로막혀 빠져나갈 수가 없었어요.

한참 싸우고 있는데 제천대성이 도착해서 "길을 열어라!" 하고 소리치며 철봉을 꺼내 한 번 흔들자 사발만 한 굵기에 두 길 정도로 길어졌어요. 그는 말싸움 따윈 접어두고 대뜸 치고 나갔지요. 저 구요성이 어떻게 당해내겠어요? 그들은 금방 격퇴당하고 말

앉았어요. 구요성은 전세를 가다듬고 말했어요.

"천지 분간도 못하고 함부로 날뛰는 이 필마온 녀석아! 너는 열 가지 악한 죄를 범하였다.* 먼저 복숭아를 훔치고 술을 훔쳐 반도대회를 망쳐버렸다. 그리고 다시 태상노군의 선단을 훔치고 옥황상제의 술을 훔쳐 이곳으로 가져와 실컷 마셨다. 죄에 죄를 거듭하고도 어찌 그걸 모르느냐?"

제천대성이 웃으며 대답했어요.

"사실 그런 몇 가지 하찮은 일들이 있기는 했지! 그럼! 그런데 지금 네가 어쩌겠다는 거냐?"

"옥황상제의 명을 받아 하늘 병사를 거느리고 항복을 받으러 왔으니, 빨리 항복해라! 그래야 여기 있는 것들이 목숨을 잃지 않을 거다. 그렇지 않으면 이 산을 짓밟아 평지로 만들고 이 동굴을 발칵 뒤집어버리겠다!"

제천대성이 격노했어요.

"보잘것없는 신선놈들이 무슨 술법의 힘이 있다고 감히 허튼소리를 지껄이느냐? 달아나지 말고 이 어르신의 곤봉 맛이나 봐라!"

구요성관들이 일제히 솟아올랐어요. 멋진 원숭이 왕은 조금도 두려워하지 않았지요. 여의봉을 돌리면서 왼쪽 오른쪽으로 막자, 구요성관들은 싸우다가 지쳐 모두 무기를 끌면서 달아났어요. 그리고 급히 중군 막사에 들어가 탁탑천왕에게 보고했어요.

"저 원숭이 왕은 정말 용맹합니다! 도저히 당해낼 수 없어 지고 돌아왔습니다."

탁탑천왕은 즉시 사대천왕과 이십팔수를 파견하여 함께 군사를 이끌고 가서 싸우도록 했어요. 제천대성은 조금도 두려워하지 않고 독각귀왕과 일흔두 개 동굴의 요괴 왕, 네 건장들을 내보내 동굴 문 밖에서 진을 펼쳤어요. 자, 보세요. 이번 전투는 정말 놀라웠어요.

찬바람 쏴 불고
괴이한 안개 음산하구나.
저쪽에서는 깃발들이 오색찬란하게 흩날리고
이쪽에서는 창들이 번쩍이네.
물밀 듯 밀려오는 투구 밝게 빛나고
겹겹이 갑옷은 빛을 발하네.
물밀 듯 밀려오는 투구가 태양빛에 빛나는 모습
마치 하늘을 찌르는 은 경쇠 같고
겹겹이 갑옷이 가파른 벼랑에서 빛나는 모습
땅을 내리누르는 빙산 같네.
대한도를 휘두르니
구름이 날리고 번개가 번쩍이고
저백창[9]은
안개와 구름을 꿰뚫는구나.
방천극과
호안편을 든 병사들
삼나무처럼 빽빽하게 줄지어 있고
청동검과
사명산을 든 병사들
빽빽한 숲처럼 진을 치고 있네.
만궁, 경노, 조령전,
단곤, 사모 혼을 위협하네.

9 자루가 종이처럼 흰 창을 가리킨다.

제천대성은 여의봉 한 자루
이리저리 휘두르며 하늘의 신과 싸우네.
살벌하여 공중에는 날아가는 새도 없고
산속의 호랑이, 이리도 달아나는구나.
모래와 돌이 날리니 하늘과 땅이 온통 검고
흙먼지 날리니 온 우주가 어둑어둑하구나.
팡팡 쿵쿵하는 소리는 천지를 놀라게 하고
위풍당당한 기세는 귀신을 떨게 하는구나.

寒風颯颯　怪霧陰陰
那壁廂旌旗飛彩　這壁廂戈戟生輝
滾滾盔明　層層甲亮
滾滾盔明映太陽　如撞天的銀磬
層層甲亮砌岩崖　似壓地的冰山
大捍刀　飛雲掣電
楮白鎗　度霧穿雲
方天戟　虎眼鞭　麻林擺列
青銅劍　四明鏟　密樹排陣
彎弓硬弩鵰翎箭　短棍蛇矛挾了魂
大聖一條如意棒　翻來覆去戰天神
殺得那空中無鳥過　山內虎狼奔
揚砂走石乾坤黑　播土飛塵宇宙昏
只聽兵兵朴朴驚天地　煞煞威威振鬼神

이번 싸움은 오전 여덟 시 무렵에 진을 펼친 후부터 해가 서산에 질 때까지 내내 혼전이 계속되었어요. 독각귀왕과 일흔두 개 동굴의 요괴 왕은 여러 천신들에게 모두 붙잡혀 갔어요. 네 건장

들과 원숭이 무리만이 도망쳐 수렴동 속 깊이 숨었어요. 제천대
성은 여의봉 하나로 사대천왕과 탁탑천왕, 나타태자를 막아내었
어요. 공중에서 한참 싸우고 있노라니 하늘이 어두워졌어요.

제천대성은 털을 한 움큼 뽑아 입속에 넣고 잘게 씹어 뿜어내
더니 "변해라!" 하고 소리쳤어요. 그러자 털 조각들은 수많은 제
천대성으로 변하여 여의봉을 휘둘러 결국 나타태자를 물리치고
다섯 천왕을 격퇴시켰지요. 승리를 거둔 제천대성은 털을 거둬들
이고 급히 몸을 돌려 동굴로 돌아왔어요. 철판교에서는 네 건장
들이 무리를 이끌고 땅에 엎드려 절하며 제천대성을 맞이했어요.
그들은 껄껄 목이 메이게 하더니, 다시 하하하 몇 번 크게 웃는 것
이었어요. 제천대성이 물었지요.

"너희들은 나를 보더니 울기도 하고 웃기도 하는데, 어찌된 일
이냐?"

네 건장들이 대답했어요.

"오늘 아침 여러 장수들을 거느리고 사대천왕과 싸웠는데, 일
흔두 개 동굴의 요괴 왕과 독각귀왕이 모두 신들에게 붙잡혀 가
고 저희들만 도망쳐 살았으니, 울어야 했습니다. 그런데 이번에
제천대성께서 부상 하나 없이 이기고 돌아오셨으니, 이는 웃어야
할 일이지요."

"이기고 지는 것은 전쟁에서 항상 있는 일이다. 옛사람이 말하
기를 '만 명을 죽이려면 자기편도 삼천 명을 잃어야 한다(殺人一
萬 自損三千)'고 했다. 하물며 잡혀간 두목들은 호랑이, 표범, 이리,
구렁이, 노루, 여우, 오소리 무리들이고 우리 동족은 하나도 다치
지 않았는데, 무엇 때문에 괴로워하느냐? 내가 분신법을 써 그들
을 물리치기는 했지만, 그들은 아직 우리 산기슭 아래 진을 치고
주둔해 있다. 철통같이 지키면서 배불리 먹고 마음 편히 잠을 자

기력을 회복하도록 하자. 날이 밝으면 내가 큰 신통력을 써서 그 놈의 하늘 장수들을 붙잡아 너희들의 원수를 갚아주마.”

네 건장들과 여러 원숭이들이 야자주를 몇 사발 마시고 편안히 잠을 잔 것은 더 이상 이야기하지 않겠어요.

사대천왕이 하늘 병사를 거두고 싸움을 끝내자 무리들은 각각 공적을 보고했어요. 호랑이와 표범을 잡은 자, 사자와 코끼리를 사로잡은 자, 이리와 구렁이, 여우, 오소리를 붙잡은 자도 있었어요. 하지만 원숭이 요괴는 한 마리도 사로잡지 못했어요. 그날은 군영을 든든히 정비하고 진지를 크게 세워 공을 세운 장수들에게 상을 주었지요. 그리고 천라지망을 치고 있는 병사들에게 분부하여, 각자 방울을 들고 암구호暗口號를 외치며 야간 경계를 삼엄하게 하고, 화과산을 포위한 채 내일 아침 큰 싸움을 기다리도록 했어요. 모두 명을 받고 각자의 자리를 착실히 지켰지요.

요망한 원숭이가 난을 일으켜 천지를 놀라게 하니
천라지망 펼치고 주야로 감시하네.

　　　　妖猴作亂驚天地　　佈網張羅晝夜看

이튿날 날이 밝은 후에 결국 어떻게 되었는지에 대해서는 다음 회를 들어보시라.

제6회

현성이랑신에게 붙잡혀
하늘로 끌려가다

하늘의 신들이 포위한 가운데 제천대성이 편안히 쉬었다는 얘기는 잠시 하지 않겠어요.

한편, 남해南海 보타낙가산普陀落伽山*에 계시는 자비롭기 그지없고 중생의 고난을 구제해주시며 영험하게 감응하시는 관세음보살觀世音菩薩께서는 반도대회에 참석해달라는 왕모의 초정을 받고 큰제자인 혜안惠岸과 함께 보각의 요지에 올라가셨지요. 그런데 도착해서 보니 그곳은 분위기가 썰렁하고 잔치 자리에는 어지러운 잔해만 널려 있었어요.

몇몇 하늘의 신선들이 있긴 했지만 모두 자리에 앉지도 않고 무언가 시끌벅적하게 얘기들을 하고 있었어요. 보살께서 신선들과 인사를 마치자 신선들은 앞서 일어난 일들을 자세히 말씀드렸지요. 그러자 보살께서는 이렇게 말씀하셨어요.

"기왕에 잔치도 없어져 버렸고 술도 마시지 못하게 되었다면, 저와 함께 옥황상제를 뵈러 가십시다."

신선들은 흔쾌히 따라나섰어요. 통명전通明殿 앞에 이르니, 벌써 사대천사四大天師와 적각대선 등이 와 있다가 보살을 영접하면서, 옥황상제께서 근심하시며 하늘의 군대를 파견하여 괴수를 잡아 오라고 했는데 아직 돌아오지 않고 있다는 등의 이야기를 들려주었어요. 그러자 보살께서 말씀하셨어요.

"옥황상제를 뵙고자 하니, 좀 아뢰어주시구려."

하늘의 병사 가운데 구홍제丘弘濟가 즉시 영소보전으로 들어가 아뢰었어요. 태상노군이 옥좌 옆에 앉아 있고, 서왕모가 그 뒤에 앉아 계셨지요.

보살께서는 무리들과 더불어 안으로 들어오시더니 옥황상제께 절하고, 또 태상노군과 서왕모도 인사를 나눈 후, 자리에 앉으셨어요. 그러면서 물었지요.

"반도대회는 어찌된 일이옵니까?"

옥황상제가 대답하셨어요.

"매년 손님들을 초청하여 즐거운 시간을 보냈는데, 올해는 요망한 원숭이가 난동을 부리는 바람에 손님들 헛걸음만 시키게 되었습니다."

"그 요망한 원숭이는 어디서 온 것입니까?"

"바로 동승신주 오래국의 화과산에 있던 돌알이 변하여 태어난 것이라오. 태어날 당시에 눈에서 금빛이 쏟아져 하늘 관청까지 뚫고 올라왔지요. 처음엔 마음에 두지 않았는데, 그 뒤로 정령精靈이 되어서 용과 호랑이를 굴복시키고, 스스로 저승사자의 명부에서 제 이름을 지워버렸다 합니다.

당시에 용왕과 염라대왕이 상주하기에 짐이 잡아들이려 했더니, 이 태백금성이 '삼계에 있는 것들 가운데 아홉 구멍을 가진 것들은 다 신선의 경지를 성취할 수 있습니다' 하고 진언합디다. 그래서 짐도 가르침을 베풀고 어진 이로 기르고자 그놈을 하늘나라로 불러들여 어마감 필마온으로 삼았지요. 그런데 그놈은 벼슬이 낮다고 반기를 들었어요. 그 즉시 탁탑천왕과 나타태자를 파견해서 항복을 받아 오게 했다가, 또 조서를 내려 달래서 하늘나라로 불러들여 그 무슨 '제천대성'인가 하는 직위에 봉해주었는데, 벼슬만 있고 봉록은 없는 것이었지요.

그놈은 하는 일도 없고 해서 이리저리 놀러나 다녔지요. 짐은 또 무슨 사단이 생겨날까 염려스러워서 그놈더러 반도원을 관리하게 했는데, 또 법률을 지키지 않고 오래된 나무에 달린 큰 복숭아만 몽땅 훔쳐 먹어버렸어요. 그리고 이번 반도대회 경우에도 그놈은 봉록을 받지 못하는 벼슬아치라 초청하지 않았던 건데, 속임수를 써서 적각대선을 따돌리고 자기가 적각대선 모습으로 변해 연회장에 들어갔지 뭐요. 거기서 신선의 안주와 술을 깡그리 훔쳐 먹더니 태상노군의 선단까지도 훔쳐 먹었소. 또 짐의 술을 훔쳐다가 본래 살던 산으로 가서, 그곳 원숭이들과 흥청망청 먹어버렸어요. 짐이 이 때문에 근심이 되어 하늘의 병사 십만 명을 보내 천라지망을 펼쳐 잡아들이게 했어요. 그런데 오늘 보고가 들어오지 않고 있으니, 승부가 어떻게 되었는지 모르겠구려."

보살께서는 그 말씀을 들으시고, 즉시 혜안 행자에게 지시하셨어요.

"네가 빨리 천궁을 내려가 화과산에 가서, 군영의 정황을 좀 알아보아라. 만약 대적할 만한 자가 나타나거든 싸움을 한번 도와주는 것도 좋겠지만, 무엇보다도 확실한 상황을 보고하는 데 힘쓰도록 해라."

혜안 행자는 옷차림을 단정히 하고 쇠몽둥이 하나를 든 채, 구름을 타고 천궁을 떠나 곧 화과산 앞에 도착했어요. 보아하니 그 천라지망은 겹겹으로 빽빽하게 둘러쳐져 있는데다, 영문마다 경비병들이 손에 방울을 들고 암구호를 외우며 야간 경계를 서니 그야말로 물샐틈없이 산을 포위하고 있었지요. 혜안은 멈춰 서서 소리쳤어요.

"영문을 지키는 하늘의 병사여, 수고스럽지만 가서 보고해주시게. 나는 탁탑천왕의 둘째 태자인 목차木叉이자 남해 관음보살님의 수제자인 혜안인데, 군영의 정황을 알아보러 왔네."

그 군영에 있던 오악五嶽의 신병들이 즉시 안에다 그 사실을 통보했어요. 그러자 미리 대기하고 있던 허일서虛日鼠, 묘일계昴日鷄, 성일마星日馬, 방일토房日兎[1] 등이 그 말을 지휘부에 전달했지요. 이에 탁탑천왕은 지휘 깃발을 내려 천라지망을 열고 혜안을 들어오게 했어요. 이 무렵 날이 막 밝아오기 시작했어요. 혜안은 깃발을 따라 안으로 들어가 사대천왕과 탁탑천왕을 뵙고 인사를 올렸지요. 인사가 끝나자 탁탑천왕이 말했어요.

"애야, 어디서 오는 길이냐?"

"보살님을 따라 반도대회에 갔었는데, 보살님께서 대회장이 썰렁하고 요지가 적막한 모습을 보시고, 여러 신선들과 저를 이끌고 옥황상제님을 배알하러 갔습니다. 그러자 옥황상제께서 아버님을 비롯한 여러분들이 요망한 원숭이를 잡으러 아래 세상으로 내려가셨는데, 하루가 지나도록 보고가 없어서 승부를 알 수 없다며 소상히 말씀해주셨습니다. 그래서 보살님께서 저더러 여기에 와서 진상을 알아보라고 하셨습니다."

---

1 옛날 천문학에서는 하늘을 사궁四宮(또는 사신四神)으로 나누고, 다시 각 궁마다 일곱 개씩 모두 스물여덟 개의 별자리[二十八宿]를 안배했다. 즉 동쪽에 해당하는 청룡靑龍의 자리에는 각角, 항亢, 저氐, 방房, 심心, 미尾, 기箕의 별자리를 안배하고, 서쪽에 해당하는 백호白虎의 자리에는 규奎, 루婁, 위胃, 묘昴, 필畢, 자觜, 삼參의 별자리를 안배했다. 또 남쪽에 해당하는 주작의 자리에는 정井, 귀鬼, 유柳, 성星, 장張, 익翼, 진軫의 별자리를 안배하고, 북쪽에 해당하는 현무의 자리에는 두斗, 우牛, 여女, 허虛, 위危, 실室, 벽壁의 별자리를 안배했다. 그리고 이들 별자리는 각기 그에 해당하는 상징 동물을 지니고 있다. 그러므로 원문의 '허일서' 등은 각각 북쪽, 서쪽, 남쪽, 동쪽을 나타내는 별자리로서, 각기 쥐와 닭, 말, 토끼 등을 상징 동물로 갖는다.

"어제 이곳에 도착해서 영채를 세우고 구요성九曜星을 시켜서 도전하게 했는데, 이놈이 신통력을 크게 부려서 구요성이 패해 돌아오고 말았다. 나중에 우리가 직접 병사를 이끌고 갔는데, 그놈도 진세를 펼치더구나. 십만이나 되는 우리 병사들이 그놈의 군대와 날이 저물 때까지 혼전을 치렀는데, 그놈은 분신법을 써서 싸우다 도망치고 말았다. 병사를 수습해서 조사해보니 몇몇 이리며 파충류, 호랑이, 표범 따위만 붙잡았을 뿐, 원숭이 요괴는 반 마리도 잡지 못했다. 오늘은 아직 출전을 하지 않은 상태이다."

그런데 말을 채 끝내기도 전에 영문 밖에서 보고가 올라왔어요.

"그 대성이란 놈이 원숭이 요괴 무리를 이끌고 밖에서 싸움을 걸어오고 있습니다."

이에 사대천왕과 탁탑천왕, 그리고 태자가 출병을 논의하고 있을 때, 목차가 이렇게 말했어요.

"아버님, 제가 보살님의 분부로 소식을 정탐하러 내려올 때, 보살님께서는 만약 전투를 하게 되면 싸움을 한번 도와주는 것도 좋겠다 하셨습니다. 제가 재주가 없긴 하지만 나가서 그 대성이란 놈이 어떤 놈인지 알아보고 싶습니다!"

"애야, 네가 보살님을 따라 수행했으니, 요 몇 년 사이 틀림없이 신통력이 생겼겠구나. 하지만 각별히 조심해야 하느니라."

이렇게 해서 이 멋진 태자는 두 손으로 쇠몽둥이를 빙빙 돌리며, 비단 허리띠를 단단히 조여 맨 채, 군영을 나서서 큰 소리로 외쳤지요.

"어떤 놈이 제천대성이란 놈이냐?"

대성은 여의봉을 세워 들고 대답했어요.

"바로 이 손 어르신이다. 너는 어떤 놈인데 감히 대뜸 나를 찾는 게냐?"

"나는 바로 탁탑천왕의 둘째 태자로서, 지금 관음보살님의 보좌 앞에서 제자가 되어 가르침을 지키고 있는 혜안이라는 법명을 가진 분이다!"

"남해에서 수행이나 하고 있을 것이지 뭐하러 여기까지 날 찾아왔단 말이냐?"

"사부님의 명을 받아 전황을 알아보러 왔는데, 네가 이처럼 날뛰는 걸 보고 붙잡아 가려고 특별히 나오셨다!"

"감히 그렇게 큰소리를 치다니! 도망이나 치지 말고, 손 어르신의 몽둥이 맛이나 보거라!"

목차는 전혀 두려워하지 않고 쇠몽둥이를 날쌔게 휘두르며 맞섰어요. 그 둘이 산 복판의 영문 밖에서 싸우는 장면은 이렇듯 대단했지요.

몽둥이와 몽둥이가 맞서지만 쇠는 각기 다르고
병사와 병사가 뒤얽히지만 사람이 각기 다르다.
하나는 태을[2]의 일 없는 신선으로 제천대성이라 부르고
하나는 관음보살의 제자로서 올바른 도를 수련하는 이로다.
혼철곤은 천 번의 쇠망치질로 다듬은 것이니
육정육갑[3]의 시공時空을 돌며 신통력을 부리고
여의봉은 은하수가 만들어 놓은 것인지라
바다를 누르는 신령한 보물로 술법을 부리는 힘이 크다.
둘이 만나니 정말 호적수라

2 원래는 종남산終南山의 별칭이지만, 여기서는 화과산을 가리킨다.
3 '육정'은 정축丁丑, 정묘丁卯, 정사丁巳, 정미丁未, 정유丁酉, 정해丁亥를 가리키고, '육갑'은 갑자甲子, 갑인甲寅, 갑신甲申, 갑오甲午, 갑술甲戌을 가리킨다. 『삼여첩三餘帖』에서는 육갑이 상제가 세상의 사물을 창조한 날이라고 했는데, 이로 보건대 육정이나 육갑은 모두 음양의 조화가 이루어지기 쉬운 날을 상징한다고 할 수 있다.

오가며 술수를 풀어냄이 참으로 끝이 없다.

이쪽의 혼철곤은 흉악하기 그지없어

허리를 빙 두르고 바람처럼 빠르게 찔러오고,

저쪽의 옆에 낀 몽둥이는 틈을 보이지 않고

좌로 막고 우로 치니 어찌 당해내랴?

저쪽 진지에서는 깃발들이 번쩍번쩍

이쪽 진지에서는 악어가죽으로 만든 북이 둥둥

모든 하늘 장수들이 둥글게 둘러싸고

온 동굴의 요망한 원숭이들이 떼 지어 모였다.

괴상한 안개와 음울한 구름 땅의 관청에 가득하고

전쟁을 알리는 연기[4]와 살벌한 기운 천궁까지 올라간다.

어제 아침의 전투는 그래도 괜찮았는데

오늘의 싸움은 더욱 흉악하다.

놀라워라! 원숭이 왕의 뛰어난 재간에

목차도 패하여 살기 위해 도망쳤다.

棍雖對棍鐵各異　兵縱交兵人不同

一個是太乙散仙呼大聖　一個是觀音徒弟正元龍

渾鐵棍乃千鏈打　六丁六甲運神功

如意棒是天河定　鎮海神珍法力洪

兩個相逢眞對手　往來解數實無窮

這個的混鐵棍　萬千兇　遶腰貫索疾如風

那個的夾鎗棒　不放空　左遮右攪怎相容

那陣上　旌旗閃閃

這陣上　鼉鼓鼕鼕

4　옛날 변방에는 봉화대를 설치해두었다가 적이 침입해오면 이리의 배설물을 태워 긴급사태를 알렸는데, 이것을 '낭연狼烟'이라고 했다.

萬員天將團團繞　一洞妖猴簇簇叢
怪霧愁雲漫地府　狼煙煞氣射天宮
昨朝混戰還猶可　今日爭持更又兇
堪羨猴王眞本事　木叉復敗又逃生

　　제천대성과 혜안의 이 싸움이 오십 합을 지나자, 혜안은 팔이
시큰거리고 저려서 도저히 맞서 싸울 수가 없었어요. 그래서 한
번 허장성세를 부려본 후에 진세를 무너뜨리고 도망쳤지요. 제천
대성도 원숭이 군대를 거둬들여 동굴 밖에 진을 구축했어요.
　　탁탑천왕의 영문 밖에서는 여러 하늘 병사들이 태자를 맞아들
이며 크게 길을 열어주었어요. 혜안은 곧장 군영으로 들어가 사
대천왕과 탁탑천왕, 나타태자를 만나서, 헉헉 숨을 헐떡이며 이
렇게 말했어요.
　　"대단한 제천대성이군요, 대단해요! 정말 신통력이 넓고 크군
요! 저도 도저히 대적하지 못하고 패하여 왔습니다."
　　탁탑천왕은 그걸 보고 무척 놀라 즉시 도움을 요청하는 상소
문을 쓰게 한 후, 대력귀왕大力鬼王에게 목차태자와 함께 가서 옥
황상제께 아뢰게 했어요.
　　두 사람은 잠시도 머뭇거리지 않고, 바로 천라지망을 빠져나와
상서로운 구름을 타고 출발했어요. 순식간에 통명전 아래 이르러
사대천사를 만나고, 그들을 따라 영소보전에 가서 상소문을 올렸
지요. 혜안은 또 관음보살을 뵙고 인사를 올렸는데, 관음보살께
서 물었어요.
　　"아래 세상에 갔던 일은 어떻게 되었느냐?"
　　"처음에 명을 받들고 화과산에 이르러 천라지망을 열게 해서 아
버님을 뵙고, 사부님께서 저를 보내신 뜻을 말씀드렸습니다. 부왕

께서는 '어제 그 원숭이 왕과 한바탕 싸웠는데, 그저 무리 가운데 호랑이며 표범, 사자, 코끼리 따위만 붙잡았을 뿐, 그놈의 원숭이 요괴는 한 마리도 잡지 못했다'고 하셨습니다. 그런데 아버님이 한참 말씀하고 계시는 참에 그놈이 또 싸움을 걸어왔습니다. 그래서 제가 쇠몽둥이를 휘두르며 그놈과 오륙십 합을 싸웠지만, 이길 수가 없어서 군영으로 도망치고 말았습니다. 그러자 아버님께서는 대력귀왕과 저를 하늘나라로 보내 구원을 요청하게 하셨습니다."

보살께서는 그 말을 들으시더니, 고개를 숙이고 뭔가를 곰곰이 생각하셨어요.

한편, 옥황상제께서 상소문을 펼쳐 보니 구원을 요청하는 내용인지라, 웃으며 이렇게 말씀하셨어요.

"도저히 용서 못 할 원숭이 요괴로다! 얼마나 재간이 대단하기에 감히 하늘 병사 십만을 대적한단 말인가! 탁탑천왕이 또 구원을 요청해 왔는데, 어느 신병을 파견해서 도와줘야 할꼬?"

그런데 그 말씀이 채 끝나기도 전에 관음보살께서 합장하고 이렇게 아뢰었어요.

"폐하, 안심하소서! 제가 이 원숭이를 잡을 만한 신을 하나 천거하겠습니다."

"어떤 신을 천거하시겠다는 말씀이오?"

"바로 폐하의 조카 현성이랑진군顯聖二郎眞君[5]이온데, 지금 관

---

5 옛날 신화에 등장하는 수신水神인 이랑신二郎神을 가리킨다. 전설에 따르면 그는 원래 수나라 때 가주嘉州의 태수를 지냈던 조욱趙煜인데, 냉하冷河와 원하源河에 살고 있는 교룡蛟龍이 갖은 재앙을 일으키자 몸소 칼을 들고 물속에 들어가 그놈을 베어버렸다고 한다. 후세에 사천四川 땅 관구灌口에 그의 사당이 세워졌기 때문에, 관구이랑灌口二郎이라고도 불렸다. 송나라 진종眞宗 때는 '청원묘도진군清源妙道眞君'에 봉해졌는데, 이 때문에 여기서 '이랑진군'이라고 칭한 것이다. 민간 전설에서 그는 점차 신통력이 크고 요괴를 물리치는 데 뛰어난 신장神將으로 묘사되어, 양전楊戩이라는 이름까지 갖게 되었다. 그에 관한 자세한 사항은 『소주부지蘇州府志』와 『삼교수신대전三教搜神大全』에 적혀 있다.

주灌洲의 관강灌江 어귀에 살면서 아래 세상에서 올리는 제사를 받고 있사옵니다. 그는 옛날에 여섯 괴물을 처단한 바 있고, 또 매산형제梅山兄弟를 비롯해서 천이백 명의 작은 신들을 거느리고 있으며, 신통력도 아주 큽니다. 하오나 그는 파견 지시에만 따를 뿐 소환에는 불응하오니, 폐하께서 군대를 파견하라는 교지를 내려 그로 하여금 싸움을 돕게 하신다면 그 원숭이를 잡을 수 있을 것입니다."

옥황상제께서는 그 말씀을 들으시고 파견하라는 교지를 만들어 대력귀왕을 통해 전달하게 하셨어요.

대력귀왕은 교지를 받고 즉시 구름을 타고 관강 어귀에 도착했으며, 반 시간도 지나지 않아서 곧 현성이랑신의 사당에 이르렀어요. 그러자 문을 지키던 귀신 판관判官이 안에다 통보했지요.

"밖에 하늘에서 온 사자가 옥황상제의 명령을 받들어 왔습니다."

현성이랑신은 여러 형제들과 더불어 문밖으로 나와 교지를 받아, 향을 피우고 펼쳐 읽었어요. 교지에는 이렇게 쓰여 있었지요.

화과산의 요망한 원숭이 제천대성이 난동을 부려서 천궁에서 복숭아와 술, 단약을 훔쳐서 반도대회를 어지럽혔도다. 짐이 하늘의 군대 십만 명을 파견하여 열여덟 겹으로 천라지망을 펴고 산을 포위하여 항복을 받아내려 했으나 아직 이기지 못하고 있도다. 이제 특별히 현명한 조카에게 명하노니, 여러 의형제들과 함께 즉시 화과산으로 가서 반란 무리를 소탕하는 데 힘을 보태도록 하라. 공을 이룬 후에는 관직을 높이 올리고 후한 상을 내리리라.

현성이랑신은 크게 기뻐하며 말했어요.

"사자께서는 돌아가 보고하십시오. 내 마땅히 달려가 칼을 뽑고 도우리다."

대력귀왕이 돌아와 보고했음은 말할 것도 없겠지요.

한편, 현성이랑신은 즉시 매산 육 형제 즉, 강康, 장張, 요姚, 이李의 성을 가진 네 태위太尉와 각기 곽신郭申, 직건直健이라는 이름을 가진 두 장군을 불러 모아놓고 이렇게 말했어요.

"조금 전에 옥황상제께서 우리더러 화과산에 가서 요망한 원숭이를 항복시키라고 명령하셨으니, 같이 가자꾸나."

그러자 여러 형제들은 기꺼이 함께 가겠다고 했지요. 그들은 즉시 본부의 신병을 점검하고, 매와 개를 거느리고, 활과 화살을 챙긴 다음, 광풍을 일으켜 순식간에 동쪽 큰 바다를 건너 화과산에 도착했어요. 그러나 천라지망이 여러 겹으로 빽빽이 쳐져 있어 더 이상 앞으로 나아갈 수가 없는지라, 이렇게 크게 소리쳤지요.

"천라지망을 담당하는 장수는 듣거라. 나 현성이랑 진군이 옥황상제의 명령을 받들어 요망한 원숭이를 사로잡으러 왔노라. 빨리 영문을 열어 길을 터라!"

즉시 각 신들이 차례차례로 이 말을 안에 전하자, 사대천왕과 탁탑천왕은 모두 영문 밖으로 나와 현성이랑신을 영접했어요. 인사가 끝나고 전투의 승패에 관해 묻자, 탁탑천왕이 앞서 일어난 일들을 자세히 설명했어요. 그러자 현성이랑신이 웃으며 말했어요.

"제가 왔으니, 반드시 그놈과 변화의 재주를 다퉈봐야 되겠소. 여러분은 천라지망을 펴시되 꼭대기 위쪽은 덮지 말고 사방만 빈틈없이 에워싸주시오. 그 빈 곳은 제가 싸울 곳이오. 만약 제가

관서재（觀書齋）
회간소성（會間小聖）
인장신（因藏神）
특성패（特聖牌）

매산 육 형제와 함께 손오공을 공격하는 현성이랑신
멀리 관음보살과 태상노군이 구름 위에서 지켜보고 있다

지더라도 여러분들이 도와주실 필요가 없습니다. 저를 도와줄 형제들이 있으니까요. 또 그놈을 이긴다 해도 여러분들이 포박하실 필요가 없습니다. 제 형제들이 손을 쓰면 되니까요. 다만 탁탑천왕께서는 조요경照妖鏡을 들고 공중에 서 계시기 바랍니다. 그놈이 패하여 쥐새끼처럼 다른 곳으로 도망치려 하면, 반드시 환하게 비춰서 도망치지 못하게 해주십시오."

이에 천왕들은 각기 사방에 자리잡았고, 하늘의 병사들도 각기 안배에 따라 진을 구축했어요.

현성이랑신은 네 태위와 두 장군을 거느리니, 자신까지 포함해 일곱 형제가 출전하러 군영을 나섰어요. 다른 부하 장수들에게는 병영을 단단히 지키게 하고 매와 개를 잘 묶어두게 했어요. 현성이랑신 휘하 신병들은 그의 명에 따랐지요. 현성이랑신이 수렴동에 이르러 보니, 한 무리의 원숭이들이 질서 정연하게 용이 웅크리고 있는 듯한 진세를 펼치고 있었어요. 중군 가운데는 깃발이 하나 세워져 있었고, 거기에는 '제천대성'이라는 네 글자가 적혀 있었어요.

"저 못된 원숭이놈! 어떻게 감히 '제천'이라는 직함을 참칭할 수 있단 말이냐?"

현성이랑신이 중얼거리자 매산의 여섯 동생들이 말했어요.

"한탄은 그만두시고, 싸움이나 하러 갑시다!"

진영 입구의 졸개 원숭이가 현성이랑신을 보고, 급히 안으로 달려가서 보고했어요. 그러자 원숭이 왕은 즉시 금테 두른 여의봉을 들고, 황금 갑옷을 갖추고, 보운리를 신고, 자줏빛에 금으로 치장한 모자를 쓴 채 영문을 뛰쳐나왔어요. 그가 급히 눈을 부릅뜨고 현성이랑신의 모습을 살펴보니, 과연 말끔하고 빼어난데다 치장도 멋들어지게 하고 있었어요.

몸가짐이 맑고 뛰어나며 용모는 당당하고

두 귀는 어깨까지 늘어졌고 눈에서는 빛이 난다.

머리에는 세 개의 봉우리 볼록하고 봉황 날개 장식한 모자를 썼고

몸에는 연한 노란색의 옷을 입었다.

금실 수놓은 신 웅크린 용 모양의 양말 위에 신었고

옥 허리띠의 꽃송이들은 팔보로 단장했다.

허리에는 초승달 같은 활을 찼고

손에는 세 개로 갈라진 양날 칼이 달린 창을 들었다.

도끼로 도산을 쪼개 어머니를 구한 적이 있고

화살 쏘아 한 쌍의 봉황을 잘도 맞추곤 했다.[6]

여덟 괴물을 칼로 처단하여 명성이 널리 알려졌고

매산의 성자들과 일곱 의형제를 맺었다.

마음이 고매하여 하늘나라의 친척임을 인정하지 않았고

성품이 오만하여 신이 되어 관강에 머물러 산다.

적성[7]에서 밝은 은혜 내리시는 영험한 성인이요

---

6 옛날 전설에 따르면, 옥황상제의 셋째 공주가 인간세계의 양천우楊天佑라는 사람에게 시집가서 양이랑楊二郎을 낳았는데, 아이를 낳고 나서 빨래를 하다가 그만 강해江海의 물에 빠져 동해 용왕을 귀찮게 했다. 이 일을 옥황상제께 상주하자, 옥황상제는 그녀를 붙잡아 도산 아래에 가둬버렸다. 양이랑이 자라서 그 일을 알게 되자, 신선의 도끼로 도산을 쪼개 어머니를 구출해냈다고 한다. 이 이야기는 오늘날『보련등寶蓮燈』이라는 지방연극으로 전해지는데, 구체적인 주인공이나 사건의 정황은 원래의 이야기와 약간 차이가 있다. 양이랑은 어려서 하늘나라에 있을 때 종종 금으로 만든 활을 가지고 놀면서, 은으로 만든 화살을 쏘아 나무 위 두 마리 봉황을 떨어뜨리곤 했다고 한다. 원문의 '종라椶羅'는 그 자체로 뜻이 잘 통하지 않기 때문에, '준라俊羅' 즉 잘 맞춰서 잡았다는 뜻으로 풀이해야 할 듯하다.

7 '적성'은 지금의 허베이성河北省에 있는 지명이기도 하고, 몇 개의 산을 가리키는 이름이기도 하다. 특히 청성산靑城山을 적성산이라 부르기도 한다. 그러나 여기서는 도가의 전설적인 산 가운데 하나를 가리키는 뜻으로 쓰여서, 이랑신이 살고 있는 관강을 비유한다.『초학기初學記』「등진은결登眞隱訣」에 따르면, 적성산에는 신선술을 수련하기 좋은 동부洞府가 많이 있다고 했다.

조화를 나타내는 능력 끝이 없어 이랑신이라 불린다.

儀容淸秀貌堂堂　兩耳垂肩目有光
頭戴三山飛鳳帽　身穿一領淡鵝黃
縷金靴襯盤龍襪　玉帶圍花八寶妝
腰掛彈弓新月樣　手執三尖兩刃鎗
斧劈桃山曾救母　彈打椶羅雙鳳凰
刀誅八怪聲名遠　義結梅山七聖行
心高不認天家眷　性傲歸神住灌江
赤城昭惠英靈聖　顯化無邊號二郎

　제천대성은 그 모습을 보고 낄낄 웃더니 여의봉을 치켜들며 크게 소리쳤어요.

　"넌 어디서 온 하찮은 장수인데 감히 겁도 없이 여기까지 와서 도전하느냐?"

　"멀쩡히 눈 뜬 봉사 같은 놈아! 나를 알아보지 못한단 말이냐? 나는 바로 옥황상제의 외조카로서, 소혜영현왕昭惠顯王에 봉해진 이랑신이시다. 이제 하늘의 명령을 받아 천궁에 반란을 일으킨 필마온이라는 원숭이놈을 붙잡으러 오셨는데, 네놈은 아직 죽을지 살지도 모르고 있구나!"

　"내 기억하기로, 옛날 옥황상제의 여동생이 인간세계를 그리워하여 양 아무개와 짝이 되어 아들 하나를 낳았고, 그 아들이 도끼로 도산을 쪼갰다 하던데, 그게 너였냐? 널 좀 나무라자니 무슨 원수진 일도 없어서 못하겠고, 한 대 때려주고 싶지만 네 목숨이 아깝구나! 낭군인지 뭔지 하는 애송이 녀석아, 빨리 돌아가서 사대천왕이나 불러내도록 해라!"

　현성이랑신은 그 말을 듣고 대노했어요.

"건방진 원숭이놈! 무례하게 굴지 말고 내 칼이나 한 방 먹어 봐라!"

제천대성은 옆으로 슬쩍 피하면서 재빨리 여의봉을 들고 맞받아쳤어요. 그 둘의 이 싸움은 정말 대단했지요.

소혜영현왕 이랑신과
제천대성 손오공
이쪽은 자존심 세고 적을 우습게 여기는 멋진 원숭이 왕이요
저쪽은 얼굴에 위압적인 분위기 풍기는 진정한 영웅이로다.
둘은 방금 만났지만
각기 패기에 차 있구나.
여태 서로의 실력을 모르다가
오늘에야 경중을 알게 되었도다.
쇠 방망이는 나는 용에 비견할 만하고
신령한 창끝은 춤추는 봉황 같구나.
왼쪽으로 막고 오른쪽으로 치고
앞으로 맞서고 뒤로 막는다.
이쪽 진영에서는 매산의 여섯 형제가 위세를 더해주고
저쪽 진영에서는 마, 유 등 네 장수가 군령軍令을 전달한다.
깃발 흔들고 북 치며 각기 한마음으로 응원하고
함성 지르고 징 두드리며 모두 흥을 돋운다.
두 무쇠 칼이 기민하게 움직이며
왔다 갔다 공방이 빈틈없구나.
금테 두른 몽둥이는 바닷속 보물이라
변화 부리며 날아올라 승기를 취할 수 있네.
동작이 태만하면 목숨이 끝장이요

조금만 실수해도 난처한 지경에 빠지게 된다네.

昭惠二郎神　齊天孫大聖

這個心高欺敵美猴王　那個面生壓伏眞梁棟

兩個乍相逢　名人皆睹興

從來未識淺和深　今日方知輕與重

鐵棒賽飛龍　神鋒如舞鳳

左攩右攻　前迎後映

這陣上　梅山六弟助威風

那陣上　馬流四將傳軍令

搖旗擂鼓各齊心　吶喊篩鑼都助興

兩個鋼刀有見機　一來一往無絲縫

金箍棒是海中珍　變化飛騰能取勝

若還身慢命該休　但要差池爲蹭蹬

　　현성이랑신과 제천대성은 삼백 합이 넘게 싸웠지만 승부를 알
수 없었어요. 그러자 현성이랑신은 신령한 위세를 거둬들이고 몸
을 한 번 흔들어 키가 만 길로 변신하더니, 두 손에 세 갈래의 양
날 창살이 달린 신령한 창을 들고, 화산華山 꼭대기의 봉우리처럼
푸른 얼굴에 사나운 이빨을 드러낸 채, 붉은 머리카락을 휘날리
며 사나운 기세로 제천대성의 머리를 향해 내리쳤어요.
　　이에 제천대성도 신통력을 부려 이랑신과 체구며 얼굴이 똑같
게 변신해서 여의봉을 들어 올리니, 마치 곤륜산崑崙山 꼭대기의
하늘 받치는 기둥처럼 이랑신의 공격을 막아냈어요. 이 모습을 보
고 깜짝 놀란 마 원수와 유 원수는 전전긍긍 깃발조차 흔들지 못
했고, 붕 장군과 파 장군은 겁에 질려 칼조차 휘두르지 못했지요.
　　이쪽 현성이랑신의 진영에서는 강, 장, 요, 이의 네 태위와 곽

신, 직건 두 장군이 호령을 전달하여 휘하의 신병들을 풀어 수렴동 바깥으로 향하게 하고, 매와 개를 풀고, 활을 쏘며 일제히 엄습하게 했어요. 가련하게도 요괴와 원숭이 무리의 네 장군이 뿔뿔이 흩어지고, 원숭이 요괴 이삼천 마리가 붙잡혔어요. 원숭이들은 무기와 갑옷을 내던지고, 어떤 놈은 내달려 도망치고, 어떤 놈은 비명을 지르고, 어떤 놈은 산으로 올라가고, 어떤 놈은 동굴로 도망쳤어요. 마치 잠자다가 밤 고양이에게 놀란 새들이 하늘 가득한 별처럼 날아 도망치는 듯한 모습이었지요. 매산의 형제들이 승리를 거둔 일에 대해서는 더 이상 설명하지 않겠어요.

한편, 현성이랑신과 제천대성은 하늘과 땅의 형상을 본받는 천상지天象地의 술법을 부리며 한참 싸우고 있었어요. 그러던 차에 제천대성은 문득 제 진영의 요괴 원숭이들이 놀라 도망치는 모습을 보고 당황하여, 변신술로 이루어낸 법상法象을 거두고 여의봉을 든 채 몸을 빼내어 도망치기 시작했어요. 현성이랑신은 그걸 보더니 성큼성큼 쫓아오며 소리쳤어요.

"어디로 도망치려는 게냐! 빨리 항복하면 목숨만은 살려주마!"

그러나 제천대성은 더 이상 싸움에 미련을 두지 않고 열심히 도망쳤어요. 동굴 입구에 이르러 마침 강, 장, 요, 이의 네 태위 및 곽신, 직건 두 장군과 맞부딪쳤는데, 그들은 일제히 무리를 이끌고 제천대성을 막아섰어요.

"못된 원숭이놈아, 어디로 도망치느냐!"

제천대성은 당황하여 제대로 싸울 수 없게 되자 여의봉을 수놓는 바늘처럼 작게 만들어 귓속에 숨기고, 몸을 한 번 흔들어 참새로 변해서 나뭇가지 끝에 날아가 착 붙어 앉았어요. 매산의 여섯 형제들은 허둥대며 이리저리 수색했지만 찾지 못하자 일제히 고함을 질렀어요.

"원숭이 요괴가 도망쳤다! 도망쳤어!"

그들이 한참 그렇게 소리치고 있을 때, 현성이랑신이 도착해서 물었어요.

"형제들, 어디에서 그놈을 놓쳐버렸는가?"

"조금 전에 여기서 포위하고 있었는데 갑자기 사라져버렸어요."

현성이랑신은 봉황 같은 눈을 크게 뜨고 살펴보다가, 제천대성이 참새로 변해서 나무에 꼼짝 않고 앉아 있는 것을 발견했어요. 그는 법상을 거두고 신령한 창을 수습하고 활을 풀어놓은 다음, 몸을 흔들어 굶주린 매로 변신해서 날개를 치며 날아올라 참새를 잡아채려 했어요. 제천대성은 그걸 보더니, 날개를 치며 날아올라 큰 가마우지로 변해 하늘로 치솟았어요.

현성이랑신은 그걸 보더니 급히 날개 깃털을 퍼덕이고 몸을 흔들어 큰 해학海鶴으로 변해서 구름을 뚫고 올라가 가마우지를 쪼려 했지요. 제천대성은 다시 가마우지 몸을 버리고 골짜기로 뛰어들어 물고기로 변신해 물속 깊이 숨었어요. 현성이랑신은 골짜기까지 뒤쫓아 왔으나 손오공의 흔적이 보이지 않자 속으로 이렇게 생각했어요.

'이 원숭이놈이 필시 물속으로 들어갔을 테니, 틀림없이 물고기나 새우 따위로 변신했을 거야. 나도 변신해서 잡으러 가야겠구나.'

그는 물수리로 변해서 여울의 물결 위에 둥둥 떠서 잠시 기다렸어요. 그런데 제천대성은 물고기로 변해 헤엄치다가 문득 새 한 마리를 발견했는데, 그 생김새가 왜가리를 닮은 듯하지만 깃털이 검푸르지 않고, 따오기를 닮은 듯도 하지만 머리에 벼슬이 없고, 황새인가 싶었지만 다리가 붉지 않았어요.

'오호라! 이랑신이 변신해서 나를 기다리고 있는 게로구나!'

그는 재빨리 머리를 돌려서 물결을 일으키며 도망쳤어요. 현성
이랑신이 그걸 보고 중얼거렸어요.

'저 물결을 일으키는 물고기는 잉어를 닮았는데 꼬리가 붉지
않고, 쏘가리와 비슷한데 꽃무늬 비늘이 없고, 가물치인 것도 같
은데 머리에 별무늬가 없고, 민물 방어인 듯도 한데 볼따구니에
바늘이 없다. 근데 왜 나를 보자마자 도망치는 거지? 그래, 틀림
없이 그 원숭이가 변신한 것일 게다.'

그는 재빨리 쫓아가서 그 이상한 물고기를 쉭 하고 쪼았어요.
그러자 제천대성은 재빨리 물속에서 뛰쳐나와 한 마리 물뱀으로
변신해서 가까운 뭍으로 헤엄쳐 나가 풀 속으로 숨어버렸어요.
현성이랑신은 제천대성을 쪼아 잡는 데 실패하자 일렁이는 물결
속을 둘러보다가 뱀 한 마리가 도망치는 것을 발견하고, 그게 제
천대성임을 알아보았어요.

그는 급히 몸을 돌려 머리꼭지가 빨갛고 목이 검은 두루미로
변신하여, 끝이 뾰족한 쇠집게 같은 긴 부리를 내밀어 곧장 이 물
뱀을 쪼아버리려고 했어요. 그러자 물뱀은 펄쩍 뛰어오르더니 다
시 한 마리 너새[花鴇]로 변해서, 시치미를 뚝 떼고 멍청한 모습으
로 여뀌가 우거진 모래섬에 서 있는 것이었어요.

현성이랑신은 그가 천박한 모습 — 왜냐하면 너새는 새 가운데
가장 천박하고 음탕한 것으로서 난새며 봉황, 매, 까마귀를 가리
지 않고 어울리기 때문이지요 — 으로 변신한 것을 보고, 이번엔
가까이 가지 않고 멀리 떨어져, 얼른 원래 모습으로 돌아왔지요.
그는 활에 화살 하나를 메겨 잔뜩 잡아당긴 후, 한 방에 너새의 발
꿈치를 맞춰 비틀거리게 만들었어요.

그렇지만 제천대성은 기회를 틈타 벼랑으로 굴러떨어지더니,

그곳에 엎드려 숨어서 다시 변신술을 부려 토지신을 모시는 사당으로 변신했어요. 입은 사당의 대문처럼 쩍 벌리고, 이빨은 문짝으로, 혀는 보살상으로, 눈동자는 창문으로 변했어요. 다만 꼬리는 수습하기가 쉽지 않은지라, 뒤쪽에 세워 깃대 모양으로 변하게 했지요.

현성이랑신이 벼랑 아래에 도착해보니 화살 맞은 너새는 보이지 않고, 작은 사당만 하나 있었어요. 급히 봉황 같은 눈을 크게 뜨고 자세히 살펴보다가, 사당 뒤에 깃대가 서 있는 것을 발견하고는 웃으며 말했어요.

"이게 바로 원숭이로군! 이번에도 저기서 날 속이고 있어. 내가 그동안 사당을 여럿 보아왔지만 뒤쪽에 깃대를 세워둔 사당은 본 적이 없단 말씀이야. 틀림없이 이놈의 축생畜生이 수작을 부린 게야. 내가 속아서 들어가면 한입에 깨물어버리겠다 이거로군! 내가 들어가줄 줄 알고? 우선 주먹으로 창문을 갈긴 다음, 문짝을 걷어차 버려야 되겠어."

제천대성은 그 말을 듣고 속으로 깜짝 놀랐어요.

'지독하군, 지독해! 문짝은 내 이빨이고 창문은 내 눈인데, 이빨을 때리고 눈을 짓이긴다니 어떡하나?'

그래서 그는 호랑이처럼 펄쩍 뛰어올라 다시 공중으로 사라져 버렸어요.

현성이랑신이 앞으로 뒤로 이리저리 찾아다니고 있는데, 네 태위와 두 장군이 일제히 도착해서 물었어요.

"형님, 제천대성을 잡았습니까?"

현성이랑신은 피식 웃으며 대답했어요.

"그 원숭이 녀석이 조금 전에 사당으로 변해 나를 속이려 했지. 그런데 내가 그 창문을 박살 내고 문짝을 걷어차려는 순간, 잽싸

게 도망쳐서 또 종적이 묘연해져 버렸어. 이상한 일일세, 이상한 일이야!"

여섯 형제들은 깜짝 놀라며 사방을 둘러보았으나, 도무지 그림자조차 찾을 수가 없었어요. 그러자 현성이랑신이 말했어요.

"자네들은 여기서 지키며 순찰하고 있게. 나는 위로 올라가 찾아보겠네."

그는 급히 구름 위로 뛰어올라 공중으로 올라갔어요. 그리고 탁탑천왕이 조요경을 높이 들고 나타태자와 함께 구름 끝에 서 있는 것을 발견하고, 이렇게 말했어요.

"천왕! 그 원숭이 왕을 보셨는지요?"

"여기로 올라오지는 않았소. 내 여기서 그놈을 계속 비추고 있었소만……."

현성이랑신은 변신술을 다투고 신통력을 부려 원숭이 무리를 붙잡은 일에 대해 설명하고 다시 이렇게 말했어요.

"그놈이 사당으로 변신했기에 막 때려잡으려는 순간 도망쳐버렸소이다."

탁탑천왕은 그 말을 듣고 조요경을 사방으로 비추다가 껄껄 웃으며 말했어요.

"진군, 빨리 가보시오! 빨리요! 그 원숭이가 은신법을 써서 포위망을 벗어나 관강 어귀에 있는 당신의 거처로 갔소이다."

그 말을 들은 현성이랑신은 곧장 신령한 칼을 들고 관강 어귀로 달려갔어요.

한편 제천대성은 이미 관강 어귀에 이르러 몸을 한 번 흔들어 현성이랑신 나리의 모습으로 변하더니, 구름을 내려 곧장 사당 안으로 들어갔어요. 귀신 판관들은 그 모습에 속아서 모두들 머리를 땅에 박아 절하며 영접했어요.

제천대성은 사당 한가운데 앉아 참배인들이 바친 예물과 소원의 내용을 점검했어요. 이호李虎라는 자가 바친 삼생三牲[8]이며 장룡張龍이라는 이가 소원을 빌며 바친 치성품, 조갑趙甲이라는 자가 아들 낳게 해달라고 기원한 문서, 전병錢丙이라는 이가 병을 고쳐달라고 비는 글 등이 있었지요.

그가 한참 그것들을 살펴보고 있는데, 누군가 와서 이렇게 보고했어요.

"또 한 분의 나리가 오셨습니다."

여러 귀신 판관들은 다급하게 양쪽을 살펴보며 모두들 놀라마지않았어요. 그러자 현성이랑신이 말했어요.

"조금 전에 제천대성인가 뭔가 하는 놈이 오지 않았느냐?"

"무슨 대성이라는 분은 보지 못했고, 나리 한 분께서 지금 안에서 제물을 점검하고 있습니다요."

현성이랑신이 문을 박차고 들어가자, 제천대성이 본래 모습을 드러내며 말했어요.

"이봐, 소리칠 거 없어. 사당은 이미 손가의 것이 되어버렸으니까 말이야."

현성이랑신은 즉시 양날의 창날이 세 갈래로 갈라진 신령한 창을 들고 손오공의 얼굴을 쪼갤 듯 내리쳤어요. 원숭이 왕은 몸을 슬쩍 흔들어 피해버리더니, 수놓는 바늘 같은 것을 꺼내 흔들어 사발만 한 굵기로 변하게 해서, 앞으로 나아가 맞받아쳤어요.

둘은 엎치락뒤치락 요란하게 싸우면서 사당 밖으로 나가더니, 반쯤 안개와 구름에 휩싸인 채로 계속 길을 따라 싸워가며 다시 화과산에 이르렀어요. 깜짝 놀란 사대천왕 등은 방비를 더욱 단단히 했지요. 당 태위와 장 태위 등 의형제들이 현성이랑신을 맞

8 옛날 제사에서 희생물로 바치던 소와 양, 돼지를 일컫는 말이다.

아 함께 마음과 힘을 합쳐 멋진 원숭이 왕을 포위한 것은 더 말할 것도 없겠지요.

한편 대력귀왕은 현성이랑신과 여섯 의형제들이 병사를 이끌고 요마를 붙잡으러 간 후, 다시 하늘나라로 올라가 정황을 보고했어요. 옥황상제께서는 관음보살과 서왕모, 그리고 여러 신선 재상들과 더불어 영소보전에서 말씀을 나누고 계시다가 이렇게 말씀하셨어요.

"이랑진군이 싸움을 하러 갔다는데, 오늘도 아직 보고가 올라오지 않고 있습니다."

그러자 관음보살이 합장하며 말씀하셨어요.

"제가 폐하와 도조道祖(=노자) 태상노군을 모시고 함께 남천문 밖으로 나가 직접 상황을 살펴보았으면 하는데, 어떠십니까?"

"그것도 좋겠소."

옥황상제께서는 즉시 어가를 준비시켜서 도조와 관음보살, 서왕모, 그리고 여러 신선 재상들과 함께 남천문에 이르렀어요. 그곳에 있던 신병들과 역사들이 일행을 영접하고, 성문을 열어 멀리까지 바라볼 수 있게 해드렸지요. 거기서 보니, 여러 신병들이 천라지망을 펼쳐 사방을 포위하고, 탁탑천왕과 나타태자는 공중에서 조요경을 비추고, 현성이랑신은 제천대성을 포위한 채 어지럽게 싸우고 있었어요. 그 모습을 보며 관음보살은 태상노군에게 이렇게 말씀하셨어요.

"제가 천거한 이랑신이 어떻습니까? 과연 신통력이 있어서 벌써 제천대성을 포위하여 몰아붙이고 있는데, 아직 붙잡지는 못하고 있군요. 제가 이제 힘을 조금 보태서 저놈을 잡아버리도록 하겠습니다."

"보살께서는 무슨 무기로 어떻게 도와주신다는 말씀이시오?"

"이 정병淨瓶과 버들가지를 떨어뜨려 저 원숭이의 머리를 치겠습니다. 죽을 정도는 아니지만 한 번 비틀거릴 정도는 될 테니까, 현성이랑신이 저놈을 잡기 좋을 것입니다."

"그대의 정병은 도자기인지라, 저놈을 제대로 맞히면 좋겠지만 만약 머리를 맞히지 못하거나 저놈의 철봉에 부딪치기라도 하면 깨져버릴 게 아니겠습니까? 잠시 그냥 계십시오. 제가 한 번 도와주도록 하지요."

"노군, 무슨 무기라도 가지고 계십니까?"

"있어요, 있어. 있고말고요."

그러면서 태상노군이 소매를 걷어 왼쪽 팔뚝에서 팔찌 하나를 빼내며 이렇게 말씀하셨어요.

"이건 바로 검을 만들기에 제일 좋다는 곤오산錕鋙山 강철을 두드려 만든 것으로, 제가 거기에 단약을 발라서 영기靈氣를 길러놓았습니다. 덕분에 변화도 잘 부릴 수 있고, 물과 불에도 손상되지 않으며, 또 무엇이든 덮어서 옭아맬 수 있으니, 이름하여 금강탁金鋼琢 또는 금강투金鋼套라고 합니다. 옛날에 제가 함곡관函谷關을 지나 북방 오랑캐들을 교화하여 부처를 모시게 했을 때[9] 이 금강탁 도움을 아주 많이 받았지요. 몸을 지키는 데 아주 쓸 만한 것입니다. 이걸 떨어뜨려 저놈을 맞춰보겠습니다."

말을 마치자 태상노군은 남천문에서 밑을 향해 그걸 내던졌어요. 그것은 쌩 하고 날아가 화과산의 진영 안으로 떨어지더니, 정확하게 원숭이 왕의 머리를 맞췄어요. 원숭이 왕은 일곱 성자들

---

9 이 이야기는 동진 때의 도사 왕부王浮가 지었다는 「노자화호경老子化胡經」에 들어 있는 것으로, 도교에서는 흔히 이 책의 내용을 근거로 불교가 도교의 영향을 받아 형성되었다고 주장한다.

을 상대로 악전고투하고 있던 터에 난데없이 하늘에서 이런 무기가 떨어져 머리 꼭대기의 천령개天靈蓋를 얻어맞자 그만 휘청하며 넘어지고 말았어요. 그는 엉금엉금 기어서 일어나 곧바로 도망치려 했지만, 현성이랑신 나리의 작은 개에게 넓적다리를 물리는 바람에 또 넘어졌어요. 그는 땅에 엎어진 채 욕을 퍼부었지요.

"이 염병할 것! 네 주인한테나 해코지할 것이지, 왜 손 어르신을 문단 말이냐!"

그러면서 급히 몸을 뒤집으려 했으나, 일어나지 못하고 일곱 성자들에게 붙잡히고 말았어요. 그들은 즉시 포승줄로 제천대성을 단단히 묶고, 갈고리 모양의 칼로 그의 비파골琵琶骨, 즉 어깨와 목 사이의 쇄골鎖骨을 꿰어서 다시는 변신술을 부리지 못하게 만들었어요.

태상노군은 금강탁을 거둬들이고 옥황상제와 관음보살, 서왕모, 그리고 여러 신선들과 함께 영소보전으로 돌아가셨어요. 아래에 있던 사대천왕을 비롯한 여러 신들은 병사를 거두고 영채를 해체한 후, 현성이랑신에게 다가가 축하하며 기뻐했어요.

"이건 그대의 공이오!"

"이건 천존天尊의 홍복洪福이요, 여러 신들의 권위 덕분이니, 제가 무슨 공이 있겠습니까?"

그러자 그의 의형제인 네 태위가 말했어요.

"형님, 여러 말 하실 필요 없이 이놈을 끌고 가서 옥황상제를 뵙고, 어떻게 처분할지 교지를 내려달라고 청합시다."

"여보게, 자네들은 하늘의 벼슬을 받지 않아서 옥황상제를 뵐 수 없네. 저놈은 육갑의 신병들에게 압송하라 하고, 나는 사대천왕 등과 함께 하늘나라로 올라가서 성지를 기다리겠네. 자네들은 무리를 이끌고 이 산을 말끔히 수색하고, 그 일이 끝나면 관강 어귀로 돌아가 있게. 공적을 아뢰고 상을 청하여 가지고 돌아갈 테니 그때 함께 축하 잔치를 벌이겠네."

네 태위와 두 장군이 그의 말대로 따르겠다고 하자, 현성이랑 신은 사대천왕 등과 더불어 구름을 타고 개선가를 부르며 의기양양하게 하늘나라로 향했어요. 얼마 지나지 않아서 그들이 통명전에 이르자, 천사가 옥황상제께 아뢰었어요.

"사대천왕 등이 요망한 원숭이 제천대성을 체포해와서, 명을 기다리고 있사옵니다."

옥황상제는 명을 내려 대력귀왕과 신병들로 하여금 그놈을 참요대斬妖臺로 끌고 가서 처형하고, 그 시체를 산산이 찢도록 했어요. 아! 이야말로,

속이며 제멋대로 굴다가 이제 형벌의 고통을 당하게 되었으니
영웅의 기개가 한순간에 사라지게 되었구나!
欺誑今遭刑憲苦　英雄氣槪等時休

라는 지경이 된 것이지요.

결국 원숭이 왕의 목숨이 어떻게 되었는지는 아직 알 수 없으니, 이에 대해서는 다음 회를 들어보시라.

석가여래에게 붙잡혀 오행산에 갇히다

부귀공명은

전생의 인연으로 정해지는 것이니

사람들이여, 부디 마음을 속이지 마라.

공명정대하고

충실하게 살면 선업의 결과가 더욱 클 것이로되

망령된 짓을 하면 하늘이 벌할 것이니

지금 당장 불우하다 해도 때를 기다리라.

동군[1]께 묻건대, 무엇 때문에

지금 재난이 닥치는 겁니까?

그건 오로지 위로 향한 욕망이 끝없어

위아래 분별없이 법도를 어지럽히기 때문이라네.

富貴功名　前緣分定　爲人切莫欺心

正大光明　忠良善果彌深

些些狂妄天加譴　眼前不遇待時臨

問東君因甚　如今禍害相侵

1　원래는 해의 신을 가리키는데 여기서는 신神의 범칭으로 쓰였다.

이리하여 제천대성이 참요대로 끌려가 항요주降妖柱에 묶이자, 칼로 자르고 도끼로 쪼개고 창으로 찌르고 검으로 살을 발라내려 했지만, 조그마한 상처 하나 낼 수가 없었어요. 남두성南斗星이 화부火部의 신들에게 명령하여 불을 놓아 태워 없애라 했지만 태울 수도 없었어요. 이번엔 또 뇌부雷部의 신들을 시켜 벼락 침으로 찌르게 했지만 터럭 하나 다치게 할 수 없었지요. 그래서 대력귀왕이 여러 신들과 함께 이렇게 아뢰었어요.

"폐하, 이 제천대성이 어디서 이런 호신술을 배웠는지 모르겠사오나, 저희들이 칼로 자르고, 도끼로 쪼개고, 벼락을 때리고, 불로 태워도 털끝 하나 건드릴 수 없으니, 이 노릇을 어찌하면 좋겠습니까?"

이 말을 들은 옥황상제가 말했어요.

"녀석의 그런 요사스런 힘을 어떻게 다스린단 말인가?"

그러자 태상노군이 아뢰었어요.

"그 원숭이 녀석은 반도를 먹고 폐하의 술을 마시고 또 선단을 훔쳐 먹었습니다. 제 단약 다섯 항아리도 날것, 익은 것 할 것 없이 전부 그 녀석 배 속에 들어가 삼매화三昧火*로 단련되어서 한 덩이로 만들어졌고, 그 모든 것이 합쳐져 강철 같은 몸이 되지라, 아무리해도 다치게 할 수 없습니다. 차라리 제가 데리고 가서 팔괘로八卦爐에 넣어 문무文武의 불로 단련하는 게 좋겠습니다. 제 선단이 나올 때쯤이면 자연 저 녀석도 재가 되어 있을 것입니다."

옥황상제가 이 말에 곧 육정육갑으로 하여금 손오공을 풀어주고 태상노군에게 넘겨주라 했어요. 태상노군은 분부를 받들어 갔지요.

한편 옥황상제는 칙지를 내려 현성이랑신에게 금꽃 백 송이와 어주 백 병, 단약 백 알, 이국의 귀한 구슬과 비단 등을 상으로 내려 여러 형제들과 나누어 갖도록 했어요. 현성이랑신은 감사의 인사를 올리고 관강 어귀로 돌아갔지요.

한편 태상노군은 도솔궁으로 돌아가 제천대성의 포승을 풀고 비파골을 꿰었던 갈고리를 빼서 팔괘로에 밀어 넣은 뒤, 화로를 지키는 도인과 불 때는 동자에게 명해 불을 활활 타오르게 해서 단련하라 했어요. 원래 그 팔괘로란 건乾, 감坎, 간艮, 진震, 손巽, 리離, 곤坤, 태兑의 팔괘로 이루어져 있었어요. 그래서 손오공은 얼른 '손궁巽宮' 자리로 바짝 파고 들어갔어요. 왜냐하면 '손'은 곧 바람을 의미하므로 바람이 불면 불이 닿을 수 없기 때문이지요. 다만 바람이 연기를 함께 몰아왔기 때문에 두 눈이 연기에 그을려 벌겋게 되긴 했지만요. 이래서 늘 눈에 핏발이 서 있어서 '불같은 눈에 금빛 눈동자[火眼金睛]'라고 불리게 되었답니다.

시간은 쏜살같이 흘러 어느새 칠칠이 사십구, 사십구 일이 지나자 팔괘로의 불길이 단약을 딱 알맞게 단련했기에, 어느 날 태상노군이 단약을 꺼내려고 화로를 열었어요. 그때 제천대성은 두 손으로 눈을 가리고 흐르는 눈물을 문질러 닦던 중이었는데, 화로 위쪽에서 무슨 소리가 들려서 눈을 크게 뜨고 보니, 환한 빛이 비춰들었지요.

그 순간 손오공은 더 이상 못 참겠다 싶어 몸을 솟구쳐 화로에서 튀어나오다가 쨍그랑 화로를 밟아 넘어뜨리고 곧장 밖으로 줄행랑을 놓았어요. 동자와 도인이 당황해서 병사들과 함께 쫓아와 붙잡으려 했지만, 모두 손오공에게 흠씬 맞고 나가떨어졌어요. 손오공의 그 모습은 정말 발작을 일으킨 흰 이마의 호랑이나 미쳐 날뛰는 외뿔 용 같았지요. 태상노군이 뒤쫓아 와 덥석 낚아챘으나 손오공이 한 번 뿌리치자 거꾸로 나자빠지고, 손오공은 그 틈에 몸을 빼서 도망쳤지요. 그리고 즉시 귓속에서 여의봉을 꺼내 바람을 향해 흔들자 두께가 사발만 하게 굵어졌어요.

손오공은 전처럼 또 여의봉을 쥐고 닥치는 대로 때려 부수며 하늘궁전을 마구 어지럽혔어요. 어찌나 난동을 피웠던지 구요성은 문이란 문은 다 걸어 잠그고, 사천왕은 그림자도 보이지 않았어요. 정말 대단한 원숭이 요괴였어요! 다음의 시가 이를 증명해 주고 있답니다.

천지의 기운 어우러진 몸이 기와 합쳐지니
만겁 세월이 천 번 바뀌어도 자연 그대로이네.
아득히 태초의 모습 그대로 혼돈된 태을°
변함없이 움직이지 않아 초현²이라고도 하지.
화로 속에 오래도록 단련한 것은 납이나 수은이 아니요
속세 벗어나 불로장생하는 본디 신선이었네.
변화가 무궁할진대 또다시 변화하니
삼귀오계° 따위 말도 꺼내지 마시오.

混元體正合先天　萬仞千番只自然

渺渺無爲渾太乙　如如不動號初玄

爐中久煉非鉛汞　物外長生是本仙

變化無窮還變化　三皈五戒總休言

또 이런 시도 있군요.

한 줄기 신령한 빛이 천공을 관통하니
어떤 지팡이가 또 이와 같을 수 있으랴?
늘어났다 짧아졌다 마음대로 쓸 수 있고
가로세로 세웠다 눕혔다 멋대로 말고 펴네.

> 一點靈光徹太虛　　那條拄杖亦如之
>
> 或長或短隨人用　　橫豎橫排任卷舒

그리고 또 이런 시도 있지요.

원숭이가 도를 체득하여 사람의 마음과 짝을 맺으니
마음은 바로 원숭이란 말에 깊은 뜻이 있도다.
대성제천이라 불림도 잘못된 얘기가 아니요
필마온 벼슬 준 것도 그를 잘 아는 처사라네.
말과 원숭이가 마음과 생각으로 합쳐졌으니
단단히 묶어둘 일이지 밖에서 찾지 말지어다.
만물은 결국 본체로 돌아가 하나의 이치를 따르니
석가여래와 함께 쌍림[3]에 머무네.

> 猿猴道體配人心　　心卽猿猴意思深
>
> 大聖齊天非假論　　官封弼馬是知音
>
> 馬猿合作心和意　　緊搏牢拴莫外尋
>
> 萬相歸眞從一理　　如來同契住雙林

이번엔 원숭이 왕이 위아래 가리지 않고 동으로 서로 여의봉을 마구 휘둘러대니 더더욱 당해낼 자가 하나도 없었어요. 그래

3　인도에 있는 지명으로 석가모니가 열반에 든 곳이라고 한다. 그 지역 사방에 각각 두 그루의 보리수가 있어 '쌍림'이라고 부른다.

손오공이 팔괘로에서 탈출하여 태상노군을 떠밀어 쓰러뜨리고 난동을 부리다

서 내친 김에 통명전 안쪽 영소보전까지 밀고 들어갔지요. 그때 마침 우성진군右聖眞君의 좌사左使인 왕영관王靈官[4]이 영소보전에서 당직을 서다가 제천대성이 날뛰는 꼴을 보고, 금 채찍을 들고 앞으로 나서 가로막으며 말했어요.

"이 고약한 원숭이 녀석, 어딜 가는 게냐? 여기 내가 있는 이상, 함부로 날뛰면 가만두지 않겠다."

그러자 제천대성, 쓰다 달다 군말 없이 곧장 여의봉을 들고 달려들었어요. 이에 왕 영관도 얼른 일어나 응수하니 영소보전 앞에서 둘이 한데 어울려 싸웠어요.

일편단심 충직함으로 그 명성 드높은 이와
하늘을 속이고 업신여겨 그 이름도 흉악한 이
밀렸다 밀어붙였다 하며 서로 딱 버티고서
두 영웅과 호걸, 승부를 겨루네.
여의봉은 사납고
금 채찍은 날쌔구나!
인정사정없이 공격하니 어찌 견디랴?
이쪽은 태을뢰성 응화[5]존자요,
저쪽은 제천대성 원숭이 요괴로세.
금 채찍, 여의봉 양쪽의 위력 대단하니
모두 신선 궁궐의 신비로운 무기이기 때문이지.
오늘 영소보전에서 위풍당당하게
각자 용맹한 재주를 떨치니 정말 사랑스럽도다.
한 편은 못된 마음으로 북두칠성을 빼앗고자 하고

---

4 영관은 도교의 신을 일컫는 명칭이다.
5 부처가 세상을 구하기 위해서 여러 가지 형체로 변신하여 나타나는 것을 가리킨다.

한 편은 힘을 다해 신선 세계를 돕고자 하네.
한 치의 양보 없이 피나게 싸우며 신통함을 과시하니
채찍과 여의봉 오가도 승패를 가릴 수 없네.

赤膽忠良名譽大　欺天誑上聲名壞
一低一好幸相持　豪傑英雄同賭賽
鐵棒兇　金鞭快　正直無私怎忍耐
這箇是太乙雷聲應化尊　那箇是齊天大聖猿猴怪
金鞭鐵棒兩家能　都是神宮仙器械
今日在靈霄寶殿弄威風　各展雄才眞可愛
一箇欺心要奪斗牛宮　一箇竭力匡扶玄聖界
苦爭不讓顯神通　鞭棒往來無勝敗

　둘이 뒤엉켜 싸워도 승부가 날 것 같지 않자, 우성진군은 또 부
하 장수를 뇌부로 보내 우레 장수 서른여섯 명을 데려오게 해, 다
같이 제천대성을 에워싸 가운데로 몰아넣고 저마다 사납게 덤벼
들어 격전을 벌였지요. 하지만 제천대성은 조금도 두려운 빛이
없이 달랑 여의봉 하나를 휘둘러 좌우로 막고 앞뒤로 맞받아치
며 싸웠어요.

　그러기도 잠시, 여러 우레 장수들이 칼이며 창이며 검, 양지창,
채찍과 추, 도끼와 금과金瓜,[6] 낫과 삽 등 갖가지 무기를 들고 더욱
바짝 조여들자, 손오공은 곧 몸을 한 번 꿈틀하고 흔들어 머리 셋
팔 여섯의 몸으로 둔갑했어요. 여의봉도 한 번 휘두르자 세 자루로
변했지요. 여섯 개의 손으로 세 개의 여의봉을 놀려 마치 물레 돌리
듯 빙글빙글 휘둘러대니, 우레의 신들도 감히 다가서질 못했어요.

6　옛날 무기의 일종으로 철봉 끝에 참외 모양의 둥근 노란 쇠를 붙인 것이다. 현재 장사 지낼 때
　의 의장에 이런 물건이 남아 있다.

둥글둥글

번쩍번쩍

예로부터 늘 있었지만 사람이 어찌 배웠으랴?

불에 들어가도 타지 않고

물에 들어간들 어찌 빠져 죽으랴?

빛나기가 한 알의 마니 구슬

창칼로도 상처 하나 내지 못한다.

선할 수도 있고

악할 수도 있으니

눈앞의 선악은 제 마음 따라 움직이는 것

선할 땐 부처도 되고 신선도 되거늘

악할 땐 털을 쓰고 뿔이 돋지.

신출귀몰 변화하여 하늘궁전을 어지럽히니

우레 장군과 병사들도 잡질 못하네.

圓陀陀　光灼灼　亘古常存人怎學

入火不能焚　入水何曾溺

光明一顆摩尼珠　劍戟刀鎗傷不着

也能善　也能惡　眼前善惡憑他作

善時成佛與成仙　惡處披毛并帶角

無窮變化鬧天宮　雷將神兵不可捉

　그 바람에 우레 장수들은 제천대성을 한 곳에 몰아넣고도 가까이 다가서지 못한 채 어지럽게 소란만 피우고 있었어요. 그 소란에 깜짝 놀란 옥황상제는 결국 유혁영관遊奕靈官과 익성진군翊聖眞君에게 교지를 내려 서방의 석가여래를 찾아 손오공을 항복시키도록 부탁드리라고 했지요.

그 두 선성仙聖이 곧장 영취산靈鷲山[7]으로 가, 뇌음사雷音寺 앞에서 사천왕과 여덟 보살에게 예를 갖춘 후, 자신들이 찾아왔음을 전해달라고 하였어요. 이들이 보련대寶蓮臺로 가서 이 사실을 알리니, 석가여래께서 들어오라 하셨지요. 두 선성은 보련대를 세 번 돌며 예를 갖춘 뒤, 그 아래 시립하였어요. 그러자 석가여래가 물었어요.

"옥황상제께서 어인 일로 두 분을 이리 보내셨는가?"

"예전에 화과산에서 원숭이 한 마리가 났는데, 그놈이 거기서 신통력을 부려 다른 원숭이들을 모으더니 세상을 한바탕 소란스럽게 했습니다. 그래서 옥황상제께서 그를 초무하는 성지를 내리시고 필마온에 봉했사온대, 벼슬이 보잘것없다고 반항하더니 떠나버렸습니다. 이번엔 탁탑천왕과 나타태자를 보내 잡아들이게 했는데 붙잡질 못하고 다시 초무하여 제천대성에 봉했으니, 이는 직책은 있으나 봉록은 없는 직분이었습니다.

그 뒤 녀석에게 반도원을 관리하게 했는데, 그놈은 복숭아를 훔쳐 먹어버리고 또 요지로 도망가선 요리와 술을 훔쳐 먹어 반도대회를 망쳐놓았습니다. 거기다 술기운에 몰래 도솔궁에 들어가 태상노군의 선단을 훔쳐 궁전을 뛰쳐나갔습니다. 옥황상제께서 다시 십만 병사를 보냈으나 역시 잡아들이질 못했습니다.

후에 관세음께서 이랑진군과 그의 의형제들을 천거하셔서서 쫓게 했는데, 그놈의 둔갑술이 어찌나 천변만화하던지 잡질 못하다가 태상노군께서 금강탁을 던져 맞춘 덕에 간신히 잡을 수 있었지요. 그렇게 잡아서 어전에 끌고 와 즉시 베어버리라 어명이 내

---

[7] 원문에는 모두 영산靈山이라고 나온다. 범어를 의역한 역어로서, 산 정상의 모습이 마치 수리 같다 하여 붙여진 이름이다. 불교의 성지로서 석가모니와 제자들이 오랫동안 머문 곳이라고 전해진다.

렸는데, 칼로 베고, 도끼로 자르고, 불로 지지고, 벼락으로 내리치고 해도 전혀 다치게 할 수가 없었습니다. 할 수 없이 태상노군께서 옥황상제의 윤허를 받아 그놈을 인계받아 팔괘로에 넣고 불로 달구었습니다.

그런데 사십구 일이 되어 뚜껑을 열자, 웬 걸! 여전히 그놈이 죽지 않고 뛰쳐나오더니 병사들을 물리치고 통명전에 뛰어들었다가 영소전 밖에서 우성진군의 좌사 왕 영관에게 저지당했습니다. 왕 영관이 악전고투하여 막으면서 서른여섯 명의 우레 장수들을 불러 포위해놓고도 끝내 그놈 가까이 접근을 못하고 있는 형편입니다. 이 때문에 옥황상제께서 특별히 석가여래를 모셔 오라 청하신 것이옵니다."

석가여래께서 이 말을 듣자 곧 여러 보살들에게 말씀하셨어요.

"그대들은 여기 법당에 조용히 앉아들 있으시오. 좌선 자세를 흐트러뜨려선 안 되오. 내 가서 요마를 잡아 옥황상제를 돕고 올 테니."

그 즉시 석가여래는 아난阿難과 가섭迦葉 두 제자를 데리고 뇌음사를 떠나 곧장 영소문 밖으로 갔지요. 석가여래 일행이 도착하자 갑자기 우렁찬 함성이 진동했는데, 바로 서른여섯 명의 우레 장수들이 제천대성을 에워싸고 있었던 것이지요. 부처님께서 법지法旨를 내리셨어요.

"우레 장수들은 무기를 거두고 진영을 열어 제천대성을 나오게 해주시오. 내가 그에게 어떤 법력이 있는지 좀 물어볼 테니."

장수들이 말씀대로 물러나자, 제천대성도 둔갑했던 모습을 거두고 원래 모습으로 돌아와 앞으로 썩 나섰어요. 그는 화가 나서 씩씩거리며 노기등등 소리를 질렀어요.

"너는 어디서 굴러온 잘난 놈이기에, 감히 싸움을 말려놓고 날

심문하겠다는 게냐?"

석가여래께서 웃으며 말씀하셨어요.

"나는 서방 극락세계의 석가모니존자 나무아미타불이다. 지금 들으니 네가 방약무인하게 날뛰며 여러 차례 하늘궁전을 어지럽혔다 하던데, 대체 어디서 자라 언제 도를 깨쳤으며, 왜 이런 난폭한 짓을 하는고?"

그러자 제천대성이 말했지요.

"이 몸은 본시,"

하늘과 땅이 낳아 길러 영험하게 신선 반열에 든
화과산의 최고 원숭이로다.
수렴동에서 가업을 일으키고
벗을 사귀고 스승을 찾아 우주의 도를 깨우쳤도다.
수련하여 여러 불로장생법을 이루었고
광대무변한 변화의 법술을 익혔지.
그래서 범속한 세상은 협소하여 싫어졌으니
반드시 하늘나라에 살리라 결심했지.
영소보전이 옥황상제만 살 곳도 아니요
역대 제왕 자리도 서로 나누어 전하던 것!
강한 자가 존귀한 법이니 마땅히 내게 양보해야지
영웅은 이 몸뿐 누가 감히 겨루려 하는가!

天地生成靈混仙　花果山中一老猿
水簾洞裏爲家業　拜友尋師悟太玄
煉就長生多少法　學來變化廣無邊
因在凡間嫌地窄　立心端要住瑤天
靈霄寶殿非他久　歷代人王有分傳

부처님께서 듣더니 허허 비웃으며 말씀하셨어요.

"네 이 녀석! 기껏해야 원숭이 요괴에 불과한 주제에 어쩌자고 감히 못된 맘을 품고 옥황상제의 보좌를 빼앗으려드는 게냐? 그분은 어려서부터 도를 닦아 천오백오십 겁의 고행을 쌓으셨다. 한 겁이 십이만구천육백 년이니까, 어디 네가 한번 계산해봐라. 몇 해를 고생해야 비로소 이런 무극無極의 대도大道를 누릴 수 있겠느냐? 인간 세상에 막 발을 디딘 축생 주제에 어찌 이런 흰소리를 내뱉는단 말이냐? 사람 되긴 틀린 녀석이로구나, 틀렸어! 제 명을 제 깎아먹고는, 원……. 어서 빨리 귀의해라, 헛소리는 그만두고! 혼찌검을 당하면 목숨도 순식간에 끝날 터, 네 본래 면목도 잃게 되리라."

"옥황상제가 아무리 어려서부터 수행을 오래 했다 해도 언제까지나 이 자릴 차지하란 법은 없잖소? '황제는 돌아가며 하는 법, 내년엔 우리 집 차례(皇帝輪流做 明年到我家)'란 속담도 있듯이 말이야. 저놈더러 짐 싸라고 하고 궁전을 내게 넘겨주면 그만이지만, 기어이 넘기지 않겠다면 내 분명 가만두지 않을 테니, 편히 살긴 다 틀린 줄 아시오!"

"장생법과 둔갑술 외에 또 무슨 재주가 있기에 감히 이 아름다운 하늘궁전을 차지하겠다는 게냐?"

"재주야 얼마든지 있지! 일흔두 가지 둔갑술에 만겁이 되도록 장생불사할 수 있지. 근두운을 타고 단번에 십만팔천 리를 날 수도 있다고. 이래도 옥좌에 앉을 수 없단 말이냐?"

"그럼 나랑 내기 하나 하자꾸나. 네가 정말 재주가 있어 근두운을 타고 내 오른쪽 손바닥을 빠져나간다면 네가 이긴 걸로 쳐서,

다시는 병사를 동원해 힘들게 싸우거나 하지 않고 옥황상제더러 서방에 와 사시라 하고 이 궁전을 네게 양도해주마. 하지만 손바닥을 빠져나가지 못한다면 넌 다시 하계로 내려가 요물로 살면서 또 몇 겁을 수행한 후에야 다시 겨뤄볼 수 있을 게다."

제천대성은 이 말을 듣고 속으로 쾌재를 부르며 생각했지요.

'이 여래란 작자는 아주 멍청하구나! 이 손 어르신으로 말할 것 같으면 근두운으로 단숨에 십만팔천 리를 가는 마당에, 사방 한 자도 안 되는 그놈의 손바닥을 못 빠져나갈 리가 없지!'

그래서 얼른 이렇게 말했지요.

"그런 것쯤이야! 당신, 말한 대로 지킬 수 있겠지?"

"할 수 있지, 암!"

석가여래께서 오른손을 펴니 꼭 연잎만 한 크기였어요. 제천대성은 여의봉을 거두고 위력을 뽐내며 몸을 솟구쳐 부처님 손바닥 가운데 올라서서 말했어요.

"자아, 간다아!"

말하는 순간 한 줄기 빛이 번뜩이더니 곧 그림자도 없이 사라져버렸어요. 부처님이 혜안을 뜨고 살펴보니 그 원숭이 왕은 바람개비처럼 돌면서 쉼없이 앞으로, 앞으로 나아가고 있었어요.

제천대성이 가고 있는데, 갑자기 살색 기둥 다섯 개가 푸른 하늘을 떠받치고 있는 것이 보였어요. 그는 이렇게 중얼거렸어요.

"여기가 바로 막다른 길인가 보군. 이제 돌아가면 석가여래의 보증 아래 영소보전은 내 차지가 되겠구나."

또 이런 생각도 했어요.

'가만있자, 무슨 표식이라도 남겨두어야 석가여래와 얘기하기 좋을 것 같은데?'

그러고는 털 한 가닥을 쑥 뽑아 신선의 기운을 불어 넣고 "변해라!" 하고 외치니, 그것은 금방 시커먼 먹물을 듬뿍 머금은 멋진 붓으로 변했어요. 그는 그 붓으로 가운데 기둥에다 이런 글을 큼지막하게 남겼어요.

"제천대성 이곳에 와 노닐다."

다 쓰자 털을 거두어들였지요. 그리고 또 체통 없게 첫 번째 기둥 아래 오줌을 찍 갈기고, 근두운을 돌려 처음 장소로 되돌아가 석가여래의 손바닥 가운데 서서 말했어요.

"내 벌써 갔다 왔수다. 이제 옥황상제더러 궁전을 넘기라고 하시지."

그러자 석가여래가 호통을 쳤어요.

"요 오줌싸개 원숭이 녀석! 넌 내 손바닥을 한 걸음도 벗어난 적이 없어!"

"모르는 소리. 내가 하늘 끝까지 가 보니까 살색 기둥 다섯 개가 푸른 하늘을 떠받치고 있기에, 거기다 표시까지 해두고 왔지. 나랑 같이 가서 확인해볼 테냐?"

"갈 필요도 없다. 아래를 내려다보거라."

제천대성이 새빨간 눈을 부릅뜨고 고개를 숙여보니, 웬걸? 부처님 오른손 손가락에 '제천대성 이곳에 와 노닐다'라고 씌어 있고, 엄지손가락에는 원숭이 오줌 냄새가 아직 남아 있었어요. 깜짝 놀란 제천대성이 말했지요.

"어떻게 이럴 수가! 어떻게? 이 글자는 내가 하늘을 떠받치고 있는 기둥에다 써둔 건데, 어떻게 지금 저치의 손가락에 있단 말인가? 설마 앞일을 내다보는 선지법先知法이라도 쓴 건 아니겠지? 난 절대 믿을 수 없다! 믿을 수 없어! 다시 한 번 다녀와야겠다!"

대단한 제천대성! 그가 급히 몸을 솟구쳐 다시 뛰쳐나가려 하자, 부처님은 손을 뒤집어 탁 내리쳐 이 원숭이 왕을 서천문西天門

밖으로 튕겨낸 뒤, 다섯 손가락으로 '오행산五行山'이라고 부르는 금, 목, 수, 화, 토 다섯 개의 이어진 산을 만들어, 제천대성을 가뿐히 눌러놓았어요. 우레 장수들과 아난, 가섭 모두 합장하며 "훌륭하십니다! 훌륭하십니다!" 하고 찬양했어요.

그 옛날 알에서 태어나 사람 되는 법을 배우고
뜻을 세워 수행하니 참된 도를 깨우쳤네.
만겁이 되도록 변함없이 천하절경에 거처하다
하루아침에 돌변해 정신이 흐트러졌네.
하늘을 깔보고 속옷 높은 자리를 넘보고
성인을 능멸하고 단약을 훔쳐 큰 질서를 어지럽혔네.
악행이 가득 차 오늘 그 보응이 있었으니
모르겠구나, 언제나 풀려날 수 있을지?

當年卵化學爲人　立志修行果道眞
萬劫無移居勝境　一朝有變散精神
欺天罔上思高位　凌聖偸丹亂大倫
惡貫滿盈今有報　不知何日得翻身

석가여래 부처님은 요망한 원숭이를 처치해버리고 아난과 가섭을 불러 서방 극락세계로 돌아가려 했어요. 그러자 천봉天蓬과 천우天佑가 영소보전에서 급히 달려 나와 말했어요.

"여래께서는 잠시 기다려주시옵소서. 주군께서 나오십니다."

부처님이 이 말을 듣고 고개를 돌려 쳐다보니, 잠시 후 정말 팔보 장식 난여鸞輿에 아홉 색깔 보석으로 장식한 덮개를 펄럭이며, 그윽한 노래와 아름다운 음악이 연주되는 가운데 무량신장無量神章을 읊조리고, 귀한 꽃을 뿌리며 진기한 향을 피우면서 옥황상제가 부처님 앞으로 다가와 감사의 인사를 했어요.

"크나큰 법력 덕에 사악한 요물을 없애게 되었습니다. 바라옵건대 여기서 하루만 머물러주시지요. 여러 신선들을 불러 함께 감사의 연회를 베풀었으면 합니다."

석가여래는 옥황상제의 청을 감히 거역하지 못하고 합장하며 감사의 인사를 했지요.

"저야 대천존大天尊 옥황상제님의 부르심을 받아 온 것일 뿐, 무슨 대단한 법력이 있었겠습니까? 모두 천존과 여러 신들의 크나큰 복일 따름이거늘, 황송하게 이런 인사까지 하시옵니까?"

옥황상제는 교지를 내려 뇌부의 신들을 나누어 보내 삼청, 사어四御, 오로五老, 육사六司, 칠원七元, 팔극八極, 구요九曜, 십도十都 등 수많은 성인과 신선들에게 연회에 참석하여 부처님 은혜에 감사드리라 했어요. 또 사대천사와 구천선녀九天仙女에게 명해 옥경금궐玉京金闕과 태현보궁太玄寶宮, 동양옥관洞陽玉館을 활짝 열어 석가여래를 칠보영대七寶靈臺에 높이 모시고 순서대로 자리를 정한 뒤, 용의 간이며 봉황의 골수, 좋은 술과 반도를 준비하라 일렀어요.

이윽고 옥청원시천존玉淸元始天尊과 상청영보천존上淸靈寶天尊, 태청도덕천존太淸道德天尊, 오기진군五炁眞君, 오두성군五斗聖君, 삼관三官, 사성四聖, 구요진군九曜眞君, 좌보左輔, 우필右弼, 사천왕, 나타태자 등이 영험한 능력으로 옥황상제의 뜻을 알고 쌍쌍이 오색 깃발과 일산日傘을 앞세운 채 들어와, 다 같이 아름다운 구슬과 귀한 보물, 진귀한 과일과 꽃을 부처님 앞에 바치며 말했어요.

"석가여래께서 무한한 법력으로 요물 원숭이를 제압하신 것에 감사드리옵니다. 대천존께서 연회를 열어 저희를 모두 불러 감사의 예를 갖추라 하셨습니다. 여래께서 이 연회에 이름을 하나 붙여주셨으면 하는데, 괜찮으신지요?"

석가여래가 여러 신들의 청을 받아들여 말씀하셨어요.

"안천대회安天大會라고 하는 게 좋을 것 같소."

그러자 신선들이 모두 이구동성으로 말했어요.

"안천대회라, 거 좋습니다! 안천대회라, 정말 좋은데요!"

말이 끝나자 각자 정해진 자리에 앉아 술잔을 주거니 받거니, 꽃을 꽂고 북을 치기도 하며 비파를 타기도 하고, 그야말로 멋진 연회였어요. 그걸 증명하는 시가 있답니다.

차려놓은 반도대회 원숭이가 망쳐버렸지만
안천대회는 반도대회보다 훨씬 성대하네.
용 장식 깃발과 난새 장식 수레엔 상서로운 빛 자욱하고
보배 부절과 오색 깃발들엔 서기가 맴도네.
신선의 약과 오묘한 노래 음률 아름답고
봉황 통소와 옥피리 울림소리도 높아라.
옥 향기 자욱하게 피어오르며 뭇 신선들 모여
우주가 맑고 평화로워짐에 성스러운 하늘 왕조에 경하 드
리네.

宴設蟠桃猴攪亂　安天大會勝蟠桃
龍旂鸞輅祥光藹　寶節幢幡瑞氣飄
仙藥玄歌音韻美　鳳簫玉管響聲高
瓊香繚繞群仙集　宇宙清平賀聖朝

모두들 한창 축하연을 즐기고 있는데, 서왕모 마마가 여신선과 선녀, 미희, 소녀들을 거느리고 사뿐사뿐 춤추듯 부처 앞으로 가 예를 갖추고 말했어요.

"지난번 반도대회가 요망한 원숭이 탓에 엉망이 되어 여러 신선들과 부처들을 모셔놓고도 제대로 대접하지 못했나이다. 이제 석가여래께서 크신 법력으로 그 말썽 많은 원숭이를 가두고 경사스런 안천대회를 열게 되었군요. 전 달리 드릴 예물도 없고 해서, 오늘 제가 직접 나서서 손을 정갈히 씻고, 크고 좋은 반도를 따서 바치는 바입니다."

그것은 그야말로 이런 반도였어요.

반쯤 붉고 반은 푸르러 내뿜는 향기 자욱하고

곱디고운 신령한 뿌리는 수만 년 자란 것이라

무릉도원에서 나는 것쯤 우습지.

하늘에 심은 것과도 어찌 비하랴? 훨씬 진귀한 것이라네.

자줏빛 무늬에 연하고 부드러운 육질 세상에 드물고

담황색 씨에 깨끗하고 달콤한 맛 세상 무엇과도 비길 수 없네.

수명을 연장하고 몸을 바꿀 수 있으니

먹을 인연 닿는 이도 당연히 보통 사람이 아니네.

半紅半綠噴香霧　艷麗仙根萬載長

堪笑武陵源上種　爭如天府更奇強

紫紋嬌嫩寰中少　細核清甛世莫雙

延壽延年能易體　有緣食者自非常

부처님이 합장하고 서왕모를 향해 답례했어요. 서왕모가 또 미희와 여신선을 시켜 노래하고 춤추게 하니, 연회장을 가득 메운 신선들 모두 칭찬해 마지않았어요. 그야말로 이런 광경이었지요.

아득한 하늘의 향기 자리에 가득하고
선계의 꽃들이 화려하게 흩날리네.
호화롭기 이를 데 없는 옥경금궐
값을 헤아릴 수 없는 신기하고 기이한 진품들
신선마다 하늘과 명을 같이하고
모두 또 만겁의 수를 더하네.
뽕밭이 푸른 바다보다 더한 것으로 변한다 해도
그들에겐 놀랄 것도 신기할 것도 아니라네.

縹渺天香滿座　繽紛仙葩仙花

玉京金闕大榮華　異品奇珍無價

對對與天齊壽　雙雙萬劫增加

桑田滄海任更差　他自無驚無訝

　서왕모가 선녀와 여신선에게 춤과 노래를 시키고 술잔이 한창 흥겹게 돌고 있으려니, 얼마 후에 어디선가 갑자기 이런 향기가 풍겼어요.

　한 줄기 기이한 향기 코를 찌르니
연회장 가득한 별신들을 놀라게 하네.
신선들과 부처님 잔을 멈추고
모두들 고개 들어 눈인사로 맞이하나니.
하늘 한가운데 나타난 노인
손엔 영지초를 들고 화려한 옷자락 날리네.
호로병엔 만년단을 담았고
보록에는 천 기[8]의 수명이 기록되어 있네.

8　기紀는 12년을 가리킨다.

구멍 안에는 천지가 맘껏 펼쳐지고

호리병 속에는 세상의 해와 달[9]도 마음대로 이룰 수 있다네.

사해를 마음대로 유람하며 한적하게 즐기고

십 주를 산책하며 두루두루 구경하네.

반도대회에서 벌써 몇 번이나 취했던가?

깨어났을 땐 밝은 달은 여전히 그대로였지.

긴 머리 큰 귀에 짤막한 체구

남극에선 그를 장수 노인[老壽]이라 부른다네.

一陣異香來鼻嗅　　驚動滿堂星與宿

天仙佛祖把杯停　　各各擡頭迎目候

霄漢中間現老人　　手捧靈芝飛藹繡

葫蘆藏蓄萬年丹　　實錄名書千紀壽

洞裡乾坤任自由　　壺中日月隨成就

遨遊四海樂清閑　　散淡十洲容輻輳

曾赴蟠桃醉幾遭　　醒時明月還依舊

長頭大耳短身軀　　南極之方稱老壽

수성壽星이 도착했던 거지요. 그는 옥황상제를 보고 인사를 마친 뒤 다시 석가여래를 뵙고 감사의 인사를 올렸어요.

"처음에 그 요망한 원숭이가 태상노군에게 도솔궁으로 끌려가 팔괘로에 들어갔단 말을 듣고 이젠 틀림없이 평안해지겠구나 싶었는데, 뜻밖에도 그 녀석이 또 뛰쳐나갔더군요. 다행히 석가여래께서 이 요괴를 잡아주셔서 연회를 열어 사의를 표한다는 소

---

9 도가에서 말하는 환상의 선경仙境이다. 전설에 따르면, 옛날 시존施存이란 사람이 대단大丹의 도를 배우다 운대雲臺의 치관治官인 장갑張甲을 만났는데, 그는 항상 닷 되 크기의 호리병을 달고 다녔다. 그런데 그 호리병은 해와 달에, 밤의 별자리까지 있는 천지로 변화할 수 있어서 '호천壺天'이라 불렸고 사람들은 그를 '호공壺公'이라 불렀다고 한다.

식을 듣고 달려오는 길입니다. 달리 바칠 만한 예물은 없고, 붉은 영지와 선계의 요초瑤草, 푸른 연뿌리와 금단을 바치는 바입니다."
　이런 시가 있지요.

　　　푸른 연뿌리와 금단을 석가께 바치니
　　　여래의 수명은 갠지스강의 모래 알갱이처럼 무한하네.
　　　평화롭게 길이 즐거우니 세 가지 교법이 있고
　　　편안하게 불로장생하니 아홉 등급 연화대가 있네.*
　　　무상문의 진정한 법주이시니*
　　　불교의 천상이 바로 신선의 집이기도 하지.
　　　우주 천하에서 모두 스승으로 모시니
　　　여섯 자의 귀하신 몸, 그 수명과 복이 무궁하네.

　　　　　　　　　碧藕金丹奉釋迦　　如來萬壽若恒沙
　　　　　　　　　清平永樂三乘錦　　康泰長生九品花
　　　　　　　　　無相門中眞法主　　色空天上是仙家
　　　　　　　　　乾坤大地皆稱祖　　丈六金身福壽賒

　석가여래가 기쁘게 인사를 받으니 수성이 자리에 앉았고, 아까처럼 술잔이 오고갔어요. 또 적각대선이 와서 옥황상제에게 고개 숙여 절한 뒤, 다시 부처님께 인사했어요.
　"법력으로 요물 원숭이를 항복시켜주심에 깊이 감사드리나이다. 존경을 표할 예물이 없어, 배[交梨] 두 개와 붉은 대추[火棗] 몇 개[10]를 바치옵니다."

10　도교에서 신선이 먹는다는 선과仙果인데, 이를 먹으면 날 수 있고 승천하여 신선이 된다고 한다.

적각대선의 배와 대추 향기로운데
아미타불에게 바치며 장수하시라 축복하네.
칠보 장식 연화대는 산처럼 든든하고
천금같이 귀한 자리 비단처럼 아름답다.
수명이 천지와 같다는 말 그릇되지 않았고
복이 큰 파도에 비견된다는 말 어찌 허황되랴!
수명과 복이 정해진 것임은 정말 옳은 말이니
맑고 고요한 극락세계가 바로 서방이로다!

大仙赤脚棗梨香　敬獻彌陀壽算長

七寶蓮臺山樣穩　千金花座錦般籹

壽同天地言非謬　福比洪波話豈狂

福壽如期眞箇是　清閑極樂那西方

　석가여래가 또 감사하면서 아난과 가섭을 불러 신선들이 바친 물건을 하나하나 잘 갈무리하라 이르고, 옥황상제에게 연회를 베풀어준 데 사례했어요. 모인 이들 전부 거나하게 취해가는데, 순시를 돌던 영관이 들어와 보고하는 것이었어요.
　"제천대성이 머리를 내밀었습니다."
　그러자 부처님이 "괜찮소, 괜찮아요" 하고 대답하며 소매에서 부적 하나를 꺼냈는데, 거기엔 금으로 '옴, 마, 니, 반, 메, 훔' 여섯 글자가 적혀 있었어요. 부처님은 그것을 아난에게 주면서 오행산 꼭대기에 붙여두라 했어요. 아난존자는 부적을 받아 들고 하늘 문을 나가 오행산 꼭대기로 가서, 거기의 네모난 돌에다 단단히 붙였어요. 그랬더니 오행산이 바로 뿌리를 내려 대지와 맞붙어버렸어요. 하지만 손오공이 숨쉬는 데는 별 무리가 없었고 손도 밖으로 내밀어 허우적거릴 수 있었어요. 아난이 돌아와 "부적을 붙였습니다" 하고 보고했어요.

석가여래는 옥황상제를 위시하여 여러 신들에게 작별을 고하고 두 제자와 함께 천문을 나서다가, 다시 자비심이 일어 진언과 주문을 외어 오행산의 토지신을 불렀지요. 그리고 그에게 오방게체와 함께 이 산에 살면서 손오공을 잘 감시하되, 손오공이 배고 프다 하면 쇠구슬을 먹이고 목말라할 때는 구리가 녹은 쇳물을 마시게 하라고 일렀어요. 또 손오공이 죄과를 다 치르는 날이 되면 그를 구해줄 사람이 절로 나타날 것이라고 했어요. 그야말로 이런 얘기지요.

요망한 원숭이가 간도 크게 하늘궁전에 반란을 일으키다가
석가여래에게 보기좋게 진압당했네.
목마를 땐 구리 쇳물을 마시며 세월을 보내고
배고플 땐 쇠구슬 먹으며 시간을 보냈지.
하늘이 내린 재앙 모질고 가혹하여 고통 겪으니
인간사 처량하나 명줄 긴 것만은 기쁘구나.
영웅이 다시 기량을 펼칠 수 있게 되면
언젠가 부처님을 받들고 서방으로 가겠지.

妖猴大膽反天宮　　即被如來伏手降
渴飮溶銅捱歲月　　饑湌鐵彈度時光
天災苦困遭磨蟄　　人事淒涼喜命長
若得英雄重展掙　　他年奉佛上西方

또 이런 시도 있답니다.

난폭하고 강한 힘을 뿜내니 큰 기세 일어나고

괴이한 능력 부려 용과 호랑이 무릎 꿇렸네.

반도와 어주 훔쳐 먹고 하늘 헤집고 다니다

성은 입어 신선의 반열에 올라 옥경금궐에 살게 되었네.

악행이 가득 차 몸은 비록 벌을 받으나

선한 뿌리 끊이지 않아 기운 아직 왕성하네.

정말로 여래의 손을 벗어나려면

당 왕조에서 성승이 나길 기다려야 하리.

仗逞豪强大勢興　　降龍伏虎弄乖能

偸桃偸酒遊天府　　受籙承恩在玉京

惡貫滿盈身受困　　善根不絕氣還昇

果然脱得如來手　　且待唐朝出聖僧

장차 어느 해 어느 달에 재앙의 기일이 다 차게 되는지는 아직 알 수 없으니, 이에 대해서는 다음 회를 들어보시라.

제8회

관음보살이 성승을 찾아가다가
세 제자를 안배하다

선법의 핵심을 한번 물어보자.

그것을 탐구하는 자 무수하나

왕왕 헛되이 늙고 마는구나.

벽돌을 갈아 거울을 만들고[1]

눈을 쌓아 양식을 만드니

얼마나 많은 세월을 헤매었던가?

가느다란 털이 큰 바다를 삼키고

작은 겨자씨 안에 수미산須彌山[2]이 들어가니

금빛의 행자 가섭이 미소 짓네.

깨달으면 십지,˚ 삼승을 초월하고

사생,˚ 육도˚의 윤회를 초월하네.

---

1 좌선坐禪으로는 성불成佛할 수 없음을 비유한 말이다. 『전등록傳燈錄』에 따르면, 남악南岳의
 양 선사讓禪師가 마조암馬祖庵 앞에서 벽돌을 갈고 있는 것을 보고 마조馬祖가 벽돌을 갈아
 무엇을 만들려는지 물었다. 선사가 "거울을 만들려고 합니다"라고 대답하자, 마조가 "벽돌을
 갈아 어떻게 거울을 만들 수 있겠는가?"라고 말하였다. 양 선사는 "벽돌로 거울을 만들 수 없
 다면 좌선으로 어찌 부처가 될 수 있겠소?"라고 말하였다.

2 수미는 범문의 '수메루Sumeru'를 음역해 줄인 것으로 '오묘하고 높다'는 뜻이다. 옛날 인도의
 전설에 나오는 세계의 중심이 되는 큰 산이다.

누가 들었는가, 생각을 끊는 벼랑[絶想崖] 앞

그늘 없는 나무 아래서

두견새 봄날 새벽에 우는 소리를?

조계[3]로 가는 길 험하고

취령[4]에 걸린 구름 깊어

여기 옛사람의 소리 아득하네.

천 길 얼음 절벽에

다섯 잎 연꽃 피었고

옛 전각에 발 늘어져 향기 가득하네.

그때

원류를 알아차리면

용왕의 삼보를 보게 된다네.

試問禪關　參求無數　往往到頭虛老

磨磚作鏡　積雪爲糧　迷了幾多年少

毛吞大海　芥納須彌　金色頭陀微笑

悟時超十地三乘　凝滯了四生六道

誰聽得絕想崖前　無陰樹下　杜宇一聲春曉

曹溪路險　鷲嶺雲深　此處故人音杳

千丈氷崖　五葉蓮開　古殿簾垂香裊

那時節　識破源流　便見龍王三寶

3　광둥성廣東省 취장셴曲江縣 동남쪽에 있는 강이다. 『전등록剪燈錄』에 따르면, 남북조의 양나라 무제 때 지약智藥이라는 승려가 배를 타고 조계강 입구까지 와서 물 냄새를 맡고 물맛을 보고, 보림사寶林寺라는 절을 세웠다는 기록이 있다. 당나라 때는 선종禪宗의 육조六祖인 혜능 대사慧能大師가 여기서 불법을 크게 일으켰다고 한다.

4　앞에서 나온 영취산이다. 석가여래가 『법화경法華經』과 『무량수경無量壽經』을 강설한 곳이다.

이것은 「소무만蘇武慢」[5]이라는 노래[詞]랍니다. 우리의 석가여래가 옥황상제와 작별하고 뇌음보찰雷音寶刹로 돌아오자 삼천 부처와 오백아라한阿羅漢,[6] 팔대금강八大金剛*과 수많은 보살菩薩들이 제각기 깃발과 큰 양산, 진귀한 보물과 선계의 꽃을 들고, 영취산의 선경仙境에 줄지어 늘어서 사라쌍림娑羅雙林 아래서 석가여래를 맞았어요. 석가여래는 상서로운 구름을 멈추고 무리를 향해 이렇게 말하였지요.

"나는 지극히 깊은 반야*로
널리 삼계를 보노라.
근본에 뿌리를 두고 천성으로 돌아가면
끝내 열반의 경지에 들어가리.
공과 상을 함께 비우면
하나라도 가진 게 없어지리라.
못된 원숭이를 복종시킨 일은
알려 하지 말지라.
이름이 생기면 죽음이 시작되니
법상*이 이와 같노라."

我以甚深般若　偏觀三界

根本性原　畢竟寂滅

同虛空相　一無所有

殄伏乖猴　是事莫識

名生死始　法相如是

5　사詞는 일정한 곡조에 붙이는 가사이다. 사의 제목은 그 곡조의 이름을 따르기 때문에 같은 제목의 사라도 여러 가지가 존재한다. 여기서 장초와 이정이 노래를 주고받는 것은 같은 곡조에 가사를 바꾸어 부르는 것이다.

6　오백나한을 말한다. 늘 석가모니를 따라 불법을 듣고 도를 전하는 오백 명의 제자이다.

말을 마치자 석가여래의 몸에서 빛이 쏟아져 스물네 줄기 흰 무지개가 되어 하늘을 가득 채우고 남북에 연이어졌지요. 이것을 본 대중이 부처님을 따르며 절을 올렸어요. 잠시 후 석가여래는 상서로운 구름과 오색 안개에 둘러싸여 높다란 연대蓮臺에 단정히 올라앉았어요. 삼천 부처와 오백나한, 팔대금강, 네 보살들이 합장하고 앞으로 가까이 나와 예를 마치고 물었어요.

"하늘궁전을 어지럽히고 반도대회를 교란시킨 자가 누굽니까?"

"그놈은 화과산에서 태어난 요망한 원숭이로, 죄악이 하늘을 찔러 일일이 말할 수 없다. 모든 신장들이 붙잡을 수 없었으나 오직 이랑진군만이 그놈을 붙잡았고, 태상노군이 불로 단련하였으나 해칠 수 없었다. 내가 갔을 때, 막 우레 장군들 사이에서 무기를 휘두르고 싸우며 힘을 자랑하고 있었지.

내가 싸움을 멈추게 하고 그 내력을 물었더니, 신통력이 있고 변화술을 쓸 줄 알며 근두운을 타고 한 번에 십만팔천 리를 간다고 하더구나. 그래서 나와 내기를 했지만 내 손바닥을 벗어날 수 없었으니, 내가 그놈을 한 주먹에 잡아 손가락으로 오행산을 만들어 거기에 눌러 봉인해두었다. 옥황상제께서는 금궐요궁金闕瑤宮을 활짝 열고 나를 윗자리에 앉히고 하늘이 편안해진 것을 기념하는 안천대회를 열어 사례했는데, 이제 막 인사를 마치고 돌아온 것이니라."

거기에 모인 이들이 이 말을 듣고 기뻐하면서 입을 모아 칭송하였어요. 인사가 끝나자 각자 서열에 따라 돌아가서 맡은 일을 하면서 함께 천진天眞[7]을 즐겼지요.

---

7 범어로는 '부타타타타Bhūtatathatā'라고 한다. 모든 현상 아래 존재하는 영원한 진리라는 뜻이다.

상서로운 아지랑이 천축에 가득하고
무지갯빛이 세존을 감싸 안네.
서방 제일이라 불리는
무상의 법왕문[8]일세.
언제나 볼 수 있지, 검은 원숭이 과일을 바치고
고라니와 사슴 꽃을 물고 있는 모습
푸른 난새 춤추고
오색 봉황 울어대네.
영험한 거북은 장수를 누리고
선학이 지초芝草를 물고 있네.
정토 기원[9]을 편안히 누리고
용궁 법계를 받아쓰네.
날마다 꽃이 피고
철마다 과일이 익네.
고요함에 길들고 참됨으로 돌아와
참선하여 정과를 얻네.
죽거나 태어나지도 않고
늘거나 줄지도 않네.
연기와 노을 어렴풋이 깔려 수시로 오가고
추위와 더위 침범하지 않으니 세월 가는 줄 모르는구나.

瑞靄譚天竺　虹光擁世尊

西方稱第一　無相法王門

常見玄猿獻果　麋鹿啣花

青鸞舞　彩鳳鳴

8　'마디아미카Mādyamika'라는 문파이다.
9　인도의 불교 성지 중 하나인 '기원정사祇園精舍'이다. 석가가 여기서 20여 년 동안 불경을 강
　설했다는 전설이 있다.

靈龜捧壽　　仙鶴嘯芝

安享淨土祗園　　受用龍宮法界

日日花開　　時時果熟

習靜歸眞　　參禪果正

不滅不生　　不增不減

煙霞縹緲隨來往　　寒暑無侵不記年

시에서는 다음과 같이 말하였지요.

오가는 것 자유로워 맘대로 노니니
두려움도 없고 수심도 없어라.
극락에서는 모두 마음이 넓고 자유로우며
대천*세계에는 세월의 흐름도 없구나.

去來自在任優游　　也無恐怖也無愁

極樂場中俱坦蕩　　大千之處沒春秋

영취산의 대뇌음사에서 지내던 석가여래는 어느 날 여러 부처와 나한, 게체, 보살, 금강, 비구승, 비구니 등을 불러 모아 물었지요.

"요망한 원숭이를 복종시켜 하늘을 편안케 한 후 시간이 얼마나 흘렀는지 모르겠구나. 속계에선 아마도 오백 년쯤 지났을 것이다. 마침 지금이 음력 칠월 보름이고, 내 보배로운 화분[寶盆]에 갖가지 기이한 꽃과 과일이 가득하니, 너희와 '우란분회盂蘭盆會'를 열고 싶구나. 어떠냐?"

모든 사람들이 저마다 합장하고 부처의 주위를 세 번 돌며 삼잡례三匝禮를 올리고 예불을 드리니, 석가여래가 보배로운 화분

안의 꽃과 과일 등을 아난에게 받들게 하고 가섭에게 뿌리게 했어요. 사람들이 감격하여 저마다 시를 지어 올려 석가여래에게 감사했지요. 복을 노래한 시는 다음과 같았어요.

복성은 세존 앞에 빛나고
복은 깊이 들어와 더 멀리 이어지네.
복덕은 무궁하여 땅과 같이 오래고
복연은 경사로워 하늘에 이어졌네.
복전은 널리 씨 뿌려 해마다 풍성하고
복해는 넓고 깊어 해마다 단단해지네.
복이 하늘과 땅에 충만하니 복의 음덕 많고
복은 한없이 늘어서 영원히 온전하네.

福星光耀世尊前　　福納彌深遠更綿
福德無疆同地久　　福緣有慶與天連
福田廣種年年盛　　福海洪深歲歲堅
福滿乾坤多福蔭　　福增無量永周全

그리고 녹祿을 노래한 시는 이러했어요.

녹이 산같이 무거우니 오색 봉황 울고
녹이 태평한 때를 따라 장수를 비네.
녹은 만 곡을 더하니 몸이 건강하고
녹은 천 종[10]을 누리니 세상이 태평하네.
녹봉은 하늘과 같이 길이 든든하고
녹명은 바다같이 더욱 맑고 깨끗하네.

10 곡斛, 종鐘은 모두 도량형의 단위이다.

녹은이 멀리 이어져 많은 이 우러러보고

녹작은 끝없어 만국이 번영하네.

祿重如山彩鳳鳴　祿隨時泰祝長庚

祿添萬斛身康健　祿享千鐘世太平

祿俸齊天還永固　祿名似海更澄清

祿恩遠繼多瞻仰　祿爵無邊萬國榮

또한 장수를 노래한 시는 이러했어요.

수성이 광채를 바치고 석가여래를 대하니

수역의 광채가 이로부터 열리네.

수과는 쟁반에 가득하여 상서로운 노을을 만들어내고

수화는 새로 꺾어 연대에 꽂네.

수시는 청아하여 기묘함 많고

수곡은 훌륭한 솜씨로 음악을 연주하네.

수명은 연장되어 일월 같고

수명은 산과 바다같이 더욱 유구하네.

壽星獻彩對如來　壽域光華自此開

壽果滿盤生瑞靄　壽花新採插蓮臺

壽詩清雅多奇妙　壽曲調音按美才

壽命延長同日月　壽如山海更悠哉

　여러 보살은 시를 다 바치고 나서 석가여래에게 근본을 명시하고 원류를 풀어 가르쳐달라고 청하였지요. 석가여래는 조용히 아름다운 입을 열어 위대한 불법을 풀어 설명하고 정과를 널리 떨치게 하였어요. 강술한 내용은 바로 삼승에 대해 적은 오묘한 경전[三乘妙典]과 오온五蘊°에 대해 설명한 『능엄경楞嚴經』이었어요. 이때 하늘의 용이 주위를 둘러싸고 꽃비가 쏟아져 내렸으니, 바로 다음과 같았지요.

참선하는 마음 밝게 비춰 온 강에 달이 뜬 듯하고
참된 성정은 만 리 하늘을 맑게 적시네.

禪心朗照千江月　真性淸涵萬里天

석가여래는 강설이 끝나자 대중을 보며 말하였지요.

"내가 사대부주를 보니 중생의 선악이 각 지방마다 다르구나. 동승신주는 하늘과 땅을 공경하고 사람들의 심성이 밝고 기질도 안정되어 있다. 북구노주는 살생을 좋아하나 입에 풀칠하기 위해서이고, 성정이 우둔하고 거칠지만 아주 난폭하지는 않다. 우리 서우하주는 욕심부리지 않고 살생하지 않으며, 기를 단련하고 영혼을 닦아, 최고의 신선[上真]¹¹은 없어도 사람마다 천수를 다할 수 있다. 그러나 남섬부주는 음란함을 탐하고 재앙을 즐기고 살인과 싸움이 많아 이른바 험악한 말이 오가는 싸움터[口舌凶場]이고, 잘잘못을 따지며 싸우는 험난한 바다[是非惡海]이다. 지금 나에게 삼장진경三藏眞經¹²이 있으니 그런 사람들을 선하게 이끌 수 있을 것이다."

보살들은 이 말을 듣고 합장한 채 허리를 숙이며 석가여래에게 물었지요.

"가지고 계신 삼장진경은 어떤 것입니까?"

---

11 도교에서는 득도하여 신선이 된 자를 진인真人이라고 부른다. 상진上真은 바로 상선上仙이다.
12 불경을 통틀어 칭한 말이다.

"『법장法藏』은 하늘을 논한 것이고, 『논장論藏』은 땅을 강설한 것이며, 『경장經藏』은 귀신[鬼]을 구제하여 이끄는 것이다. 삼장三藏은 서른다섯 부部, 일만오천백사십 권으로 되어 있으며, 참[眞]을 닦는 지름길이고, 선善으로 들어가는 문이다. 나는 이것을 동쪽 땅에 보내주었으면 하지만, 불행히도 그곳 중생들은 어리석어 참된 말씀[眞言]을 훼방하고 우리 불문의 요지를 모르며, 유가瑜迦의 정종[13]을 소홀히 하고 있다.

　어떻게든 법력이 있는 자를 하나 동쪽 땅에 보내어 선하고 믿음 깊은 자를 찾게 했으면 좋겠다. 그리하여 그가 수많은 산을 넘고 무수한 강을 건너 나를 찾아와 참된 경전을 얻어 가서 동쪽 땅에 길이 전하여 중생을 교화한다면, 이것이야말로 산처럼 큰 복된 인연이고 바다처럼 깊은 훌륭한 경사이리라. 동쪽 땅에 한번 다녀올 자 누구인가?"

　그때 관음보살이 연대 앞으로 가까이 가서 세 바퀴 도는 삼잡례를 올리고 말했어요.

　"제가 재주는 없으나 동쪽 땅으로 가 경전을 구하러 올 사람을 찾아보겠나이다."

　모든 사람들이 고개를 들어 보니, 그 관음보살의 모습은 다음과 같았어요.

　　이치는 사덕을 두루 갖추었고
　　지혜는 금빛 몸에 가득 찼네.
　　푸른 구슬 영락을 드리우고
　　향기로운 귀걸이에는 빛나는 구슬 묶었네.

13　불문佛門의 정종을 말한다. 유가종瑜迦宗은 대승불교의 종파 가운데 하나인 '밀교密敎'를 가리킨다.

검은 구름이 기묘하게 겹친 듯한 반룡계[14]
수놓은 허리띠에 가벼이 날리는 채봉령[15]
벽옥 끈 두른
하얀 비단옷에는
상서로운 빛이 감싸고
비단 융 치마
금실 끈에는
상서로운 기운 휘감아도네.
초승달 같은 눈썹과
별 같은 두 눈
옥 같은 얼굴은 태어나면서부터 웃음 가득하고
입술은 붉은 점 하나 찍은 듯
맑은 병에 감로는 해마다 가득 차고
비스듬히 꽂아 늘어진 버들은 해마다 푸르네.
팔난˚을 풀고
중생을 제도하며
자비와 연민의 마음 크네.
그러므로 태산을 진압하고
남해에 거하며
고통을 구해주고 하소연 소리 찾아들어주니
만 번 부르면 만 번 응답하고
천 번 거룩하고 천 번 영험하네.
난초 같은 마음은 붉은 대나무를 좋아하고
혜란蕙蘭 같은 성품은 향기로운 등나무를 사랑하네.

그는 낙가산의 자비로운 주인이자
조음동의 살아 있는 관음보살이네.

理圓四德　智滿金身

瓔珞垂珠翠　香環結寶明

烏雲巧疊盤龍髻　繡帶輕飄彩鳳翎

碧玉紐　素羅袍　祥光籠罩

錦絨裙　金落索　瑞氣遮迎

眉如小月　眼似雙星

玉面天生喜　朱唇一點紅

淨瓶甘露年年盛　斜插垂楊歲歲青

解八難　度群生　大慈憫

故鎮太山　居南海

救苦尋聲　萬稱萬應　千聖千靈

蘭心欣紫竹　蕙性愛香藤

他是落伽山上慈悲主　潮音洞裡活觀音

석가여래가 그를 보고 마음속으로 매우 기뻐하면서 말했어요.

"다른 사람은 못 가도, 관음존자라면 신통력이 대단하니 갈 수 있지."

"제가 동녘 땅으로 가는데 무슨 분부 말씀이라도 있으신지요?"

"이번에 갈 때는 길을 봐두어야 할 테니, 하늘 높이 날아가지 말고 구름과 안개를 번갈아 타고 가라. 산이나 강들을 눈여겨보고 여행 거리를 기억해두었다가 경전을 가지러 올 사람에게 잘 알려주어라. 그래도 선하고 믿음 깊은 자가 오기 어려울 것이니, 내 그대에게 다섯 가지 보물을 주겠노라."

석가여래는 곧 아난과 가섭에게 명하여 금란가사金襴袈裟 한 벌과 구환석장九環錫杖 하나를 가져오게 하고, 관음보살에게 말하였지요.

"이 가사와 석장을 경전을 가지러 올 사람에게 주어 사용하게 하라. 굳센 마음으로 기꺼이 여기까지 온다면 윤회에 떨어지는 것을 면할 것이다. 그리고 이 석장을 지니면 해독을 만나지 않을 것이다."

관음보살이 절하고 받자, 석가여래는 또 고리 세 개를 주면서 말했어요.

"이 보배는 '긴고아緊箍兒'라고 부르는데, 모양은 같지만 쓰임새는 다 다르다. 금金, 긴緊, 금禁 세 편의 주문이 있노라. 만일 도중에 신통력이 큰 요마를 만나면 반드시 그에게 좋은 것을 배우기를 권하고, 경을 가지러 오는 사람의 제자로 삼도록 하라. 그가 부름에 복종하지 않으면 이 고리를 그의 머리에 씌워주어라. 그러면 고리가 저절로 살 속에 뿌리를 내릴 것인데, 각각의 용도에 맞는 주문을 외면 눈이 튀어나오고 머리는 아프고 이마가 바스라지는 고통을 줄 것인지라, 그를 불문에 귀의시킬 수 있을 것이니라."

관음보살은 이 말을 듣고 더욱 용기를 얻어서, 절을 하고 물러나와 바로 혜안 행자를 따라오도록 불렀지요. 혜안 행자는 무게가 천 근인 혼철곤混鐵棍을 가지고 관음보살의 좌우를 지키는 항마대력사降魔大力士가 되었어요. 관음보살은 금란가사를 보자기에 싸서 그에게 짊어지게 하고, 자신은 금고金箍를 몸에 지니고, 석장을 짚으며 영취산을 내려갔어요. 이번 길이야말로 이런 인연에 따른 것이었지요.

불자는 돌아와 본원에 귀의하고

금선장로는 단향을 꾸려 싸는구나.[16]

佛子還來歸本願　金蟬長老裏栴檀

관음보살이 산기슭에 이르자 옥진관玉眞觀의 금정대선金頂大仙이 도관의 문 앞에서 맞아 차를 올렸지요. 관음보살은 감히 오래 머물지 못하고 이렇게 말했어요.

"지금 석가여래의 명을 받들어 경전을 가지러 올 사람을 찾으러 동녘 땅으로 가는 중입니다."

"그 사람은 언제쯤에나 도착할까요?"

"아직 모릅니다. 대략 이삼 년 안이면 여기에 이를 수도 있겠습니다."

관음보살은 금정대선과 작별하고 구름과 안개를 번갈아 타고 가며 여정을 기억해두었어요. 그것을 증명하는 시가 있지요.

만 리에서 서로 찾으며 스스로 말하지 않으나

뜻을 이루기 어렵다고 누가 말하는가?

사람을 구하는 것 이와 같으니

내 일생이 어찌 우연이랴?

도를 전하는 데 방법 있다는 것은 망언이고

믿음 없음을 설명하는 것도 헛된 소문일세.

온 정성 기울여 서로 만나려 하니

앞길에 반드시 인연 있으리라.

萬里相尋自不言　卻云誰得意難全

求人忽若渾如此　是我平生豈偶然

---

16 불자는 손오공을, 금선장로는 삼장법사를 가리킨다. 따라서 손오공이 삼장법사의 행자가 되고 삼장법사가 서역으로 길을 떠나는 것을 말한다.

我佛造經傳極樂
觀音奉旨上長安

관음보살이 경전을 가지러 서천으로 갈 승려와 제자들을 안배하기 위해 혜안과 함께 길을 떠나다

傳道有方成妄説　説明無信也虚傳
願傾肝膽尋相識　料想前頭必有緣

　스승과 제자 두 사람은 가다가 갑자기 약수弱水 삼천 리를 보았으니, 바로 유사하流沙河의 경계였지요. 관음보살이 말했어요.

　"애야, 이곳은 건너기가 어렵겠구나. 경전을 가지러 오는 사람은 속세의 평범한 사람인데, 어떻게 건널 수 있겠느냐?"

　"스승님, 이 강이 얼마나 넓을까요?"

　관음보살이 구름을 멈추고 바라보니, 그 강의 모습은 이러했어요.

동쪽은 모래자갈에 이어져 있고
서쪽은 여러 오랑캐 땅에 닿았네.
남쪽은 위구르에 이르고
북쪽은 타타르와 통했네.
가로지르자면 팔백 리 아득한 길이요
상하로는 천만 리 먼 길이네.
물은 땅을 뒤집을 듯 흐르고
물결은 산을 솟구쳐 오를 듯 용솟음치네.
넓고 넓으며
막막하고 망망하여라.
만 길 날뛰는 물소리 십 리 밖에까지 들리네.
신선의 배도 이곳에 오기 어렵고
연잎조차 뜰 수 없네.
시든 풀은 저물녘 굽이치는 물에 떠 흘러가고
누런 구름에 해 그림자 져 긴 둑은 어둑어둑하네.
장사꾼들이라고 오갈 수 있겠으며

어부라고 어찌 의지해 살 수 있으랴?
평평한 모래밭에 기러기도 내려앉지 못하고
멀리 벼랑에서 원숭이 울음소리만 들릴 뿐
흐드러진 붉은 여뀌꽃만이 경치를 알고
부평초 희미한 향기 제멋대로 떠돌 뿐

東連沙磧　西抵諸番

南達烏戈　北通韃靼

徑過有八百里遙　上下有千萬里遠

水流一似地翻身　浪滾卻如山聳背

洋洋浩浩　漠漠茫茫　十里遙聞萬丈洪

仙槎難到此　蓮葉莫能浮

衰草斜陽流曲浦　黃雲影日暗長堤

那裡得客商來往　何曾有漁叟依棲

平沙無鴈落　遠岸有猿啼

只是紅蓼花繁知景色　白蘋香細任依依

관음보살이 보고 있자니 강물 속에서 뽀글뽀글 소리가 나더니 파도 속에서 요마가 하나 튀어나오는데, 그 모습이 몹시 추악했지요.

푸른듯 푸르지도 않고
검은듯 검지도 않은
침침한 낯빛
큰듯 크지도 않고
작은듯 작지도 않으며
맨발에 힘줄 솟은 근육질 몸

눈빛은 번쩍번쩍
부뚜막 밑의 한 쌍 등불 같네.
입은 쭉 찢어져
백정 집의 화로 같네.
삐쭉 튀어나온 송곳니는 칼날을 걸어놓은 듯하고
시뻘건 머리를 어지럽게 풀어헤쳤네.
한번 내지르는 소리 뇌성벽력 같고
두 다리로 파도 차는 모습 몰아치는 바람 같네.

青不青　黑不黑　晦氣色臉
長不長　短不短　赤脚觔軀
眼光閃爍　好似竈底雙燈
口角丫叉　就如屠家火鉢
觸牙撑劍刃　紅髮亂蓬鬆
一聲叱咤如雷吼　兩脚奔波似滾風

　그 괴물은 손에 보배로운 지팡이를 짚고 강기슭으로 올라오더니, 바로 관음보살을 붙잡으려 했어요. 그러나 혜안이 혼철곤으로 막으며 호령했지요.
　"멈춰라!"
　그러자 괴물은 보배로운 지팡이를 들고 맞섰어요. 둘이 유사하 강변에서 벌인 한바탕 치열한 싸움은 정말 놀랄 만했지요.

　목차는 혼철곤으로
　불법을 수호해 신통력을 보이네.
　괴물은 항요장으로
　영웅심을 드러내려 애쓰네.

두 마리 은빛 구렁이 강변에서 춤추고

한 쌍의 신통한 승려 벼랑에서 부딪치네.

저쪽은 위력으로 유사하를 차지한 채 능력을 보이려 하고

이쪽은 관음보살을 사수하여 큰 공을 세우려 하네.

저쪽은 파도를 뒤집고 물결을 일키며

이쪽은 안개를 토하고 바람을 뿜어대네.

파도가 뒤집히고 물결이 뛰어오르니 하늘과 땅 어둡고

안개를 토하고 구름을 뿜으니 해와 달도 어둑어둑해지네.

저쪽의 항요장은 산을 나선 흰 호랑이 같고

이쪽의 혼철곤은 길에 누운 누런 용 같네.

저쪽은 휘두르며 달려와

뱀을 찾아 풀을 헤치는 듯

이쪽은 살짝 피하며 막아내고

새매를 잡으려 소나무를 쪼개는 듯

그저 살벌하기 그지없어

막막한 어둠 속에

무기 부딪쳐 별빛 같은 불똥 찬란하고

안개 자욱하게 피어나

천지가 흐릿해지는 듯

저편은 약수에서 오래 살아 자신의 사나움 자랑하고

이편은 영취산을 처음 나와 첫 공을 세우려 하네.

> 木叉渾鐵棒　護法顯神通
>
> 怪物降妖杖　努力逞英雄
>
> 雙條銀蟒河邊舞　一對神僧岸上沖
>
> 那一個威鎮流沙施本事　這一個力保觀音建大功
>
> 那一個翻波躍浪　這一個吐霧噴風

翻波躍浪乾坤暗　吐霧噴雲日月昏

那個降妖杖　好便似出山的白虎

這個渾鐵棒　卻就如臥道的黃龍

那個使將來　尋蛇撥草

這個丟開去　撲鷂分松

只殺得　昏漠漠　星辰燦爛

霧騰騰　天地朦朧

那個久居弱水誇他狠　這個初出靈山第一功

둘은 쫓고 쫓기면서 수십 합을 싸웠지만 승부가 나지 않았어요. 그 괴물은 혼철곤을 막으면서 말했지요.

"너는 어디 중놈이기에 감히 나와 대적하느냐?"

"나는 탁탑대왕의 둘째 아들로 이름은 목차이며, 법명은 혜안이라는 행자니라. 지금 스승님을 모시고 경전을 가지러 올 사람을 찾으러 동녘 땅으로 가는 중이다. 넌 어떤 괴물이기에 대담하게도 길을 막느냐?"

그 괴물은 그제야 무언가 깨달은 듯 말했지요.

"내가 기억하기로 너는 남해의 관음보살을 따라 자죽림紫竹林에서 수행하고 있는 중일 텐데, 무슨 일로 여기까지 왔느냐?"

"저 강변에 계신 분이 내 스승님이 아니시냐?"

괴물은 듣고 연이어 "아, 아" 하더니 보배로운 지팡이를 거두고, 목차를 따라 관음보살에게 가서 머리를 조아려 절하고 말했어요.

"보살님, 제 죄를 용서하시고 제 말씀을 들어주세요. 저는 요마가 아니라 영소보전에서 난여鑾輿[17]를 모시는 권렴대장捲簾大將입

17　황제의 수레를 가리킨다.

니다. 반도대회 때 실수로 유리잔을 깨뜨리는 바람에, 옥황상제 께서 팔백 대를 때려 아래 세상으로 쫓아내고 이런 몰골로 만드 셨습니다. 또 이레마다 한 번씩 검이 날아와 옆구리를 백 번도 넘 게 찌르고 돌아가는지라, 이렇듯 괴로워하고 있습니다. 배고픔과 추위를 참을 길이 없어 이삼 일에 한 번씩 물결 속에서 뛰쳐나와 행인을 잡아먹곤 하는데, 뜻밖에도 오늘 멋모르고 대자대비하신 보살님께 덤벼들게 되었습니다."

"너는 하늘에서 죄를 짓고 아래 세상으로 쫓겨와 또 이렇게 생 명을 해치고 있으니, 이른바 죄에 또 죄를 더한다는 꼴이로구나. 나는 지금 부처님의 명을 받들어 경전을 가지러 올 사람을 찾으 러 동녘 땅으로 가고 있다. 너는 불문에 들어 선과善果에 귀의하 고, 경전을 찾으러 올 사람의 제자가 되어서 서천으로 가서 부처 님을 뵙지 않겠느냐? 내가 검이 날아와 너를 찌르지 않도록 해주 마. 그리고 공을 이루고 죄를 면하게 되면 본래의 관직으로 돌아 갈 수 있을 것이다. 네 생각은 어떠냐?"

"정과에 귀의하고 싶습니다."

그 괴물이 앞으로 다가서며 또 이렇게 말했어요.

"보살님, 제가 여기서 많은 사람을 잡아먹었고, 이전에도 몇 번 인가 경전을 가지러 가던 사람들이 있었는데, 모두 제 밥이 되었 습니다. 잡아먹은 사람들의 머리는 유사하에 던져 물속 깊이 가 라앉게 했지요. 이 물에서는 거위 털조차 뜰 수 없는데, 경전을 가 지러 가는 아홉 사람의 해골만은 물 위에 떠서 가라앉질 않았습 니다. 저는 기이하게 생각하여, 끈으로 한데 꿰어 심심할 때 가지 고 놀고 있습니다. 이런 일이 있었기에 경전을 가지러 가는 사람 이 여기에 오지 않을지도 모르는데, 그러면 제 앞길을 그르치는 것이 아니겠습니까?"

"어찌 못 올 리가 있겠느냐? 너는 해골을 목에 걸고 그를 기다
려라. 저절로 쓸 데가 생기리라."

"그렇다면 가르침을 주시옵소서."

관음보살은 그에게 이마를 만지며 지켜야 할 계율을 내려주는
마정수계摩頂受戒를 베풀어주고, 유사하의 '사沙'를 따서 성을 사
씨로 하고 법명을 사오정沙悟淨이라고 지어주었어요. 불제자가
되어 관음보살이 강을 건너는 것을 배웅하고 나자, 그는 마음과
생각을 깨끗이 하고 더 이상 생명을 해치지 않으며 오로지 경전
을 가지러 올 사람을 기다리게 되었지요.

관음보살은 그와 헤어져서 목차와 함께 동쪽으로 길을 재촉했
어요. 한참을 가니 높은 산이 하나 보였는데, 산에는 악한 기운이
가득 서려 걸어 오를 수 없었지요. 그래서 막 구름을 타고 산을 지
나려는데, 갑자기 광풍이 일면서 요마 하나가 번개같이 나타났어
요. 그놈 또한 생김새가 아주 흉악했지요.

연방蓮房처럼 둘둘 말려 매달린 삐죽 나온 주둥이
부들 부채 같은 귀에, 툭 튀어나온 금빛 눈동자
삐죽 나온 송곳니 강철같이 날카롭고
크게 벌린 긴 주둥이는 화로 같네.
금빛 투구는 뺨에 단단히 붙어 있고
갑옷은 뱀 비늘처럼 가지런히 엮어 만들었네.
손에는 용 잡는 손톱 같은 쇠스랑 들고
허리에는 반달 모양의 활을 찼네.
당당한 위풍은 태세[18]를 우습게 여길 만하고

18 전설 속의 흉신凶神이다.

드높은 기개는 하늘신을 압도하네.

捲臟蓮蓬吊搭嘴　耳如蒲扇顯金晴

臕牙鋒利如鋼剉　長嘴張開似火盆

金盔緊繫腮邊帶　勒甲絲縧蟒退鱗

手執釘鈀龍探爪　腰挎彎弓月半輪

糾糾威風欺太歲　昂昂志氣壓天神

그놈은 불쑥 나타나 다짜고자 관음보살을 향해 쇠스랑을 내리쳤어요. 목차 행자가 막아서며 큰 소리로 호통을 쳤어요.

"이 발칙한 괴물아, 무례한 짓 그만두고 몽둥이 맛이나 봐라!"

"이 중놈이 죽을지 살지도 모르는구나! 쇠스랑 맛이나 봐라!"

둘은 산 아래에서 찌르고 치면서 승부를 겨루었는데, 그 광경은 정말 무시무시했어요.

> 요마는 흉악하고
> 혜안은 위풍당당하네.
> 혼철곤은 가슴을 가를 듯 휘둘러지고
> 쇠스랑은 얼굴을 찌를 듯 육박하네.
> 흙이 튀고 먼지가 이니 천지가 어둡고
> 모래가 날고 돌이 구르니 귀신이 놀랄 지경
> 아홉 개의 이빨 가진 쇠스랑
> 번쩍번쩍 빛나고
> 쌍고리 소리 낭랑하네.
> 한 자루 봉은
> 희끄무레
> 양손에서 춤추네.

이편은 탁탑천왕의 아들
저편은 타락한 천봉원수
하나는 보타산에서 불법을 지키고 있고
하나는 산속 동굴에서 요괴가 되었네.
여기서 만나 승부를 겨루니
누가 지고 누가 이길지 알 수 없네.

妖魔凶猛　惠岸威能

鐵棒分心搗　釘鈀劈面迎

播土揚塵天地暗　飛砂走石鬼神驚

九齒鈀　光耀耀　雙環響喨

一條棒　黑悠悠　兩手飛騰

這個是天王太子　那個是元帥精靈

一個在普陀爲護法　一個在山洞作妖精

這場相遇爭高下　不知那個虧輸那個贏

　둘의 싸움이 막 절정에 이르렀을 때, 관음보살이 공중에서 연꽃을 떨어뜨려 쇠스랑과 혼철곤을 갈라놓았지요. 괴물은 속으로 놀라면서 물었어요.

　"너는 어디 중놈이기에 감히 이런 속임수로 나를 놀리려는 게냐?"

　목차가 말했어요.

　"보는 눈도 없는 무식한 괴물아! 나는 남해 보살님의 제자이며, 이것은 우리 사부님이 던지신 연꽃이다. 너는 그것도 모르느냐?"

　"남해의 보살이라면 삼재를 없애고 팔난을 구제하신다는 관음보살 말이냐?"

　"그분이 아니시면 누구란 말이냐?"

그러자 괴물이 쇠스랑을 버리고 고개를 깊이 숙여 절하며 말했지요.

"노형, 보살님은 어디 계시오? 귀찮더라도 한 번만 뵙게 해주오."

목차가 얼굴을 들어 가리키며 말했어요.

"저기 계시지 않느냐?"

괴물은 하늘을 향해 머리를 조아리며 큰 소리로 외쳤어요.

"보살님, 제 죄를 용서해주십시오, 제발 용서해주십시오."

관음보살이 구름을 탄 채 내려와 물었지요.

"너는 어디의 멧돼지 요괴냐? 어느 곳의 못된 돼지이기에 감히 이곳에서 나를 막느냐?"

"저는 멧돼지도 아니고 못된 돼지도 아닙니다. 본래 저는 은하수의 천봉원수天蓬元帥였습니다만, 술기운에 항아嫦娥를 희롱한 죄로 옥황상제께 쇠몽둥이로 이천 대를 맞고 아래 세상으로 쫓겨났습니다. 그런데 영혼이 태胎를 찾아 환생하려 하다가, 뜻밖에 길을 잘못 들어 어미 돼지의 태에 들어가는 바람에 이 꼴이 되었습니다. 저는 어미 돼지를 물어 죽이고, 다른 돼지를 때려죽이고, 여기에서 산을 점령해 사람을 잡아먹으며 지내고 있었습니다. 뜻밖에도 보살님을 만나게 되었으니, 제발 구해주십시오. 제발!"

"이 산의 이름은 무엇이냐?"

"복릉산福陵山입니다. 산중에 동굴이 하나 있는데, 운잔동雲棧洞이라고 부릅니다. 본래 동굴 속에는 묘이저卯二姐가 살고 있었는데, 제가 무예를 좀 하는 것을 보고 저를 불러 가장으로 삼고 '데릴사위[倒蹅門]'라고 불렀습니다. 일 년도 못 되어 그녀가 죽고 나자, 동굴은 제 것이 되어 맘대로 쓸 수 있게 되었습니다. 여기서 오래 있다 보니 먹고살 방법이 없기에, 타고난 본능대로 사람을 잡아먹으며 지내고 있었습니다. 보살님, 제발 저의 죄를 용서해주십시오."

"옛사람 말씀에 '앞길이 있으려면 앞길을 망치는 짓을 해서는
안 된다(若要有前程 莫做沒前程)'고 했다. 너는 하늘나라에서 법
을 어기고도 지금까지 흉악한 마음을 고치지 않은 채 생명을 해
치며 죄를 짓고 있으니, 두 가지 죄에 대한 벌을 모두 받아야 하지
않겠느냐?"

"앞길! 앞길이라고요! 그 말씀대로라면, 저더러 바람이나 씹고
있으라는 겁니까! '관청의 법을 따르면 맞아 죽고, 부처의 법을
따르면 굶어 죽는다(依着官法打殺 依着佛法餓殺)'는 속담도 있습
니다. 가세요, 가버려요! 난 차라리 지나가는 행인이랑 토실토실
한 아낙네나 잡아먹고 살겠소! 죄가 두 개건 세 개건, 천 개건 만
개건 무슨 상관이란 말이요!"

"'사람에게 착한 소원이 있으면 하늘은 반드시 들어준다(人有
善願 天必從之)'고 했다. 정과에 귀의한다면 살아갈 길은 절로 생
길 것이다. 세상에는 오곡이 있어 굶주림을 구제할 수 있지 않더
냐? 무엇 때문에 사람을 잡아먹으며 산단 말이냐?"

괴물은 이 말을 듣고 꿈에서 막 깨어난 듯 보살에게 말했어요.

"저도 올바르게 살아보고 싶습니다만, '하늘에 죄를 지으면 빌
곳조차 없다(獲罪於天 無所禱也)'고 했으니 어쩌면 좋습니까?"

"나는 부처님의 명을 받들어 경전을 가지러 올 사람을 찾으러
동녘 땅으로 가는 중이다. 네가 그의 제자가 되어 서천에 한 번 다
녀오면, 그 공으로 죄를 사하고 재앙에서 벗어나게 해주겠다."

그러자 그 괴물은 거침없이 말했어요.

"가고 싶어요! 가게 해주세요!"

관음보살은 곧 그에게 이마를 만지며 지켜야 할 계율을 내려
주는 마정수계를 베풀어주고, 돼지 육신을 따라서 성을 삼아 저

씨猪氏라 하고 법명을 저오능猪悟能이라고 지어주었어요. 이렇게 해서 저오능은 관음보살의 가르침에 따라 참된 길로 돌아가, 몸과 마음을 정갈히 하며 소식素食을 하고, 오훈삼염五葷三厭[19]을 끊은 채, 오로지 경전을 가지러 가는 사람을 기다리게 되었어요.

관음보살과 목차는 저오능과 헤어진 후, 구름과 안개를 낮게 몰아 앞으로 나아갔어요. 얼마쯤 가다 그들은 공중에서 울부짖는 옥룡 한 마리를 만났지요. 관음보살이 가까이 가서 물었어요.

"너는 어떤 용이기에 여기서 벌을 받고 있느냐?"

"저는 서해 용왕 오윤의 아들입니다. 불을 내 궁전의 명주明珠를 태우는 바람에 제 아버님이 하늘나라에 불효한 놈이라고 상소를 올리셨습니다. 옥황상제께서는 저를 공중에 매달아 삼백 대를 때리시고 조만간 죽인다고 하십니다. 보살님, 제발 저를 구해 주세요. 제발!"

관음보살이 그 말을 듣고 목차와 함께 남천문으로 달려가니, 구됴와 장張 두 천사가 맞으며 물었어요.

"어디 가시나요?"

"옥황상제를 좀 뵐까 하네."

두 천사가 급히 아뢰자 옥황상제가 대전에서 내려와 관음보살을 맞았지요. 관음보살은 앞으로 나아가 절을 올리고 말했어요.

"저는 부처님의 명을 받들어 경전을 가지러 올 사람을 찾으러 동녘 땅으로 가는 길입니다. 가는 도중에 죄 지은 용이 공중에 거꾸로 매달려 있는 것을 보고 아뢸 말씀이 있어 왔습니다. 그 용의

---

19 불교에서는 마늘(큰 마늘과 작은 마늘), 파, 양파, 부추를 오훈이라 하여 먹지 않는다. 또한 도교에서는 기러기는 부부의 정을, 개는 집을, 뱀장어는 충경忠敬을 지킨다고 해서 먹지 않는데, 이를 삼염이라 한다.

목숨을 살려서 저에게 주시면, 경전을 가지러 오는 사람의 발로 삼을까 합니다."

옥황상제는 그 말을 듣고 나서 교지를 전하여 죄를 사하고, 하늘 장수를 보내 그 용을 관음보살에게 인계하라 하였지요. 관음보살은 감사드리고 물러나왔어요. 그 용은 머리를 조아리며 생명을 구해준 은혜에 감사하고 관음보살의 명을 잘 따르기로 했지요. 관음보살은 그 용에게 깊은 산골짜기에 있다가, 경전을 가지러 가는 사람이 오거든 백마로 변해 서방으로 가서 공을 세우라고 했어요. 용이 명을 받고 몸을 숨긴 일은 더 말하지 않겠어요.

보살은 목차 행자를 데리고 그 산을 지나서 다시 동쪽으로 길을 재촉했어요. 얼마 가지 않아 갑자기 금빛이 만 갈래로 퍼지고 서기가 천 갈래로 뻗치는 것을 보았어요. 목차가 말했어요.

"사부님, 저 빛이 나는 곳이 바로 오행산입니다. 석가여래께서 붙여놓으신 부적이 저기 보이네요."

"여기가 반도대회를 어지럽히고 하늘궁전을 시끄럽게 한 그 제천대성이 잡혀 있는 곳이로구나."

"맞습니다. 맞아요."

스승과 제자는 함께 산으로 올라가 부적을 보았어요. 부적에는 '옴, 마, 니, 반, 메, 훔'이라는 진언이 적혀 있었지요. 보살은 그것을 보고 나자 탄식을 그치지 않으며 시를 한 수 지었지요.

애석하구나, 요망한 원숭이는 공무를 받들지 않고
당시 망령되이 영웅심을 드러냈도다.
교만하게 반도대회를 교란하고
대담하게 도솔궁을 맘대로 휘저었지.
십만 군중에 적수가 없어

구중천상에 위풍당당했네.
우리 석가여래 만나 곤경을 자초했으니
언제나 풀려나서 다시 공을 드러낼까!

堪歎妖猴不奉公　當年狂妄逞英雄

欺心攪亂蟠桃會　大膽私行兜率宮

十萬軍中無敵手　九重天上有威風

自遭我佛如來困　何日舒伸再顯功

그런데 스승과 제자가 나누는 얘기가 제천대성을 놀라게 했어
요. 제천대성은 산발치에서 큰 소리로 외쳤지요.

"누구냐? 산 위에서 시를 읊으며 내 욕을 하는 자가?"

관음보살은 그 말을 듣고 곧장 산 아래로 내려가 찾아보았어
요. 저쪽 바위 절벽 아래에서 토지신, 산신, 제천대성을 지키던 하
늘 장수들이 모두 나와서 관음보살을 맞이해 제천대성 앞으로
모시고 갔지요. 보아하니, 그는 돌 상자 안에 갇혀 있어서 말은 할
수 있었지만 몸은 움직일 수 없었어요. 보살이 말했지요.

"손가야, 나를 알아보겠느냐?"

제천대성은 불같은 눈에 금빛 눈동자를 번쩍 뜨고 머리를 끄
덕이며 큰 소리로 외쳤지요.

"내가 어찌 모르겠소? 당신은 저 남해 보타낙가산普陀落伽山
에 살며 고통과 재난에서 구해준다는 대자대비한 나무관세음보
살南無觀世音菩薩이 아니시오? 이렇게 와주시다니! 이렇게 와주시
다니! 내 여기서 하루를 일 년같이 보내고 있건만, 아는 놈이라곤
한 놈도 보러 오지 않았소이다. 당신은 어떻게 오셨습니까?"

"나는 부처님의 명을 받들어, 경전을 가지러 올 사람을 찾으러
동녘 땅으로 가는 길인데, 여기를 지나게 되어 가던 길을 멈추고

너를 보러 온 게야."

"석가여래가 나를 속여 이 산에 가둔 지 오백 년이 지나도록 옴짝달싹 못하고 있소이다. 제발 보살께서 손을 좀 써서 이 몸을 구해주시오."

"너의 죄가 크고 깊다. 구해주었다가 네가 또 재앙을 일으킨다면 큰일이 아니겠느냐."

"이미 후회하고 있소. 대자대비한 보살께서 길을 가르쳐주시구려. 성심껏 수행하리다."

이는 바로 다음과 같았지요.

사람 마음에 한 가지 염원 생기니
하늘과 땅이 모두 아네.
선악에 응보가 없다면
하늘과 땅이 틀림없이 사심을 품은 것일 터

人心生一念　天地盡皆知
善惡若無報　乾坤必有私

관음보살은 이 말을 듣자 마음속으로 매우 기뻐하면서 말했지요.

"불경에서 말하기를 '착한 말을 하면 천 리 밖에서도 그에 응할 것이고, 나쁜 말을 하면 천 리 밖에서도 그것을 어긴다(出其言善則千里之外應之 出其言不善 則千里之外違之)'고 했다. 네가 이런 마음을 먹었으니, 내가 동녘 땅 위대한 당나라에 가서 경전을 가지러 올 사람을 찾아 보낼 때까지 기다려라. 그에게 너를 구해주라 할 터이니, 너는 그의 제자가 되어 우리 불문에 들어와 정과를 닦는 게 어떠냐?"

제천대성이 소리 높여 말했지요.

"가겠소, 가고말고요!"

"이미 선과를 얻었으니 내 너에게 법명을 지어주마."

"나는 이미 이름이 있소. 손오공이라 하오."

관음보살은 또 기뻐하면서 말했지요.

"내가 앞서 두 사람을 귀의시키며 바로 '오悟' 자로 돌림자를 삼았는데, 너 역시 '오' 자가 들어가니 그들과 꼭 들어맞는구나. 좋아, 아주 좋아! 그렇다면 더 이상 긴 말이 필요 없으니, 나는 이만 가야겠다."

저 제천대성은 마음의 본성을 깨우치고 마음을 밝혀서 불교에 귀의하였으며, 이 관음보살은 신통한 승려를 찾는 데 전념했어요.

보살과 목차는 그곳을 떠나 계속 동쪽으로 갔는데, 하루도 안 돼서 위대한 당나라의 장안에 도착했어요. 둘은 구름과 안개를 거둬들이고, 문둥병 걸린 떠돌이 중으로 변장하여 장안성으로 들어갔어요. 어느덧 날이 저물고 있었는데, 시내 큰길 옆에 이르러 그들은 토지묘 하나를 발견하고 곧장 그리로 갔어요.

놀란 토지신이 허둥대고, 귀신 병사[鬼兵]들은 벌벌 떨며 관음보살을 알아보고 머리를 조아리며 맞아들였어요. 토지신은 또 서낭[城隍], 사령社令과 온 장안성 안의 사당을 지키는 신기神祇들에게 급보를 알렸지요. 그들은 모두 관음보살을 알아보고 참배하며 말했지요.

"보살님, 이제야 맞이한 저희들의 죄를 용서해주십시오."

"너희들은 절대 털끝만큼이라도 내가 왔다는 소식을 누설하지 말라. 나는 부처님의 명을 받들어 경전을 가지러 갈 사람을 찾으러 온 것이다. 네 사당을 빌려 며칠 머물 것이며, 신통한 승려를 찾는 대로 곧 돌아갈 것이니라."

　여러 신들은 각각 자기 처소로 돌아갔고, 토지신만 성황묘로 잠시 가 있기로 했지요. 스승과 제자는 진짜 모습을 감추고 숨어 있었어요. 결국 경전을 가지러 갈 사람으로 누구를 찾아낼지는 아직 알 수 없는데, 이에 대해서는 다음 회를 들어보시라.

삼장법사의 출신과 복수

그러니까 섬서陝西에 있는 위대한 당나라의 장안성은 역대 제왕들이 도읍을 건설했던 땅이지요. 주나라와 진秦나라, 한나라 이래 경조京兆, 부풍扶風, 풍익馮翊의 삼주三州는 비단 같은 꽃이 피고, 경수涇水, 위수渭水, 낙수洛水, 파수灞水, 산수滻水, 요수潦水, 풍수酆水, 호수鎬水의 여덟 강줄기가 성을 둘러싸고 흐르는, 정말 경치 좋은 곳이었어요.

당시는 위대한 당나라 태종(이세민李世民, 599~649) 황제가 등극하여 연호를 정관(貞觀, 627~649)으로 세운 지 이미 십삼 년째 되는 기사己巳[1]해로, 온 세상이 태평하고 팔방에서 조공을 바치며 모두 당나라의 신하라 일컬었어요.

어느 날 태종이 용상에 올라 문무 벼슬아치들을 불러모았는데, 황제에 대한 절이 끝나자 승상 위징[2]이 대열에서 나와 이렇게 아

---

1   실제 역사에서 정관 13년(639)은 기해년己亥年인데, 원문에 기사로 표기한 것이 실수인지 의도적인지는 알 수 없다.

2   당나라 고조高祖에게 등용되어 비서승秘書丞을 지냈다. 당시 그는 황태자를 위하여 이세민을 제거하려다 실패했으나, 황제가 된 이세민은 그의 재능을 높이 사서 다시 기용했으며, 『주서周書』와 『수서隋書』, 『북제서北齊書』 등 역사서 편찬을 주관한 공로를 인정하여 정국공鄭國公에 봉했다.

뢰었어요.

"바야흐로 지금은 온 세상이 태평하고 팔방이 편안하고 조용하니, 마땅히 옛법에 따라 과거 시험을 실시하여 현명한 선비를 불러 얻으시고, 인재를 발탁하여 등용함으로써 교화와 다스림의 바탕으로 삼아야 할 때이옵니다."

"경의 말이 지당하오."

그리하여 현명한 인재를 초빙한다는 방문을 온 세상에 반포하게 하니, 각 지방마다 군인이건 백성이건 신분을 가리지 않고 학문에 뜻을 둔 자로서 글의 뜻에 밝고 세 단계의 시험[三場][3] 내용에 정통한 이라면 누구나 장안으로 가서 시험에 응시하라 알렸어요.

이 방문은 해주海州(지금의 쟝쑤성江蘇省 리앤윈깡스連雲港市 하이저우전海州鎭)까지 이르렀어요. 성명은 진악陳萼이요 자는 광예光蕊라는 이가 이 방문을 보고 즉시 집으로 돌아가 어머니 장씨에게 이렇게 말씀드렸어요.

"조정에서 어명으로 방문이 내려졌는데, 상서성尙書省에 시험장을 열어 현명하고 재능 있는 선비를 뽑는다 하오니, 소자도 응시하고자 합니다. 미관말직微官末職이라도 얻는다면 부모님의 덕을 드러내고 제 이름을 날릴 수 있으며, 아내와 자식에게도 혜택을 주고 가문을 빛낼 수 있으니, 바로 소자가 바라는 바입니다. 그래서 어머님께 말씀드리는 것입니다."

"너는 공부하는 선비이니, 『맹자孟子』에 '어려서 배우고 장성해

---

3 과거제도는 지방[州]에서 거사擧士를 뽑는 주시州試와 중앙의 예부禮部에서 지공거知貢擧가 주관하여 인재를 뽑는 성시省試, 그리고 천자가 직접 시행하는 전시殿試라는 세 단계로 이루어져 있는데, 성시 이하의 제도에서는 그것을 다시 세 번으로 나누어 시행했으며 그것을 '삼장'이라 불렀다. 제1장은 두장頭場이라 하여 경전의 뜻에 대한 이해도를 평가하고, 제2장은 차장次場이라 하여 시부詩賦를 짓는 능력을 평가하고, 제3장은 삼장三場이라 하여 제자백가諸子百家의 논설과 역사서에 대한 지식 및 시무책時務策을 평가하는 것이었다.

서 실천한다(幼而學 壯而行)'라는 말이 있듯이, 마땅히 그렇게 해야 하느니라. 다만 시험장에 가는 도중에 반드시 조심해야 할 것이며, 벼슬을 얻으면 일찍 돌아와야 하느니라."

진악은 집안의 하인에게 분부하여 짐을 꾸리게 하고, 바로 모친께 절을 올리고 길을 떠났어요. 그리고 장안에 도착하자 때맞춰 과거 시험이 실시되었기 때문에, 그는 시험장으로 들어갔지요. 시험 결과는 합격이었어요. 이어 조정에서 실시하는 전시의 삼책三策, 즉 시詩와 부賦, 논論에도 합격하니, 당 태종은 친히 장원의 칭호를 내리셨고, 진악은 말을 타고 장안 시내를 사흘 동안 돌며 영광을 자랑했어요.

그러다 승상 은개산殷開山의 대문 앞을 지나게 되었어요. 승상에게는 은온교殷溫嬌라는 아직 혼인하지 않은 딸이 하나 있었는데, 만당교滿堂嬌라고도 불렸어요. 마침 그날 높다랗고 화려한 누대를 만들어놓고 수놓은 공을 던져 사윗감을 점치는 행사를 벌이고 있었지요. 그런데 진악이 누대 아래를 지날 때 아가씨는 그를 보자마자 한눈에 뛰어난 인재임을 알았지요. 그가 바로 이번 과거의 장원이라는 것을 알자 내심 무척 기뻐하며 수놓은 공을 던졌어요. 공은 바로 진악의 오사모烏紗帽를 맞췄지요.

그 순간 갑자기 생황과 퉁소를 비롯한 악기 소리가 울리면서, 십여 명의 하녀들이 누대 아래로 달려 내려와 진악의 말고삐를 붙들더니, 그를 승상의 집으로 맞아들여 혼례를 치르게 했어요. 승상과 부인은 내당에서 나와 주례를 시켜 혼례를 거행하여 아가씨에게 진악을 배필로 정해주었어요.

하늘과 땅에 절하고 부부가 맞절을 주고받은 뒤, 장인 장모에게 절을 올렸어요. 승상은 술자리를 준비하라고 분부하여 밤새 즐겁게 마셨어요. 그리고 두 사람은 하얀 손을 맞잡고 화촉동방에 들어갔지요.

이튿날 새벽에 당 태종이 금란보전에 들자 문무 벼슬아치들이 달려와 조회에 참석했어요. 그러자 당 태종이 물었어요.

"이번 과거에 장원 급제한 진악에게 무슨 벼슬을 줘야 할꼬?"

승상 위징이 아뢰었어요.

"제가 지방 관아를 조사해본 결과 강주江州(지금의 쟝쑤성江蘇省 쥬쟝九江)를 다스리는 자리가 비어 있사옵니다. 이 직책을 내리시옵소서."

이에 당 태종은 진악을 강주의 장관으로 임명하고, 즉시 채비하여 기일에 어긋나지 않게 부임하라고 명령을 내렸어요. 진악은 은혜에 감사하고 조정을 나와 승상 은개산의 집으로 돌아가 아내와 상의한 다음, 장인과 장모에게 절을 올리고 아내와 함께 강주로 부임길에 올랐어요.

장안을 떠나 길에 오를 무렵은 봄이 저물어갈 때였는지라, 따스한 바람이 푸른 버들가지에 불고 가는 비가 붉은 꽃잎에 떨어졌어요. 진악이 가는 길에 고향 집으로 돌아가 아내와 함께 어머니 장씨에게 절을 올리자, 장씨가 말했어요.

"경사로구나, 얘야. 게다가 아내까지 얻어 왔구나."

"소자가 어머님의 홍복 덕분에 장원 급제하고 거리를 돌며 영예를 누리라는 폐하의 명을 받아 유가遊街하던 도중 은 승상 댁 대문 앞에서 우연히 수놓은 공에 맞았는데, 승상께서 저를 사위로 삼으셨습니다. 조정에서는 저를 강주의 장관으로 임명하였으니, 이제 어머님을 모시고 함께 부임하러 가고자 합니다."

장씨는 무척 기뻐하며 행장을 꾸렸어요. 며칠 동안 길을 가다가 유소이劉小二라는 이가 운영하는 만화점萬花店이라는 여관에 묵게 되었는데, 장씨가 갑자기 몸에 병이 생겨서 진악에게 이렇게 말했어요.

"내 몸이 편찮으니 이곳에서 이삼 일 요양하고 가자꾸나."

진악은 그 말에 따랐어요.

이튿날 아침 일찍 그는 여관 문 앞에서 누군가가 금빛 잉어 한 마리를 들고 값을 부르며 팔고 있는 것을 보고, 한 관貫(천 문文)의 돈을 주고 그걸 샀어요. 그런데 그걸 삶아 어머니에게 드리려던 차에 잉어가 반짝반짝 눈을 깜박이는 것을 발견하고 깜짝 놀라 중얼거렸어요.

"듣자 하니, 물고기나 뱀이 눈을 깜박이면 분명 예사로운 놈이 아니라 하지 않던가!"

그래서 어부에게 물어보았어요.

"이 물고기는 어디에서 잡은 것인가?"

"이곳 관청에서 십오 리쯤 떨어진 홍강洪江에서 잡은 것입지요."

진악은 잉어를 들고 홍강으로 가서 방생해주었어요. 그리고 여관으로 돌아와 어머니에게 이 사실을 말씀드리니, 장씨가 이렇게 말했어요.

"방생은 좋은 일이니 내 마음이 무척 기쁘구나."

"이 여관에서 이미 사흘이나 묵었습니다. 그런데 폐하께서 정해주신 부임 기한이 촉박한지라 소자는 내일 출발할까 하온데, 몸은 어떠신지요?"

"좋지 않구나. 지금 같은 때는 길이 뜨거워서 병이 더 악화될까 걱정이다. 차라리 이곳에 집을 빌려서 내가 잠시 머무는 게 어떠냐? 여기에 여비를 좀 맡겨두고 너희 둘은 먼저 부임지로 갔다가 시원한 가을이 되거든 데리러 오너라."

그는 아내와 상의하여 집을 빌리고 모친께 여비를 드린 다음, 아내와 함께 절을 올리고 길을 떠났어요.

가는 길은 몹시 힘들어서, 새벽에 출발하여 밤이면 여관에서 쉬고 하면서 어느새 홍강 나루터에 도착했어요. 그때 유홍劉洪과 이표李彪라는 두 뱃사공이 배를 저어 뭍에다 대고 그들을 맞이했어요. 아마 진악이 전생에 이런 재난을 당하도록 되어 있었던 것인지 이 원수와 만나게 된 것이지요.

진악이 하인들을 시켜 봇짐을 옮기고 아내와 나란히 배에 오르자, 유홍은 은 아가씨의 아름다운 모습에 눈이 휘둥그레졌어요. 보름달 같은 얼굴에, 가을 물결 같은 눈, 앵두 같은 작은 입, 푸른 버들가지 같은 허리는 정말 물고기를 가라앉히고 기러기를 떨어뜨릴 만한, 달도 구름 뒤로 숨고 꽃도 부끄러워할 만한 용모였어요. 그 아름다운 자태는 유홍의 이리 같은 마음을 불러일으켰어요.

드디어 그는 이표와 계책을 짜서, 강 가운데 사람이 없고 안개 자욱한 곳으로 노를 저어가서 밤이 깊기를 기다렸다가, 먼저 하인을 죽이고 진악마저 때려죽인 뒤 시체를 물속에 밀어 넣어버렸어요. 아가씨는 그놈이 남편을 때려죽인 것을 보고 물로 뛰어들려 했지만, 유홍이 덥석 끌어안아 막으며 이렇게 말했어요.

"내 말을 따른다면 모든 일이 그만이겠지만, 그러지 않으면 한칼에 없애버리겠다!"

아가씨는 아무리 생각해도 벗어날 계책이 없는지라, 임시방편을 써서 유홍에게 순종하기로 했어요. 그 도적놈은 배를 저어 남쪽 기슭으로 건너가더니, 배는 이표에게 줘버리고 자신은 진악의 옷과 모자를 몸에 걸치고 황궁에서 내린 증표를 허리에 찬 채 강주 장관으로 부임하러 갔어요.

한편, 유홍이 살해한 하인의 시체는 강물을 따라 떠내려가버렸지만, 진악의 시체는 물 밑에 가라앉아 꼼짝도 하지 않았어요. 그런데 홍강 어귀에서 바다를 순찰하던 야차가 그걸 발견하고 급히 용궁으로 보고하러 달려가니, 마침 용왕이 자리에 나와 있었어요.

"지금 홍강 어귀에 누군가 서생 하나를 때려죽여 시체를 강바닥에 버렸습니다."

용왕은 시체를 가져오라 해서 앞에 두고 자세히 살펴보더니, 이렇게 말했어요.

"이 사람은 바로 나를 구해준 은인인데, 어떻게 남의 음모에 말려 죽었단 말인가? '은혜는 은혜로 갚아라'는 말이 있듯이, 내 오늘 반드시 그의 목숨을 구하여 전날의 은혜를 갚으리라."

그리고 즉시 편지 한 장을 써서 야차로 하여금 급히 홍주의 서낭신과 토지신에게 전하여 수재秀才의 혼백을 돌려받아 와서 그의 목숨을 구하라고 했어요. 성황신과 토지신은 곧 부하 귀신들을 불러서 진악의 혼백을 야차에게 주었어요. 야차는 혼백을 데리고 수정궁으로 와서 용왕을 뵈었어요. 그러자 용왕이 물었어요.

"그대는 성과 이름이 무엇이며, 어느 지역 출신인가? 무슨 일로 여기서 남에게 맞아 죽었는가?"

진악은 예를 올리고 대답했어요.

"소생은 진악이라 하옵고, 자는 광예이온데, 해주 홍농현弘農縣 사람입니다. 이번 과거에 장원 급제하여 강주 장관으로 임명되어서 아내와 함께 부임지로 가다가 강변에 이르러 배를 탔는데, 못된 유홍이라는 작자가 제 아내를 탐내어 저를 죽이고 시체를 버렸습니다. 제발 구해주시옵소서, 대왕님!"

"그렇게 된 일이었구려. 선생께서 전에 방생하신 금빛 잉어가 바로 저입니다. 선생은 나를 구해준 은인이신데, 지금 어려움에 처했으니 제가 어찌 구해드리지 않겠습니까?"

용왕은 즉시 진악의 시신을 한쪽에 안치하고, 입에 얼굴색이 변하지 않게 해주는 보배로운 구슬인 정안주定顔珠를 물려 썩지 않게 해두어서, 나중에 환생하여 복수할 수 있도록 해주었어요. 그리고 이렇게 말했어요.

"그대는 지금 혼령의 신세이니, 잠시 내 물속 관청에 머물며 부하들을 다스려주시구려."

진악이 머리를 조아려 감사의 절을 했고, 용왕이 잔치를 베풀어 대접한 일에 대해서는 더 이상 얘기하지 않겠어요.

한편, 은 승상의 따님은 도적 유홍을 증오하며, 그놈의 살을 씹어 먹고 살가죽을 벗겨 이불로 삼지 못하는 것을 한스러워했어요. 하지만 이미 남편의 아이를 임신한 상태인데 그게 아들인지 딸인지도 몰랐기 때문에, 어쩔 수 없이 그놈에게 억지로 복종했어요. 잠깐 사이에 그들은 어느덧 강주에 도착했어요. 아전들과 문지기들이 모두 나와 그들을 영접했고, 관아에 소속된 모든 벼슬아치들이 청사에 잔치를 베풀고 인사를 나눴어요. 그러자 유홍이 말했어요.

"제가 여기 온 것은 모두 여러분들의 큰 힘과 지지 덕분이었소"

"나리께서는 큰 재능을 갖추셨으니 분명 백성들을 자식처럼 여기셔서, 소송을 간편하게 하시고 형벌을 분명하게 하실 것입니다. 저희들은 나리만 의지할 터인데, 지나친 겸손의 말씀이십니다."

공식적인 연회가 끝나자 사람들은 제각기 흩어졌어요.

시간은 빨리 흘렀어요.

하루는 유홍이 공무 때문에 멀리 출장을 가자, 아가씨는 관아에서 시어머니와 남편을 그리워하며 꽃으로 둘러싸인 정자에 올라 탄식하고 있었어요. 그런데 문득 몸이 나른해지고 배 속이 아파오면서 기절하여 땅바닥에 쓰러졌다가, 자신도 모르는 사이에 아들 하나를 낳았어요. 그러자 귓가에서 누군가의 당부 소리가 들려왔어요.

"만당교 아가씨, 내 말을 잘 들어주시오. 나는 남극성군南極星君으로 관음보살님의 뜻을 받들어 이 아들을 그대에게 보내오. 훗날 큰 명성을 길이 날릴 터이니, 보통 사람과는 비교할 수 없다오. 유가 도적놈이 돌아오면 분명히 이 아이를 해칠 터이니, 신경써서 보호해야 하오. 그대의 남편은 이미 용왕에게 구원을 받았으니, 나중에 부부가 상봉하고 자식과 어미가 한데 모여 억울한 원수를 갚을 날이 있을 것이오. 내 말을 잘 기억해두시고, 얼른 깨어나시오! 얼른!"

남극성군이 말을 마치고 떠나자 은 승상의 따님도 깨어났어요. 그분은 남극성군의 말을 하나도 빠짐없이 기억하고 있었지만, 아들을 끌어안은 채 어찌할 바를 몰랐어요. 그런데 갑자기 유홍이 돌아와 아이를 보더니 바로 죽이려 하자, 그녀가 이렇게 말했어요.

"오늘은 이미 날이 저물었으니 내일 강에다 버리겠어요."

다행히 다음 날 아침 유홍은 급한 공무가 있어서 멀리 외출하게 되었어요. 그녀는 속으로 생각했지요.

'도적놈이 돌아오면 이 아이의 목숨이 끝장날 게야! 차라리 일찌감치 강에 버려서 죽고 사는 것을 운명에 맡기는 게 낫겠어. 혹시 하늘이 불쌍히 여겨주신다면 누군가 이 애를 거두어 길러줘서 훗날 만나게 되겠지.'

하지만 나중에 알아보기 어려울 것 같아서, 자기 손가락을 깨물어 부모의 성명과 자세한 내력을 담은 혈서를 쓰고, 또 아이의 왼발 새끼발가락을 입으로 깨물어 나중에 확인할 만한 증표로 삼았어요. 그리고 자신의 속옷을 가져다 아이를 싸고, 틈을 엿보아 아이를 안고 관아를 나왔어요.

다행히 관아에서 강까지는 멀지 않았어요. 강가에 도착하자 그녀는 한바탕 대성통곡을 했어요. 막 아이를 버리려는 순간, 뭍 가까이로 나무판자 하나가 떠올랐어요. 그녀는 하늘을 향해 기도하며 절을 올리고, 아이를 판자에 편안히 눕혀 허리띠로 묶은 다음, 혈서를 아이의 가슴에 단단히 묶어놓고 강물에 밀어 넣어 물길 흐르는 대로 떠내려가게 했어요. 그리고 그녀가 눈물을 삼키며 관아로 돌아간 일에 대해서는 더 이상 얘기하지 않겠어요.

한편, 이 아이는 나무판자 위에서 물결 따라 흘러가다가 곧장 금산사金山寺 발치까지 흘러와 멈췄어요. 그 금산사의 법명화상法明和尙이라는 장로長老는 진리를 수양하여 도를 깨닫고 이미 불생불멸의 묘결妙訣을 얻은 이였어요. 그런데 그가 막 앉아서 참선을 시작하려던 차에 어디선가 어린애 울음소리가 들려 무슨 일인가 깜짝 놀라 급히 강가로 가서 살펴보았어요.

그랬더니 언덕 가에 나무판자 하나가 떠 있고, 그 위에 어린애가 잠들어 있는지라, 다급히 구해냈어요. 그리고 아이의 품에 묶인 혈서를 보고 비로소 모든 내력을 알게 되었어요. 아이 이름을 강류江流라고 짓고, 다른 사람에게 맡겨 기르게 했어요. 혈서는 단단히 감춰두었지요.

시간은 화살 같고, 세월은 베틀의 북처럼 빨리 지나서, 어느덧 강류도 열여덟 살이 되었어요. 법명화상은 곧 그를 불러 머리를 깎고 수행하게 하면서 법명을 현장玄奘*이라 지어주고, 마정수계 의식을 치러서 마음을 단단히 하고 도를 수양하도록 했어요.

어느 늦은 봄날, 여러 사람들이 소나무 아래에서 경전을 공부하며 참선하고 오묘한 불교의 이치에 대해 얘기를 나누고 있었어요. 그런데 그 가운데 주육화상酒肉和尙이라는 이가 도저히 현장을 이길 수 없자, 매우 화가 나서 욕을 퍼부어댔어요.

"이 죄 많은 축생아! 성도 이름도 모르고 부모도 모르면서 왜 여기서 깝죽대고 있는 게냐!"

진현장은 이런 욕을 듣자 절로 들어가 사부 앞에 무릎을 꿇고 두 줄기 눈물을 흘리며 말했어요.

"사람이 하늘과 땅 사이에 태어나는 것은 음양의 기를 받고 오행의 힘에 의지한 것이지만 사람으로 세상에 태어나 부모 없는 이가 어디 있겠습니까?"

이렇게 두세 차례 애처롭게 말하며 부모의 성명을 여쭙자, 법명화상이 말했어요.

"네가 정말 부모를 찾고 싶거든 나를 따라 방장方丈⁴ 안으로 가자."

진현장은 곧 그를 따라 방장으로 들어갔어요. 법명화상이 두 겹으로 된 대들보⁵ 위에서 조그만 상자 하나를 꺼내 뚜껑을 열더니 혈서 한 장과 속옷 한 벌을 꺼내 진현장에게 주었어요. 진현장은 혈서를 펼쳐 읽어보고 비로소 부모의 성명과 원수가 저지른 일에 대해 자세히 알게 되었어요.

진현장은 혈서를 다 읽고 자기도 모르게 통곡하며 땅에 쓰러져 말했어요.

---

4 선종 사원의 주지스님이 거처하는 방을 가리킨다. 또한 절의 장로 및 주지스님을 가리키는 명칭이기도 하다.
5 옛날 중국에서 절이나 궁궐처럼 고급 건물을 지을 때는 들보 자리에 두 개의 나무를 가로질러 설치했는데, 이것을 일컬어 '중량重梁'이라 했다.

"부모의 원수를 갚지 못한다면 어떻게 사람 노릇을 하겠습니까? 십팔 년 동안 자신을 낳아준 부모도 모르다가 지금에야 어머니가 살아 계심을 알았습니다. 이 몸이 사부님께 구원 받아 양육되지 않았다면 어찌 오늘의 제가 있겠습니까? 제가 어머니를 찾아뵌 뒤에 머리에 향로를 이고 부처님의 집을 다시 지어 사부님의 깊은 은혜에 보답하도록 허락해주십시오!"

"네가 어머니를 찾아가려면 혈서와 속옷을 지니고 가거라. 동냥 다니는 승려 행세를 하며 강주 관사官舍로 가면 어머니와 만날 수 있을 게다."

진현장은 스승의 말씀대로 동냥 다니는 승려 행세를 하며 강주에 이르렀어요. 마침 유홍이 일이 있어 외출했으니 하늘이 그들 모자가 상봉할 기회를 준 것이라, 진현장은 곧바로 관사 대문에 이르러 동냥을 청했어요.

은 승상의 따님은 밤에 꿈을 꾸었는데, 꿈속에서 달이 이지러졌다가 다시 둥글게 차는 것을 보고 속으로 생각했어요.

'시어머님은 소식을 모르겠고 남편은 도적의 음모에 살해당했다. 강에 버려진 아들이 만약 누군가에게 거둬져 길러졌다면 열여덟 살이 되었을 텐데, 혹시 오늘 하늘이 우리가 만나게 해주실지도 모르겠구나.'

그렇게 생각에 잠겨 있는데, 문득 관사 앞에서 누군가 염불하며 "시주 좀 베푸십시오!" 하고 외치는 것이었어요. 그녀는 그 소리를 듣고 틈을 봐서 밖으로 나와 물었어요.

"어디서 오신 스님이시오?"

"저는 금산사에 계신 법명화상의 제자입니다."

"금산사 장로의 제자라시면……."

그러면서 그녀는 진현장을 들어오게 하여 공양을 차려주었어요. 그러면서 그의 행동거지와 말하는 품새를 자세히 살펴보니, 자기 남편과 무척 비슷했어요. 그녀는 하녀들을 내보내고 현장에게 물었어요.

"젊은 스님께서는 어렸을 적에 출가하셨습니까, 아니면 나이가 들어서 출가하셨습니까? 속세 이름은 무엇입니까? 부모님은 계신지요?"

"저는 어려서 출가한 것도 나이가 들어서 출가한 것도 아닙니다. 말씀드리자면 원한이 하늘만큼 크고 복수심이 바다처럼 깊습니다! 제 아버님은 도적의 음모에 살해당하셨고, 어머니는 도적놈이 차지해버렸습니다. 그런데 사부이신 법명 장로께선 강주 관아에 가면 어머님을 찾을 수 있을 거라 하셨습니다."

"어머님 성이 어떻게 되시오?"

"제 어머님 성함은 은온교라 하옵고, 아버님은 진악이라 하옵니다. 저는 어려서 강류라고 불렸으며, 법명은 현장입니다."

"온교라면 바로 나라오! 하지만 스님께선 지금 무슨 증거를 지니고 계시오?"

진현장은 그녀가 어머니라는 말을 듣자 두 무릎을 꿇고 구슬피 통곡했어요.

"어머님께서 믿지 못하시겠거든 이 혈서와 속옷을 보십시오!"

은온교가 그것들을 받아보니 과연 진짜인지라, 모자는 서로 부둥켜안고 통곡했어요. 그러다 은온교가 말했어요.

"얘야, 어서 떠나거라!"

"십팔 년 동안 저를 낳아주신 부모님을 모르고 있다가 오늘 아침 간신히 어머님을 뵈었는데, 소자더러 어찌 어머님을 두고 떠나라는 말씀이십니까?"

"얘야, 얼른 떠나거라! 유가 도적놈이 돌아오면 틀림없이 네 목숨을 빼앗으려 할 게다! 내가 나중에 병이 난 체하며, 예전에 스님들에게 신 백 켤레를 시주하겠노라 약속했다고 둘러대고 네가 있는 절로 가서 불공을 드리겠다. 그때가 되면 내 너에게 해줄 말이 있다."

현장은 그 말대로 절을 올리고 떠났어요.

한편, 은온교는 아들을 만난 뒤로 마음속에 근심과 기쁨이 뒤섞여 있다가, 어느 날 병을 핑계로 밥도 먹지 않고 자리에 누워버렸어요. 유홍이 돌아와 그 까닭을 물으니, 은온교가 대답했어요.

"저는 어렸을 적에 절에 신 백 켤레를 시주하겠다고 약속한 적이 있어요. 닷새 전 꿈에 웬 스님이 나타나 손에 칼을 들고 스님들 신을 내놓으라 했는데, 그 뒤로 몸이 영 좋지 않아요."

"이런 하찮은 일을 왜 일찍 말하지 않았소?"

그리고 유홍은 관아에 나가 왕 아무개와 이 아무개라는 좌우 아전들에게 분부하여, 강주 지역의 백성들더러 집집마다 스님들이 신을 신 한 켤레씩을 만들어 닷새 안에 바치게 했어요.

백성들이 모두 그 명령대로 신을 만들어 바치자, 은온교는 유홍에게 말했어요.

"스님들의 신이 다 만들어졌는데, 이 근처에 불공을 드리러 갈 만한 절이 있나요?"

"강주에는 금산사와 초산사焦山寺가 있으니, 아무 데나 골라서 가시구려."

"오래전부터 금산사가 좋은 절이라고 들었으니, 그 절로 가겠어요."

유홍은 즉시 왕 아무개와 이 아무개 두 아전을 불러 배편을 마련하게 했어요. 은온교는 믿을 만한 사람을 데리고 배에 올라, 금산사를 향해 갔어요.

한편, 현장이 절로 돌아와 법명화상을 뵙고 강주에 다녀온 이야기를 죽 말씀드리니, 법명화상도 매우 기뻐했어요.

이튿날 하녀 하나가 먼저 도착해서 부인이 절에 불공을 드리러 온다고 전하니, 스님들이 모두 절 밖으로 나가 맞이했어요. 은온교는 바로 절 문으로 들어와 보살님께 참배하고 많은 재물과 돈을 시주했어요. 그리고 하녀를 불러 스님들의 신과 여름용 양말을 쟁반에 담으라 하고, 법당에 와서 다시 정성껏 향을 피우고 절을 올린 다음, 법명화상더러 여러 스님들께 그걸 나눠 주라고 했어요.

스님들이 모두 흩어지고 법당에 아무도 없는 것을 보자, 현장은 모친께 나아가 무릎을 꿇었어요. 은온교가 그에게 양말을 벗어 보라 하여 살펴보니, 과연 왼발에 새끼발가락 하나가 모자랐어요. 두 사람이 또 부둥켜안고 통곡하다가, 길러준 은혜에 감사하며 법명화상에게 절을 올리자, 법명화상이 말했어요.

"지금 모자가 상봉했지만 간사한 도적이 눈치챌까 무서우니, 얼른 돌아가셔서 재앙을 피하시기 바랍니다."

그러자 은온교가 현장에게 말했어요.

"애야, 네게 귀걸이 한 짝을 줄 테니 얼른 홍주 서북쪽으로 떠나거라. 천오백 리쯤 가면 거기에 만화점이라는 여관이 있는데, 당시에 네 할머니 장씨를 거기 남겨두고 왔느니라. 그분은 바로 네 아버지의 어머니이시니라. 그리고 편지 한 통을 써 줄 테니 곧장 당나라 황제가 계시는 황성, 궁궐 왼편에 있는 은개산 승상 댁으로 가거라. 그분들이 이 어미의 부모님이시다. 내 편지를 외조부님께 전하여, 그분더러 황제께 아뢰어 군대를 이끌고 와서 이 도적놈을 잡아 죽여 네 아비의 원수를 갚게 해다오. 그때 비로소 이어미의 몸도 구출될 것이다. 지금은 내가 오래 머물 수 없으니, 그도적놈이 내가 늦게 돌아온다고 수상하게 여길까 봐 두렵구나."

그리고 그녀는 곧 절을 나서서 배에 올라 떠났어요.

현장은 통곡하며 절로 돌아와 사부에게 그 일을 말씀드린 뒤, 인사를 올리고 홍주로 떠났어요. 그리고 만화점 여관에 도착해서 주인인 유소이에게 물었어요.

"예전에 강주로 가는 진 아무개라는 벼슬아치의 모친께서 댁의 여관에 계시다던데, 지금 안녕하신지요?"

"그분은 원래 저희 여관에 계셨는데, 나중에 눈이 멀어 서너 해동안 여관비도 내지 못했지요. 지금은 남문 근처의 버려진 기와 가마에 사는데, 매일 거리에서 구걸하며 하루하루를 살아가고 있습지요. 그 벼슬아치는 떠난 지가 무척 오래되었는데, 지금까지 소식 한 자 없으니 무슨 영문인지 모르겠군요."

현장이 그 말을 듣고 남문에 있는 그 버려진 기와 가마의 위치를 물어 할머님을 찾아가니, 할머님께서 이렇게 말씀하셨어요.

"자네 목소리가 내 아들 진악과 무척 비슷하구먼."

"저는 그분이 아니라 그분의 아들입니다. 은 승상 댁의 온교 아가씨가 제 어머님이십니다."

"네 어미 아비는 어째서 오지 않았느냐?"

"아버님은 강도에게 맞아 돌아가셨고, 어머님은 강제로 강도의 아내가 되었습니다."

"그럼 너는 어찌 알고 나를 찾아왔느냐?"

"어머님이 저를 보내 찾아보라 하셨습니다. 여기 어머님의 편지와 귀걸이 한 짝이 있습니다."

노파는 편지와 귀걸이를 받아 들고 목놓아 통곡했어요.

"내 아들이 공명功名을 이루려고 여기 왔는데, 난 그저 그놈이 의리를 배신하고 은혜를 잊은 줄로만 알았거늘, 남의 음모에 휘말려 죽은 줄 어찌 알았으랴! 다행히 하늘이 불쌍히 여겨 내 아들의 후손이 끊어지지 않게 해주셔서, 이제 손자가 나를 찾아오게 되었구나."

"할머님, 눈은 어쩌다 모두 멀게 되셨는지요?"

"네 부친을 생각하며 종일토록 기다렸는데도 오지 않는지라, 하염없이 통곡하다가 두 눈이 모두 멀어버렸구나."

현장은 즉시 무릎을 꿇고 하늘을 향해 기도했어요.

"이제 제 나이 열여덟인데, 부모님의 원수도 갚지 못했습니다. 오늘 어머님의 명을 받고 할머님을 찾아왔으니, 제 간절한 마음을 불쌍히 여기신다면 할머님의 두 눈이 다시 광명을 찾을 수 있도록 보살펴주시옵소서!"

축원을 올리고서 그는 혀끝으로 할머니의 눈을 핥아주었어요. 그러자 순식간에 두 눈이 뜨이면서 처음처럼 회복되었어요. 노파는 어린 스님을 물끄러미 보며 말했어요.

"과연 내 손자로구나! 어쩌면 내 아들과 생김새가 이리도 닮았을까!"

노파가 기쁨과 슬픔에 뒤섞여 어쩔 줄 모르자, 현장은 할머니를 모시고 가마를 나와 유소이의 여관으로 돌아갔어요. 그리고 돈을 지불하고 방 한 칸을 빌려 할머니가 살게 해드리고, 또 할머니께 여비를 드리며 말씀드렸어요.

"이제 가면 한 달 남짓 후에 돌아오겠습니다."

그리고 그는 할머니와 작별하고 장안으로 가서, 황제의 궁궐 동쪽에 있는 은 승상의 집을 찾아가 문지기에게 말했어요.

"소승은 이 집의 친척인데, 승상 어른을 뵈러 왔소."

문지기가 승상에게 알리자 승상은 이렇게 말했어요.

"나는 승려를 친척으로 둔 일이 없다."

그러자 부인이 말했어요.

"엊저녁 제 꿈에 만당교가 찾아왔었어요. 혹시 사위한테서 서신이 온 게 아닐까요?"

이에 승상은 곧 어린 스님을 대청으로 모셔 오라고 시켰어요. 어린 화상은 승상 부부를 보더니, 통곡하며 땅바닥에 엎드려 절을 올렸어요. 그리고 품속에서 편지를 꺼내 승상에게 전했어요. 승상은 편지를 열어 처음부터 끝까지 읽어보더니, 소리 놓아 통곡하는 것이었어요.

"여보, 무슨 일이에요?"

"이 스님이 바로 나와 당신의 외손자라오. 사위 진악은 도적의 음모에 살해되고, 만당교는 강제로 도적의 아내가 되었다 하오."

부인도 그 말을 듣고 하염없이 통곡했어요. 그러자 승상이 말했어요.

"부인, 너무 괴로워 마시오. 내 조정에 들어가 황상께 아뢰어 친히 병사를 이끌고 사위의 원수를 기필코 갚아주겠소."

다음 날 승상은 조정에 들어가 황제에게 아뢰었어요.

"제 사위이자 지난번 과거에 장원 급제한 진악이 가족을 데리고 강주에 부임하러 가던 차에 유홍이라는 뱃사공에게 맞아 죽었습니다. 그놈은 제 딸을 아내로 삼고, 사위로 가장하여 관리 행세를 한 지 여러 해가 되었으니, 이변이 일어난 것과 같습니다. 청컨대 폐하께서 군대를 파견하여 도적을 제거해주시옵소서."

당 태종은 그 말을 듣고 크게 노하여 즉시 어림군御林軍[6] 육만 명을 파견하면서, 은 승상으로 하여금 병사를 지휘하게 했어요. 승상은 어명을 받고 조정을 나와 즉시 훈련장에서 병사를 점검하고 서둘러 강주로 진격했어요. 새벽에 행군하고 밤이 되면 야영하여, 별이 떨어지듯 새가 날 듯 어느새 강주에 도착했어요.

---

6   우림군羽林軍이라고도 하며, 수도와 황제의 보위를 전담하는 근위부대이다.

은 승상의 군대는 모두 강 북쪽에 영채를 세웠어요. 그리고 별빛이 초롱초롱한 밤에 전령을 보내 강주의 지방관인 동지同知와 그의 부관인 주판州判을 불러 일을 설명하고, 그들로 하여금 병사를 이끌고 지원하라 하여 함께 강을 건넜어요. 그리고 날이 채 밝기도 전에 유홍이 있는 관아를 포위했어요.

유홍은 한창 꿈속을 헤매고 있었는데, 포화 소리가 울리고 징소리와 북소리가 일제히 울리며 수많은 병사들이 관사로 쇄도해 오자, 손쓸 틈도 없이 붙잡히고 말았어요. 승상은 유홍 일당을 결박하여 재판장으로 끌고 가라 지시하고, 군대는 성 밖에 진을 치고 주둔하게 했어요.

승상은 곧장 관아로 들어가 가운데 청사에 앉아 은온교를 나오라 해서 만나보려 했어요. 은온교는 나가 보고 싶었으나, 부친을 뵙기 부끄러워 스스로 목을 맸어요. 현장이 그 소식을 듣고 급히 모친을 풀어내 구하고서 두 무릎을 꿇고 모친께 말했어요.

"소자와 외조부님이 병사를 이끌고 와서 아버님의 원수를 갚았습니다. 오늘 도적이 이미 체포되었는데, 어머님은 어째서 목숨을 끊으려 하십니까? 어머님이 돌아가시면 제가 어찌 살라는 것입니까?"

승상도 관아로 들어와 위로하니, 은온교가 말했어요.

"'아내는 평생 한 남편을 따른다'고 들었습니다. 분통하게도 제 남편이 이미 도적에게 살해당했는데, 어찌 얼굴 두껍게 그 도적을 따랐겠습니까? 다만 몸에 유복자를 배고 있어서 수치를 참으며 비겁하게 살아야 했을 뿐입니다. 이제 다행히 아들이 이미 장성했고 또 아버님께서 병사를 이끌고 복수를 해주셨으나, 딸자식으로 무슨 면목이 있어 만나뵐 수 있겠습니까? 그저 죽어서 남편께 보답하는 수밖에 없습니다!"

"이건 네가 영화를 바라고 절개를 바꾼 것이 아니라 모두 어쩔 수 없어서 그렇게 된 것인데, 왜 부끄러워해야 한단 말이냐!"

부녀가 부둥켜안고 통곡하니, 현장도 한없이 애통해했어요. 그러다가 승상이 눈물을 닦으며 말했어요.

"너희 둘은 괴로워 말아라. 이제 원수 도적놈을 잡았으니, 가서 처형하고 오겠다."

그리고 승상은 몸을 일으켜 재판장으로 갔어요. 마침 강주의 지방관인 동지도 감시병을 보내 도적 이표를 붙잡아 왔어요. 승상은 대단히 기뻐하며 즉시 유홍과 이표를 영창에 가두고, 각기 굵은 곤봉으로 백 대씩 치게 했어요. 그리고 기소장을 들고 몇 해 전에 무도하게 모의하여 진악을 살해한 경위를 문초한 후, 먼저 이표를 나무로 만든 노새에 못 박아 저잣거리로 끌고 나가[7] 죽을 때까지 살을 발라내고, 그 머리를 베어 여러 사람들이 보도록 내걸었어요.

그리고 유홍은 예전에 그가 진악을 때려죽인 홍강 어귀로 끌고 갔어요. 승상과 은온교, 그리고 현장 세 사람이 직접 강변으로 나가 하늘을 향해 제사를 올리고, 유홍의 배를 가르고 심장과 간을 꺼내 진악에게 제사를 지낸 후, 제문을 읽고 불살라 영혼을 위로했어요.

세 사람이 강을 바라보며 통곡하자 그 소리가 용궁을 놀라게 했어요. 바다를 순찰하던 야차가 제문을 용왕에게 바치자, 용왕이 그것을 보고 자라 원수[鼈元帥]를 보내 진악을 모셔 오게 했어요.

---

7 옛날에 능지형凌遲刑에 처하도록 판결된 죄수는 처형되기 전에 남자는 생식기에 나무를 꿰어 그 끝을 항문에 꽂고, 여자는 음부에 나무를 꽂은 채, 나무로 만든 노새 위에 사지를 못 박아 고정시킨 후, 거리를 돌며 군중에게 보여주었다.

陳光蕊赴任逢災
江流僧復讐報本

강류 스님이 부친의 원수를 갚고 제사를 올릴 때, 진광예가 용왕의 도움으로 환생하다

"선생, 축하합니다! 축하합니다! 지금 선생의 부인과 아드님, 그리고 장인께서 강가에서 선생께 제사를 올리고 있소. 이제 당신의 혼을 돌려보내겠습니다. 그리고 여의주 한 알과 주반주走盤珠 두 알, 그리고 교초絞綃[8] 열 단과 명주 및 옥대玉帶를 드리겠소. 오늘에야 온 가족이 상봉할 수 있게 되었습니다."

진악은 재삼 감사의 절을 했어요. 용왕이 곧 야차에게 명을 내려 진악의 시신을 강어귀로 내보내고 혼을 돌려보내게 하니, 야차는 명을 받고 떠났지요.

한편, 은온교가 곡을 하며 남편에게 제사를 올리고 또 강물로 뛰어들어 죽으려 하니, 현장이 깜짝 놀라 필사적으로 붙들었어요. 그렇게 어수선할 무렵, 갑자기 수면에 시체 한 구가 떠오르더니 강가로 다가왔어요. 은온교가 다급히 다가가 살펴보다, 남편의 시신임을 알아보고는 "아이고" 하며 하염없이 대성통곡을 했어요.

사람들이 모두 몰려와 살펴보고 있노라니, 진악이 주먹을 풀고 다리를 펴더니 조금씩 몸을 움직였어요. 그리고 갑자기 일어나 앉으니, 사람들은 놀람을 금치 못했어요. 진악이 눈을 떠보니 아내와 장인, 그리고 어린 승려가 자기 옆에서 울고 있는 것이었어요.

"여러분이 어떻게 여기 계시는 것입니까?"

"당신이 도적에게 맞아 죽은 후 제가 이 아이를 낳았는데, 다행히 금산사의 스님이 보살펴 키워주셔서, 저를 찾아와 만나게 되었어요. 제가 저 아이더러 외조부님을 찾아가게 했더니, 아버님

---

8 본래 '교초鮫綃' 또는 '용초龍綃'라고 써야 옳다. 육조시대 양나라의 임방任昉이 편찬했다는 『술이기述異記』에 따르면, 이것은 남해의 인어들이 만들었다는 귀한 비단인데, 이것으로 옷을 만들면 물에 들어가도 젖지 않는다고 했다. 나중에는 얇고 촘촘히 짠 비단을 뜻하는 것으로 쓰이게 되었다.

께서 사정을 알게 되어 조정에 아뢰고 병사를 이끌고 와서 그 도적을 잡았어요. 조금 전에 그놈의 생심장과 생간을 꺼내 하늘과 당신에게 제사를 지내고 있던 참이었습니다. 그런데 당신은 어찌 다시 환생하시게 된 것입니까?"

"모두 우리가 옛날 만화점에 있을 때 금빛 잉어를 샀다가 방생했던 덕분이오. 뜻밖에도 그 잉어가 바로 이곳의 용왕이었던 게 아니겠소? 나중에 도적놈이 나를 물속에 밀어 넣어버렸을 때, 천만다행으로 그분이 나를 구해주었다가 조금 전에 내 혼을 돌려주고 보물까지 보내주었소. 그건 모두 내 몸에 지니고 있소. 더욱이 생각지도 않게 당신이 이 아이를 낳아주었고, 장인께서 내 복수를 해주셨구려. 정말 고생이 끝나면 기쁜 일이 찾아온다더니, 더할 나위 없이 기쁘오!"

여러 관리들은 그 소식을 듣고 모두 찾아와 축하해주었어요. 승상은 곧 술자리를 준비하라 이르고, 강주의 관리들에게 사례한 다음, 그날로 군대를 이끌고 돌아갔어요. 만화점에 이르자 승상은 영채를 세우고 주둔하라는 지시를 내렸고, 진악은 바로 현장과 함께 유씨의 여관으로 모친을 찾아갔어요.

노파는 전날 저녁에 꿈을 꾸었는데, 꿈속에서 마른 나무에 꽃이 피고 뒤뜰에서 까치가 울어대는지라 '우리 손자가 온다는 징조가 아닐까' 하고 생각했어요. 그런데 그런 생각이 채 끝나기도 전에 여관 밖에 진악 부자가 나란히 도착하는 것이 보였어요. 현장이 노파를 가리키며 말했어요.

"이분이 바로 제 할머님이십니다!"

진악은 노모를 보고 황망히 엎드려 절을 올렸어요. 모자는 서로 부둥켜안고 한바탕 통곡했고, 진악은 노파에게 지금까지의 일을 죄다 말씀드렸어요. 그리고 여관 주인에게 방값을 치르고 다시 길을 떠나 장안으로 돌아왔어요. 승상의 집으로 들어가자 진악은 아내와 모친, 그리고 진현장과 함께 장모를 뵈었어요. 장모는 기쁨을 이기지 못하고 하인들에게 큰 잔치를 열어 축하하라고 분부했어요. 그러자 승상이 말했어요.

"오늘 이 잔치는 가족이 모두 모였다는 뜻에서 '단원회團圓會'라 부를 만하구나."

그리하여 정말 온 가족이 기쁨을 누렸어요.

이튿날 아침, 당 태종이 대전에 오르자 은 승상이 대열에서 나와 앞뒤 사정을 자세히 아뢰고, 진악의 재능이 크게 쓰일 만하다고 아뢰었어요. 당 태종은 그 말에 따라 진악을 한림원翰林院 학사學士로 승진시켜 조정에서 정사를 맡게 했어요.

현장은 불법의 수양에 뜻을 두었는지라 홍복사洪福寺로 보내 그곳에서 수행하게 해주었어요. 그 후 은온교는 결국 조용히 자결하고 말았어요.

현장은 몸소 금산사로 가서 법명화상의 은혜에 보답했지요.

나중의 일이 어떻게 되는지는 아직 알 수 없는데, 이에 대해서는 다음 회를 들어보시라.

제9회

경하 용왕, 죽을죄를 짓고
당 태종에게 구원을 청하다

이런 시가 있지요.

도성의 장대한 경관 실로 볼 만하니
여덟 물줄기 그 주위를 흐르고 네 산이 두르고 있다.
얼마나 많은 황제들이 이곳에서 일어났던가?
예부터 하늘 아래 장안이라 말하네.

都城大圍實堪觀　八水周流繞四山
多少帝王興此處　古來天下說長安

　이 시는 섬서 너른 땅의 장안성을 그리고 있는 것인데, 이곳은
주나라, 진秦나라, 한나라 이래로 역대의 제왕들이 도읍을 세운
곳이지요. 삼주三州에는 비단 같은 꽃이 피고 여덟 줄기 강물이
성을 두르고 있는 이곳은 서른여섯 군데의 유흥가에 일흔두 곳
의 관현루管絃樓[1]가 있을 정도로 번성한 곳이지요.

　화이도華夷圖에서도 세상 으뜸가는 곳이요, 실로 빼어나게 아

1　기방을 가리킨다.

름다운 지역이지요. 지금은 위대한 당나라 태종 황제가 기반을 닦아 나라를 세우고, 세차歲次를 바꾸어 연호를 정관貞觀이라 했지요. 때는 이미 태종이 등극한 지 십삼 년이 된 기사년己巳年으로, 그에게 나라를 안정시킬 영웅호걸과 나라를 세우고 영토를 넓힐 만한 걸출한 인재들이 두루 있었다는 사실은 말할 필요도 없지요.

한편, 장안성 밖 경하涇河 강변에는 두 현인이 있었지요. 하나는 고기 잡는 늙은이로 장초張稍라고 했고, 다른 하나는 나무꾼으로 이름이 이정李定이었어요. 그 둘은 벼슬길에 오르지 않은 진사進士로서 글을 아는 은자들이었지요. 하루는 둘이 장안성에 들어가 나무 한 지게와 잉어 한 광주리를 다 팔고 나서 같이 주막에 들어 얼큰하게 취하도록 마시고, 각기 술을 한 병씩 들고 경하 강변을 따라 천천히 걸어 돌아오다가 장초가 말했어요.

"이 형, 나는 명예를 다투는 것은 이름 때문에 본질을 잃는 것이고, 이익을 다투는 것은 이익을 위해 몸을 해치는 것이라 생각하오. 작위를 받는 것은 호랑이를 사로잡아놓고 잠을 자는 것이고, 성은을 받드는 것은 소매 속에 뱀을 넣고 도망가는 일이지. 생각해보면 우리처럼 물 좋고 산 푸른 곳에서 마음 닿는 대로 한가로이 거니는 것보다 좋은 게 없어. 담박한 것을 달게 여기고, 연분에 따라 사는 거지."

"장 형 말씀이 맞네. 하지만 자네처럼 좋은 물에 사는 것보다, 나처럼 푸른 산에 사는 게 더 낫지."

"자네의 푸른 산보다 내 좋은 물이 더 낫지. 그걸 증명하는 「나비는 꽃을 사랑하네(蝶戀花)」라는 노래[詞]가 있네."

만 리 안개 낀 강에 조각배 띄워

잔잔한 물 위에 외로운 쑥대처럼 떠다니면

서시의 목소리 휘감는 듯

생각과 마음 씻어 명예와 이익 하찮게 여기고

한가하게 여겨 이삭과 갈대를 꺾네.

갈매기 몇 마리 구경할 만하고

버드나무 늘어선 물가 갈대 우거진 굽이에서

처자식과 함께 즐겁게 웃네.

문득 편안한 잠에서 깨어나니 풍랑은 잦아들고

영화도 치욕도 없으니 걱정할 것도 없구나.

煙波萬里扁舟小　靜依孤蓬　西施聲音遠

滌慮洗心名利少　閑攀蓼穗兼葭草

數點沙鷗堪樂道　柳岸蘆灣　妻子同懽笑

一覺安眠風浪悄　無榮無辱無煩惱

이정이 말했지요.

"자네의 좋은 물은 내 푸른 산보다 못하다네. 또 다른「나비는
꽃을 사랑하네」라는 노래가 내 말을 증명하지."

구름 낀 숲 한편에 소나무 꽃 가득하고

말없이 꾀꼬리 우는 소리 들어보면

오묘한 그 소리 피리를 연주하는 듯

붉은 꽃 시들고 녹음이 물올라 봄날은 따뜻하고

어느덧 여름이 오니 시간이 흘렀구나.

다시 계절이 쉽게 바뀌어 가을이 오면

노란 국화 향기

함께 감상할 만하네.

금방 손가락이 비틀릴 듯한 추운 겨울 찾아오니

사철 내내 한가로이 거닐어도 방해하는 이 없구나.

> 雲林一段松花滿　黙聽鶯啼　巧舌如調管
> 紅瘦綠肥春正煖　倏然夏至光陰轉
> 又値秋來容易換　黃花香　堪供翫
> 迅速嚴冬如指撚　逍遙四季無人管

어부가 말했어요.

"내 좋은 물이 자네의 푸른 산보다 좋은 점은 몇 가지 사물로도 설명할 수 있지. 여기 「꿩 나는 하늘(鷓鴣天)」이라는 노래가 있네."

신선의 마을 구름과 물은 살아가는 데 충분하고

노 저어 배 건너면 그곳이 바로 집

신선한 물고기 회 뜨고 푸른 자라 삶고

자줏빛 게 찌고 붉은 새우를 끓이네.

푸른 갈대 순과

노랑 어리연꽃의 싹

각진 마름과 가시연꽃 자랑할 만하고

교태로운 연뿌리와 익은 연밥, 부드러운 미나리,

깜부기 앉은 줄풀과 버섯, 새가 쪼는 꽃봉오리

> 仙鄉雲水足生涯　擺櫓橫舟便是家
> 活剖鮮鱗烹綠鱉　旋蒸紫蟹煮紅蝦
> 青蘆笋　水荇芽　菱角雞頭更可誇
> 嬌稇老蓮芹葉嫩　慈菇茭白鳥英花

나무꾼이 대꾸했지요.

"자네의 좋은 물은 내 푸른 산만 같지 못하니, 몇 가지 사물로 설명할 수 있네. 역시 또 다른「꿩 나는 하늘」이라는 노래를 들어 보시게."

우뚝 솟은 준령 하늘가에 닿아 있고
풀과 띠로 엮은 집이 바로 내 사는 곳
절여놓은 닭고기와 오리고기는 게나 자라보다 낫고
노루, 암퇘지, 토끼, 사슴은 물고기나 새우보다 맛있네.
향기로운 참죽나무 앞
노란 멀구슬나무의 싹[黃楝芽]
죽순과 차는 자랑할 만하지.
자줏빛 살구, 붉은 복숭아에 매실과 살구 익어가고
달콤한 배와 시큼한 대추 익을 때 계수나무엔 꽃이 피네.

崔巍峻嶺接天涯　草舍茅菴是我家

醃臘雞鵝强蟹鱉　麞䖠兎犯鹿勝魚蝦

香椿葉　黃練芽　竹笋山茶更可誇

紫李紅桃梅杏熟　甛梨酸棗木樨花

"자네의 푸른 산은 정말 내 좋은 물보다는 못하네. 또「하늘나라 선녀(天仙子)」라는 노래를 들어보시게."

한 조각 작은 배로 머물고 싶은 곳으로 가니
만 겹 안개 일렁여도 무서울 게 없다네.
낚싯대 드리우고 그물 쳐서 싱싱한 물고기 잡으면
장이나 기름 없어도

세상 그 무엇보다 맛나서
늙은 마누라, 어린 자식 함께 둘러앉네.
많이 잡히면 장안의 시장에 내다 팔아
향기로운 술과 바꿔 취할 때까지 마시는구나.
도롱이 입고 가을 강가에 누워
코 골며 잠자면
근심 걱정 없어
세상의 부귀와 영화 그립지 않네.

一葉小舟隨所寓　萬疊煙波無恐懼
垂鉤撒網捉鮮鱗　沒醬膩　偏有味　老妻稚子團圓會
魚多又貨長安市　換得香醪吃個醉
簔衣當被臥秋江　鼾鼾睡　無憂慮　不戀人間榮與貴

"자네의 좋은 물은 그래도 내 푸른 산만 못하네. 또 다른 「하늘
나라 선녀」라는 노래를 들어보시게."

초가집 두어 채 산 밑에 지으니
소나무 대나무 매화 난초 정말 사랑스럽네.
숲 지나 고개 넘어 마른 나무 구하니
누구 하나 시비 거는 이 없고
마음 내키는 대로 팔아
많거나 적거나 모두 세상에 내맡기지.
돈 가지고 술 사서 내키는 대로 즐기니
도기 사발 자기 잔에도 더없이 여유롭네.
한껏 취해 소나무 그늘 아래 누우면
걸린 것도 막힌 것도 없고

이익도 없고 손해도 없어
인간 세상의 성공도 실패도 상관하지 않는다네.

茆舍數椽山下蓋　松竹梅蘭眞可愛
穿林越嶺覓乾柴　沒人怪　從我賣　或少或多憑世界
將錢沽酒隨心快　瓦鉢磁甌殊自在
酕醄醉了臥松陰　無掛礙　無利害　不管人間興與敗

　"이 형, 암만 그래도 자네가 산속에서 사는 것은 내가 물 위에서 사는 것만큼 즐겁지 못하니, 「서쪽 강에 뜬 달(西江月)」이라는 노래가 그 증거라네."

　붉은 여뀌 무성한 꽃에 밝은 달빛 비추고
　누런 갈댓잎 어지러운 바람에 흔들리네.
　푸른 하늘 맑고 넓어 초강은 공허한데
　휘저으면 온 못의 별들이 흔들리네.
　그물 속에 큰 물고기 떼로 잡히고
　낚시 바늘 삼키는 작은 피라미 무리를 이루지.
　삶아 먹으면 그 맛 무엇보다 진하니
　인간 세상의 싸움을 비웃을 수 있구나.

紅蓼花繁映月　黃蘆葉亂搖風
碧天淸遠楚江空　牽攪一潭星動
入網大魚捉隊　呑鉤小鯽成叢
得來烹煮味偏濃　笑傲江湖打閧

　"장 형, 아무리 그래도 자네의 물 위 생활은 내 산속 삶보다는 즐겁지 않네. 또 다른 「서쪽 강에 뜬 달」이라는 시가 그걸 증명하지."

잎사귀 시든 마른 등나무 길에 가득하고
가지 끝 부러진 늙은 대나무 산에 가득하네.
여라와 마른 칡 뜯어
잘라서 주워 모으니 끈으로 묶기조차 어렵네.
나무 좀벌레에 속 파인 느릅나무 버드나무
바람에 머리끝 잘린 소나무와 녹나무
나무 해 쌓아놓고 추운 겨울 대비하면
술로 바꾸건 돈으로 바꾸건 내 마음대로라네.

敗葉枯藤滿路　　破稍老竹盈山

女蘿乾葛亂牽攀　　折取收繩殺擔

蟲蛀空心榆柳　　風吹斷頭松枏

採來堆積備冬寒　　換酒換錢從俺

"자네의 산속 생활이 좋다고는 하지만, 그래도 좋은 물의 그윽한 정취보다는 못하네. 「강물의 신선(臨江仙)」이라는 노래가 그걸 증명하지."

조수가 밀려가니 외로운 배 따라 움직이고
밤 깊으면 노를 놓고 노래하며 돌아오지.
도롱이에 비추는 새벽달은 얼마나 그윽한지!
갈매기도 잠에서 깨지 않고
하늘가에 아름다운 구름 피어오르지.
갈대 우거진 모래톱에 한가로이 기대 누워
낚싯대 펼친 채 해가 높이 떠올라도 느긋하기만 하지.
모든 것을 마음대로 계획하니
추운 새벽 날 새기만 기다리는 조정 신하들이

어찌 여유로운 내 마음과 같으랴?

潮落旋移孤艇去　夜深罷棹歌來

簑衣殘月甚幽哉　宿鷗驚不起　天際彩雲開

因臥蘆洲無個事　三竿日上還捱

隨心盡儘自安排　朝臣寒待漏　怎似我寬懷

　"자네가 사는 물 좋은 곳의 그윽한 정취보다는 내가 사는 푸른 산의 그윽한 정취가 훨씬 좋지. 또 다른「강물의 신선」을 들어보면 그걸 알 수 있네."

우거진 숲길에 가을 하늘 드높은데 도끼 끌고 가서
시원한 저녁 되면 나뭇짐 메고 돌아오네.
들꽃을 귀밑머리에 꽂으면 더욱 멋지지 않은가!
구름 헤치고 길 찾아 나와
달뜨면 집에 와 문 열라 소리치지.
어린 자식과 아내는 밝게 웃으며 반기고
풀 침대와 나무 베개에 느긋하게 기대 눕지.
삶은 배와 찐 기장 금방 차려지고
항아리 속에 새로 담근 술 익었으니
정말 마음 뿌듯하지 않겠는가!

蒼逕秋高拽斧去　晚涼擡擔回來

野花插鬢更奇哉　撥雲尋路出　待月叫門開

稚子山妻欣笑接　草床木枕歓捱

甕中新釀熟　真個壯幽懷

　"이런 것들은 모두 먹고살자고 하는 일인데, 자네는 나처럼 한

가한 때가 있다는 장점이 없군 그래. 그걸 증명하는 시가 한 수 있다네."

한가로이 푸른 하늘을 보니 흰 학이 날고
시냇가에 배 대놓고 성긴 사립문 닫네.
거룻배 위에서 아들에게 낚싯줄 고르게 하고
노 내려놓고 아내와 함께 그물 말리네.
마음 편하기는 잔잔한 파도 같고
몸 편안하기는 가벼운 바람 같네.
푸른 도롱이 푸른 사립 아무 때나 입을 수 있으니
조정에서 붉은 도장 끈 차고 관복 입는 것보다 훨씬 낫다네.

閑看蒼天白鶴飛　停舟溪畔掩蒼扉
倚蓬敎子搓鉤線　罷棹同妻晒網圍
性定果然知浪靜　身安自是覺風微
綠簑靑笠隨時着　勝掛朝中紫綬衣

"자네의 한가로운 때는 내 한가로운 때보다 못하군. 역시 시 한 수로 증명할 수 있다네."

한가로이 하늘을 올려다보니 흰 구름 날고
홀로 초가집에 앉아 대나무 사립문 닫네.
일 없을 때 아이 가르치고 책 펴 읽으며
때때로 손님 불러 바둑이나 한 수
기분 내키면 지팡이 들고 나서서 꽃길 걸으며 노래하고
흥이 나면 거문고 들고 푸른 산에 오르네.
짚신에 삼베띠, 거친 무명옷이지만

마음만은 여유로워 비단옷 입은 것보다 훨씬 좋구나.

閑觀縹紗白雲飛　　獨坐茅菴掩竹扉
無事訓兒開卷讀　　有時對客把棋圍
喜來策杖歌芳徑　　興到携琴上翠微
草履麻絛粗布被　　心寬强似着羅衣

"이정, 우리 둘이 '진정 나직이 읊조리며 가까이 지낼 수만 있다면, 박달나무 판자 두드리며 금 술잔 함께 마실 필요 없다(眞是微吟可相狎 不須檀板共金樽)'고 하더라도, 이렇게 두서없이 노래해서야 특별할 게 없지. 서로 시구절을 번갈아 읊으면서 고기 잡고 나무하는 생활을 표현해보면 어떨까?"

"참 좋은 생각일세. 자네가 먼저 시작하시게."

안개 일렁이는 푸른 물에 배를 멈추고
깊은 산골 넓은 들판에 집을 지었네.
개울 다리에 봄물 불어난 모습 유달리 좋아하고
산봉우리에 새벽 구름 자욱한 모습 가장 아끼지.
용문의 싱싱한 잉어 이따금 삶아 먹고
벌레 먹은 마른 나무 날마다 때네.
낚시질 그물질은 늙어서도 할 수 있고
지게 지고 나무하는 일도 죽을 때까지 할 수 있지.
작은 배에 누워 날아가는 기러기 바라보고
풀 길에 비스듬히 기대어 날갯짓하는 큰기러기 소리 듣지.
이런저런 말 많은 곳에 내 할 일은 없고
옳고 그름 따지는 곳에는 가본 적 드물다네.
시냇가에 널어 말리는 그물 비단 같고

돌 위에 다시 가니 도끼날이 칼끝 같네.

가을 달 휘영청 밝으면 항상 홀로 낚시하고

봄산 적막하여 만나는 사람 하나 없네.

고기가 많으면 술과 바꾸어 마누라와 함께 마시고

땔감 남으면 술 사 와 아들과 함께 모여 마시지.

마음대로 노래하고 마음대로 술 마시며 자유롭게 살아가고

길게 읊조리고 길게 탄식하며 바람 가는 대로 따라가네.

뱃사람들 불러다 형님 동생 부르며 친하게 지내고

초야에 사는 늙은이들 모아 친구로 삼지.

주령 놀이하며 술잔 빨리 돌리고

파자 놀이²하며 큰 잔을 건네지.

새우 삶고 게 삶아 아침마다 즐겁고

거위고기 볶고 닭고기 구워 날마다 풍족하네.

착한 아내 차 달이니 마음 담담해지고

산속의 마누라 밥 지으면 마음 차분해지지.

새벽이면 지팡이 들어 잔물결 일게 하고

해 뜨면 땔나무 지고 큰길을 지나네.

비 그치면 도롱이 벗고 싱싱한 잉어 잡고

바람 불기 전에 도끼질해 마른 소나무 베네.

자취 감추고 세상사 피해 바보인 체하고

성도 이름도 감추고 벙어리 귀머거리 행세하네.

身停綠水煙波內　家住深山曠野中

偏愛溪橋春水漲　最憐岩岫曉雲蒙

龍門鮮鯉時烹煮　蟲蛀乾柴日燎烘

2　송나라, 원나라 때의 놀이로서, 한자의 특성을 이용해 한 글자를 여러 부분으로 나누어 한 구절로 만드는 방식이다.

釣網多般堪瞻老　擔繩二事可容終
小舟仰臥觀飛雁　草徑斜攲聽哽鴻
口舌場中無我分　是非海內少吾踪
溪邊掛晒繒如錦　石上重磨斧似鋒
秋月暉暉常獨釣　春山寂寂沒人逢
魚多換酒同妻飲　柴剩沽壺共子叢
自唱自斟隨放蕩　長歌長嘆任顛風
呼兄喚弟邀船夥　挈友携朋聚野翁
行令猜拳頻遞盞　折牌道字漫傳鍾
烹蝦煮蟹朝朝樂　炒鴨爁雞日日豐
愚婦煎茶情散淡　山妻造飯意從容
曉來舉杖淘輕浪　日出擔柴過大衝
雨後披簑擒活鯉　風前弄斧伐枯松
潛踪避世粧痴蠢　隱姓埋名作啞聾

장초가 또 말했지요.

"이 형, 실례를 무릅쓰고 내가 선창을 했으니, 이번에는 자네가 먼저 시작하면 내가 그 뒤를 잇겠네."

바람과 달 미친 듯이 좋아하는 산속의 사내
강과 호수 자랑스러워하는 나이 지긋한 남자
한가롭게 분수 지켜 맑고 깨끗함을 따르고
사람 소리 들리지 않으니 태평함을 기뻐하는구나.
달밤에 잠자면 초가집 평온하고
날 저물면 몸 덮는 대껍질 도롱이 가볍구나.
걱정 잊고 소나무와 매화랑 친구하고

마음도 즐거이 갈매기와 해오라기 사귀네.[3]

명예나 이익 따위는 마음에서 따지지 않고

창이나 방패 소리 귓가에 들리지 않네.

때때로 향기로운 술 마시고

날마다 풀국에 세끼를 먹지.

땔나무 두 묶음 생계의 수단으로 삼고

낚싯대 한 자루에 삶을 의지하네.

한가로이 아이 불러 도끼 갈게 하고

조용히 아둔한 자식 불러 그물 손질케 하네.

봄이 되면 푸른 버드나무 즐겨 보고

날 풀리면 푸른 갈대 즐거이 구경하네.

여름이면 더위 피해 새로 대나무 가꾸고

유월이면 시원한 날 잡아 어린 마름 따지.

상강에 닭 살찌면 그날로 잡고

중양절重陽節에 게 자라면 때맞춰 삶네.

겨울 오면 해가 떠도 여전히 잠자고

구구절[4]이면 하늘 높아 하나도 춥지 않지.

일 년 내내 산속에서 자유롭게 지내고

사시사철 호반에서 마음 내키는 대로 살지.

나무하는 일은 원래부터 신선의 흥취가 있고

낚싯대 드리우면 세속의 모습 하나도 없다.

문밖 들꽃 향기롭고

뱃머리 푸른 물 잔잔하다.

3 벼슬길에 나가지 않고 바닷가에 사는 것을 뜻한다.
4 음력 9월 9일로 명절이다.

몸이 편안하니 삼공의 자리[5] 말할 필요도 없고
마음이 차분하니 단단하기가 십 리 성안에 있는 듯하네.
십 리 성 높아 장수의 명령 들을 일 없고
상공의 지위 높다지만 황제의 부름 받아야 하지.
산을 좋아하고 물을 좋아하는 이 정말 드무니
하늘에 감사하고 땅에 감사하며 신명께 감사한다네.

風月伴狂山野漢	江湖寄傲老餘丁
清閑有分隨消酒	口舌無聞喜太平
月夜身眠茅屋穩	天昏體蓋箬簑輕
忘情結識松梅友	樂意相交鷗鷺盟
名利心頭無算計	干戈耳畔不聞聲
隨時一酌香醪酒	度日三飱野菜羹
兩束柴薪爲活計	一竿釣線是營生
閑呼稚子磨鋼斧	靜喚憨兒補舊繒
春到愛觀楊柳綠	時融喜看荻蘆青
夏天避暑修新竹	六月乘涼摘嫩菱
霜降雞肥當日宰	重陽蟹壯及時烹
冬來日上還沉睡	數九天高自不寒
八節山中隨放性	四時湖裡任陶情
採薪自有仙家興	垂釣全無世俗形
門外野花香艶艶	船頭綠水浪平平
身安不説三公位	性定強如十里城
十里城高防閫令	三公位顯聽宣聲
樂山樂水眞是罕	謝天謝地謝神明

5 옛날 조정의 가장 높은 자리이다. 시대에 따라 삼공의 명칭은 달라지는데 승상丞相, 태위太尉, 어사대부御史大夫일 때도 있었고, 태사太師, 태부太傅, 태보太保일 때도 있었으며, 대사도大司徒, 대사마大司馬, 대사공大司空일 때도 있었다.

둘이서 각각 노래도 부르고, 시구절을 번갈아가며 읊조리다보니 어느새 헤어져야 하는 곳까지 이르렀어요. 허리 숙여 작별 인사를 하며, 장초가 말했어요.

"이 형, 가는 길에 조심하게나. 산속에 호랑이가 있나 잘 살펴가게. 만약 무서운 일을 당한다면 바로 '내일 길거리에 친구 하나 없어졌네'라는 꼴이 될 테니."

이정이 그 말을 듣고 크게 성을 내며 말했지요.

"이런 무뢰한 같으니라고! 진짜 친구라면 목숨도 대신할 수 있는 법인데 자넨 어찌 나한테 저주를 퍼붓는 건가? 내가 만약 호랑이를 만나 해를 당한다면, 자네는 가다가 배가 뒤집히고 말걸세!"

"내 배는 절대 뒤집히지 않을 거라네."

"하늘은 언제 바람 불고 구름 낄지 알 수 없고, 사람은 잠깐 사이에 복을 받기도 화를 입기도 한다(天有不測風雲 人有暫時禍福)'는 말이 있는데, 자네에게 무슨 일이 생길지 어떻게 알 수 있나?"

"이 형, 그런 말은 앞날을 예측하지 못하고 하는 것일세. 나의 고기잡이 일은 예측할 수 있는 것이라, 그런 일은 아예 없을 거라네."

"물 위에서 일하는 것은 위험천만하고 어떻게 될지 전혀 알 수 없는 일인데, 어찌 예측할 수 있다고 말하는가?"

"자네는 모르고 있나본데, 장안성 안 서문가西門街에는 점을 보는 사람이 있다네. 난 매일 그 사람한테 꼬리가 황금색인 잉어를 보내주는데, 그때마다 그 사람이 점을 봐준다네. 그 사람이 가르쳐준 곳에서 고기를 잡으면 백발백중이지. 오늘도 가서 점을 봤는데, 그 사람이 경하 물굽이 동쪽에서 그물을 던지고, 서쪽에서 낚시를 하면 배에 가득 물고기와 새우를 잡아 온다고 했지. 내일 성안에 들어가 돈으로 바꾸고 술을 살 테니, 다시 만나세."

둘은 여기서 헤어졌지요.

그런데 이건 바로 '낮 말은 새가 듣고 밤 말은 쥐가 듣는다(路上說話 草裡有人)'는 경우였지요. 알고 보니 이곳을 순찰하던 경하 용궁 소속의 야차가 '백발백중'이라는 말을 듣고서 재빨리 수정 궁으로 돌아가 황급하게 용왕에게 보고했지요.

"큰일 났습니다, 큰일 났어요!"

용왕이 물었습니다.

"무슨 큰일인고?"

"제가 순찰하다가 강변에 다다랐는데, 어부와 나무꾼 둘이 하는 얘기를 듣게 되었습지요. 그 둘이 헤어질 때 하는 말이 정말 끔찍했습니다. 그 어부가 말하기를, 장안성 안 서문가에는 점을 보는 사람이 있는데 굉장히 정확하다고 했어요. 어부가 매일 그 사람한테 꼬리가 황금색인 잉어를 보내주면 그때마다 점괘를 내주는데, 그 사람이 가르쳐준 곳에서 고기를 잡으면 백발백중이라는 거예요. 그렇게 정확하다면 우리 물고기 종족들은 씨가 마를 텐데, 그러면 어떻게 용궁의 위엄을 세우고, 어떻게 파도를 일으켜 대왕의 위력을 더할 수 있으리까?"

용왕이 크게 성을 내면서 급히 칼을 들고 곧바로 장안성에 들어가서 그 점쟁이를 죽이려 했지요. 그러자 용왕의 아들, 손자, 새우 신하, 게 신하, 준치 사령관, 쏘가리 경, 잉어 재상이 옆에서 급히 달려 나와 일제히 아뢰었지요.

"대왕님, 잠시 화를 삭이소서. '주워 들은 말은 믿을 게 못된다(過耳之言 不可聽信)'는 말이 있습니다. 대왕님께서 이렇게 가시면 반드시 구름도 따라가고 비도 따를 텐데, 그것 때문에 장안의 백성들이 놀라면 하늘에서 책임을 물을 것입니다. 대왕님께서는 마음대로 모습을 드러내고 숨기실 수 있고 변신하는 능력도 무한하니, 선비로 변신하여 장안성에 들어가셔서 한번 탐문해보시옵소서. 정말 그런 자가 있으면 그때 가서 처리해도 늦지 않을 것이며, 만약 그런 자가 없다면 무고한 자를 잘못 죽이는 일도 없을 것입니다."

용왕은 그 의견을 받아들여 보검을 내려놓았지요. 그가 비구름도 일으키지 않고 강기슭에 올라 몸을 한 번 흔드니 이름 없는 선비로 변했는데, 그 모습이 이러했지요.

넉넉한 자태 잘생기고 훤칠하여
골짝에 우뚝한 바위처럼 하늘 향해 머리 들었네.
반듯하고 상서로운 걸음걸이
절도 있게 내딛네.
하는 말은 공자와 맹자를 따르고
예의 바른 모습 주나라 문왕文王 그대로일세.
몸에는 푸른 비단 난삼 걸치고
머리에는 일자건一字巾 휘날리네.

丰姿英偉　聳壑昂霄

步履端祥　循規蹈矩

語言遵孔孟　禮貌體周文

身穿綠色羅襴服　頭戴逍遙一字巾

용왕은 길에 올라 크고 가벼운 걸음으로 곧장 장안성 서문가에 이르렀지요. 그곳은 사람들로 혼잡하여 시끌벅적했는데, 안에서 큰 소리로 이야기하는 것이 들렸지요.

"용띠는 자신의 운명을 따를 것이요, 범띠는 자신의 팔자를 거스를 것이지. 범띠, 용띠, 뱀띠, 돼지띠가 적당하다고들 말하지만, 걱정스러운 것은 해가 목성을 범하는 것[6]이네."

용왕이 그 말을 듣고 거기가 점치는 곳임을 알고, 사람들을 헤치고 들어가 안쪽을 들여다보았지요.

> 네 벽이 구슬이고
> 방 안 가득 수놓은 비단이라.
> 거위 모양의 향로에서는 향 연기가 끊이지 않고
> 도자기 병에는 물이 이처럼 맑네.
> 양쪽으로 왕유[7]의 그림을 나열해놓고
> 의자 위에는 귀곡선생鬼谷先生[8]의 모습을 걸어놓았구나.
> 단계의 벼루[9]와
> 금글자 박힌 먹은
> 서리처럼 하얀 털의 큰 붓 옆에 있고
> 숲처럼 자란 붉은 산호
> 곽박[10]의 점술을 적은 책
> 정치에 관한 새로운 책 성실히 공부하네.
> 여섯 효 다 외웠고

---

6 옛날 점성술가[星象家]의 주장에 따르면 목성을 범하게 되면 곧 재수없는 일을 당하게 된다고 한다.

7 왕유(701~761, 자는 마힐摩詰)는 천보天寶 말년에 급사중給事中을 지내기도 했으나, 안록산安祿山의 반란군 진영에서 벼슬살이를 하는 바람에 질책을 당하기도 했다. 그러나 말년에 상서우승尙書右丞까지 지냈다. 그는 "시 속에 그림이 있고 그림 속에 시가 있다(詩中有畵 畵中有詩)"라는 평판처럼 시와 그림으로 명성을 날렸으며, 불교에도 관심이 많아 '시불詩佛'이라 불리기도 했다.

8 전국시대 초나라 사람으로서, 종횡가縱橫家의 비조이자, 소진蘇秦과 장의張儀의 스승으로 알려져 있다.

9 광둥성廣東省 더칭셴德慶縣 단계가에서 나는 돌로 만든 벼루로서 단단하고 윤기가 난다.

10 동진 때의 문학가이자 훈고학자로서 점술에 능통했다.

여덟 괘 정통하네.
하늘과 땅의 이치 알 수 있고
귀신의 마음 잘 아는구나.
자오반 하나 똑바로 놓아두고
마음 가득 별자리 분명히 펼쳐져 있네.
정말 미래의 일과
과거의 일을
둥근 거울에 비춰보는 듯하고
흥하는 집안과
망하는 집안을
귀신같이 알아보네.
불길한 것을 알아 길한 것을 정하고
죽음을 판단해 삶을 말하네.
말을 하면 비구름처럼 빠르고
글씨를 쓰면 귀신이 놀랄 지경
간판에 성과 이름 적혀 있으니
신과선생 원수성이라네.

四壁珠璣　滿堂綺繡
寶鴨香無斷　磁瓶水恁清
兩邊羅列王維畫　座上高懸鬼谷形
端溪硯　金煙墨　相襯着霜毫大筆
火珠林　郭璞數　謹對了臺政新經
六爻熟譜　八卦精通
能知天地理　善曉鬼神情
一盤子午安排定　滿腹星辰佈列清
真個那未來事　過去事　觀如月鏡

幾家興　幾家敗　鑑若神明

知凶定吉　斷死言生

開談風雨迅　下筆鬼神驚

招牌有字書名姓　神課先生袁守誠

이 사람은 누굴까요? 알고 보니 당시 흠천감欽天監[11]의 대정선생臺正先生 원천강袁天罡[12]의 삼촌으로, 원수성이라는 사람이었지요. 이 사람은 과연 생김새가 남달랐고, 풍채가 수려했으며, 온 나라에 명성이 자자하고 실력도 장안 제일이었지요. 용왕이 문안으로 들어와 신과선생과 대면하자, 그는 인사를 나눈 다음 용왕에게 앉으라고 청하고, 아이에게 차를 내오라 했지요. 신과선생이 물었어요.

"어떻게 오셨습니까?"

"날씨가 어떤지 점치러 왔습니다."

원수성은 점을 한 번 치더니 딱 잘라 말했지요.

"구름이 산꼭대기에 자욱하고, 안개가 나뭇가지를 감싸고 있군요. 비가 내릴지 궁금하시다면, 내일 아침에 반드시 올 것이오."

"내일 몇 시에 얼마나 비가 올 것 같소?"

"내일 진시辰時(8시경)에 구름이 몰려와, 사시巳時(10시경)에 번개가 치고, 오시午時(12시경)에 비가 내리고, 미시未時(오후 2시경)에 그칠 것이오. 모두 석 자 석 치 마흔여덟 방울의 비가 올 것이오."

용왕이 웃으며 말했지요.

11　옛날 천문을 관찰하고 역법曆法을 관장하는 부서. 당나라 때는 태사국太史局이라 했고, 명나라 때 흠천감이라고 했다.

12　당나라 때의 유명한 점술가 원천강袁天綱을 빗대어 설정한 인물이다.

"장난으로 하는 말이면 안 되오. 만약 내일 비가 오고, 당신이 단언한 시간대로 된다면 내가 점 값으로 오십 냥을 보내 사례하겠소. 만약 비가 오지 않거나 예측한 시간이 어긋난다면, 이건 진심인데, 당신 점집 문을 때려 부수고 간판을 박살 내어 즉시 장안에서 내쫓아 다시는 여기서 사람들을 속이지 못하도록 하겠소!"

선생이 흔쾌히 대답했지요.

"거야 당신 마음대로 하시구려. 좋습니다, 좋아요! 내일 비가 온 다음 다시 만나도록 합시다."

용왕이 인사를 하고 장안을 나와 용궁으로 돌아오자, 용궁의 크고 작은 신하들이 마중 나와 물어보았지요.

"점쟁이를 찾아가신 일은 어떻게 되었습니까?"

"그런 자가 있긴 했지만, 주둥이만 나불대는 점쟁이더구나. 내가 그자에게 언제 비가 오는지 물어보았더니, 내일 비가 온다고 하더군. 몇 시에 얼마만큼 비가 오겠냐고 물었더니 진시에 구름이 몰려와, 사시에 번개가 치고, 오시에 비가 내리고, 미시에 그칠 것인데, 모두 석 자 석 치 마흔여덟 방울의 비가 온다는 게야. 그래서 그자와 내기를 했지. 만약 그자가 말한 대로 된다면 내가 점 값으로 오십 냥을 보내 사례하고, 조금이라도 어긋나면 그자의 점집 문을 때려 부수고 장안에서 내쫓아 다시는 사람들을 속이지 못하도록 한다고 했지."

물속에 사는 족속들이 웃으면서 말했지요.

"대왕님께서는 여덟 강을 총괄하시는 분이자 비를 관장하는 용신이십니다. 비가 오고 안 오고는 대왕님께서만 알고 계신 것인데, 그자가 감히 그런 헛소리를 했다는 것입니까? 그놈의 점쟁이가 졌군요. 틀림없어요!"

그런데 용왕의 아들과 손자, 물고기 경과 게 선비가 그 일에 대해 즐거워하며 나누던 이야기를 다 끝내기도 전에, 하늘에서 소리가 들렸지요.

"경하의 용왕은 교지를 받들라!"

모두들 고개를 들어 위를 쳐다보니, 황금 옷을 입은 장사가 옥황상제의 칙령을 손에 들고 용궁으로 오는 것이었어요. 용왕은 황급히 의관을 단정히 하고 향을 피워 교지를 받았지요. 황금 옷의 장사는 하늘로 돌아가고, 용왕은 옥황상제의 성은에 감사했지요. 그런데 교지를 열어보니 이렇게 적혀 있었어요.

"여덟 강의 총관에게 명하노니, 천둥과 번개를 치거라. 내일 비를 내려 장안성에 두루 은혜를 베풀라."

명령에 의하면 비 내리는 시간과 강우량이 신과선생이 말한 것과 꼭 같아서, 터럭 하나만큼의 차이도 나지 않았지요. 용왕은 혼비백산했지요. 조금 후에 정신을 차리고서 물속에 사는 족속들에게 말했지요.

"홍진 세상에 그렇게 영험한 인간이 있다니! 정말로 하늘과 땅의 이치에 통달했으니, 이길 수 없겠구나!"

쏘가리 사령관이 아뢰었어요.

"대왕님, 안심하소서. 그자를 이기는 데 무슨 어려움이 있겠습니까? 제게 조그만 계책이 있으니, 그놈의 주둥아리를 없앨 수 있습니다."

대왕이 그 계책을 물어보자 사령관이 대답했지요.

"비를 내릴 때 시간을 조금 어긋나게 하고, 양을 조금 줄이는 겁니다. 그러면 그 점괘가 정확치 않은 것이 되니, 그자는 이기지 못할 것입니다. 그때 간판을 때려 부수고 쫓아내면 될 터이니, 뭐 어렵겠습니까?"

용왕은 쏘가리의 그 제안대로 하면 되겠거니 하고 걱정하지 않았지요.

　다음 날 용왕은 바람 신[風伯], 벼락신[雷公], 구름동자[雲童], 번개 여신[電母]을 이끌고 직접 장안성 위 높은 하늘로 올라갔지요. 용왕은 사시에 가까워졌을 때 하늘에 구름을 깔고, 오시에는 번개를 치고, 미시에는 비를 내리고, 신시에는 비를 그쳤어요. 강우량은 석 자에 마흔 방울이었지요. 시간대 하나를 고치고 석 치 여덟 방울을 깎아낸 것이지요. 용왕은 비를 내린 뒤 여러 장수들을 해산하게 하고 자신도 구름에서 내려와 이름 없는 선비로 변신해서 서문 안 큰길로 나섰지요. 그리고 원수성의 점집 문을 부수고 들어가 뭐라 말도 못하게 하고서 간판이며 붓, 벼루 같은 것을 모두 박살 냈지요. 신과선생은 의자에 앉아 눈썹 하나 까닥하지 않았어요. 용왕은 떨어져 나온 문짝으로 신과선생을 때리며 욕을 했지요.

　"길흉화복을 가지고 거짓말을 일삼는 요망한 놈! 사람들 마음을 홀리는 미친놈! 네 점괘는 맞지도 않는데다 내용도 엉터리더군. 오늘 내린 비의 시간과 양이 모두 틀렸구나. 네 이놈, 여전히 고고한 척 앉아 있는 게냐? 어서 빨리 이곳을 떠나거라! 죽을죄를 지었지만 목숨만은 살려주마!"

　하지만 원수성은 조금도 두려워하지 않고, 고개를 들어 하늘을 보며 차갑게 웃으며 말했지요.

　"나는 두렵지 않다! 두렵지 않아! 내가 죽을죄를 지은 것이 아니라, 네가 오히려 죽을죄를 지었다! 다른 사람을 속이기는 쉬워도 나를 속이기는 어렵지. 나는 네가 누군지 알고 있다. 너는 선비가 아니라 경하의 용왕이지. 옥황상제의 명령을 어겨 시간을 고치고 양을 줄였으니 천벌을 받을 것이다. 저기 과룡대剮龍臺[13]에

13　용의 가죽을 벗기는 곳이라는 뜻이다.

서 칼질 당하는 것을 면하기 어려운데, 아직도 여기서 나를 욕하고 있느냐?"

용왕이 그 말을 듣고 마음이 놀라고 간담이 떨리며 모골이 송연해졌어요. 그는 다급히 문짝을 내던지고 옷을 단정히 하더니, 신과선생을 향해 무릎을 꿇고 말했어요.

"선생, 용서하십시오. 전에 한 말은 장난이었을 뿐인데, 장난이 어쩌다 진짜가 되어 하늘의 규율까지 어기고 말다니, 이 일을 어찌하면 좋습니까? 선생, 제발 살려주십시오! 그렇지 않으면, 죽어도 선생을 놓아주지 않을 겁니다."

"나는 당신을 구해줄 수 없소. 다만 환생할 수 있는 길을 가르쳐줄 수는 있소."

"제발 가르쳐주십시오."

"당신은 내일 낮 한 시 사십오 분에 인조관人曹官 위징에게 참수당할 것이오. 목숨을 구하고 싶으면, 어서 빨리 당 태종에게 가서 부탁해보시오. 그 위징이라는 자는 당나라 황제 휘하의 승상이니, 그분에게 한번 사정해보면 아무 탈이 없을 것이오."

용왕은 이 말을 듣고는 감사의 절을 올리고 눈물을 흘리면서 떠났지요. 어느새 붉은 해가 서산에 걸리고 금성이 떠올랐을 때였어요.

안개 피어나는 자줏빛 산으로 피곤한 갈까마귀 돌아오고
갈 길 먼 나그네는 여관에 투숙하네.
나루터의 어린 기러기 모래톱에서 잠자고
은하수 떠올라
시간을 재촉하면
외로운 마을의 등불은 불꽃도 없이 빛나네.

바람 하늘거려 화로의 연기 도관道觀에 맑게 퍼지면
나비의 꿈속에 사람은 보이지 않네.
달이 움직여 꽃 그림자 난간 위에 걸릴 때
별빛 어지러이 빛나고
물시계 소리 바뀌면
어느새 밤이 깊어 자정을 넘어서네.

煙凝山紫歸鴉倦　路遠行人投旅店

渡頭新雁宿汀沙　銀河現

催更箭　孤村燈火光無焰

風裊爐煙清道院　蝴蝶夢中人不見

月移花影上欄杆　星光亂

漏聲換　不覺深沉夜已半

경하의 용왕은 용궁으로 돌아가지도 못하고 공중에서 자정 무렵까지 기다렸다가, 구름머리와 안개 뿔을 거두고서 황궁의 문 앞으로 갔지요. 이때 당 태종은 꿈속에서 궁문 밖으로 나와 달빛 아래 꽃그늘 사이를 거닐고 있었는데, 갑자기 용왕이 사람의 모습으로 변해서 그의 앞으로 다가와 무릎을 꿇고 절을 올렸지요.

"폐하, 저를 구해주십시오. 제발 구해주십시오!"

"그대는 누구인가? 짐이 구해주겠노라."

"폐하께서는 진정한 용이시고, 저는 죄 많은 용입니다. 저는 하늘의 규율을 범해서 폐하의 어진 신하인 인조관 위징에게 참수될 운명에 처했기에, 이렇게 구원을 청하러 왔사옵니다. 폐하, 저를 구해주십시오."

"위징이 참수형을 집행한다면, 짐이 그대를 구해줄 수 있노라. 안심하고 물러가라."

용왕은 기뻐하면서 머리를 조아려 감사드리고 떠났지요.

한편, 당 태종은 꿈에서 깬 후에도 그 일을 마음에 잘 새겨두고 있었지요. 그리고 낮 한 시 사십오 분이 되자, 조회를 소집해서 문무의 관리들을 모았지요. 그 광경은 이러했어요.

안개는 봉황 같은 궁궐을 뒤덮고
향기는 용 같은 누각에 가득하네.
빛은 붉은 병풍 위에 흔들리고
구름은 비취로 만든 꽃 위에서 흘러내리네.
임금과 신하는 요순과 같은 정치를 펴자고 약속했고
예악의 위엄은 한나라 주나라와 가깝구나.
시종들 등을 들고
궁녀들 부채 부치고
짝지어 오색 빛내면
공작 그려진 병풍
기린 새겨진 건물
곳곳에 광채가 떠다니네.
만세 세 번 외치고
영원한 번영 기원하네.
좌중을 조용케 하는 채찍 세 번 울리고
의관 차려입은 신하들 황제께 절을 올리네.
궁궐에 꽃이 찬란하니 하늘의 향기가 스미고
담 옆 버드나무 부드럽게 궁중 음악 연주하네.
진주 주렴
비취 주렴

금 고리 높게 걸려 있고,

용과 봉황의 부채

산과 바다의 부채

황제의 수레 머무르네.

문관들은 준수하고

무관들은 우람하구나.

어전으로 나아가는 길에는 지위고하 분별하니

붉은 계단 앞에 품계대로 늘어섰네.

금장 두르고 자줏빛 띠 찬 채 삼상[14] 따라 움직이니

영원한 하늘과 땅처럼 만세를 누리소서.

> 煙籠鳳闕　香藹龍樓
>
> 光搖丹扆動　雲拂翠華流
>
> 君臣相契同堯舜　禮樂威嚴近漢周
>
> 侍臣燈　宮女扇　雙雙映彩
>
> 孔雀屛　麒麟殿　處處光浮
>
> 山呼萬歲　華祝千秋
>
> 靜鞭三下响　衣冠拜晃流
>
> 宮花燦爛天香襲　堤柳輕柔御樂謳
>
> 珍珠簾　蜚翠簾　金鉤高控
>
> 龍鳳扇　山河扇　寶輦停留
>
> 文官英秀　武將抳搜
>
> 御道分高下　丹墀列品流
>
> 金章紫綬乘三象　地久天長萬萬秋

신하들은 조회 인사를 마치고서 제각기 자리에 늘어섰지요. 당

---

14 주공周公이 지었다는 음악의 이름이다.

태종이 비범한 용안으로 선두부터 하나하나 신하들을 살펴보았어요. 문관으로 방현령房玄齡,[15] 두여회杜如晦,[16] 서세적徐世勣,[17] 허경종許敬宗,[18] 왕규王珪[19] 등과 무관으로 마삼보馬三寶,[20] 단지현段志賢,[21] 은개산,[22] 정교금咬金,[23] 유홍기劉洪紀,[24] 호경덕胡敬德,[25] 진숙보秦叔寶[26] 등이 모두 위풍당당하고 단정하게 서 있었지만, 승상 위징만은 보이질 않았지요. 당 태종은 서세적을 불러 말했어요.

"짐이 어제 이상한 꿈을 꾸었는데, 꿈속에서 어떤 사람이 다가

15 방현령(579~648)은 원래 이름이 교喬이다. 당 태종을 도와 천하를 안정시키고, 나중에 상서 좌복야尚書左僕射 및 감수국사監修國史를 지냈다. 두여회와 더불어 당시의 대표적인 명신名 臣으로 꼽힌다.

16 두여회(856~630)는 자가 극명克明이다. 당 태종을 도와 천하를 안정시키고, 나중에 상서우 복야尚書右僕射를 지냈다.

17 서세적(594~669)은 자가 무공茂公이다. 와강군瓦崗軍에 참가하여 당 황조에 저항하다가, 나 중에 당나라에 귀순하여 이씨 성을 받았다. 당 태종 이세민의 휘諱를 피해 이름을 적勣으로 바 꾸었고, 당 태종의 등극에 공이 커서 영국공英國公에 봉해졌다.

18 허경종(592~672)은 자가 연족延族이다. 당 태종 때 중서시랑中書侍郎을 지냈고, 고종高宗 때 는 예부상서禮部尚書, 측천무후則天武后 때는 중서령中書令을 지냈다.

19 왕규는 자가 숙개叔玠이며, 방현령, 두여회 등과 더불어 활동하며 예부상서까지 지냈다.

20 당나라 초기의 개국공신으로 당 태종을 도와 천하를 평정했고, 그 공으로 좌효위대장군左驍 衛大將軍에 임명되었다.

21 원문에는 '段志賢'이라도 되어 있으나 단지현段志玄이라 써야 옳다. 그는 당나라 초기의 개국 공신으로 당 태종을 도와 여러 차례 정벌을 수행하며 용맹을 떨쳤다. 나중에 좌효위대장군까 지 올랐다.

22 본래 이름은 교嶠이다. 당 태종 때 이부상서吏部尚書를 지냈다.

23 정교금(?~665)은 본명이 정효금程皎金인데, 나중에 정지절程知節로 바꾸었다. 그러나 사람 들은 일반적으로 정교금이라고 불렀다. 당나라 초기의 개국공신으로서 노국공盧國公에 봉해 졌다.

24 유홍기劉洪基를 가리킨다. 그는 당나라 초기의 공신으로서 당 고조를 따라 천하통일을 이루 면서, 제일 먼저 장안을 점령한 공로로 기국공虁國公에 봉해졌다.

25 울지경덕(尉遲敬德, 585~658)을 가리킨다. 그는 이름이 공恭이며, 수나라 말엽에 당나라로 귀순해서 여러 차례 전공을 세워 악국공鄂國公에 봉해졌다. 그는 얼굴이 검어서, 검다는 뜻의 '호胡'를 붙여 호경덕이라는 별명이 붙었다고 한다.

26 이름은 경瓊이다. 당나라 초기의 개국공신으로서, 당 태종을 도와 여러 차례 전공을 세워 무위 대장군武衛大將軍까지 승진했다.

와 절을 올리고 하소연하기를, 자신은 경하의 용왕인데 하늘의 규율을 범해서 인조관인 위징에게 처벌을 당하게 되었으니 짐더러 구해달라고 했소. 짐은 그러겠노라고 했는데, 오늘 조회에 유독 위징만이 보이질 않으니, 어떻게 된 것인가?"

"그 꿈대로라면 위징을 불러들여 궁 밖으로 나가지 못하게 하셔야 합니다. 오늘 하루만 무사히 넘기면, 꿈속에 나타난 용을 구할 수 있을 것이옵니다."

당 태종은 매우 기뻐하며 교지를 내려 곧장 관리를 보내 위징을 조정에 들어오도록 명했지요.

한편, 승상 위징은 승상부丞相府에서 밤에 천문을 관측하며 향을 사르고 있던 중이었어요. 갑자기 하늘 높은 곳에서 학 울음소리가 들리더니 하늘의 관리가 사신으로 내려와 옥황상제의 교지를 내리는 것이었어요. 그 내용은 낮 한 시 사십오 분에 경하의 용왕을 참수하라는 것이었어요. 위징은 옥황상제의 성은에 감사하고서 목욕재계를 했지요. 그리고 관청에서 검을 시험해보며 원기를 가다듬느라 조회에 참석하지 못했지요. 그러던 차에 관리가 교지를 받들고 와서 부르자 조회에 빠진 것을 황공하게 생각했고, 또 군주의 명을 어길 수 없어 다급히 옷을 단정히 입고 허리띠를 묶고서 조정에 들어갔지요. 그는 어전에서 머리를 조아리며 죄를 벌해달라고 청했어요. 당 태종은 교지를 내려 말했어요.

"그대의 죄를 사하노라."

그때까지 여러 대신들 역시 아직 조정을 나서지 않았는데, 그제야 발을 거두고 조회를 마쳤어요. 당 태종은 위징만 홀로 남기고 자신의 수레에 태워 편전便殿[27]으로 불러들였어요. 먼저 나라를

---

27 정전正殿이 아닌 별전別殿을 뜻하며, 천자가 휴식을 취하는 곳이다.

인조관 위징이 꿈속에서 경하 용왕을 처형하다

안정시킬 방법과 대책을 의논하다가, 열한 시가 지나 열두 시가 시작될 무렵이 되자 궁인들을 시켜 바둑판을 가져오게 했지요.

"함께 바둑이나 한 수 합시다."

황후와 비빈들이 바둑판을 가지고 와서 황제의 탁자 위에 놓았어요. 위징은 성은에 감사드리고, 곧 태종과 바둑을 두기 시작했지요. 그 승패의 결과가 어떻게 되었는지는 아직 알 수 없는데, 이에 대해서는 다음 회를 들어보시라.

제10회

당 태종, 저승에 갔다가 환생하다

한편, 당 태종과 위징은 편전에서 바둑을 두고 있었어요. 번갈아가며 한 수씩 돌을 놓아 진세를 벌여나갔지요. 이는 바로『난가경爛柯經』[1]에서 말한 것과 같은 모습이었지요.

바둑의 도는 신중함을 중시한다네.
제일 고수들은 중앙의 수를 잘 읽고
제일 하수들은 변에 집착하고
중급들은 귀에 집착하니
이는 바둑 두는 이들의 상식이라네.
바둑에서는 한 점을 주더라도 선수를 놓치면 안 되는 법.
왼쪽을 공격하면 오른쪽을 살피고
뒤쪽을 공격하면 앞쪽을 살펴야 하네.

---

1 '난가'는 도낏자루가 썩는다는 뜻으로, 바둑 두는 재미로 시간 가는 줄도 모르고 바둑에 열중함을 일컫는 말이다. 진晉나라 때 왕질王質이라는 나무꾼이 신안信安의 석실산石室山이라는 곳에서 두 동자가 바둑 두는 것을 구경하게 되었다. 그런데 바둑을 구경하는 동안에 도낏자루가 썩어 있었고, 마을로 돌아와 보니 아는 사람이 다 죽고 없었다.『술이기述異記』에 나오는 이야기이다.

돌이 앞에 있으면 뒤를 이어야 하고

돌이 뒤쪽에 있으면 앞으로 나가야 한다네.

살아 있는 두 대마는 끊지 말고

양쪽 모두 살아 있는 대마는 연결하지 말지라.

돌을 넓게 놓되 너무 띄엄띄엄 놓아서도 안 되고

조밀하게 놓되 너무 붙여놓아서는 안 되네.

돌에 연연하여 살리려고 하기보다는

그 돌을 버리고 승리를 거두는 것이 낫다네.

아무 일도 없이 홀로 다니는 것보다

자기 돌을 견고히 하여 보강하는 것이 낫다네.

상대방의 돌이 많고 내 돌이 적으면

먼저 살기를 꾀하고,

내 돌이 많고 상대편 돌이 적으면

반드시 기세를 확장해야 한다네.

잘 이기는 자는 싸우려 하지 않고

진을 잘 치는 자도 싸움을 하려 하지 않는다네.

잘 싸우는 자는 지지 않고

잘 지는 자는 어지럽게 두지 않는다네.

바둑은 처음에는 정석으로 어울리다가

마지막에 기묘한 계책으로 이긴다네.

상대방이 아무 일 없이 자기 돌을 보강하는 것은

공격하고 끊으려는 의도를 가지고 있는 것이고

작은 것을 버려두고 돕지 않는 것은

큰 것을 도모하려는 마음이 있는 것이라네.

손 가는 대로 돌을 놓는 자는

생각이 없는 사람이고

생각하지 않고 응대하는 것은
패배하는 길이라네.
『시경』에서도 말했지.
'두려워하고 조심하라, 마치 깊은 계곡가에 선 것처럼.'
바로 이를 두고 한 말이라네.

博弈之道　貴乎嚴謹

高者在腹　下者在邊

中者在角　此棋家之常法

法曰　寧輸一子　不輸一先

擊左則視右　攻後則瞻前

有先而後　有後而先

兩生勿斷　皆活勿連

闊不可太疎　密不可太促

與其戀子以求生　不若棄之而取勝

與其無事而獨行　不若固之而自補

彼衆我寡　先謀其生

我衆彼寡　務張其勢

善勝者不爭　善陣者不戰

善戰者不敗　善敗者不亂

夫棋始以正合　終以奇勝

凡敵無事而自補者　有侵絕之意

棄小而不救者　有圖大之心

隨手而下者　無謀之人

不思而應者　取敗之道

『詩』云　惴惴小心　如臨于谷

此之謂也

이런 시가 있지요.

> 바둑판은 땅이고 돌은 하늘이며
> 색깔은 음양에 따라 조화가 완벽하구나.
> 바둑 두는 경지가 심오하여 변화를 꿰뚫어 보는 데 이르면
> 그 옛날 도낏자루 썩는 줄 모르던 신선들을 우습게 여긴
> 다네.

> 棋盤爲地子爲天　色按陰陽造化全
> 下到玄微通變處　笑誇當日爛柯仙

임금과 신하가 대국을 벌이는데, 바둑은 한낮이 한참 지나도록 계속되었어요. 그런데 한 판이 끝나지도 않았는데 위징이 갑자기 책상 옆에 엎드려 코를 골며 잠을 자는 것이었어요. 당 태종은 웃으면서 중얼거렸어요.

"이 사람이 정말 사직을 보좌하느라 마음과 기력이 피곤하고 지쳐 자기도 모르는 사이에 잠들어버렸군."

당 태종은 그가 자도록 내버려두고 깨우지 않았어요. 얼마 지나지 않아서 위징이 깨어나더니 땅바닥에 엎드려 빌었어요.

"죽어 마땅한 죄를 저질렀습니다! 피곤해서 저도 모르게 한 짓이오니, 바라옵건대 군주께 태만했던 제 죄를 용서해주옵소서."

"그대가 무슨 태만죄를 지었다는 건가? 일어나라. 남은 바둑판은 치워버리고 처음부터 다시 두지."

위징이 은혜에 감사하면서 손으로 바둑알을 만지작거리고 있는데, 조정 밖에서 시끌벅적한 소리가 들렸어요. 알고 보니 진숙보와 서세적 등이었어요. 그들은 피가 흐르는 용 머리를 들고 와 황제 앞에 내려놓으며 아뢰었어요.

"폐하, 바닷물이 얕아지고 강물이 마르는 것을 본 적은 있지만, 이런 기이한 일은 들어보지 못했습니다."

당 태종과 위징이 일어나면서 물었어요.

"이것은 어디서 난 것인가?"

"천보랑千步廊 남쪽, 십자가十字街 어귀쯤의 하늘 위 구름 속에서 이 용 머리가 떨어졌습니다. 저희들이 보고하지 않을 수 없어서 아룁니다."

당 태종이 놀라서 위징에게 물었어요.

"이게 무슨 소린가?"

위징이 몸을 돌려 머리를 조아리며 대답했어요.

"제가 방금 꿈속에서 벤 용입니다."

당 태종이 이 말을 듣고 매우 놀랐어요.

"그대가 잠든 사이 몸이나 손을 움직이는 것을 보지 못했고 또 칼이나 검도 없었는데, 어떻게 이 용을 베었단 말인가?"

"폐하, 저의"

몸은 폐하 앞에 있었지만
꿈속에서는 폐하를 떠나 있었습니다.
몸은 폐하 앞에서 바둑판을 마주하고 있었지만
눈을 감으니 몽롱해졌습니다.
꿈에서 폐하를 떠나 상서로운 구름을 타고
혼백이 육신을 떠나 다른 곳으로 갔습니다.
저 용은 과룡대 위에서
하늘 병사들에게 포박당해 있었습니다.
제가 말했습니다.
'그대는 하늘의 법을 어겼으니

죽을죄에 해당한다.

내 하늘의 명을 받들어

너의 남은 목숨을 베려고 한다.'

용은 이 말을 듣고 슬피 울며 애원했고

저는 정신을 가다듬었습니다.

용은 슬피 울며 애원하다가

발톱을 숨기고 비늘을 거둬들이며 죽음을 달게 받아들였

습니다.

저는 정신을 가다듬고

옷을 걷어 올리고 앞으로 가 날카로운 칼을 들어 휘둘렀

지요.

이 때문에 용 머리가 허공에서 떨어졌던 것입니다.

身在君前　夢離陛下

身在君前對殘局　合眼朦朧

夢離陛下乘瑞雲　出神抖擻

那條龍　在剮龍臺上　被天兵將綁縛其中

是臣道　你犯天條　合當死罪

我奉天命　斬汝殘生

龍聞哀苦　臣抖精神

龍聞哀苦　伏爪收鱗甘受死

臣抖精神　撩衣進步擧霜鋒

扢扠一聲刀過處　龍頭因此落虛空

당 태종은 이 말을 듣고 마음속으로 희비가 교차했어요. 기쁜
것은 위징과 같은 훌륭한 신하가 자랑스러워서였지요. 조정에 이
런 호걸이 있으니 천하가 어지러워질까 염려할 필요가 없었어요.

슬픈 것은 꿈속에서 용을 구해주겠다고 허락했는데 뜻밖에도 결국 목을 베고 말았기 때문이었어요. 이미 어쩔 수 없는 일이라 그는 정신을 가다듬고 진숙보에게 명을 내려, 용의 머리를 저잣거리에 걸어 장안의 백성들에게 알리도록 했어요. 그리고 다른 한편으로는 위징에게 상을 내리고 모든 관리들을 물러가게 했지요.

그날 저녁 침궁으로 돌아온 태종의 마음은 근심스럽기만 했어요. 꿈속에서 용이 울면서 살려 달라 애원했는데 뜻하지 않게 죽고 말았으니 후환을 피하기 어려울 것 같았지요. 이렇게 한참을 번민하다보니 점차 정신이 피곤해지고 육신이 불안해지는 느낌이었어요.

그날 밤 여덟 시 무렵, 궁궐 문 밖에서 울부짖는 소리가 들려 당 태종은 더욱 놀라고 무서워졌어요. 몽롱해져 잠을 자는데 다시 경수의 용왕이 나타나, 손에 피가 흐르는 머리를 들고서 크게 울부짖었어요.

"당 태종, 내 목숨을 돌려다오! 내 목숨을 돌려줘! 어젯밤 나를 구해주겠다고 두말 않고 허락하더니, 어떻게 날이 밝자 관리에게 명하여 내 목을 베느냐? 이리 나와라! 나와! 내 너와 함께 염라대왕께 가서 따져봐야겠다!"

그는 당 태종을 붙들고 재삼 소란을 피우며 놓아주려 하지 않았어요. 당 태종은 입을 다문 채 말도 못하고, 필사적으로 버티느라 온몸에 땀만 흘러내릴 뿐이었지요. 한참 옥신각신하고 있는데, 바로 남쪽에서 향기로운 구름이 피어올라 주위를 에워싸고 오색 안개가 하늘거렸어요. 그러더니 한 여자 신선이 다가와 손으로 버들가지를 흔들자 그 머리 없는 용은 슬피 울며 곧장 서북쪽으로 가는 것이었어요.

이분은 관음보살로, 부처님의 명을 받고 경전을 가지러 갈 사람을 찾아 동녘 땅에 왔다가 이곳 장안성 토지묘에 묵고 계셨던 것이었어요. 밤에 귀신이 울부짖는 소리가 들리자 그분이 달려와 죄 많은 용을 호통쳐 물리치고 황제를 구한 것이었어요. 그 용이 곧장 저승의 관청으로 가서 고소한 것은 말할 것도 없겠지요.

한편, 당 태종은 깨어나자 "귀신이다! 귀신이야!"라고만 하는 것이었어요. 깜짝 놀란 삼궁三宮의 황후와 육원六院의 빈비嬪妃, 그리고 가까이 모시는 태감들은 벌벌 떨며 밤새 잠을 못 잤어요. 어느덧 동틀 무렵이 되어 온 조정의 문무관원들이 모두 조문 밖에서 조회를 기다리고 있었어요.

그런데 날이 밝을 때까지 기다렸는데도 황제께서 조회하러 나오시는 모습이 보이지 않는지라, 모두들 놀라 두려워하며 서성거렸어요. 해가 완전히 떠올랐을 때가 되어서야 황제의 전갈이 있었어요.

"짐의 몸이 편치 않아서, 오늘은 조회를 하지 않겠노라."

그로부터 대여섯 새가 훌쩍 지났어요. 여러 관리들은 근심에 휩싸여 모두 문을 밀고 들어가서라도 황제를 알현하고 문안을 드리려 했어요. 그런데 마침 태후가 명을 내려 의관醫官을 침궁으로 불러 약을 처방하도록 하자, 관리들은 소식을 알아보려고 조정 밖에서 기다렸어요. 잠시 후 의관이 나오자 관리들이 무슨 병인지를 물었어요. 의관이 대답했지요.

"황제께서는 맥이 정상이 아닙니다. 약하고 빠르며 귀신을 보았다고 헛소리도 합니다. 또 맥이 열 번 뛰었다가 한 번 멈추는 심각한 상태이고, 오장에도 기운이 없으니, 이레를 넘기지 못할 듯합니다."

관리들은 이 말을 듣고 매우 놀라 얼굴빛이 변했어요. 한참 비통해하고 있는데, 다시 태후가 명을 내려 서세적과 호국공護國公 진숙보, 울지경덕더러 황제를 알현하라고 했어요. 세 사람이 명을 받고 급히 안으로 들어가 분궁루分宮樓 아래에 이르러 예를 올리자, 당 태종이 안색을 바로 하고 가까스로 말했어요.

"경들은 들으시오. 과인은 열아홉 살에 병사들을 이끌고 남북으로 정벌하고 동서로 방어하고 토벌하며 수년간 힘겨운 세월을 보냈지만, 요괴나 귀신은 그림자도 본 적이 없소. 그런데 오늘에 이르러 뜻밖에도 귀신을 보았소."

울지경덕이 아뢰었어요.

"국가를 창업하시면서 죽인 사람이 수를 헤아릴 수 없는데, 어찌 귀신 따위를 무서워하십니까?"

"경들은 믿지 못하겠지만, 짐의 침궁 밖에서 밤만 되면 벽돌을 던지고 기와를 깨며 귀신, 도깨비들이 울부짖는데 정말 견디기 어렵소. 대낮에는 그런 대로 괜찮지만, 저녁이 되면 견디기 힘드오."

호국공 진숙보가 아뢰었어요.

"폐하, 안심하십시오. 오늘 저녁에 제가 울지경덕과 함께 궁궐 문을 지키며 무슨 귀신이나 요괴가 있는지 알아보겠습니다."

당 태종이 허락하자 서세적은 예를 올리고 나갔지요. 그날 저녁 두 사람은 갑옷과 투구를 단단히 입고 금과와 도끼를 들고 궁궐 문 밖에서 지키고 있었어요. 멋진 장군들! 그들이 어떻게 차려입었는지 볼까요?

머리에 쓴 금빛 투구 반짝이고
몸에는 용 비늘 갑옷 걸쳤네.
가슴을 보호하는 둥근 원판 상서로운 구름 속에서 반짝이고

사자 모양 매듭 단단히 묶어 맸고

수놓은 허리띠 오색 노을 속에서 새롭네.

한 사람은 봉황의 눈으로 하늘을 바라보니 별들이 두려워 떨고

또 한 사람은 둥근 눈에 번개가 번쩍여 달빛이 요동치네.

그들은 본래 영웅호걸로 옛 공신이었다가

천 년 만 년 호위라 불리고 호위신[門神]²이 되었다네.

頭戴金盔光爍爍　身披鎧甲龍鱗

護心寶鏡幌祥雲　獅蠻收緊扣　綉帶彩霞新

這一個鳳眼朝天星斗怕　那一個環睛映電月光浮

他本是英雄豪傑舊勳臣　只落得千年稱戶尉　萬古作門神

두 장군이 문 옆에 서서 날이 밝을 때까지 밤새 지키고 있었지만, 요괴나 귀신은 그림자도 보이지 않았어요. 그날 밤 당 태종은 침궁에서 아무 일 없이 편안히 잤지요. 그리고 새벽이 되자 두 장군을 불러 크게 상을 내리고 치하했어요.

"짐이 병이 난 뒤로 며칠 동안 잠을 잘 수 없었는데, 어젯밤은 두 장군의 위세 덕분에 매우 편안했소. 경들은 잠시 가서 쉬다가 저녁 때 다시 한 번 호위해주시구려."

두 장군이 예를 올리고 물러갔어요. 결국 이삼 일 밤 지키고 있

2　고대 중국의 전설에서는 악귀를 제압할 수 있는 신인 신도와 울루를 문신으로 삼았다. 왼쪽을 문승門丞이라 불렀고 오른쪽을 호위戶尉라 불렀다. 당·송대에 이르러서는 진숙보와 호경덕을 문신으로 삼았다. 『삼교원류수신대전三教原流搜神大全』에 이런 기록이 있다. "호신戶神은 당나라 때의 진숙보와 호경덕 두 장군이다. 전하는 바에 따르면 당 태종의 몸이 불편하였다. 침궁 문 밖에서 귀신과 도깨비가 울부짖는다고 신하들에게 말하자, 진숙보가 '호경덕과 함께 무장을 하고 문밖에 서서 지키겠습니다' 하고 아뢰었다. 당 태종이 그것을 허락하니 밤에 정말 아무 일이 없었다. 그래서 화가에게 두 사람의 초상을 그려 궁궐 문에 내걸게 하니, 귀신과 요괴가 잠잠해졌다. 후세 사람들이 이를 따라 그들은 마침내 영구히 문신이 되었다." 이 부분의 이야기는 이에 근거하여 부연된 것이다.

을 때는 모두 편안했어요. 그러나 황제는 먹는 것이 줄어들며 병이 점차 심각해졌어요. 당 태종은 두 장군의 수고를 차마 볼 수가 없어 진숙보, 호경덕, 두여회, 방현령 등을 궁궐로 들라 하여 분부를 내렸어요.

"요 이틀 짐은 편안할 수 있었지만, 진숙보와 호경덕 두 장군은 밤새도록 수고하였소. 짐은 솜씨가 뛰어난 화가를 불러다 두 장군의 초상을 그려 문에 붙여놓음으로써 그들의 수고를 덜어주고자 하는데, 어떻소?"

신하들이 즉시 명에 따라 화가 두 명을 선발하고 호경덕과 진숙보 두 사람에게는 전처럼 갑옷을 걸치게 하여, 그 모습대로 그려 문 위에 붙였어요. 그러자 밤에도 아무 일이 없었어요.

이렇게 이삼 일이 지나자 또 후재문後宰門에서 쿵쾅쿵쾅 벽돌과 기와 소리가 어지럽게 들리는 것이었어요. 새벽이 되자 당 태종은 신하들에게 말했어요.

"며칠 동안 앞문에서는 다행히 아무 일 없었는데, 어젯밤에는 뒷문에서 다시 소리가 나 또 과인을 놀라게 하였소."

서세적이 앞으로 나와 아뢰었어요.

"앞문이 불안할 때 호경덕과 진숙보가 호위했으니, 뒷문이 불안할 때는 위징으로 하여금 호위케 하셔야 합니다."

당 태종이 이를 허락하고 위징에게 명하여 그날 밤 뒷문을 지키도록 했어요. 위징이 명을 받고 그날 밤 단단히 무장한 채 용을 베었던 보검을 들고서 후재문 앞에 서니, 정말 훌륭한 영웅의 모습이었어요.

푸른 비단 두건으로 이마 동여매고
비단 도포에 옥띠를 허리에 드리웠네.

바람 받은 흰 소매가 서리처럼 휘날리니

호위신 울루鬱壘와 신도神荼의 모습을 압도하는구나.

다리에는 검은 가죽 장화 신은 채 떡 버티고 앉아

손에는 날카로운 칼을 쥐니 그 모습 사납고 용맹스럽구나.

둥근 두 눈으로 사방을 살피니

어떤 요괴 귀신이 감히 올 수 있으랴?

熟絹青巾抹額　錦袍玉帶垂腰

兜風鶴袖采霜飄　壓賽鬱荼神貌

脚踏烏靴坐折　手持利刃凶驍

圓睜兩眼四邊瞧　那個邪神敢到

날이 밝을 때까지 귀신이나 도깨비는 나타나지 않았어요. 앞뒤 문에는 아무 일이 없었지만, 황제의 육신의 병은 점점 심각해져 갔어요. 어느 날 태후가 다시 명을 내려 대신들을 부르더니, 장례 일을 상의했어요. 당 태종도 서세적을 불러 국가의 대사를 나누어 맡겼지요. 그리고 촉나라 군주 유비劉備가 제갈량諸葛亮에게 아들 유선劉禪을 맡기던 뜻을 따라 이것저것 부탁의 말을 했어요.

말을 마치자 당 태종은 목욕재계하고 옷을 갈아입고 죽을 때를 기다렸지요. 그런데 옆에서 갑자기 위징이 나타나더니 손으로 곤룡포를 끌어당기며 아뢰는 것이었어요.

"폐하, 안심하십시오. 저에게 한 가지 생각이 있는데, 폐하께서 오래 사실 수 있도록 책임지고 보장하겠습니다."

"병세가 이미 심각해서 목숨이 위태로운데 어떻게 보장한다는 거요?"

"제가 편지를 한 통 써서 드릴 테니, 저승에 도착하시거든 풍도 판관鄷都判官 최각崔珏에게 전해주십시오."

"최각이 누구인고?"

"최각은 태상황제를 모시던 신하로, 처음에는 자주현慈州縣 현령을 제수받았다가 나중에는 예부시랑禮部侍郎에 올랐습니다. 살아 있을 때 저와 의형제를 맺은 사이입니다. 그는 지금은 죽어서 저승의 생사부를 관리하는 풍도판관으로 있는데, 꿈속에서 저와 자주 만납니다. 이번에 가서서 이 편지를 전해주면, 저와의 친분을 생각해 반드시 폐하를 돌려보내드릴 것입니다. 그가 책임지고 폐하의 혼령을 이승으로 돌려보낼 터이니, 틀림없이 장안으로 돌아오시게 될 것입니다."

당 태종이 이 말을 듣고 편지를 받아 소매 속에 끼워 넣더니, 마침내 눈을 감았어요. 삼궁과 육원의 황후와 비빈, 시중들과 태자, 문무 대신들은 모두 곡을 하고 상복을 입었어요. 또 백호전白虎殿에 황제의 관을 안치했는데, 이 얘기는 더 이상 하지 않겠어요.

한편, 당 태종은 정신이 아득한 상태에서 혼령이 곧장 오봉루五鳳樓 앞으로 나왔는데, 거기에는 황제의 친위대인 어림군 군마들이 대기하고 있다가 궁궐 밖으로 사냥을 나가자고 청했어요. 당 태종은 기꺼이 그들을 따라 아득히 먼 길을 떠났어요. 한참 가다보니 사람과 말은 모두 사라지고, 자기 혼자 거칠게 풀이 우거진 들을 걷고 있는 것이었어요. 당 태종이 놀라고 당황하여 길을 찾지 못하고 있는데, 저쪽에서 누군가 큰 소리로 외치는 것이었어요.

"위대한 당나라 황제시여, 이리로 오십시오! 이리로 오세요!"

당 태종이 이 말을 듣고 머리를 들어 보니, 그 사람은 이런 모습이었어요.

머리에는 오사모[3] 쓰고

허리에는 무소뿔로 장식한 허리띠 둘렀네.

오사모의 부드러운 띠 휘날리고

무소뿔로 장식한 허리띠 금빛으로 반짝이네.

손에 쥔 상아홀에는 상서로운 구름 모여 있고

입고 있는 비단 도포에는 상서로운 빛이 은은하구나.

발에는 바닥이 흰 장화 신고

구름과 안개를 밟는다네.

가슴에 품은 생사부에는

운명이 기록되어 있다네.

귀밑머리 어지러이 귓가에서 날리고

수염은 뺨 주변에서 휘날리네.

예전에는 당나라 재상이더니

오늘날에는 문서 관리인으로 염라대왕을 모시고 있구나.

頭頂烏紗　腰懸犀角

頭頂烏紗飄軟帶　腰圍犀帶顯金廂

手擎牙笏凝祥靄　身着羅袍隱瑞光

脚踏一隻粉底靴　登雲促霧

懷揣一本生死薄　注定存亡

鬢髮蓬鬆飄耳上　髯鬚飛舞繞腮傍

昔日曾爲唐國相　如今掌案侍閻王

당 태종이 그 사람 쪽으로 가니, 그가 길가에서 무릎을 꿇고 절하며 말했어요.

"폐하, 제가 멀리까지 마중나오지 못한 죄를 용서하소서."

---

3 고대 중국의 관모官帽이다.

"그대는 누군가? 어떻게 맞이하러 왔는고?"

"저는 반달 전 삼라전에서 귀신이 된 경하의 용이, 폐하께서 구해준다고 허락하고서 목을 벤 사건에 관해 상소하는 것을 보았습니다. 첫째 궁전의 진광대왕께서는 즉시 귀신 사자를 파견해 폐하를 모셔 와서 원고와 피고, 증인 삼자를 대질 심문코자 하였습니다. 제가 그 사실을 알고 일부러 이곳에 와 기다리고 있다가 맞이하려 했는데, 뜻하지 않게 조금 늦게 도착했습니다. 용서해 주시기 바랍니다."

"그대의 성이 무엇이고 이름은 뭔가? 무슨 관직을 맡고 있는가?"

"저는 생전에는 이승의 조정에서 선왕을 모시고 자주현 현령으로 있다가, 나중에는 예부시랑을 지냈습니다. 성은 최가이고 이름은 각이라 합니다. 지금 저승에서는 풍도의 문서 관리 판관으로 있습니다."

당 태종이 매우 기뻐하며 다가가 급히 그의 손을 잡고 말했어요.

"선생, 수고스럽게 멀리까지 와주셨구려. 짐의 곁에 있던 위징이 편지를 주면서 선생께 전해달라고 했는데, 마침 잘 만났소."

최각이 절을 하며 편지가 어디 있는지 물었어요. 당 태종이 바로 옷소매 속에서 꺼내 주니, 최각이 절하고 받아 봉한 것을 뜯어 보았어요. 편지에는 이렇게 씌어 있었어요.

분에 넘치게 사랑을 받고 있는 동생 위징이 머리 조아려 편지로 대도大都에 계신 결의형제 최 선생께 문안인사를 드립니다. 옛날에 교유하던 것을 생각하면 목소리와 모습이 여전히 살아 있는 듯합니다만, 어느덧 세월이 흘러 수년간 가르침을 듣지 못했습니다.

그래도 절기마다 음식을 차려 제사를 올리곤 하는데, 흠향하셨는지요? 또 저를 버리지 않으시고 꿈속에 나타나 알려주셔서, 비로소 형님께서 높은 자리로 영전된 것을 알게 되었습니다. 하지만 어쩌겠어요? 이승과 저승은 단절된 다른 세상이니 만나뵐 수가 없군요.

지금 저희 당 태종 문황제文皇帝께서 갑자기 운명하셨으니 삼자 대질 심문이 있을 것이고, 반드시 형님과 만나시게 되리라 생각됩니다. 부디 생전의 우정을 생각하시어 한두 가지 편의를 봐주셔서, 저희 폐하께서 이승으로 돌아올 수 있도록 특별히 사랑을 베풀어주시기 바랍니다. 훗날 다시 사례하겠습니다. 일일이 다 말씀드리지 못하고 글을 마칩니다.

최 판관은 편지를 보고 매우 기뻐했어요.

"위징 아우가 전에 꿈속에서 용을 벤 일은 저도 이미 알고 있었습니다. 실로 감탄을 금할 수 없습니다. 그 사람이 항상 제 자손을 돌봐주고 있는데다 오늘 또 편지까지 보냈으니, 폐하께서는 안심하십시오. 제가 책임지고 폐하를 이승의 황궁으로 다시 돌아가시도록 해드리겠습니다."

당 태종은 그에게 감사했어요.

두 사람이 이야기하고 있는데, 저쪽에서 푸른 옷을 입은 두 동자가 깃발과 큰 양산을 들고 나타나 큰 소리로 말했어요.

"염라대왕께서 모셔 오랍니다."

당 태종이 최 판관, 두 동자와 함께 걸어가노라니 문득 성이 하나 보이는데, 성문 위에는 '유명지부귀문관幽冥地府鬼門關'이라는 큰 금색 글자가 적힌 간판이 걸려 있었어요. 동자들이 깃발을 흔들며 당 태종을 인도해 곧장 성안으로 들어가 길을 따라갔어요.

그런데 그 길가에 돌아가신 임금인 이연李淵[4]과 당 태종의 형님인 이건성李建成, 동생 이원길李元吉[5]이 있다가 앞으로 다가오더니 "세민이가 왔다! 세민이가 왔어!"라고 소리쳤어요.

이건성과 이원길이 잡아끌면서 목숨을 내놓으라고 하는데, 당 태종은 미처 피하지 못하고 붙잡혔어요. 다행히 최 판관이 푸른 얼굴에 어금니가 삐져나온 귀신 사자를 불러 이건성과 이원길에게 호통을 쳐 물리쳤어요. 그제야 당 태종은 빠져나갈 수 있었지요. 몇 리쯤 가자 푸른 기와가 얹힌 누대가 보이는데, 정말 장관이었어요.

두둥실 만 겹으로 오색 노을 쌓여 있고
어슴푸레 천 갈래 붉은 안개 보이네.
뚜렷한 처마에는 괴수 머리 나는 듯 놓여 있고
반짝반짝 원앙 기와가 겹쳐져 있네.
문에는 몇 줄의 순금 못이 박혀 있고
문지방은 백옥을 이어서 만들었네.
창문은 태양에 가까워 새벽 안개 쏟아내고
커튼 친 창에는 번쩍 붉은 번개가 꿰뚫고 지나가네.
누대는 높이 솟아 푸른 하늘에 닿아 있고
구름다리 나란히 놓여 집들을 연결하고 있네.
짐승 문양 향로에는 구름 같은 연기 피어나 어의 속으로 파

---

4 당 고조로 자는 숙덕叔德이다. 수나라 말년에 태원유수太原留守라는 벼슬을 지냈다. 병사를 일으켜 수나라에 대항하여 당 왕조를 세웠다.

5 이건성은 당나라 고조 이연의 장자長子였다. 수나라 말 부친을 따라 병사를 일으켜 당 왕조를 세우고 태자로 옹립되었다. 전하는 바에 따르면 동생 이세민의 공이 천하에 가득한 것을 시기해 또 다른 동생인 제왕齊王 이원길과 음모하여 이세민을 죽이려 하였다. 이세민은 방현령, 울지경덕의 건의를 받아들여 현무문玄武門에서 정변을 일으켰고, 건성과 원길은 모두 피살되었다.

고들고

붉은 비단 등불은 둥근 부채를 비추네.

왼쪽에는 사납게 소머리 장식을 늘어놓았고

오른쪽에는 무시무시하게 말 얼굴 장식이 진열되어 있네.

죽은 자를 영접하고 귀신을 내보내느라 금패가 교환되고

혼백을 인도하고 부르느라 흰 비단 드리워놓았네.

저승의 총회문이라 부르는데

아래쪽은 염라대왕의 삼라전이라네.

飄飄萬疊彩霞堆	隱隱千條紅霧現
耿耿簷飛怪獸頭	輝輝五疊鴛鴦片
門鑽幾路赤金釘	檻設一橫白玉段
膧朧近光放曉烟	簾櫳幌亮穿紅電
樓臺高聳接靑霄	廊廡平排連寶院
獸鼎香雲襲御衣	絳紗燈火明宮扇
左邊猛烈擺牛頭	右下崢嶸羅馬面
接亡送鬼轉金牌	引魄招魂垂素練
喚作陰司總會門	下方閻老森羅殿

당 태종이 밖에서 보고 있노라니, 저쪽에서 옥 패물이 짤랑짤랑하고 신선의 향기 기이한데, 밖에는 두 쌍의 등불이 높이 매달려 있었어요. 그 뒤쪽에서 십대명왕이 계단을 내려오고 있었어요. 십대명왕이란 바로 진광왕, 초강왕, 송제왕, 오관왕, 염라왕, 평등왕, 태산왕, 도시왕, 변성왕, 전륜왕이었어요.

십대명왕은 삼라보전森羅寶殿으로 나와 허리를 굽히고 당 태종을 영접했어요. 당 태종은 사양하며 감히 앞으로 나아가지 못했어요. 십대명왕이 말했어요.

"폐하께서는 이승세계 사람들의 왕이고 저희들은 저승세계 귀신의 왕인지라, 신분상 그럴 수 있는데 왜 그리 사양하십니까?"

"짐이 폐하께 죄를 지었는데 어찌 감히 이승과 저승, 사람과 귀신의 도를 논할 수 있겠습니까?"

이렇게 계속 사양하다가 결국 당 태종은 삼라전에 들어가서 십대명왕과 예를 나누고 객과 주인을 구분해 앉았어요. 잠시 후에 진광왕이 읍하고 나서며 말했어요.

"귀신이 된 경하의 용이 상소하기를, 폐하께서 구해주겠다고 허락하고서 목을 베었다고 하는데, 어째서 그러셨습니까?"

"짐이 밤에 용이 구해달라는 꿈을 꾸고, 사실 그에게 아무 일 없게 해주겠다고 허락했습니다. 허나 그가 죽을죄를 지어 저의 신하 위징이 목을 베어야만 하는 줄은 생각지도 못했습니다. 짐은 위징을 불러 편전에서 바둑을 두었는데, 뜻밖에도 그새 그가 꿈속에서 용을 베어버렸지 뭡니까? 이는 위징의 신출귀몰한 능력 때문이고, 또 그 용왕이 죽어 마땅한 죄를 범했기 때문이니, 어찌 짐의 잘못이겠습니까?"

십대명왕이 이 말을 듣고 엎드려 예를 올리며 말했어요.

"그 용왕이 태어나기 전부터 남두성南斗星의 사망 명부에 이미 인간세계 관리의 손에 죽도록 운명이 결정되어 있단 것을 저희도 벌써부터 알고 있습니다. 그런데 그가 여기서 따지면서 폐하를 반드시 이곳으로 오게 해 삼자 대질 심문해야 한다고 주장하였습니다. 저희들은 그를 윤회장[輪藏]으로 들여보내 환생토록 할 것입니다. 지금 또 번거롭게 이곳까지 폐하를 왕림하시게 했으니, 성마르게 재촉한 죄를 용서하여 주십시오."

말을 마치자 생사부를 관리하는 판관에게 명을 내렸어요.

"빨리 생사부를 가져와라. 폐하의 이승 수명이 얼마인지 봐야겠다."

　최 판관은 급히 문서 관리실로 돌아와 천하만국 국왕의 수명 총명부를 일일이 훑어보았어요. 남섬부주의 위대한 당나라의 태종 황제는 정관 십삼년(639)에 죽는 것으로 되어 있었어요. 최 판관이 깜짝 놀라 급히 진한 먹물을 먹인 큰 붓을 가져다가 한 일자 위에 두 획을 덧붙였어요. 그런 뒤에 생사부를 바쳤지요. 십대명왕이 처음부터 살펴보니, 당 태종의 이름 밑에 삼십삼 년이라고 기록되어 있는 것이었어요. 염라대왕이 깜짝 놀라서 물었어요.

　"폐하께서 제위에 오르신 지 몇 년 되셨습니까?"

　"짐이 즉위한 지 이제 십삼 년이 되었습니다."

　"폐하께서는 안심하십시오. 이승의 수명이 아직 이십 년 남아 있습니다. 이번에 오셔서 대질 심문한 내용도 분명하니, 본래대로 이승으로 돌아가십시오."

　당 태종이 이 말을 듣고 몸을 굽혀 감사드렸어요. 십대명왕은 최 판관, 주태위朱太尉 두 사람을 시켜 당 태종이 환생하는 것을 전송해주도록 했어요. 당 태종이 삼라전을 나오다가 다시 손을 들며 십대명왕에게 물어보았어요.

　"짐의 궁중에 있는 가족들은 운수가 어떻습니까?"

　"모두 편안한데 누이동생만은 오래 살지 못할 듯합니다."

　당 태종이 다시 재배하고 감사 인사를 했어요.

　"이승에 돌아가도 사례할 만한 특별한 물건은 없고, 다만 과일로 답례할 수 있을 뿐입니다."

　십대명왕이 기뻐했어요.

　"이곳에는 동과冬瓜나 수박은 매우 많은데 호박만은 구하기 어렵습니다."

"돌아가면 즉시 보내드리겠습니다!"

마침내 여기서 서로 인사하고 헤어졌어요. 주태위가 혼을 인도하는 깃발을 들고 앞서 길을 인도하고, 최 판관은 뒤를 따르며 당 태종을 보호해 곧장 저승을 떠났지요. 당 태종이 눈을 들어 보니 왔던 길이 아닌지라, 최 판관에게 물어보았어요.

"이 길이 아닌 것 같은데?"

"맞습니다. 저승에는 이렇게 가는 길은 있어도 오는 길은 없습니다. 지금 폐하를, 윤회장을 거쳐 나가시도록 하려 합니다. 그것은 첫째, 폐하께 저승세계를 구경시켜드리려는 것이고, 둘째는 폐하께서 돌아가셔서 다른 사람들이 환생할 수 있도록 도와달라고 부탁드리기 위해서입니다."

당 태종은 두 사람이 길을 인도하는 대로 갈 수밖에 없었어요. 곧장 몇 리를 가니 문득 높은 산이 나타났어요. 음산한 구름은 땅에까지 드리워 있고 검은 안개가 하늘에 짙게 깔려 있었어요. 당 태종이 물었지요.

"최 선생, 저것은 무슨 산인가?"

"저승세계의 배음산背陰山이라 합니다."

당 태종은 두려워하며 물었어요.

"어떻게 지나가지?"

"폐하, 안심하십시오. 저희들이 인도하겠습니다."

당 태종은 벌벌 떨며 두 사람을 따라 바위산을 올랐어요. 머리를 들어 보니 이런 모습이었지요.

　산 모양이 온통 들쑥날쑥하고
　산세가 특히 험준하구나.
　험준하기는 촉나라 준령 같고

높기는 여산과 같구나.

이승의 명산이 아닌

정말 저승세계의 험준한 곳이구나.

가시덤불 속에는 귀신, 요괴 숨어 있고

바위 절벽 험준한 곳에는 마귀가 숨어 있네.

귓가에는 짐승, 새 우는 소리 들리지 않고

눈앞에는 귀신, 요괴 다니는 모습만 보이는구나.

음산한 바람 쏴 불고

짙은 안개 자욱하네.

음산한 바람 쏴 부는 것은

귀신 병사들이 입속에서 입김을 뿜어내는 것이고

짙은 안개 자욱한 것은

요괴, 유령이 어둠 속에서 숨을 내쉬는 것이라네.

높은 곳이건 낮은 곳이건 볼 만한 경치라고는 없고

좌우를 돌아봐도 어지럽고 흉악한 모습뿐이네.

저곳에는 산도 있고

봉우리도 있고

고개도 있고

동굴도 있고

계곡도 있네.

단지 산에는 풀이 자라지 않고

봉우리는 하늘 높이 솟아 있지 않고

고개에는 다니는 나그네 없고

동굴에는 구름이 드나들지 않으며

계곡에는 물이 흐르지 않을 뿐

절벽 앞은 귀신, 도깨비뿐이고

고개 아래는 귀신, 요괴뿐
동굴에는 들 귀신이 숨어 있고
계곡에는 사악한 귀신 숨어 있구나.
산 앞뒤로는
소머리, 말 얼굴 귀신들이 어지러이 울부짖고
반쯤 모습을 감춘 채
배고프고 가난한 귀신들이 때때로 마주보고 울고 있네.
목숨을 재촉하는 판관들
바쁘게 신표를 전달하고
혼령을 쫓는 태위들
소리치며 공문을 재촉하네.
전령들은
회오리바람처럼 밀려오고
저승 포졸들은
짙은 안개처럼 깔려 있구나.

形多凸凹　勢更崎嶇

峻如蜀嶺　高似盧巖

非陽世之名山　實陰司之險地

荊棘叢叢藏鬼怪　石崖磷磷隱邪魔

耳畔不聞獸鳥噪　眼前惟見鬼妖行

陰風颯颯　黑霧漫漫

陰風颯颯　是神兵口內哨來烟

黑霧漫漫　是鬼祟暗中噴出氣

一望高低無景色　相看左右盡猖亡

那裡山也有　峰也有

嶺也有　洞也有　澗也有

只是山不生草　峰不插天

嶺不行客　洞不納雲　澗不流水

岸前皆魍魎　嶺下盡神魔

洞中收野鬼　澗底隱邪魂

山前山後　牛頭馬面亂喧呼

半掩半藏　餓鬼窮魂時對泣

催命的判官　急急忙忙傳信票

追魂的太尉　吆吆喝喝趲公文

急脚子　旋風滾滾

勾司人　黑霧紛紛

　당 태종은 오로지 최 판관의 보호에 기대어 배음산을 넘었어요. 가다가 또 수많은 관아를 지났는데 가는 곳마다 슬픈 울음소리가 귀를 진동시켰고, 사악한 요괴들이 마음을 놀라게 만들었어요. 당 태종이 다시 물었어요.

"이곳은 어디인가?"

최 판관이 대답했지요.

"이곳은 배음산 뒤쪽 십팔 층 지옥입니다.

"그건 무엇이오?"

"폐하, 제가 설명해드리겠사옵니다."

　근육을 잡아 늘이는 지옥, 죄인을 감금하는 지옥, 불구덩이 지옥에 있는 자들은

　적막하고 고요하고

　고통스러우니,

　모두 생전에 수많은 죄를 저지르고

죽은 뒤 내내 죗값을 치르는 것입니다.

풍도옥, 혀를 뽑는 지옥, 피부를 깎아내는 지옥에 있는 자들은

울고불고

서글프고 참혹한데

나라에 충성하지 않고 부모에 불효하며 하늘의 이치를 거스르고

입으로는 자비를 늘어놓지만 속으로는 사악한 마음을 품고 있기 때문에 이곳에 떨어진 것입니다.

맷돌로 갈아 부수는 지옥, 방아로 찧는 지옥, 수레로 몸을 찢는 지옥에 있는 이들은

살갗이 갈라지고 살이 터지며

입이 뭉개지고 어금니가 갈리고 있는데

이는 자기 양심을 속이고 공정치 못한 짓을 행하였고

감언이설로 몰래 남에게 손해를 입혔기 때문입니다.

찬 얼음 지옥, 살가죽을 벗기는 지옥, 창자를 뽑아내는 지옥에 있는 이들은

때 묻은 얼굴에 헝클어진 머리

근심스레 찌푸린 미간을 하고 있는데

이들은 모두 크고 작은 저울로 어리석은 이들을 속여

이런 재앙이 자신에게 미치도록 한 것입니다.

기름 가마솥 지옥, 암흑의 지옥, 칼산지옥에 있는 이들은

벌벌 떨며

비통해하고 있는데

이는 모두 어질고 착한 이들에게 포악하게 굴고 속였기 때문에

머리를 파묻고 목을 움츠리며 괴로이 외롭게 지내는 겁니다.

피 연못 지옥, 아비지옥, 저울대 지옥에 있는 자들은

살갗이 벗겨져 뼈가 드러나고

팔이 꺾이고 근육이 끊어지는데

이는 재물을 탐내 목숨을 해치고

가축을 도살하고 살아 있는 것을 죽였기 때문에

이곳에 떨어져 영원히 벗어나지 못하고

고통에 빠져 영원토록 몸을 빼지 못하는 겁니다.

모두들 단단히 묶이고

밧줄로 동여매어져 있는데

긴 창과 단검을 쥐고 있는 붉은 머리 귀신, 검은 얼굴 귀신들과

철간鐵簡, 구리 망치를 들고 있는 소머리 귀신, 말 얼굴 귀신들이

눈썹 찌푸리고 고통에 얼굴 일그러져 피범벅이 되도록

하늘과 땅을 보고 울부짖어도 구해주는 이가 없습니다.

인간은 살면서 양심을 속여서는 안 되니

귀신들이 분명히 아는데 누군들 놓아주겠습니까?

선악은 처음부터 끝까지 보응이 있는 법이니

단지 먼저 오고 늦게 오는 차이만 있을 뿐입니다.

吊觔獄　幽杻獄　火坑獄

寂寂寥寥　煩煩惱惱

盡皆是生前作下千般業　死後通來受罪名

酆都獄　拔舌獄　剝皮獄

哭哭啼啼　悽悽慘慘

只因不忠不孝傷天理　佛口蛇心墮此門

磨摧獄　碓搗獄　車崩獄

皮開肉綻　抹嘴咨牙

乃是瞞心昧己不公道　巧語花言暗損人

寒氷獄　脫殼獄　抽腸獄

垢面蓬頭　愁眉皺眼

都是大斗小秤欺癡蠢　致使災迍累自身

油鍋獄　黑暗獄　刀山獄

戰戰兢兢　悲悲切切

皆因强暴欺良善　藏頭縮頸苦伶仃

血池獄　阿鼻獄　秤杆觔

脫皮露骨　折臂斷筋

也只爲謀財害命　宰畜屠生

墮落千年難解釋　沉淪永世不翻身

一個個緊縛牢拴　繩纏索綁

差些赤髮鬼　黑臉鬼　長鎗短劍

牛頭鬼　馬面鬼　鐵簡銅鎚

只打得皺眉苦面血淋淋　叫地叫天無救應

正是人生却莫把心欺　神鬼昭彰放過誰

善惡到頭終有報　只爭來早與來遲

당 태종은 이 말을 듣고 속으로 놀라고 두려웠어요. 다시 앞으로 나아가니 얼마 안 있어 귀신 졸개들이 보이는데, 각각 깃발을 들고 길가에 무릎 꿇고 말했어요.

"교량을 지키는 사자가 마중나왔습니다."

최 판관이 명을 내렸어요.

"일어나라!"

그러자 그들은 당 태종을 인도해 금 다리를 지나갔어요. 당 태종이 다시 저쪽을 보니 은 다리가 있었어요. 다리 위에는 충성되고 효를 행하며 어질고 착한 사람들과 공명정대한 사람들이 지나가고 있었는데, 역시 인도하는 깃발이 있었어요. 저쪽에 또 다른 다리가 있는데, 찬바람이 불어닥치고 피 물결이 넘실대며 울부짖는 소리가 끊이질 않았어요. 당 태종이 물어보았지요.

"저 다리는 이름이 뭔가?"

최 판관이 대답했어요.

"폐하, 저것은 내하교柰河橋[6]라 합니다. 이승에 도착하시면 반드시 전해주십시오. 저 다리 밑은 이렇습니다."

급하고 도도하게 흐르는 물결 위
험준하고 좁디좁은 길
흡사 흰 비단을 장강에 걸쳐놓은 듯
불구덩이가 공중에 떠 있는 듯
음산한 기운 뼛속까지 서늘하게 파고들고
코를 찌르는 피비린내 심장까지 뚫고 들어옵니다.
파도가 소용돌이치니
오가며 건네주는 배가 한 척도 없습니다.
맨발에 헝클어진 머리
드나드는 이들 모두 죄 많은 귀신들입니다.
다리 길이는 몇 리인데
다리 폭은 단지 세 뼘 정도입니다.
다리 높이는 백 자 정도이나

---

6 전설에 따르면, 저승에서 흘러나오는 피비린내 나는 핏물의 강을 내하라 했다. 그 위에 내하교가 있는데, 악한 사람이 죽은 뒤 혼백이 이 다리를 지나간다고 한다.

물 깊이는 천 길이나 됩니다.

위에는 손으로 잡을 난간도 없고

밑에는 사람을 잡아가는 사악한 요괴가 있습니다.

몸에 칼이 씌워진 채

내하의 험한 길을 올라야 합니다.

보십시오

저 다리 옆의 귀신 장수들 얼마나 흉악하고

강 속의 죄 많은 혼령들 얼마나 고통스러워하는지

둘로 갈라진 나무 위에

걸어놓은 것은 청색, 홍색, 황색, 자색의 비단옷입니다.

가파른 절벽 앞에

무릎 꿇고 있는 것은 시부모를 비방하고 음란했던 여자들입니다.

구리 뱀과 무쇠 개가 제멋대로 먹을 것을 다투니

내하에 떨어지면 영원히 빠져나올 길이 없습니다.

奔流浩浩之水　險峻窄窄之路

儼如疋練搭長江　却似火坑浮上界

陰氣逼人寒透骨　腥風撲鼻味鑽心

波翻浪滾　往來竝沒渡人船

赤脚蓬頭　出入盡皆作業鬼

橋長數里　闊只三戲

高有百尺　深却千重

上無扶手欄杆　下有搶人惡怪

枷杻纏身　打上奈河險路

你看那橋邊神將甚兇頑　河內孽魂眞苦惱

秤杴樹上　掛的是靑紅黃紫色絲衣

壁斗崖前　蹲的是毀罵公婆淫潑婦

銅蛇鐵狗任爭飱　永墮奈河無出路

이런 시가 있어요.

때때로 귀신들의 울부짖는 소리 들리고

피와 물이 섞인 파도 만 길로 높구나.

수많은 소머리와 말 얼굴 귀신들

흉악하게 내하교를 지키고 있네.

時聞鬼哭與神號　血水渾波萬丈高

無數牛頭泣馬面　猙獰把守奈河橋

　이야기하는 동안 교량을 지키는 사자들은 이미 돌아가 버렸어요. 당 태종은 속으로 놀라고 두려워 머리를 떨군 채 탄식하며 서글퍼했어요. 최 판관과 주태위를 따라 내하의 더럽고 핏물이 흐르는 고통의 세계를 지나오자, 앞에는 다시 왕사성枉死城[7]이 나타났어요. 그리고 시끄러운 사람 소리가 들리는데, 분명 "이세민이 왔다! 이세민이 왔어!"라고 말하는 것이었어요. 당 태종은 그 소리를 듣고 놀라 떨었어요. 허리가 비틀리고 팔이 잘리고 다리는 있으나 머리는 없는 귀신과 도깨비 무리들이 앞으로 와서 당 태종을 붙잡으며 소리쳤어요.

　"내 목숨을 돌려다오! 내 목숨을 돌려줘!"

　당 태종은 깜짝 놀라 숨으려 하면서 그저 "최 선생, 구해주시오! 구해주시오!"라고 소리쳤어요. 최 판관이 말했어요.

　"폐하, 저들은 모두 예순네 곳의 전투와 일흔두 곳 비적들의 난

7　억울하게 죽은 영혼들이 저승에서 모여 사는 곳을 가리킨다.

游地府太宗還宋
進瓜果劉全配全

저승에 갔던 당 태종이 왕사성을 지나 돌아오고 있다

에 참가했던 여러 왕자와 두목들의 혼령입니다. 모두 억울하게 죽은 죄인들로 거둬주는 자도 없고 책임지는 자도 없어서 환생을 못하고 있습니다. 또 노잣돈도 없는 외롭고 춥고 배고픈 귀신들입니다. 폐하께서 약간의 돈을 그들에게 주신다면 제가 구해드릴 수 있습니다."

"과인이 빈 몸으로 이곳에 왔으니 돈이 어디 있겠소?"

"폐하, 이승에 한 사람이 있는데 약간의 금은을 이곳 저승에 맡겨놓고 있습니다. 폐하께서 이름을 걸어 계약하시고 제가 보증을 서면 됩니다. 잠시 그에게 금은 창고 하나를 빌려 이 배고픈 귀신들에게 나눠 주면 지나갈 수 있을 겁니다."

"그 사람이 누군가?"

"그는 하남성河南省 개봉부開封府에 사는 상량相良이라는 사람인데, 이곳에 열세 개의 금은 창고를 가지고 있습니다. 폐하께서 그의 것을 빌려 쓰시고, 이승에 돌아가서 그에게 갚아주시면 됩니다."

당 태종은 매우 기뻐하며 자기 이름으로 빌려 쓰기를 원했어요. 마침내 계약서를 작성해 최 판관에게 주고, 금은 창고 하나를 빌려 주태위를 시켜 모두 나눠 주게 했어요. 최 판관이 다시 분부를 내렸어요.

"이 금은을 너희들이 모두 똑같이 나눠 쓰고 위대한 당나라 황제를 놓아 보내드려라. 그분은 이승 수명이 아직 남아 있다. 내 십대명왕의 명을 받아 그분이 환생하는 것을 전송하고, 이승으로 돌아가면 수륙대회水陸大會[8]를 열어 너희들을 제도해 환생토록 해줄 테니, 더 이상 말썽 피우지 마라."

---

8   수륙도량水陸道場이라고도 한다. 제단을 설치해 불경을 읽고 음식을 널리 베풀어 바다와 육지에서 죽은 자들의 혼령을 제도하는 법회를 말한다.

귀신들이 이 말을 듣고 금은을 얻어 모두 예예 하고 물러갔어요. 최 판관은 주태위로 하여금 혼백을 인도하는 깃발을 흔들게 하고, 당 태종을 인도해 왕사성을 떠났어요. 평탄한 대로로 걸음을 재촉해 정처 없이 갔지요.

　결국 그 길에서 빠져나왔는지는 알 수 없으니, 이에 대해서는 다음 회를 들어보시라.

옮긴이의 말

중국 현대 소설의 비조鼻祖이자 중국 고전소설 연구의 선구자라고 할 수 있는 루쉰(魯迅, 1881~1936)이 『봉신연의封神演義』, 『삼보태감서양기三寶太監西洋記』와 더불어 고대 중국을 대표하는 '신마소설神魔小說'로 꼽았던 『서유기』는 그 가운데서도 오락성과 우의성寓意性, 상징성이 가장 풍부하고 이야기 구성이 뛰어난 걸작으로 평가된다. 이 작품은 현장(玄奘, 602~664)이라는 실존 인물을 모델로 문학적 상상을 덧붙여 만들어 낸 삼장법사와 그의 제자로서 도를 수련하여 술법을 익힌 원숭이인 손오공, 하늘나라의 신선이었다가 죄를 지어 인간세계로 내쫓긴 저팔계와 사오정, 그리고 용왕의 아들인 백마를 설정하여 석가모니가 있는 '서천西天'을 향한 십만팔천 리의 장정長程을 주파하게 한다. 온갖 유혹과 일행을 노리는 요괴의 위험이 도사린 이 여정에서는 도술과 요술이 뒤얽힌 환상적인 전투와 기발한 술책이 쉼 없이 이어지면서 흥미와 박진감이 넘친다. 바로 이런 점 때문에 이 작품은 일찍부터 중국은 물론이고 한국과 일본, 베트남까지 동아시아 여러 지역에 널리 유행하여 다양한 파생 상품들을 많이 만들어

냈다. 이 덕분에 우리나라 독자들은 이미 어릴 적부터 즐겨 보았던 만화 또는 애니메이션을 통해 이 작품의 주요 등장인물과 대표적인 몇몇 장면을 익히 알고 있기도 하다.

그러나 총 100회의 장편 이야기인 이 작품을 번역을 통해서라도 처음부터 끝까지 완독한 독자는 의외로 대단히 드물다. 작품의 분량이 길기 때문이기도 하지만 정밀한 역주가 포함된 번역서가 우리나라에서 간행된 역사가 채 20년이 되지 않기 때문이다. 물론 그 이전에도 작품 전체를 번역한 책이 간행된 적은 있지만, 전문적인 역주의 도움 없이 이 작품에 담긴 심오한 도교 사상과 정밀한 문학적 수사를 통한 풍부한 상징과 은유를 깊이 있게 이해하는 데에는 상당한 어려움이 있었다. 이 또한 '완독'을 해낸 독자가 드물었던 이유 가운데 하나가 될 것이다.

『서유기』는 '고전 명작'이라는 수식어에 충분히 어울리는 다양한 해석 가능성을 품고 있는데, 당연히 그것은 이 작품의 문학적 성취 덕분에 나타난 결과이다. 먼저 이 작품의 주요 등장인물들은 그 이름을 지을 때부터 정교한 의미를 담았다. 삼장법사의 '삼장三藏'은 율장律藏과 경장經藏, 논장論藏을 포괄하는 일체의 불교 경전이라는 뜻이지만, 이 작품에는 오히려 불교와 도교를 포함한 일체의 절대 지혜를 의미한다. 다만 작품 속의 삼장법사는 이미 완성된 절대 지혜가 아니라 그것을 향해 나아가는 수행자의 모습으로 설정되어 있다. 돌에서 태어나 원숭이 왕이 되고 옥황상제의 권위에 도전하는 용맹한 존재에서 방종을 구속하는 머리테를 쓴 채 삼장법사의 제자로서 새로운 수행을 나서게 된 손오공孫悟空은 절대 지혜의 다른 이름인 '공空'을 '깨닫기[悟]'에 '모자라고[遜]' 어린 존재라는 뜻이다. 그러므로 서천을 향한 여행에서 그는 끊임없이 자신의 승부욕과 명예욕을 상대로 싸워야 한다. 물론 그 승부욕과 명예욕은 때로 '가짜 손오공'이나 다른 요괴의 형태로 나타나기도 한다. 저팔계豬八戒는 승려 즉 수행자로서 지켜야 할 기본적인 계율인 '팔계八戒'를 '저해'(저[豬]와 저[沮]는 발음이 유사하므로)하는 탐욕적이고 게으른 돼지의 품성을 지니고 있으니, 여행을 통해 그 결함을 극복해야 한다. 또 그의 원래 법명인 '오능悟能'이 암시하듯이 게으름을 이기고 자신의 '능력[能]'을 '깨달아야' 한다. 사오정은 유사하流沙河의 요괴라는 인간세계의 신분과 청정한 '정토[淨]'에 이르는 길을 '깨달아야' 하는 주인공임을 암시한다.

다음으로 이 작품의 주제는 독자의 관점에 따라 여러 가지로 해석될 수 있도록 안배되어 있다. 우선 삼장법사 일행이 서천에서 가져와야 하는 불경은 수행자 개인의 해탈만을 중시하는 것이 아니라 고난에 시달리는 '중생'을 제도하여 구제하는 보시普施를 통해 공덕을 쌓아서 부처의 길로 가는 대승불교의 경전이다. 그러므로 이러한 그들의 여정을 방해하는 요괴들은 적폐를 옹호하는 부패한 기득권 세력이다. 사람을 잡아먹는 요괴라는 것은 달리 말하자면 백성을 수탈하는 권력자이고, 그런 존재를 제거하는 삼장법사 일행은 사회적 병폐를 치유하는 혁명 세력이다. 그러므로 요괴들은 그 세력의 수장을 잡아먹어서 '영생永生' 즉 안정적인 기득권을 확보하고자 혈안이 된다. 하지만 관점을 달리해서 보면 이 작품은 원시적 욕망을 지닌 생명체에서 수행을 통해 부처와 같은 지고한 경지에 오르는 과정을 은유한 종교 경전이자 철학서이기도 하다. 사실 승려인 삼장법사를 전면에 내세우면서도 이 작품에는 도교와 관련된 내용이 주를 이루고 있으니, 남송南宋 전진도교全眞道敎 도사인 취현자翠玄子 석태(石泰, 1022~1158)가 지은 81편에 이르는 오언절구五言絶句 『환원편還原篇』과 역시 같은 도교 도사인 마단양(馬丹陽, 1123~1183)의『점오집漸悟集』, 장백단(張伯端, 983~1082)의『오진편悟眞篇』등에 들어 있는 많은 시 작품이 곳곳에서 인용되고 있는 데에서도 알 수 있다. 또 삼장법사 일행이 고난을 겪는 낙태천落胎泉이 상징하는 도교 수행―'영아嬰兒' 즉 '원신元神'을 기르는 내단內丹 수련―의 단계라든지, 삼장법사가 부처를 만나기 전에 접인조사接引祖師가 상앗대를 잡은 바닥 없는 배를 타고 능운도凌雲渡를 건널 때 육신을 벗어던지는 '시해尸解'를 이루는 장면(제98회) 등은 이러한 해석의 충분한 근거를 제공한다. 이럴 경우 장안에서 서천에 이르는 동안 삼장법사 일행이 겪는 81개의 고난은 득도하여 '정과正果'를 이루기 위한 헤아릴 수 없이 많은 단계와 그것을 방해하는 장애 즉 '마장魔障'을 의미한다고 할 수 있다.

사실 이러한 이유로 이 작품을 외국어로 번역하는 것은 대단히 어려운 일이고, 심지어 작품에 내재한 풍부한 은유와 상징을 두루 설명하는 역주를 붙이는 작업도 완벽하게 해내는 것은 사실상 불가능하다. 여기에 덧붙여서 이 작품에 적지 않게 포함된 원나라 말엽부터 명나라 중엽까지 민간에서 사용되던 속어들도 번역의 난이도를 높여놓았다.『서유기』는 민간 이야기꾼의 공연 대본을 문인의 손으로 다듬어 재구성하는 방식으로 장편소설을 만드는 당시의 전형적인 관례에 따라 나온 대표적인 작품 가운데 하나로 꼽는다. 이 때문에 이 작품에서는, 특히 대화문에서 많은 속어가 사용되었다. 하지만 이 분야에 관한 학술적 연구는 비교적 최근에야 일정한 성과물이 나오고 있는 실정이기 때문에, 20세기 초기에만 하더라도 마땅히 참고할 만한 자료가 없었다. 우리가 이번 수정본을 기획하게 된 가장 큰 이유도 바로 여기에 있다. 15년 전에 나온 우리 번역본 초판은 이와 같은 한계로 인해

불가피하게 생긴 오역이(관점에 따라서는 그다지 심각하지 않은 것도 제법 있지만) 있었기 때문이다. 다만 이번 수정본에서도 작품에 인용된 도교 관련 시들에 대한 좀 더 정밀한 해설은 보류할 수밖에 없었다. 이 부분까지 깊이 있게 해설하기에는 역자들의 역량이 아직 충분하지 않기 때문이기도 하고, 사실 이 부분은 그야말로 전문 연구자들의 몫이기 때문이다.

『서유기』는 감각적인 재미와 이성적인 사색의 단서를 동시에 제공하는, 명실상부한 '고전 명작'이다. 동양적 판타지의 진수를 보여주는 이 작품은 지금도 애니메이션과 게임, 영화, 판타지 등 여러 분야에서 새로운 콘텐츠를 생산하는 데에 훌륭한 자료가 되어주고 있다. 전 세계적 인기를 누린 『반지의 제왕』이 바로 여기에서 영감을 얻어 창작되었다는 사실은 이 작품의 위상과 가치를 대변하고 있다. 그러므로 우리나라 독자들도 이제는 '장난꾸러기 손오공'과 '답답한 사오정' 등의 피상적인 인상에서 벗어나 진정한 고전 명작에 담긴 깊은 맛을 감상해볼 필요가 있을 것이다. 그리고 이를 위해 우리의 번역본이 의미 있게 기여할 수 있기 바란다.

2019년 가을 역자를 대표하여
백운재에서 홍상훈

부록

현장법사의 서역 여행도

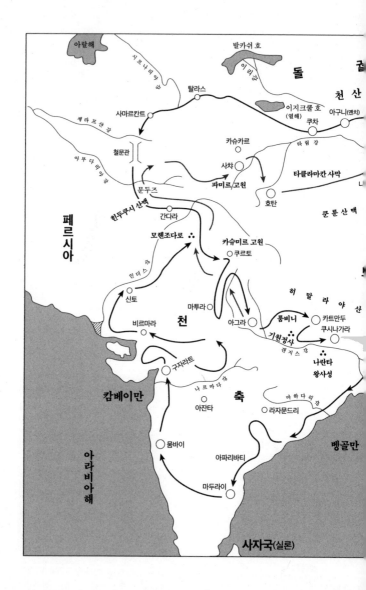

:여행 노선
:귀국 노선

(하미)
고비 사막
유사하
둔황
옥문관
가욕관
양주(량저우)
황허
난주(란저우)
장안(시안)
당
양쯔 강

나란타 사원 부근

나란타 사원
卍
연못
신왕사성
卍
취봉산
왕사성
부드가야

『서유기』 1권 등장인물

손오공

동승신주東勝神洲 오래국傲來國 화과산花果山의 돌에서 태어나 수보리조사須菩提祖師에게 도술을 배워 일흔두 가지 변신술을 익힌다. 반도대회를 망치고 도망쳐 화과산의 원숭이 무리를 이끌고 스스로 '제천대성齊天大聖'이라 칭하며 옥황상제에게 도전했다가, 석가여래에게 붙잡혀 오백 년 동안 오행산 아래 눌려 쇠구슬과 구리 녹인 쇳물로 허기를 때우며 벌을 받는다. 관음보살의 안배로 서천으로 불경을 가지러 가는 삼장법사의 제자가 되어 신통력과 기지로 온갖 요괴들을 물리친다.

삼장법사

장원급제한 수재 진악陳鄂의 아들이자 승상 은개산殷開山의 외손자이다. 아버지는 부임지로 가던 도중 홍강洪江의 도적들에게 피살되고, 임신 중이던 어머니는 강제로 도적의 아내가 된다. 죽은 아버지의 직위를 사칭하던 유홍劉洪의 음모를 피해, 어머니는 그를 강물에 띄워 보낸다. 요행히 금산사金山寺의 법명화상法明和尚이 그를 구해 현장玄奘이라는 법명을 주었다. 그는 이후 불가의 수양에 뜻을 두고 수행하다가 관음보살의 배려로 불경을 찾아 서천으로 떠나도록 선발된다. 당 태종은 그에게 삼장三藏이라는 법명을 준다.

저팔계

본래 하늘의 천봉원수天蓬元帥였으나 반도대회에서 항아를 희롱한 죄로 인간 세상으로 내쫓긴다. 어미의 태를 잘못 들어가 돼지의 모습으로 태어났으나, 서른여섯 가지 술법을 부리며 요괴가 되어 악행을 일삼다가 관음보살에게 감화되어 삼장법사의 제자로 안배된다. 이후, 오사장국烏斯藏國 고로장高老莊에서 데릴사위로 있었는데, 손오공을 만나 싸우다가 복릉산福陵山 운잔동雲棧洞으로 도망친다. 하지만 곧 굴복하여 삼장법사의 제자가 된다. 아홉 날 쇠스랑[九齒花]을 무기로 쓴다.

사오정

본래 하늘의 권렴대장군捲簾大將軍이었으나, 반도대회에서 실수로 옥파리玉渾璃를 깨뜨리는 바람에 아래 세상으로 내쫓긴다. 유사하流沙河에서 요괴 노릇을 하며 지내다가 관음보살에 의해 삼장법사의 제자로 안배된다. 훗날 유사하를 건너려던 삼장법사 일행을 몰라보고 손오공, 저팔계와 싸우지만, 관음보살이 자신의 큰제자인 목차木叉 혜안惠岸을 보내 오해를 풀어주어서, 결국 삼장법사의 셋째 제자가 된다. 무기로는 항요장降妖杖을 쓴다.

탁탑천왕

사천왕 가운데 하나로 석가여래가 하사한 탑을 항상 손에 받치고 있다. 이름이 이정李靖이기 때문에 종종 이천왕李天王이라고도 불린다. 손오공이 하늘나라에 대항하여 반기를 들었을 때 항마대원수降魔大元帥로 임명되어, 자신의 셋째 아들 나타태자屛飄太子와 함께 화과산으로 토벌에 나선다.

현성이랑신

옥황상제의 조카인 현성이랑진군顯聖二郎眞君을 가리킨다. 그는 매산형제梅山兄弟를 비롯해서 천이백 명의 작은 신들을 거느리고 관강灌江 어귀의 사당에서 인간들의 제사를 받아먹으며 살다가, 옥황상제의 명에 따라 손오공을 토벌하는 데 참여한다. 손오공과 신통력을 다투다가 태상노군의 도움 덕분에 손오공을 붙잡아 하늘나라로 압송하여 처벌받게 한다.

당 태종

경하 용왕에게 고발당해 심문을 받기 위해 저승으로 불려갈 때 위징이 써준 편지를 풍도판관酆都判官 최각崔珏에게 전해줌으로써, 다시 이승으로 돌아올 수 있게 된다. 돌아오는 도중에 최각의 안내로 저승의 이모저모를 돌아보며 느낀 바가 있어, 이승에 돌아가면 수륙대회水陸大會를 열어 저승에서 고통받는 영혼들을 구제해주겠다고 약속한다. 그리고 법회에 현신한 관음보살에게 감화되어 삼장법사를 서천으로 파견해 대승 불경을 가져오게 한다.

관음보살

석가여래의 명에 따라 당나라에 가서 서천으로 불경을 찾으러 갈 성승聖僧을 찾는다. 가는 도중에 손오공과 저팔계, 사오정을 성승의 제자로 안배하고, 또 사반산蛇盤山 응수간鷹愁澗에서 성승을 태우고 갈 용마를 안배한다.

불교 · 도교 용어 풀이

【ㄱ】

구전대환단九轉大還丹

도가에서 말하는 신선의 단약. '구전九轉'은 아홉 번 달였다는
뜻이다. 도가에서는 단약을 달이는 횟수가 많고 시간이 오래
될수록 복용한 후에 더 빨리 신선이 될 수 있다고 생각했다.
"아홉 번 달인 단약은 복용한 후 사흘 안에 신선이 될 수 있다"
는 말이 『포박자抱朴子』「금단金丹」에 보인다.

금련金蓮

원래는 '지용보살地湧菩薩'이라고 한다. 『법화경法華經』「용출품
湧出品」에 의하면, 석가여래가 「적문迹門」─『법화경』은 「적문」
과 「본문本門」으로 나뉜다 ─ 을 강의한 후 「본문」을 강의하려
하자, 석가여래의 교화를 입은 무량대보살無量大菩薩이 땅 밑에
서 솟아올라 허공에 머물렀다고 한다. 부처와 보살은 모두 연
꽃 자리에 앉아 있으므로 '지용금련地湧金蓮'이라 칭하기도 한
다. 여기에선 수보리조사가 위대한 도의 오묘함을 강론했음을
비유한 것이다.

급고독장자給孤獨長者

중인도中印度 교살라국橋薩羅國 사위성舍衛城의 부유한 상인 수
달다須達多의 별칭이다. 그는 자비와 선을 베풀기를 좋아해서
종종 외롭고 쓸쓸한 이들에게 먹을 것을 베풀어주었기 때문에
이런 별칭을 얻었다. 그는 왕사성王舍城에서 석가여래의 설법
을 듣고 크게 감동하여 석가여래를 자기 나라로 초청했다. 그

리고 태자 기다祇多의 정원을 사서 기원정사祇園精舍를 세워 석가여래에게 바치며 설법하는 장소로 쓰게 해주었다.

기원琪園

기원祇園, 즉 지원정사祇園精舍를 가리키는 듯하다. 인도의 불교 성지 중 하나이다. 코살라Kosala국 급고독장자給孤獨長者가 큰돈을 주고 파사닉왕태자波斯匿王太子 제타(Jeta, 祇陀)의 사위성舍衛城 남쪽의 화원花園인 기원을 사들여 정사精舍를 건축하여 석가가 사위국舍衛國에 머물며 설법하는 장소로 삼았다. 제타 태자는 화원을 팔았을 뿐만 아니라 화원에 있던 나무를 석가에게 바치고 두 사람의 이름을 따 이 정사를 기수급독고원祇樹給孤園이라고 불렀다. 기원은 약칭이다. 왕사성王舍城의 죽림정사竹林精舍와 함께 불교 최고最古의 두 정사로 알려져 있다. 당나라 현장법사가 인도를 찾았을 때 이 정사는 이미 붕괴되어 있었다.

【ㄴ】

"너는 열 가지 악한 죄를 범하였다."(제1권 5회 171쪽)

불교에서는 사람이 몸, 입, 생각으로 범하는 10가지 죄악으로 살생, 절도[偸盜], 음란[邪淫], 망령된 말[妄語], 일구이언[兩舌], 욕설[惡口], 거짓으로 꾸민 말[綺語], 탐욕, 격노[瞋迷], 사악한 생각[邪見]을 들고 있다. 십악대죄十惡大罪라고 하면 모반謀反, 모대역謀大逆, 모반謀叛, 악역惡逆, 부도不道, 대불경大不敬, 불효不孝, 불목不睦, 불의不義, 내란內亂을 가리킨다.

네 천제[四帝]

도교에서 떠받드는 네 명의 천신으로 사제四帝 또는 사어四御라고 불린다. 호천금궐지존옥황대제昊天金闕至尊玉皇大帝, 중천자미북극대제中天紫微北極大帝, 구진상천천황대제勾陳上天天皇大帝, 승천효법토황제지承天效法土皇帝祇를 가리킨다.

녹야원鹿野苑

석가모니가 도를 깨달은 후 처음으로 법륜法輪을 전하고 사체법四諦法을 이야기하였다는 곳으로 전해진다.

【ㄷ】

"다시 오천사백 년이 지나서 해회가 끝날 무렵에는 정貞의 덕이 하강하고 원元의 덕이 일어나면서 자회子會에 가까워지고……."(제1권 1회 27쪽)

여기서는 송나라 때의 소옹(1011~1077, 자字는 요부堯夫, 시호諡號는 강절선생康節先生)이 쓴 『황극경세皇極經世』에 들어 있는 천지의 개벽과 순환에 관한 설명을 빌려 쓰고 있다. 『주역』「건괘乾卦」의 괘를 풀어놓은 글에 '원형이정元亨利貞'이라는 표현이 들어 있는데, 흔히 이것을 건괘의 '네 가지 덕성[四德]'이라고 부르며, 그 하나하나가 네 계절과 짝을 이룬다고 설명하곤 한다. 그런 속설에 입각하면 "정의 덕이 하강하고 원의 덕이 일어난다"는 것은 겨울이 가고 봄이 오기 시작한다는 뜻이된다.

대단大丹

도가 용어로 오랜 기간의 수련과 고행을 통해 얻어지는 내단內丹을 가리킨다.

대라천

도교에서 말하는 서른여섯 층의 하늘 중 가장 높은 곳에 위치한 하늘.

대승교법大乘教法

1세기 무렵에 형성된 불교의 교파로서, 대자대비한 마음으로 중생을 두루 제도하여 불국정토佛國淨土를 건립하는 것을 최고의 목표로 삼으면서, 개인적 자아 해탈을 추구하던 원시불교와 다른 교파를 '소승'이라고 비판했다. 대승불교에서는 삼세시방三世十方에 무수한 부처가 있다고 여기는 데 비해, 소승불교에서는 석가모니만을 섬긴다.

대천大千

'대천세계大千世界', '삼천대천세계三千大千世界'를 줄인 말로 석가모니의 교화가 미친 지역을 가리킨다. 불교에서는 수미산을 중심으로 하여 사대부주四大部洲의 일월이 비추는 곳을 합쳐서 하나의 소세계小世界로, 천 개의 소세계를 소천세계小千世界로, 천 개의 소천세계를 중천세계中千世界로, 천 개의 중천세계를 대천세계로 생각한다.

도솔천궁兜率天宮

도교 전설에서는 태상노군이 거주하는 곳이다. 불교에도 도솔천이 있는데, 욕계慾界의 육천六天 가운데 네 번째 하늘이다. 욕계의 정토로 미륵보살이 사는 곳이다.

동승신주東勝神洲 · 서우하주西牛賀洲 · 남섬부주南贍部洲 · 북구로주北俱蘆洲

여기에 언급된 4개 대륙은 불경에서 말하는, 수미산을 사방으로 둘러싼 염해海에 떠 있는 4개의 큰 대륙을 가리킨다. 다만 여기서는 그 명칭을 약간 바꾸어 사용하고 있다. '동승신주'는 원래 '동승신주東勝身洲'라고 되어 있는데, 이것은 반달 모양의 그 지역에 사는 사람들이 신체와 용모가 빼어나고 각종 질병을 앓지 않는다는 뜻이었다. 그리고 '서우하주'는 본래 '서우화주西牛貨洲'라고 되어 있는데, 이것은 보름달 모양의 그 지역에서는 소를 화폐로 사용했기 때문에 붙여진 명칭이라고 한다. 또 '남섬부주'의 명칭은 '염부閻浮'라는 나무의 이름을 뜻하는 '섬부贍部'라는 표현을 이용해서 만든 것인데, 수레의 윗부분에 얹은 상자처럼 생긴 이 대륙에 염부나무가 많이 자라기 때문에 붙여진 것이다. 마지막으로 '북구로주'는 '북구로주北拘蘆洲'라고 쓰기도 하는데, 정사각형의 그릇 덮개 모양으로 생긴 이 땅에 사는 사람들은 천 년 동안 장수를 누리고, 다른 지역보다 평등하고 안락한 생활을 한다고 했다.

【ㅁ】

만겁의 세월

고대 인도에서는 세계가 일정한 시간이 지나면 멸망했다가 다시 시작된다고 믿었는데, 그 한 번의 주기를 하나의 '칼파kalpa'라고 불렀다. '겁'은 칼파를 음역한 것이다. 80차례의 작은 겁이 모이면 하나의 큰 겁이 되는데, 하나의 큰 겁에는 '성成', '주住', '괴壞', '공空'의 네 단계가 들어 있어서, 이것을 '사겁四劫'이라 부른다. '괴겁'의 때에 이르면 물과 불과 바람의 세 가지 재앙이 나타나 세상은 훼멸의 단계로 들어가기 시작한다고 하는데, 이 때문에 후세에는 '겁'을 '풀기 어려운 재난'의 뜻으로 사용하기도 했다.

"모든 것이 결국은 정과 기와 신이니……."(제1권 2회 72쪽)

정신력과 체력[精], 원기[氣], 정력[神]을 가리킨다. 도교에서는 이 세 가지를 조화롭게 키우고 수양하면 신선이 될 수 있다고 생각했다. 이는 주로 『황정경』의 주장을 인용한 것이다.

"무상문의 진정한 법주이시니……."(제1권 7회 224쪽)

무상문은 여기서 불문佛門을 범칭하는 것으로 쓰였다. 불교의 삼론종三論宗이 '모든 법이 모두 공'이란 사상을 종지로 삼기 때문에 무상종無相宗이라고 불린다. 법주法主는 불경에서 석가모니에 대한 칭호로 쓰인다. 설법주說法主라고 쓰기도 하며 교의를 선양하는 스승이란 의미를 갖는다.

문수보살文殊菩薩

대승불교의 보살 가운데 하나로, 지혜를 상징한다. 특히 보현보살과 함께 석가모니를 좌우에서 모시고 있는데, 일반적으로 석가모니의 왼쪽에서 머리에 큰 태양과 다섯 지혜를 상징하는 상투를 틀고, 손에는 칼을 쥔 채 푸른 사자를 탄 모습으로 묘사된다.

【ㅂ】

반야般若

범어 '푸라쥬냐Prājuuñā'를 음역한 것으로 '포어루어[波若]'라고도 하며 '지혜'라는 뜻이다. 즉, '모든 사물을 여실히 이해하는 지혜'를 가리키는 것으로 일반적인 지혜와는 다르다.

법계法界

불법의 범위로 원시불교에서는 열두 인연[因緣], 대승에서는 만유의 본체인 진여眞如, 우주를 가리킨다. 또 불교도의 사회라는 의미도 가질 수 있는데, 여기서는 전자와 후자의 의미를 겸한다고 할 수 있다.

법상法相

모든 사물에 내재하거나 외재하는 표상을 통틀어 가리키는 말이다.

"별자리 밟으니······."(제5권 44회 117쪽)

본문의 '사강포두查勍佈斗'는 '답강포두踏勍佈斗', 즉 도교의 법사가 단을 세우고 의식을 치를 때 별자리를 따라 걷는 걸음걸이를 가리킨다. 이렇게 걸으면 신령을 불러낼 수 있다는 것인데, 이 걸음을 만들어낸 이가 우禹임금이라 해서 '우보禹步'라고도 부른다.

보타낙가산普陀落伽山

'흰 꽃이 피어 있는 작은 산' 또는 '꽃과 나무로 가득한 작은 산'이라는 뜻을 가진 범어 '포탈라카potalaka'의 음역이다. 지금의 저쟝성浙江省 포투어시앤普陀縣 동북쪽 바다 가운데 '보타도'라는 섬이 있다. 이 섬은 옛날에 산서山西의 오대산五臺山과 안휘安徽의 구화산九華山, 사천四川의 아미산峨眉山과 더불어 중국 불교의 4대 사찰이 자리 잡은 명산으로 꼽혔다.

복기服氣

도교에서는 선인仙人들이 여름에는 화성火星의 적기赤氣를, 겨울에는 화성의 흑기黑氣를 마시면 배고픔을 잊는다고 한다.

"불법은 본래 마음에서 생겨나고 또한 마음을 따라 사라진다네."(제2권 20회 271쪽)

법은 범어 '다르마dharma'의 의역이다. 여기서는 모든 사물과 현상을 가리킨다. '심'이란 모든 정신 현상을 가리킨다. 불교에는 '만법일심설萬法一心說'이라는 것이 있다. 『반야경般若經』에 이런 기록이 있다. "모든 법과 마음을 잘 인도해야 한다. 마음을 안다면 모든 법을 다 알 수 있다. 세상의 모든 법은 다 마음에서 비롯된다."

불이법문不二法門

불교 용어로, 모든 현상과 모순이 '분별이 없고' 각종 차이를 초월해야 한다는 뜻이다. 이른바 언어나 문자를 떠난 '진여眞如', '실상實相'의 깨달음으로, 그들은 서로 평등하며 서로 간에 구별도 없다. 보살이 이 '불이不二'의 이치를 깨달은 것을 '불이법문不二法門'에 들었다고 한다. 여기에서 불이법문은 '불문佛門'을 뜻한다.

【ㅅ】

사대천왕四大天王

불교에서는 33개 하늘의 군주를 제석이라고 부른다. 이들은 수미산 꼭대기 도리천 중앙의 희견성喜見城에 거주하고 있다. 이들 밑에 수미산의 사방을 지키는 외장外將이 있는데 이들을 사대천왕, 혹은 사대금강四大金剛이라고 부른다. 천하의 네 방위를 맡아 지키고 있기 때문에 호세사천왕護世四天王이라고도 불린다. 동방의 다라타多羅咤는 지국천왕持國天王으로 몸은 흰색이고 비파를 들고 있다. 남방의 비유리毗琉璃는 증장천왕增長天王으로 몸은 청색이고 보검을 쥐고 있다. 서방의 비류박차毗留博叉는 광목천왕廣目天王으로 몸은 붉은색이고 손에는 용이 똬리를 틀고 있다. 북방의 비사문毗沙門은 다문천왕多聞天王으로 몸은 녹색이고 오른손에는 우산을, 왼손에는 은 쥐를 쥐고 있다.

"사람이 죽어 삼칠 이십일 일 혹은 오칠 삼십오 일, 칠칠 사십구 일이 다 차면 이승의 죄를 다 씻어내고 환생할 수 있습니다."(제4권 38회 228쪽)

불교에서는 7일을 하나의 주기로 삼는다. 죽은 자의 영혼은 이 주기가 일곱 번 끝날 때까지 자신이 내세의 이승에 다시 태어날 곳을 찾을 수 있으며, 그것이 적절한 선택인지 여부는 저승의 판관들이 심사하여 결정한다. 만약 그가 스스로 마땅한 곳을 찾지 못했다면 저승의 판관이 다시 태어날 곳을 지정해준다. 어쨌든 49일이 지난 후에는 모든 영혼이 반드시 윤회하여 이승의 어딘가에 태어나게 된다.

"사부님, 겁내지 마십시오. 저건 원래 사부님의 껍질이었습니다."(제10권 98회 228쪽)

이것은 본래 불교의 해탈 과정이라기보다는 육신을 버리고 우화등선羽化登仙하는 도교의 '시해尸解'에 가까운 묘사이다. '시해'에는 숯불에 몸을 던지는 '화해火解'와 물에 빠져 죽는 '수해水解', 칼로 목숨을 끊는 '검해劍解' 등 다양한 방법이 있다.

사상四相

불교 용어로, 아래와 같은 여러 가지 다른 의미를 가지고 있다. 첫째 인과사상因果四相이라 하여 생生, 노老, 병病, 사死를 가리킨다. 둘째 만물의 변화를 나타내는 네 가지 상, 곧 생상生相, 주상住相, 이상移相, 멸상滅相을 가리킨다. 셋째 중생이 실재實在라고 착각하는 네 가지 상, 곧 아상我相, 인상人相, 중생상衆生相, 수자상壽者相을 가리킨다.

사생四生

불교에서는 중생의 출생을 네 가지로 나눈다. 사람과 가축 같은 태생胎生, 날짐승과 길짐승 및 물고기 같은 난생卵生, 벌레와 같이 습기에 의지해 형체를 이루는 습생濕生, 의탁하는 것 없이 업력業力을 빌려 홀연히 출현하는 화생化生이 그것이다.

사인四忍

고통이나 모욕을 당해도 원망하는 마음이 없고 편안한 마음으로 불교의 교리를 믿고 지키며 동요되지 않는 것을 말한다. 지혜의 일부분으로 이인二忍, 삼인三忍, 사인四忍 등이 있다.

사위성舍衛城

사위[śrāvastī]는 원래 코살라국의 도성 이름이었는데, 남쪽에 있었던 또 하나의 코살라국과 구별하기 위하여 '사위舍衛'라는 도시 이름으로 국명을 대체하였다. 이곳에는 불교를 숭상하는 것으로 유명하던 파사닉왕波斯匿王이 살았는데, 성안에 급고독장자給孤獨長者가 보시한 기원정사祇園精舍가 있는데 유적이 아직도 남아 있다. 전하는 바에 따르면, 석가모니가 성불한 후 이곳에서 25년 살았다고 한다. 7세기에 당나라 현장법사가 이곳을 찾은 적이 있다.

사치공조四值功曹

도교에서 신봉하는 치년值年, 치월值月, 치일值日, 치시值時 네 신의 총칭으로 신들이 사는 천정天庭에 기도문을 전달하는 관직을 맡고 있다.

삼계三界

불교에서는 인간 세상을 세 단계로 나눈다. 욕계慾界는 온갖 욕망을 다 가지고 있는 중생의 세계이고, 색계色界는 욕계의 윗단계로서 욕망은 없으나 외형과 형태는 존재하는 세계이고, 무색계無色界는 다시 색계의 윗단계로서, 색상色相(사물의 형태와 외관)이 모두 사라지고 오로지 정신만이 정지 상태에 머무르는 중생계이다. 여기에선 인간세계에 대한 범칭으로 쓰였다. 감원坎源이란 수원水源을 의미한다. 『주역』「감괘坎卦」가 수에 속하므로 이렇게 일컫는 것이다.

삼공三空

불가 용어로, 삼해탈三解脫, 삼삼매三三昧라고도 한다. 아공我空, 법공法空, 아법구공我法俱空을 가리키기도 하고 삼공해탈三空解脫, 무상해탈無相解脫, 무원해탈無愿解脫을 가리키기도 한다.

삼관

도교의 기氣 수련에 관련된 용어인데, 그에 대한 해설은 각각이다. 『회남자淮南子』「주술훈主術訓」에서는 귀, 눈, 입이라고

했고, 『황정경』에서는 손, 입, 발이라고 했다. 명당明堂, 가슴에 있는 동방洞房, 단전丹田의 셋이라고 하기도 하고(『원양자元陽子』), 머리 뒤쪽의 옥침玉枕, 녹로轆轤, 등뼈 끝부분의 미려尾閭의 셋이라고 하기도 한다(『제진현오집성諸眞玄奧集成』).

삼귀오계

삼귀는 '삼귀의三羣依'의 준말이다. 불교에 입문할 때 반드시 스승에게서 '삼귀의'를 전수받게 되니, 즉 부처[佛], 불법[法], 승려[僧]의 삼보三寶를 가리킨다. 오계五戒는 살생하지 말고, 도둑질하지 말고, 음란하고 사악한 짓을 말며, 망령된 말을 하지 말고, 술을 마시지 말라는, 불교도가 평생 지켜야 할 다섯 가지 계율이다. 도가에도 오계가 있으니, 살생하지 말고, 육식과 술을 하지 말며, 속 다르고 겉 다른 말을 말며, 도둑질하지 말고, 사악하고 음란한 짓을 하지 말라는 것이다.

삼단해회대신三壇海會大神

덕이 깊고 넓은 것이나 수량이 엄청난 것을 비유하여 쓰는 말이다. 『화엄현소華嚴玄疏』에 따르면, '바다가 모인다[海會]'고 말하는 것은 그 깊고 넓음 때문이다. 어짊이 두루 미쳐 중생들에게 골고루 퍼지고 덕이 깊어 불성佛性을 구하는 것이 헤아릴 수 없이 넓고 크기 때문에 '바다'라고 한 것이라고 했다.

삼도三塗

'삼악취三惡趣' 또는 '삼악도三惡道'라고도 하는데, 뜨거운 불로 몸을 태우는 지옥도地獄道와 서로 잡아먹는 축생도畜生道, 그리고 칼과 몽둥이로 핍박하는 아귀도餓鬼道를 가리킨다. 불교에서는 악행을 저지른 사람은 죽어서 반드시 이 셋 가운데 하나에 빠지게 된다고 한다.

삼매화三昧火

삼매란 범어 '사마디Samadhi'의 역어로서 '고정되다', '정해지다'의 뜻을 가지고 있다. 보통 한 가지에 집중하여 흩어짐이 없는 정신 상태를 가리킨다. 삼매화란 삼매의 수양을 쌓은 사람의 몸 안에서 돌고 있는 기운이며 진화眞火라고 부르기도 한다.

삼승三乘

승乘이란 물건을 실어 나르는 기구로서, 중생을 구제해 현실 세계인 차안此岸에서 깨달음의 세계인 피안彼岸에 도달함을 비유한 것이다. 불교에선 인간을 세 종류의 '근기根器'로 나눌 수 있다고 보므로, 수양에도 세 종류의 경로가 있게 되고, 수레로 실어 나르는 것의 비유에 따라 세 종류의 수행 방법을 '삼승'이라고 일컬으니, 성문승聲聞乘, 연각승緣覺乘, 보살승菩薩乘이 그것이다. 도가에도 '삼승'이 있는데, 동진부洞眞部가 대승, 동현부洞玄部가 중승中乘, 동신부洞神部가 소승이다.

삼시신三尸神

도교에서는 인간의 신체에 세 가지 벌레가 있다고 여기는데, 이를 삼충三蟲, 삼팽三彭, 삼시신三尸神이라 한다.『태상삼시중경太上三尸中經』에 이르기를, "상시上尸는 팽거彭倨라 하는데 사람 수염 속에 있고, 중시中尸는 팽질彭質이라 하는데 사람 배 속에 있고, 하시下尸는 팽교彭矯라고 하는데 사람 발 속에 있다"고 한다. 송나라 때 섭몽득葉夢得이 쓴『피서록화避暑錄話』에 따르면, 삼시신은 "인간의 잘못을 기억해 경신일庚申日에 사람이 잠든 틈을 타 상제께 그것을 일러바친다"고 한다.

삼원三元

도교 용어로 도교에서는 천天, 지地, 수水를 삼원三元 혹은 삼관三官이라고 한다.

삼재三災의 재앙

불교에는 큰 '삼재'와 작은 '삼재'가 있다. 전자는 한 겁이 끝날 무렵마다 나타나 세상 만물을 없애버리는 바람과 물과 불의 세 가지 재앙을 가리키고, 후자는 기근과 역병과 전쟁을 가리킨다. 여기서는 전자를 의미한다.

삼청三淸

도교에서 추앙하는 세 명의 최고신으로 옥청원시천존玉淸元始天尊(혹은 천보군天寶君), 상청영보천존上淸靈寶天尊(혹은 태상노군太上道君), 태청도덕천존太淸道德天尊(혹은 태상노군太上老君)을 말한다. 도교에서는 사람과 하늘 밖의 선경, 곧 삼청경三

淸境이라는 곳에 이들 세 신이 살고 있다고 생각한다.

"세 송이 꽃 정수리에 모여 근본으로 돌아갈 수 있었고……"(제2권 19회 240쪽)

도교의 연단술에서는 정情, 기氣, 신神을 세 송이 꽃 혹은 세 가지 보물이라고 부른다. 세 송이 꽃이 정수리에 모였다는 것은 신체가 영원히 훼손당하지 않는 경지에 이르렀다는 것을 뜻한다.

세 혼

도가에서는 사람에게 혼이 세 개가 있다고 여겼으니, 탈광脫光, 상령爽靈, 유정幽精이 그것이다. 『운급칠첨雲笈七籤』54권 「혼신魂神」에 따르면, 도가에서는 그 세 개의 혼을 굳게 지키는 법술이 있다고 한다.

"손에 든 여의봉은 위로 서른세 곳의 하늘……"(제1권 3회 107쪽)

범어 '도리천忉利天'의 의역이다. 『불지경론佛地經論』에 따르면, 이 명칭은 수미산 정상의 네 면에 각기 팔대천왕이 자리 잡고 있고, 가운데 제석帝釋이 살고 있다고 해서, 그 수에 맞춰서 붙여진 것이다.

수미산

인도의 전설에 나오는 산 이름이다. '수미須彌'는 '오묘하고 높다[妙高]'는 뜻을 가진 범어 '수메루sumeru'를 잘못 음역한 것이다. 불교에서는 이 산을 인간세계의 중심이자, 해와 달이 돌아서 뜨고 지는 곳이며, 삼계三界의 모든 하늘들을 지탱하는 기둥으로 여긴다.

수보리조사須菩提祖師

'수보리'는 본래 부처의 십대제자 가운데 하나이나, 여기서는 불교와 도교의 수련을 겸한 신선의 하나로 설정된 허구적 등장인물이다.

수중세계[下元]

도교에서는 하늘나라[天上]를 상원上元이라 하고, 육지를 중원中元, 물속을 하원下元이라 부른다.

"신묘한 거북과 삼족오三足烏의 정기 흡수했지."(제2권 19회 240쪽)

이 구절은 도가에서 물과 불을 조화롭게 하고 정精과 기氣가 서로 호응하는 연단술을 사용함을 나타내고 있다. '이離'와 '감坎'은 각각 팔괘의 하나로서, 이는 불이고 감은 물이다. 용과 호랑이는 도가에서 각각 물과 불, 납과 수은을 의미한다. 연단술에서 신묘한 거북은 신장 속의 검은 액체이다. '금오'는 신화 속의 '삼족오'로서 태양을 의미하고, 결국 심장을 뜻한다. '신령한 거북'과 '금오'는 연단술의 정과 기이다.

"신장腎臟의 물 두루 흘려 입속의 화지로 들어가게 하고……."(제2권 19회 240쪽)

도교에서는 혀 아래쪽에 있는 침샘을 화지華池라고 부른다. 여기서는 오행 가운데 물에 해당하는 신장腎臟에서 정화된 기운이 온몸에 흐른다는 관념을 엿볼 수 있다.

십지十地

불교 용어로 '십주十住'라고도 한다. 보살이 수행하는 열 가지 경계를 말한다. 『화엄경華嚴經』에 따르면, 이것은 환희지歡喜地, 이구지離垢地, 발광지發光地, 염승지焰勝地, 난승지難勝地, 현전지現前地, 원행지遠行地, 부동지不動地, 선혜지善慧地, 법운지法雲地를 가리킨다.

【ㅇ】

"아래로는 십팔 층 지옥……."(제1권 3회 107쪽)

지옥은 범어 '나락가邢洛迦'의 의역이며, 불락不樂, 가염可厭, 고기苦器 등으로도 쓴다. 지하에는 팔한八寒, 팔열八熱, 무간無間 등이 있다. 불교에서는 사람이 생전에 악업을 지으면 사후에 지옥에 떨어져 각종 고통을 당한다고 한다. 『남사南史』「이맥전夷貊傳」에 따르면, 유살하劉薩何가 갑자기 병으로 죽었다가 나중에 다시 소생했는데, 스스로 십팔 층 지옥에 다녀온 적이 있다고 말했다는 기록이 있다.

아비지옥

불교에서 말하는 팔대지옥 중에서 여덟 번째 지옥으로서 거기에 떨어지면 영원히 벗어나지 못한다.

"아홉 등급 연화대가 있네."(제1권 7회 224쪽)

구품화九品花란 곧 구품 연화대蓮花台를 가리킨다. 불교 정토종淨土宗에서는 수행자의 공덕이 각기 다르므로 극락왕생해서 앉게 되는 연화대 또한 등급이 있게 된다고 본다. 상상上上, 상중上中, 상하上下, 중상中上, 중중中中, 중하中下, 하상下上, 하중下中, 하하下下 종 아홉 등급이다.

여산노모驪山老母

여자 신선의 이름이다. 전설에 따르면, 은나라와 주나라가 교체될 무렵에 천자가 된 여인이라고 한다. 당나라와 송나라 이후로 신선으로 받들어져서 '여산모驪山姆' 또는 '여산노모'라고 불렸다. 『집선전集仙傳』에 따르면, 당나라 때의 이전李筌이 신선의 도를 좋아했는데, 숭산嵩山 호구암虎口岩의 석벽에서 『황제음부경黃帝陰符經』을 얻고, 그것을 베껴 수천 번을 읽었으나 그 뜻을 이해할 수 없었다. 그러다가 여산에서 한 노파를 만났는데, 신령한 생김새가 예사롭지 않았다. 마침 길가에 불에 탄 나무가 있었는데, 노파가 "불은 나무에서 일어나지만 재앙은 반드시 극복된다(火生於木 禍發必剋)"고 중얼거렸다. 이전이 깜짝 놀라서 "그건 『황제음부경』의 비밀스러운 문장인데, 노파께서 어찌 알고 언급하시는 겁니까?" 하고 물었더니, 노파는 이전에게 그 경전의 오묘한 뜻을 풀어 설명해주고 보리밥을 대접해주고는 바람을 타고 사라져버렸다. 이전은 이때부터 밥을 먹지 않아도 배가 고프지 않아서, 그 참에 곡식을 끊고 도를 추구했다고 한다. 여산은 당나라 때 장안 부근(지금의 산시성陝西省 린동시앤臨潼縣 동남쪽)에 있는 산이다. 당나라 현종玄宗은 이곳의 온천에 화청궁華淸宮을 지어 양귀비楊貴妃와 함께 놀았으며, 근처에는 진秦 시황제始皇帝의 무덤이 있다.

연등고불燃燈古佛

정광불錠光佛이라고도 한다. 『지도론智度論』의 기록에 따르면,

그가 태어났을 때 몸 주변의 빛이 등과 같아서 그런 이름이 붙여졌다고 한다. 석가모니가 부처가 되기 전에, 연등불燃燈佛은 그가 장래에 부처가 될 거라고 예언했다고 한다.

영대방촌산靈臺方寸山

'영대'는 도가에서 사람의 마음을 비유하는 표현이며 '영부靈府'라고도 한다. '방촌' 역시 사람의 마음을 나타내는 표현이다. 이런 표현 때문에 일반적으로 『서유기』는 사람이 마음을 수양하는 과정을 비유와 상징으로 묘사한 작품이라고 여겨지곤 한다.

"예로부터 연단술과 『역경易經』, 황로黃老 사상의 뜻을 하나로 합쳤으니……."(제10권 99회 258쪽)

동한의 방사方士 위백양魏伯陽은 『주역참동계周易參同契』를 지어 『주역』의 효상론爻象論을 통해 연단하여 신선을 이루는 법을 설명하면서, 연단술과 『주역』, 황로 사상을 합쳐 하나로 만들었다.

예수기고재預修寄庫齋

기고寄庫란 요나라에서 제사 의식을 이르던 말이다. 또 한편으로는 민간신앙의 하나로 생전에 지전을 사르며 불사를 행하여 저승 관리에게 미리 돈을 주어 사후에 쓸 수 있도록 준비하는 의식을 가리키기도 한다.

오방오로五方五老

도교에서는 동왕공東王公(동화제군東華帝君), 단령丹靈, 황노黃老, 호령晧靈, 현로玄老를 오방오로라고 한다.

오온五蘊

'오음五陰'이라고도 하며 색色, 수受, 상想, 행行, 식識의 다섯 가지를 가리킨다. 이것은 순서대로 형상形相, 기욕嗜慾, 의념意念, 업연業緣, 심령心靈을 의미한다. 불교에서는 일체의 중생이 다섯 가지에 의해 이루어진다고 여긴다.

옥국보좌玉局寶座

태상노군의 보좌를 가리킨다. 옥국玉局은 지명으로 현재 청뚜

시成都市에 있다. 도교의 전적에 따르면, 동한東漢 환제桓帝 영수永壽 원년(155)에 태상노군이 장도릉張道陵과 함께 이곳에 도착했는데, 다리가 달린 옥 침상이 땅에서 솟아올라 태상노군이 보좌에 앉아 공중으로 올라가 장도릉에게 경전을 강설하였다고 한다. 그리고 그가 떠나자 침상은 사라지고 땅에는 구멍이 생겼는데, 후에 그것을 옥국화玉局化라고 불렀다 한다. 송나라 때는 이곳에 옥국관玉局觀이 설립되었다.

"우리는 정精을 기르고, 기氣를 단련하고, 신神을 보존해서 용과 호랑이를 조화롭게 만들고, 감坎으로부터 이離를 채워야 하니……."(제3권 26회 151쪽)

도교의 연단煉丹에 대한 설명이다. 용과 호랑이는 음양오행의 원리에 따라 내단內丹을 설명하는 말이다. 용은 양陽에 속해서 이離에서 생기는데, 이는 불에 속하기 때문에 "용은 불 속에서 나온다(龍從火裏出)"고 한다. 이에 비해 호랑이는 음陰에 속해서 감坎에서 생기는데, 감은 물에 속하기 때문에 "호랑이는 물가에서 태어난다(虎向水邊生)"고 한다. 이 두 가지를 합쳐서 '도의 근본[道本]'이라 하는 것이다. 인체의 경우 간肝은 용에 해당되고 신장腎臟은 호랑이에 해당한다. 용과 호랑이의 근본은 원래 '참된 하나[眞一]'에 있으니, 음양의 융합이란 곧 그 근본을 합쳐 하나가 되는 것을 가리킨다. 한편, 외단外丹에서도 용과 호랑이로 음양을 비유하며, 수은[汞]을 구워 약을 제련하는 것을 일컬어 "용과 호랑이를 만든다(爲龍虎)"라고 하는데, 이또한 음양의 융합을 가리키는 말이다.

원신元神

도교에서는 인간의 영혼이 수련을 거친 경우에 그것을 '원신'이라고 부른다. 신선의 도를 터득한 사람은 원신이 육체를 떠나 자유자재로 다닐 수 있다.

원양元陽

원양지기元陽之氣를 가리킨다. 도교에서는 이것을 선천적으로 타고나는 것이자 후천적인 양생의 노력으로 키울 수 있다고 본다. 이 기운은 타고난 정기精氣가 변화된 것으로, 오장육부

등의 모든 기관과 조직의 활동을 추동하고, 생명 변화의 원천이 된다.

육도六道

불교 용어로 '육취六趣'라고도 한다. 불교에서는 중생의 세계를 여섯 가지, 즉 하늘, 사람, 아수라阿修羅, 아귀餓鬼, 축생畜生, 지옥地獄으로 나눈다. 『엄경楞嚴經』에 따르면, 불문에 귀의하지 않으면 영원히 이 여섯 세계 안에서 윤회를 거듭하고 해탈할 수 없다고 말한다.

육도윤회六道輪廻

불교에서는 중생이 선악의 업인業因에 따라 지옥과 아귀餓鬼, 축생, 수라修羅, 인간, 천상의 여섯 세계를 윤회한다고 여겼다.

육욕

여섯 가지 탐욕. 첫째는 색욕色慾으로 빛깔에 대한 탐욕이고, 둘째는 형모욕形貌慾으로 미모에 대한 탐욕, 셋째는 위의자태욕威儀姿態慾으로 걷고 앉고 웃고 하는 애교에 대한 탐욕, 넷째는 언어음성욕言語音聲慾으로 말소리, 음성, 노래에 대한 탐욕, 다섯째는 세활욕細滑慾으로 이성의 부드러운 살결에 대한 탐욕, 여섯째는 인상욕人相慾으로 남녀의 사랑스런 인상에 대한 탐욕을 가리킨다.

육정六丁과 육갑六甲

도교에서 받들고 있는 천제天帝가 부리는 신으로 바람과 우레를 일으킬 수 있고 귀신을 제압할 수 있다. 육정은 정묘丁卯, 정사丁巳, 정미丁未, 정유丁酉, 정해丁亥, 정축丁丑으로 음신陰神, 즉 여신이고, 육갑은 갑자甲子, 갑술甲戌, 갑신甲申, 갑오甲午, 갑신甲辰, 갑인甲寅으로 양신陽神, 즉 남신이다.

은혜

불교에서 말하는 "네 가지 크나큰 은혜[四重恩]"란 세상 사람들이 마땅히 갚아야 될 네 가지 은덕을 가리킨다. 『석씨요람釋氏要覽』「권중卷中」에 따르면 두 가지 설이 있다. 하나는 부모의 은혜, 중생의 은혜, 임금의 은혜, 삼보三寶의 은혜를 말한다. 다른 하나는 부모의 은혜, 스승과 나이 많은 어른의 은혜, 임금의 은혜, 시주施主의 은혜를 말한다.

일곱 부처

불가에서는 비파시불毗婆尸佛, 시기불尸棄佛, 비사부불毗舍浮佛, 구류손불拘留孫佛, 구나함모니불拘那含牟尼佛, 가섭불迦葉佛, 석가모니불釋迦牟尼佛을 '과거의 칠불' 혹은 약칭으로 '칠불'이라 부른다.

입정入靜

불교에서 좌선을 하고 모든 잡념이 끊어진 고요한 상태에 들어가는 것을 일컫는 말이다.

【ㅈ】

작소관정鵲巢貫頂

석가여래가 참선을 하느라 나무 아래 앉아 있는데, 새 한 마리가 그런 석가여래를 나무인 줄 알고 머리에다 집을 짓고 알을 낳았다. 참선을 끝낸 석가여래는 머리 속에 알이 있는 줄 알고는 참선을 계속하여 그 알이 부화하여 새가 되어 날아간 다음에야 일어섰다는 이야기에서 유래한 표현이다.

장생제長生帝

도교에서 숭상하는 태산신泰山神을 가리킨다. 이 신이 인간의 생사를 주관한다는 전설이 있다. 그래서 '장생제'라고 부른다.

재동제군梓潼帝君

도교에서 공명功名과 녹위祿位를 주재한다고 여겨 모시는 신이다. 『명사明史』「예지禮志」와 『삼교원류수신대전三教源流搜神大全』에 따르면, 그의 이름은 장아자張亞子이고 촉蜀 땅의 칠곡산七曲山(지금의 쓰촨성四川省 쯔퉁시앤梓潼縣 북쪽)에 살았다고 한다. 그는 진晉나라에서 벼슬살이를 하다가 전사했는데, 후세 사람들이 그를 위해 사당을 세워주었다. 당나라와 송나라 때 여러 차례 벼슬이 더해져서 '영현왕英顯王'에까지 봉해졌다. 도교에서는 그가 문창부文昌府의 일과 인간 세상의 벼슬살이를 관장한다고 여겼기 때문에, 원나라 인종仁宗 연우延祐 3년(1316)에는 '보원개화문창사록굉인제군輔元開化文昌司祿宏仁帝君'에 봉해져서 흔히 '문창제군文昌帝君'으로 불렸다.

"절로 거북과 뱀이 얽히게 되리라."(제1권 2회 73쪽)

모두 도교에서 내단內丹을 수련함을 의미하는 용어이다. 옥토끼는 달에서 약을 찧고 있다는 신화 속의 동물이고, 까마귀는 해에 산다는 다리 셋 달린 새로서 보통 금조金鳥라고 부른다. 여기에선 이것들로 인체 내의 정, 기, 신, 음양이 서로 어울려 조화되는 이치를 비유하고 있다. 거북과 뱀이 뒤얽혀 있다는 것은, 도교에서 떠받드는 북방의 신 현무玄武로서 거북과 뱀이 합체된 모습을 하고 있다. 북방 현무가 수水에 속한 것을 가지고 중의中醫에서는 오행 가운데 수에 속하는 콩팥[腎臟]을 비유하고 있는데, 콩팥은 타고난 원양 진기眞氣를 보존하는 곳이다.

"제호醍醐를 정수리에 들이부은 듯……."(제4권 31회 16쪽)

불교 용어로 지혜를 불어 넣어 깨닫게 한다는 뜻이다. 제호醍醐란 치즈[峯酪]에서 추출한 정화로, 불가에서 최고의 불법을 비유하는 말이다.

좌관坐觀

자기 몸 하나가 들어갈 만한 작은 방에 들어가 외부와 일체의 교섭을 단절한 채 수행하는 것으로 90일이 한 단위가 된다.

지장왕보살地藏王菩薩

불교의 대승보살大乘菩薩 가운데 하나로, 범어 '걸차저얼파乞叉底蘗婆'의 의역이다. 그는 "대지처럼 편안히 참아내는 부동심을 갖고 있고, 비장의 보물처럼 고요하게 생각에 잠겨 깊고 은밀한 성품을 나타낸다(安忍不動如大地 静慮深密如秘藏)"(『지장십륜경地藏十輪經』)는 데서 '지장'이라는 이름을 갖게 되었다. 불교에서는 그가 석가모니가 사라지고 미륵彌勒이 세상에 나타나기 전에 육도六道에 현신하여 천상에서 지옥에 이르기까지 모든 중생의 고난을 구제해주는 보살이라고 한다.

진언眞言

불교 밀종의 경전을 진언이라고 하니, 범어 '만다라mandala'의
의역으로서 망령되지 않고 진실된 말이란 의미이다. 또 승려
나 도사가 귀신을 항복시키고 사악한 기운을 쫓기 위해 암송
하는 구결을 진언이라고 하기도 했다. 여기서는 후자에 해당
한다.

진여

'진眞'은 허망하지 않고 진실한 것을 가리키며, '여如'는 '여상如
常', 즉 항상 변하지 않는 것을 가리킨다. 이런 경지는 투철한
깨달음을 통해서 도달할 수 있는 것이라고 한다.

【ㅊ】

천강성天罡星

도교에서는 북두성 주변에 있는 36개의 별을 지칭하여 천강
성天罡星이라 한다.

천화天花

양나라 무제 때 운광雲光법사가 경전을 강의하자 하늘이 감동
하여 천화가 떨어져 내렸다는 말이 양나라 혜교慧皎의 『고승
전高僧傳』에 실려 있다. 또 『법화경』 「서품序品」에 의하면, 부처
가 『법화경』 강론을 끝내자 하늘에서 만다라화, 마하만다라
화, 만수사화와 마하만수사화가 부처와 청중들 몸으로 어지
러이 떨어져 내렸다고 한다. 여기서는 이 두 가지 의미를 함께
가지고 있다.

칠보七寶

불교 용어로 『법화경法華經』에 따르면 금, 은, 유리, 거거硨磲
(인도에서 나는 보석), 마노瑪瑙, 진주, 매괴玫瑰(붉은빛의 옥)
를 칠보라 한다.

【ㅌ】

탈태환골

도교의 연단煉丹에서는 어미의 몸에 태胎가 생기는 것으로 정精, 기氣, 신神이 뭉쳐 내단內丹을 이루는 것을 비유한다. 이런 경지에 이르면 보통 인간의 육신을 벗어던지고 신선의 몸으로 탈바꿈한다는 것인데, 이것을 일컬어 '탈태환골'이라 한다. 오대五代 무렵의 진박陳樸이 편찬한 『내단담內丹談』에 따르면, 도가의 수련은 아홉 단계를 거쳐 연단하게 되는데, 그 과정은 다음과 같다. 첫 번째 단계를 지나면 생기가 유통하고 음양이 화합하면서 내단이 단전丹田을 향해 내려오기 시작하고, 두 번째 단계를 지나면 참된 정기가 단약처럼 둥글게 뭉쳐 단전으로 갈무리되고, 세 번째 단계를 거치면 신선의 태가 어린애 같은 모양을 갖추고, 네 번째 단계를 거치면 신선의 태와 정신이 넉넉해져서 혼백이 모두 갖춰지고, 다섯 번째 단계를 거치면 신선의 태가 자라면서 마음대로 신통력을 부릴 수 있게 되고, 여섯 번째 단계가 지나면 신체 안팎의 음양이 모두 넉넉해져서 신선의 태와 정신이 인간의 육체와 하나로 합쳐지고, 일곱 번째 단계가 지나면 오장五臟의 타고난 기운이 모두 신선의 그것으로 바뀌고, 여덟 번째 단계가 지나면 어린애에게 탯줄[臍帶]이 있는 것처럼 배꼽 가운데 '지대地帶'가 생겨서 태식胎息, 즉 코와 입을 쓰지 않는 호흡을 통해 기운을 온몸에 두루 흐르게 할 수 있으며, 최후의 아홉 번째 단계에 이르면 육신이 도와 하나가 되어 지대가 저절로 떨어지고 발아래 구름이 생겨 하늘로 날아오를 수 있다고 한다.

태상노군급급여율령봉칙太上老君急急如律令奉廬

'급급여율령急急如律令'이란 도교에서 사용하는 일상적 주문이다. 원래 한나라 때의 공문서에 '여율령'이라는 표현이 자주 쓰였는데, 나중에 도교에서 '신을 부르고 귀신을 잡는[召神拘鬼]' 주문의 말미에 종종 이 표현을 모방해서 썼다. 이것은 율법의 명령과 같이 반드시 긴급하게 집행해야 한다는 뜻을 나타낸 것이다.

태을太乙

태일太一이라고도 한다. 여기서는 하늘과 땅이 나뉘지 않고 혼돈된 상태로 있을 때의 원기元氣를 의미한다. 도가에서도 텅비어 있는 '도道'의 별칭으로 쓴다.

태을천선太乙天仙

천선이란 도교에서 승천升天한 신선을 가리키는 말이다.『포박자抱朴子』「논선論仙」에 따르면, "『선경仙經』에 이르기를, '상사上士는 육신을 이끌고 허공으로 올라가니 천선天仙이라 하고, 중사中士는 명산에서 노니니 이를 지선地仙이라 하고, 하사下士는 죽은 후에야 육신의 허물을 벗으니, 이를 시해선尸解仙이라 한다'고 하였다"고 한다.

【ㅍ】

팔난八難

팔난이란 부처님을 만나고 불법을 구하기 어려운 여덟 가지 상황을 말하는 것이다. 즉 지옥, 축생, 아귀, 장수천長壽天, 북울단월北鬱單越, 맹롱음아盲聾瘖瘂, 세지변총世智辯聰, 불전불후佛前佛後이다.

팔대금강八大金剛

팔대금강명왕八大金剛明王의 약칭으로 금강수보살金剛手菩薩, 묘길상보살妙吉祥菩薩, 허공장보살虛空藏菩薩, 자씨보살慈氏菩薩, 관자재보살觀自在菩薩, 지장보살地藏菩薩, 제개장보살除蓋障菩薩, 보현보살普賢菩薩을 가리킨다.

【ㅎ】

현무玄武

도교의 사방신四方神 가운데 북방의 신을 가리킨다. 그 모습은 대체로 거북과 뱀이 합쳐진 모양으로 묘사된다. 송나라 대중상부(大中祥符, 1008~1016) 연간에는 휘諱를 피하기 위해 '진무眞武'라고 칭했다. 송나라 진종眞宗 때는 '진천진무령응우성제군鎭天眞武靈應祐聖帝君'으로 추존되어 '진무제군'으로 불리기 시작했다. 도교 사당에 조각상이 모셔진 경우가 많은데, 그 모습은 검은 옷을 입고 머리를 풀어헤친 채, 손에 칼을 짚고 발로 거북과 뱀이 합쳐진 괴물을 밟고 있으며, 그 하인은 검은 깃발을 들고 있는 것으로 묘사된다.

현장玄奘

당나라의 실존했던 고승으로, 속세의 성명은 진위(陳褘, 602~664)이며, 낙천洛川 구씨柳氏(지금의 허난성河南省 이앤스시 앤偃師縣 꺼우스쩐柳氏鎭) 사람이다. 어려서 출가하여 불교 경전을 연구했고, 천축天竺, 즉 인도에 유학하여 17년 동안 공부하고 장안으로 돌아와 불경의 번역에 힘써서, 중국 불교 법상종法相宗의 창시자 가운데 하나가 되었다. 『서유기』에서는 비록 이 인물을 모델로 삼았지만, 오랫동안 민간에서 전설로 전해지면서 실제 역사에 나타난 것과는 많은 차이가 생기게 되었다.

현제玄帝

노자老子를 가리킨다. 당나라 고종高宗 건봉乾封 원년(666)에 노자를 태상현원황제太上玄元皇帝로 추존하였는데, 간략히 현제라고도 불린다.

화생化生

『유가론瑜迦論』에 따르면, 껍질에 의지해서 나는 것을 난생卵生, 암수 교합을 통해 몸에 담고 있다가 낳은 것을 태생胎生, 습기를 빌려 나는 것을 습생傀生, 아무것도 없는 상태에서 변화하여 생겨난 것을 화생化生이라 한다고 했다.

『황정경黃庭經』

도가의 경전 가운데 하나로, 원래는 『태상황정내경경太上黃庭內景經』과 『태상황정외경경太上黃庭外景經』이라는 두 권의 책으로 되어 있다. 이 책에 담긴 내용은 주로 양생수련養生修練의 방법들이라고 한다.

"할멈과 어린아이는 본래 다름이 없다네."(제3권 23회 63쪽)

　　시에서 '할멈'은 도교에서 신봉하는 비장脾臟의 신이다. 비장
은 오행 가운데 토土에 속하고, 그 색은 황색이기 때문에 이런
명칭이 붙었다. 『서유기』에서 황파는 종종 사오정의 별칭으로
쓰인다. '어린아이'는 심장의 신으로, '적성동자赤城童子'라고
도 한다. 심장을 상징하는 색은 적색이기 때문에 이런 명칭이
붙었다.

서유기 1

1판 1쇄 발행	2019년 11월 15일
1판 4쇄 발행	2024년 9월 23일

지은이	오승은
옮긴이	홍상훈 외
펴낸이	임양묵
펴낸곳	솔출판사

편집	윤정빈 임윤영
경영관리	박현주

주소	서울시 마포구 와우산로29가길 80(서교동)
전화	02-332-1526
팩스	02-332-1529
블로그	blog.naver.com/sol_book
이메일	solbook@solbook.co.kr
출판등록	1990년 9월 15일 제10-420호

© 홍상훈 외, 2019

ISBN	979-11-6020-105-5	(04820)
	979-11-6020-104-8	(세트)